Kristina Herzog

WAS DAS HERZ ERTRÄUMT

Die Sternberg-Saga

ROMAN

Umschlaggestaltung: zero-media.net, München
Umschlagmotiv: FinePic®
Lektorat: Ute Köhler
ISBN 978-3-910798-01-4

www.kristinaherzog.de
Anmeldung zu Kristinas Newsletter:
www.kristinaherzog.de/newsletter

Für Dirk

Kapitel 1

Januar 1932

Lucie Friedländer schob das Fenster herunter und blickte staunend auf die schneebedeckten Berge, die sich in der Ferne auftürmten, als wollten sie den Himmel küssen. Die frische, kalte Luft strömte ihr ins Gesicht und hätte fast ihren Hut aus der Ablage geweht, vertrieb aber die Müdigkeit nach der langen Eisenbahnfahrt.

Es erfüllte sie mit Ehrfurcht, zu beobachten, wie die Sonne langsam hinter den Bergkuppen unterging, während ihr Zug unbeirrt vor sich hin ratterte. Gegen die erhabenen Berge wirkten sie alle klein und nichtig. Da hatte sie siebzehn Jahre werden müssen, um so etwas Majestätisches mit eigenen Augen zu sehen. Wie sehr hätte sie sich gewünscht, Paul dabei zu haben und die ganzen neuen Eindrücke mit ihm zu teilen. Doch sie hatte ihn, wie so vieles andere, bei ihrer Flucht aus Berlin zurücklassen müssen. Er stand kurz vor dem Abitur und seine Eltern, denen ihre Beziehung aufgrund des jüdischen Glaubens von Lucie ein Dorn im Auge war, hätten ihm nie erlaubt, mit ihr und ihrer Familie in die Schweiz zu gehen. Doch sie hatten sich beide geschworen, dass ihre Liebe der räumlichen Trennung standhalten würde. Sie wollten für ihre Beziehung kämpfen – und es schaffen, davon war Lucie felsenfest überzeugt.

«Nimm doch Rücksicht auf Ursula«, ermahnte Mutter sie.

Lucie blickte sich nach ihrer Schwägerin um. Sie war blass und hielt die meiste Zeit ihre Augen geschlossen. Die Zugfahrt schien ihr nicht gut zu bekommen. Die Arme konnte noch nicht einmal diesen wahnsinnigen Anblick genießen, von dem alle mitreisenden Familienmitglieder verzaubert waren. Wahrscheinlich war es Großmutter auch so ergangen, als sie gestern hier entlanggefahren war. Sie hatte sich kurzfristig entschieden, nicht darauf zu warten, bis Kurt, Alma und die anderen aus Tübingen zu ihnen stießen, sondern direkt in die Schweiz weiterzufahren. Die größte Überraschung hatte allerdings auf sie gewartet, als sie ihnen mitgeteilt hatte, dass sie entgegen den vorherigen Planungen nicht beabsichtige, bei ihnen in Zürich zu wohnen. Stattdessen habe sie sich entschlossen, sich am Genfer anzusiedeln, wo sie Bekannte habe und das Klima angenehmer sei. Wenn Lucie ehrlich war, musste sie zugeben, dass sie nicht traurig darüber war. Die meinungsstarke Großmutter, deren Werte und Ansichten weitgehend aus einer anderen Zeit stammten, hatte Lucies Leben in Berlin nicht immer leicht gemacht. Lucie legte die Hand sanft auf Ursulas Arm. «Soll ich es wieder schließen? Ich dachte, bei der frischen Luft geht es dir vielleicht besser?«

Ursula öffnete langsam die Augen und lächelte sie dankbar an. «Das ist sehr lieb von dir Lucie, aber ich fürchte, es wird erst besser, wenn ich dieses ratternde und rasende Monstrum verlassen habe«, antwortete sie leise. »Unser Kleines scheint Eisenbahnfahrten nicht sonderlich zu schätzen.« Sie legte eine Hand auf die Wölbung ihres Bauchs.

Man sah ihr deutlich an, dass ihr Kind bald auf die Welt käme. Lucie lächelte ihr noch einmal aufmunternd zu, dann wandte sie sich wieder dem berauschenden Anblick der Berge zu, schloss aber das Fenster vorsorglich. Ursula tat ihr leid. Offenbar war es kein sonderliches Vergnügen, schwanger zu sein und gleichzeitig auszuwandern. Doch nun dauerte es nicht mehr lange, bis sie Zürich erreichten. Lucie hatte sich die Fahrt von Berlin bis in die Schweiz kürzer vorgestellt, zumal sie die Nacht in Stuttgart verbracht hatten. Dort waren Alma mit ihrer Familie und Kurt und Ursula zu ihnen gestoßen, die zusammen aus Tübingen gekommen waren. Es war ein großes Hallo gewesen, als sie sich endlich alle wiedergesehen hatten, und auch Ariels sonst immer recht bekümmertes Gesicht seit seiner schweren Verletzung vor einigen Wochen hatte aufgestrahlt.

Auf einmal klatschte Vater begeistert in die Hände und rief: »Nicht mehr lange, dann sind wir da. Ich bin schon so gespannt, wie euch alles gefällt. Die Stadt und das Haus. Seht ihr die Berge? Die haben wir jetzt bald jeden Tag vor der Tür!«

Mutter lächelte ihm zu und legte die Hand auf seinen Arm. Ariel nickte. Auch Lucie war schon sehr gespannt auf das Haus, das Vater gekauft hatte. Sie warf einen schnellen Blick in das Körbchen, das auf ihrem Schoß stand. Milli schlief. Überhaupt war das Kätzchen den Großteil der langen Fahrt ruhig und genügsam gewesen, sodass Lucie das Versprechen ihren Eltern gegenüber, darauf zu achten, dass sie keinen Ärger machte, weitgehend problemlos hatte einhalten können. Doch wahrscheinlich würde Milli auch sehr froh sein, endlich wieder frei herumzulaufen.

Ab und zu hatte sie laut gemaunzt und verlangt, aus dem Korb zu kommen, den Lucie nahezu ununterbrochen auf ihrem Schoß hielt, doch ein paar Leckerli, Streicheleinheiten und tröstende Worte hatten sie schnell wieder beruhigt. An jedem Halt hatte Lucie das Handtuch ausgewechselt, auf dem sie lag, damit sie es bequem und mollig hatte und sie nicht in ihrem eigenen Dreck liegen musste.

Während Lucie zu Beginn der Fahrt noch erfüllt gewesen war von der Trauer über alles, was sie zu Hause, in Berlin, hatte zurücklassen müssen, wuchsen jetzt mehr und mehr ihre Vorfreude und die Neugier auf das neue Heim, die unbekannte Umgebung und das für ihre Familie hoffentlich sichere und Geborgenheit bietende neue Land, die Schweiz. Gleichzeitig vermisste sie bereits die inzwischen so vertraute Villa der Urgroßeltern, die ehemaligen Mitschülerinnen, die gewohnten Straßen und Parks, aber vor allem Paul.

Allein der Gedanke an ihn und das Wissen darüber, dass er nicht mehr an ihrer Seite war, verursachte ein schmerzhaftes Ziehen in ihrem Inneren. Jeder Kilometer, den sie sich weiter von ihm entfernte, fühlte sich schwer an. Als würde ihr ein Stein nach dem anderen auf ihre Brust geworfen und erschwerte ihr das Atmen. Doch das war etwas, mit dem sie lernen musste, zu leben. Ihr Freund blieb in Berlin, während sie mit ihrer gesamten Familie vor den antisemitischen Angriffen in die Schweiz flüchtete. Lucie schluckte, aber der Kloß, der in ihrem Hals seit der Abfahrt drückte und immer wieder ein paar Tränen hervorbrachte, verschwand einfach nicht. Sie drehte ihren Kopf so, dass Ariel, der ihr gegenüber saß und dessen prüfende Blicke sie auf sich spürte, ihr Gesicht nicht sehen konnte. Viel zu oft hatte sie bereits auf der Fahrt weinen müssen und sie war die mitleidigen Mienen und aufmunternden Worte leid.

»Du schaffst das schon.«, »Warte ab, wahrscheinlich findest du schnell Ersatz!«, »Bald hast du neue Freunde, dann vergisst du Paul.« All diese Sätze hatte sie schon viel zu oft gehört. Sie hatten ja keine Ahnung! Paul und sie liebten sich und würden allen Herausforderungen trotzen! Sie würden es schaffen, ihre Beziehung auch über die Entfernung aufrecht zu erhalten, und es allen beweisen, die an der Stärke und der Macht ihrer Gefühle zweifelten.

»Alles in Ordnung, Kleines?«, fragte Ariel, ihr mittlerer Bruder, dennoch.

Lucie nickte. Hätte sie geantwortet, hätte er an ihrer von Tränen erstickten Stimme gehört, dass das gelogen war.

Der Zug ruckelte jetzt stärker. Schnell wischte sich Lucie mit dem Handrücken über die Augen und sah hinüber zu Ursula. Sie hatte wieder die Lider geschlossen und stöhnte leise.

»Wollen wir vielleicht doch noch etwas frische Luft hereinlassen? Ich finde, es ist hier recht stickig«, fragte Lucie.

Vater winkte ab. »Das lohnt nicht mehr. Es sind nur noch fünfzehn oder zwanzig Minuten, dann sind wir da. Alle sollten ihre Sachen zusammensuchen, damit nichts vergessen wird«, gab er die Anweisung.

Ein emsiges Kramen setzte unverzüglich ein. Sie waren so lange unterwegs gewesen, dass sich einiges angesammelt hatte.

Lucie hatte das Buch, in dem sie gelesen hatte, bereits in ihre Manteltasche gleiten lassen und den Korb mit Milli hielt sie ohnehin auf dem Schoß. Sie lehnte sich zurück und blickte hinaus. Immer wieder flogen ihre Gedanken zu Paul. Er ging heute wahrscheinlich ganz normal zur Schule. Das hätte Lucie auch sehr gerne getan, doch in Anbetracht der sich immer mehr verschärfenden Situation gegenüber Juden war das leider nicht möglich gewesen. Paul aber war arisch und somit standen ihm überall auf der Welt sämtliche Wege offen.

Lucie biss ich auf die Lippen, damit sich kein Schluchzer seinen Weg aus ihrem Mund bahnte, und griff instinktiv in den mit einem großen Tuch verhangenen Korb, um Milli zu streicheln.

Ihr Blick fiel auf Alma. Sie saß neben ihrem Mann Wilhelm und auf der anderen Seite hibbelte aufgeregt ihr

Adoptivsohn Günther auf seinem Sitz hin und her. Seit sie zusammen mit Kurt und Ursula zu ihnen gestoßen waren, hatten sie mehr als reichlich zu essen. Denn natürlich hatte Alma es sich nicht nehmen lassen, für alle zu kochen, zu backen und zu braten, als wären sie in Gefahr, während der Fahrt zu verhungern. Alma war früher in Tübingen ihre Köchin gewesen, nachdem sie Dienstmädchen bei ihren Großeltern gewesen war, und hatte Lucie und ihre älteren Brüder Kurt und Ariel aufgezogen, wenn Mutter bei ihren Patienten und Vater in der Universität zum Unterrichten gewesen waren. Sie war Mutters beste Freundin und es hätte ihr und allen anderen das Herz zerrissen, hätten sie Alma und ihre Familie in Deutschland zurücklassen müssen.

Doch langsam reichte es auch Lucie. Es war Zeit, anzukommen. Sie atmete tief ein. Hier würde sie wieder glücklich werden, das hatte sie sich fest vorgenommen!

***

Als sie auf den Züricher Hauptbahnhof zufuhren, atmete Hannah auf. Ihre Füße schmerzten in den hohen Schuhen und sie freute sich darauf, sie endlich abstreifen zu können. Die Männer hatten es in ihren Anzügen und flachen Schuhen deutlich einfacher. Die Anspannung der letzten Stunden spürte sie im ganzen Körper, denn die Sorge um die beiden angeschlagenen Familienmitglieder hatte sie in Beschlag genommen. Ihrer schwangeren Schwiegertochter hatte die Fahrt sehr auf den Magen geschlagen und Ariel hatte ebenfalls kämpfen müssen. Hannah hatte die Schweißtropfen auf seiner Stirn gesehen, die er sich hin und wieder unauffällig mit seinem Taschentuch abgewischt hatte. Häufig hatte sich in den vergangenen Stunden sein Kiefer verkrampft und er mehrfach seine Krawatte und den hohen Hemdkragen gelockert. Die Schmerzen in seinem Bein schienen von

Minute zu Minute stärker geworden zu sein. Das stundenlange Sitzen war mit Sicherheit eine Herausforderung für ihn. Sie hatte ihn immer wieder besorgt angesehen und bei der letzten Pause hatte sie es nicht mehr ausgehalten und gefordert, dass er sein Bein freimachte, damit sie einen Blick darauf werfen konnte.

»Daran ist doch im Moment ohnehin nichts zu ändern, also lass uns das später machen«, sagte er und wandte den Kopf unwillig ab.

Aber Hannah insistierte, sodass er schließlich klein beigab und langsam die Knöpfe seiner Hose öffnete. Es war ihm sichtlich peinlich, das vor allen Familienmitgliedern machen zu müssen.

»Hm, es ist eindeutig angeschwollen … und ein wenig wärmer. Wie stark schmerzt es, Ariel? Sag mir die Wahrheit!«

»Es geht schon.«

»Es wäre besser, wenn du ein bisschen herumläufst, damit die angestaute Lymphe abfließen kann. Hier, nimm deine Krücke. Ich stütze dich auf der anderen Seite!« Sie sprang auf und hielt ihm die Gehhilfe hin.

»Aber anziehen darf ich mich vorher noch?«

Hannah rollte mit den Augen, sagte jedoch nichts weiter, sondern sah zu, wie er seine Hose mühsam wieder richtete. Dann erhob er sich langsam und sie hielt ihm mit einem aufmunternden Nicken den Arm hin. Doch er schüttelte abweisend den Kopf und hinkte den Bahnsteig auf und ab. Wenn er nur nicht so stur wäre und jedermann beweisen müsste, dass er keineswegs hilflos war und alles allein hinbekam, dann wäre es einfacher. Doch kaum hatten sie sich wieder gesetzt und der Zug war weiter geruckelt, hatten ihm erneut Schweißtropfen auf dem erschreckend blassen Gesicht gestanden.

Jetzt aber hatten sie Zürich endlich erreicht und der Zug kam zum Stehen. Unauffällig beobachtete Hannah Ariel, während sie ihre Sachen zusammensuchte. Sie verzichtete bewusst darauf, ihm Hilfe anzubieten, um nicht seinen Stolz zu verletzen. Ariel schickte sich an, sich samt Krücke zu erheben. Sofort sackte ihm das verletzte Bein weg und er keuchte auf. Hannah biss sich auf die Lippen, um nicht erschrocken aufzuschreien und ihn zu packen. Stattdessen tat sie so, als wäre sie vollauf damit beschäftigt, den Mantel mit Pelzbesatz anzuziehen und ihren Hut in die richtige Position zu bringen. Ansonsten schien keiner bemerkt zu haben, wie es ihm ging, denn der ganze Waggon summte vor Aufregung. Alles raffte Koffer, Taschen, Mäntel, Hüte und zahllose Päckchen und verschnürte Kisten zusammen, um nichts zurückzulassen. Nur Ursula, die die gesamte Fahrt seltsam blass und still gewesen war, warf ihm einen mitfühlenden Blick zu. Er wandte den Kopf ab. Sie wusste, dass er kein Mitleid wollte und zu beschämt darüber war, wie es zu der Verletzung gekommen war. Jeden einzelnen Tag hatte sich Hannah seitdem gefragt, wie es gewesen wäre, wenn er damals nicht dem braunen Mob auf dem Ku'damm entgegengeschritten wäre. Würden sie dann jetzt trotzdem dem Deutschen Reich den Rücken kehren? Doch, natürlich, gab sich Hannah selbst die Antwort, denn schließlich war das ja nicht der einzige Grund für ihre Flucht gewesen. Die Angriffe auf sie, Daniel und auch Lucie waren unerträglich geworden und sie hofften jetzt auf ein unbeschwertes, freies Leben in der Schweiz. Allerdings war zumindest Hannah sehr bewusst, dass auch hier mit Sicherheit niemand auf sie gewartet hatte. Man hatte eine andere Mentalität, einen anderen Zungenschlag und andere Erwartungen. Sie waren heimatlose Flüchtlinge auf der Suche nach Respekt vor ihrem Dasein.

Wieder bemühte sich Ariel vorsichtig, das kaputte Bein zu belasten. Er sog scharf die Luft ein, aber dieses Mal gelang es ihm, stehen zu bleiben. Hannah atmete auf. Nichtsdestotrotz wusste sie, dass noch einige Herausforderungen auf sie zukämen, bis Ariel wieder der Alte wäre. Wenn er es denn jemals wieder werden konnte, nach allem, das vorgefallen war.

Kapitel 2

Lucie stand mit ihren Eltern vor dem ersten Wagen. Insgesamt beanspruchte ihre zehnköpfige Reisegesellschaft samt Katze, vielen klobigen Koffern und unzähligen Taschen und Päckchen fünf Autos, um vom Bahnhof zu ihrem neuen Zuhause zu kommen. In den chromblitzenden Wagen mit den großen Reifen und dem langen Motorraum, würde es zu dritt mit Fahrer bestimmt reichlich eng. Lucie stand stocksteif da, den Korb mit Milli fest an sich gepresst und bemühte sich, sich von ihrem Unbehagen abzulenken. Die runden Scheinwerfer neben dem ausladenden Kühlergrill schienen sie höhnisch anzugrinsen, als sie auf den breiten Tritt trat und sich anschickte, einzusteigen, ohne sich den Hut vom Kopf zu stoßen oder die Hochsteckfrisur, die Alma ihr kurz vor der Ankunft neu gemacht hatte, in Mitleidenschaft zu ziehen. Mit Millis Korb vor dem Bauch setzte sie sich zögerlich auf den Sitz.

Seit Mutter vor einigen Wochen recht unsanft von mehreren Polizisten aus heiterem Himmel von zu Hause abgeholt worden war, hatte Lucie langsam, aber sicher eine Aversion gegen Autos entwickelt.

»Und was passiert mit den Möbeln und dem restlichen Gepäck?«, fragte Lucie angespannt, als das Auto losrollte.

»Die werden auf Pferdewagen verladen und kommen später nach«, beruhigte Vater sie.

Es dämmerte bereits, aber das, was Lucie von der Stadt sehen konnte, gefiel ihr ausnehmend gut. Alles wirkte völlig anders als im quirligen Berlin. Behaglicher, gediegener. Die meisten Häuser hatten farbige Fensterläden, die ihnen ein freundliches Aussehen gaben. Man schien es nicht ganz so eilig zu haben. Herren lüpften ihre Hüte zum Gruß und Damen nickten huldvoll mit dem Kopf. Alles wirkte weniger modern.

Der Wagen hielt vor einer in hellem Grauton gestrichenen mehrstöckigen Villa, die von einem ausladenden Balkon umgeben war. Ein gewölbtes schmiedeeisernen Metallgitter umfasste ihn, an dem sich im Sommer rosa Geranien mit kleinen Buschröschen hervorragend machen würden. Das Haus war zum Teil mit Efeu bewachsen und strahlte dadurch gleichzeitig eine gewisse Behäbigkeit wie auch eine einladende Behaglichkeit aus. Die hohen unterteilten Fenster waren umgeben von dicken weißen Fensterrahmen und gaben der Villa ein freundliches Aussehen. Es wirkte fast, als würde sie lächeln. Im Sommer musste es hier himmlisch sein. Sogar jetzt, kurz nach Chanukka, hatte Lucie das Gefühl, das Haus wollte sie hereinwinken.

Vater stieg aus und breitete euphorisch die Arme aus. »Diese Luft hier ist kaum vergleichbar mit der in Berlin. Habt ihr nicht das Gefühl, endlich frei atmen zu können?« Er nickte Lucie und Mutter aufmunternd zu.

Mutter lächelte milde und sagte »Hm, wirklich schön!«

Lucie spürte die Aufregung in ihrem Inneren wühlen. Sie mochte das Haus und das, was sie im Vorbeifahren von Zürich gesehen hatte. Es schien sehr viele Kirchen zu geben und die Lage der Stadt, direkt am Wasser und vor der imposanten Kulisse der Alpen, erweckte den Eindruck, als wären sie hier, um Urlaub zu machen. Es gab keine breiten

Boulevards wie in Berlin und alles strahlte einen kleinstädtischen Charme aus, obwohl Zürich natürlich ebenfalls eine Großstadt war. Sie hatte gelesen, dass es hervorragende Cafés geben sollte. Vater stand die Begeisterung ins Gesicht geschrieben, Mutters Blick allerdings wirkte eher angestrengt. Ihre Brauen waren zusammengezogen und es schien fast, als wollte sie jeden Moment in Tränen ausbrechen.

»Gefällt es dir nicht?«, fragte Lucie und griff nach Mutters reglos in ihrem Schoß liegender Hand.

Mutter blinzelte, als wäre sie mit den Gedanken weit weg gewesen. Ihr Mund verzog sich zu einem Lächeln, doch es erreichte nicht ihre Augen, die noch immer traurig aussahen.

»Natürlich! Es ist sehr hübsch.«

»Siehst du?« Vater steckte seinen Kopf in den Wagen. »Ich habe mich auch auf den ersten Blick verliebt. Wir werden uns hier mit Sicherheit wohlfühlen!«

Mutter nickte mit ihren betrübten Augen und sagte: »Das hast du ganz wunderbar ausgesucht, Daniel! Ich hätte mir kein schöneres Haus hier in Zürich wünschen können. Und wo wohnen nun Alma und Wilhelm?«

»Da hinten. Siehst du das Haus mit den roten Backsteinen? Gleich dort wohnen die drei.«

Lucie stieg aus. Weg von Mutters traurigen Augen und dem Vater, der nicht bemerkte, dass offenbar etwas Grundlegendes mit ihr nicht stimmte.

Sie überlegte, ob sie Milli direkt aus dem Körbchen lassen sollte, kam aber zu dem Schluss, dass es besser war, zu warten, bis sie im Haus waren, damit sich die Katze erst einmal an die neue Umgebung gewöhnte. Lucie konnte es kaum erwarten, das Innere zu besichtigen. Sie war gespannt auf ihr Zimmer. Während der langen Fahrt hatte sie überlegt, wie sie es dekorieren würde. Es sollte all ihre Leidenschaften sichtbar vereinen und sie daran erinnern, was ihr wichtig war.

Natürlich gäbe es eine Ecke nur für Paul. Sie wollte jede freie Minute an ihn denken, um ihn nicht zu vergessen.

Endlich stieg Mutter aus und der Bürgersteig füllte sich mit ihren Koffern und Taschen. Auch Ariel, Kurt und Ursula und Alma, Wilhelm und Günther waren inzwischen aus ihren Wagen gestiegen und sahen mit erwartungsvollen Blicken zur Villa.

»Das ist es also!«, stellte Mutter fest, ohne eine Miene zu verziehen.

»Das ist es. Hier schlägt die Familie ihre Zelte neu auf, um die Welt zu erobern«, sagte Vater pathetisch und betrachtete stolz das Haus, als wäre es eines seiner Kinder, bei einer Ehrung für besondere wissenschaftliche Tätigkeiten.

Lucie kicherte. Die salbungsvolle Art, mit der Vater sein Fundstück rühmte, war einfach zu komisch. Sie blickte sich um. Alle hatten ein amüsiertes Lächeln im Gesicht.

Doch Vater schien die Erheiterung, die er auslöste, gar nicht zu bemerken, sondern schritt jetzt mit gezücktem Schlüssel auf die breite Holztür zu.

Lucie biss sich vor Spannung auf die Unterlippe. Sie folgte Vater, den Korb mit Milli fest an sich gedrückt. Ihr neues Leben begann genau jetzt und sie war bereit, es mit jeder Faser ihres Herzens zu genießen!

***

Hannah wartete, bis alle Familienmitglieder das Haus betreten hatten, bevor sie langsam und zögerlich folgte. Mit ihren Gedanken und Gefühlen war sie noch immer in Berlin in der Villa der Großeltern. Das hier war ein hübsches Haus, aber es fühlte sich fremd an. Sie würde sich schon daran gewöhnen, sagte sie sich immer wieder. Es würde alles gut werden. Doch in ihrem tiefsten Inneren glaubte sie nicht wirklich daran.

Natürlich wusste sie, dass es keine andere Möglichkeit gegeben hatte, als ihre Heimat zu verlassen, um die Familie zu schützen, aber trotzdem hatte sie das Gefühl, hier irgendwie falsch zu sein. Und das, obwohl alle, die sie liebte und die ihr wichtig waren, ebenfalls mit nach Zürich gekommen waren. Doch das Leben in der neuen Heimat würde sich drastisch von dem unterscheiden, woran sie gewöhnt waren. Schafften es alle, sich einzugewöhnen und ihren Platz hier zu finden? Und was, wenn es nicht so war? Wenn ihnen die Schweiz trotz aller Schönheit fremd bliebe? Wo sollten sie dann hingehen? Zurück in ihr Zuhause konnten sie nicht mehr. Weder nach Tübingen noch nach Berlin.

Während sie langsam durch die Tür in die leicht abgestandene Luft des fremden Hauses trat, ergriff Hannah ein starkes Schuldgefühl. Genauso wie sie jetzt musste es Lucie empfunden haben, als sie gegen ihren Willen mit ihr nach Berlin gezogen waren. Eine Stadt, die ihr fremd gewesen war, in der sie niemanden gekannt und sich nicht zu Hause gefühlt hatte. Sie hätte viel mehr für sie da sein sollen, mit ihr reden, ihr zuhören, aber sie war völlig davon eingenommen gewesen, die Praxis des Großvaters wieder zu eröffnen und sich um die zahlreichen Patienten zu bemühen. Doch was geschehen war, war geschehen. Sie musste sich einfach daran gewöhnen, nun Schweizerin zu sein und Vergangenes vergangen sein zu lassen. Alles hatte seine Zeit.

»Mama, schau nur. Das Wohnzimmer ist riesig«, hörte sie ihre Tochter aus den Tiefen des Hauses rufen.

Mit schnellen Schritten folgte sie den Stimmen, während sie sich umsah. Es war wirklich schön hier und sie war dankbar, in einem so gemütlichen Heim wohnen zu dürfen.

Das Haus war voll möbliert, die Möbel aber noch abgedeckt, zum Schutz vor Staub und Sonne. Die

Fensterläden waren geöffnet und die Abendsonne warf ein warmes Licht in die großzügigen Räumlichkeiten.

Ein Stück entfernt hörte sie die Stimmen der anderen. Es war schön, alle bei sich zu haben. Auch wenn Alma ein paar Häuser weiter wohnen würde, war sie ihr doch so nah, wie schon lange nicht mehr.

Sie, Daniel, Lucie und Ariel würden in den oberen Zimmern schlafen und unten Arbeitszimmer, Wohnzimmer, Esszimmer und Küche nutzen. Ariel tat sich im Moment mit Treppen noch schwer, doch mit der Zeit würde hoffentlich auch das besser werden. Hannah freute sich schon sehr darauf, endlich wieder mehr Stunden mit Daniel zu verbringen. In Berlin waren sie beide so in ihre Arbeit involviert gewesen, dass kaum Zeit für Zweisamkeit geblieben war. Hier, in dieser malerischen Umgebung, könnten sie vielleicht wieder ihre abendlichen Spaziergänge aufnehmen oder am Wochenende Wanderungen unternehmen. Am schönsten wäre es, wenn alles wieder so wäre wie früher: Trotz ihrer beider Arbeit noch Zeit miteinander verbringen.

Hannah hatte ihre Bewerbungsmappe bereits fertig, um sich damit für die Mitarbeit in einer Praxis vorzustellen. Alles könnte gut werden … Wäre da nur nicht das, was in Berlin passiert war, würde sie sich vielleicht sogar darauf freuen können. Nun aber nagten die Zweifel in ihrem Innern und ließen ihr keine Ruhe.

Das großzügige fensterlose Esszimmer ermöglichte es ihnen, auch Besucher zu empfangen. Ja, sie würden es hier sicher schön haben! Wenn alle erst wieder ihren Platz gefunden hatten …

***

Kurt ging mit den anderen durch das neue Haus seiner Eltern. Alles wirkte gemütlich und gediegen. Doch es berührte ihn nicht wirklich. Er und Ursula zögen in den nächsten Tagen weiter. Sie hatten ein kleines Haus näher zur Universität gefunden, in dem sie ihr Kindchen, das bald auf die Welt käme, großziehen konnten.

Sie blieben hier nur drei oder vier Tage, dann wären die Möbel in ihrem Haus und alles bereit. Sie würden dort das Kinderzimmer einrichten und zusammen sehr glücklich sein. Manchmal schüttelte er sich unauffällig, ungläubig über all das, was ihm zuteilwurde. Er hatte die wunderbarste Frau, die es auf dem Planeten gab, bald wären sie zu dritt und er durfte als Professor unterrichten - trotz seines jungen Alters. Er lebte seinen Traum. Und trotzdem war er seit Tagen von einer unerklärlichen Unruhe erfüllt. Er hatte das Gefühl, sein Leben könnte sich von einem Moment zum anderen schlagartig ändern und all das überschäumende Glück, das er empfand, wäre mit einem Mal verglüht wie eine der Zigaretten aus der erst kürzlich verkauften Firma. Das Werk des Großvaters, das Vater im letzten Jahr nach dessen Tod geleitet hatte und wofür die Eltern mit Lucie extra nach Berlin gezogen waren, hatte Vater glücklicherweise vor ihrer Flucht veräußern können. Kurt hatte den Eindruck, dass Vater insgeheim erleichtert war, sich nicht mehr mit Zigaretten beschäftigen zu müssen, sondern sich wieder der Juristerei zuwenden zu können. Er hatte nie wirklich glücklich mit der Führung der Rauchwerk-Fabrik gewirkt.

Kurt hatte das Gefühl, als müsste er ständig wachsam sein, um alle Gefahren und Risiken von seiner kleinen Familie abzuwenden. Doch das war natürlich Unsinn. Die Schwangerschaft verlief gut und auch sonst machte die Schweiz auf ihn einen sehr freundlichen Eindruck. Was sollte also passieren? Und trotzdem war die Anspannung, die ihn kurz vor der Abfahrt aus Tübingen erfasst und seitdem nicht losgelassen hatte, allgegenwärtig und allmählich begann er, dieses Gefühl zu verabscheuen.

Er warf Ursula einen schnellen Blick zu, um zu sehen, ob es ihr gut ging. So eine Schwangerschaft war schließlich kein Zuckerschlecken, vor allem nicht für eine so zarte Frau wie seine. Bei der Bahnfahrt hatte sie ihn beunruhigt. Die ganze Zeit über war sie blass gewesen und hatte abgespannt gewirkt. Hoffentlich war dies nur der Reisekrankheit zuzuschreiben.

Er würde dafür sorgen, dass sie sich ein wenig hinlegte, sobald die Besichtigung der Räumlichkeiten abgeschlossen wäre.

Fürsorglich legte er ihr die Hand unter den Ellbogen und stützte sie unauffällig. Sie warf ihm einen dankbaren Blick zu.

»Und hier haben wir einen kleinen Wintergarten. Schön, nicht wahr? So können wir es uns auch in der kalten Jahreszeit gemütlich machen«, erklärte Vater zufrieden.

Seit sie angekommen waren, erinnerte er Kurt an eine Katze, die ein Schüsselchen mit Sahne ausleckte.

»Das ist wirklich hübsch«, bestätigte Ursula lächelnd.

Vater nickte freudig, bevor er mit bedächtigen Schritten weiter durch das neue Reich ging, und ihnen alles vorführte, als hätte er es selbst erschaffen.

»Wo ist eigentlich Mutter?«, fragte Kurt, während er sich mit suchendem Blick umsah. Er hatte schon seit ihrem Zusammentreffen auf dem Stuttgarter Hauptbahnhof das Gefühl, dass sie etwas bedrückte.

»Sie wird wohl noch das Gepäck unten ordnen«, erklärte Vater. »Sie kennt das Haus schon von den Grundrissen. Es läuft ja auch nicht weg. Schließlich wohnen wir hier jetzt.«

»Soll ich schnell nach ihr sehen?«, fragte Kurt.

Vater schüttelte den Kopf. »Gleich. Wir sind fast mit der Besichtigung fertig.«

Sie gingen weiter. »Lucie, aufgepasst: Dies hier wird dich besonders interessieren. Das ist dein Zimmer. Wie gefällt es dir?« Vater öffnete die Tür zu einem großen, lichtdurchfluteten Raum.

Die Augen von Kurts kleiner Schwester leuchteten auf. Mit ungläubigem Blick sah sie in das behaglich wirkende Zimmer, in dem bereits ein Bett, ein Tisch mit Stuhl und eine Kommode standen, über der ein Spiegel hing.

»Ui, dann habe ich ja sogar einen eigenen Balkon. Ist das wirklich meins? Das ist ja ein Traum. Darf ich den Balkon bepflanzen? Bitte, Papa, ich habe es bereits vor Augen.«

Vater schmunzelte. »Natürlich! Ich bin schon ganz gespannt, welche Blumen du auswählen wirst. Allerdings würde ich dir empfehlen, bis zum Frühjahr mit deinen Plänen zu warten.«

Lucie, die jetzt mit strahlenden Augen mitten im Zimmer stand und sich begeistert um sich selbst drehte, um jeden kleinen Fitzel ihres neuen Reichs in sich aufzusaugen, lächelte über das ganze hübsche Gesicht.

»Hach, ist das schön hier! Viel größer als mein altes Zimmer.«

»Genug Platz für Besuch und alle deine neuen Freunde. Dann lasst uns weitergehen. Wir haben noch ein paar Räume vor uns. So, Ariel, das nächste Zimmer wird deines sein. Hier hast du es auch nicht so weit …« Er stockte und blinzelte nervös zu Ariel hinüber.

Kurt sah ebenfalls seinen Bruder an. Jeder wusste, wie dünnhäutig Ariel auf alles reagierte, was das verletzte Bein betraf. Vaters Bemerkung würde ihn verärgern. Und wirklich: Ariels Kopf war rot angelaufen, doch er sagte nichts. Stattdessen humpelte er schwer auf seine Krücken gestützt hinter Vater und den anderen her.

Die ganze Familie hoffte, dass bald alles verheilt wäre und er wieder ein weitgehend normales Leben führen konnte.

Erneut warf Kurt Ursula einen prüfenden Blick zu. Sie hatte jetzt etwas mehr Farbe im Gesicht und folgte Vater neugierig von Raum zu Raum.

Er freute sich schon darauf, wenn sie ihr neues Domizil beziehen und in Zürich richtig heimisch werden konnten. Und dann würde sicher auch diese unangenehme Vorahnung verschwinden, dass ihrer Familie hier Unheil drohte, denn schließlich waren sie ja gerade aus Deutschland weggegangen, um wieder frei und glücklich leben zu können.

***

Mit großen Schritten durchmaß Lucie am nächsten Morgen ihr neues, traumschönes Zimmer, während Milli sie verschlafen aus ihrem Körbchen anblinzelte. Sie hatte hier wundervolle Dinge vor, doch dafür musste sie erst einmal wissen, wie lang jede Wand war, um entscheiden zu können, wo was hinkam. Sie hatte vorsichtig die Seiten aus einem ihrer liebsten Bücher über das alte Ägypten, das sie in der Bibliothek des Urgroßvaters in Berlin gefunden hatte, herausgetrennt und die Abbildungen sorgsam nebeneinander auf ihr Bett gelegt. Sie plante, eine Wand des Zimmers mit Hieroglyphen zu schmücken, die sie selbst zeichnen wollte, und auf der anderen Seite Bilder von Pyramiden, Sarkophagen und Grabbeigaben anzuhängen. Dann brauchte sie natürlich noch eine Leseecke und eine, in der sie alle Erinnerungen an Paul aufhängte.

Sie vermisste ihn bereits fürchterlich. Gestern Abend, direkt nach der Hausbesichtigung, hatte sie sich, obwohl sie nach der langen Fahrt ziemlich erschöpft war, hingesetzt und einen ausführlichen Brief an ihn geschrieben, wo sie ihm haargenau von allem berichtet hatte, was seit ihrer Abreise vorgefallen war. Und natürlich hatte sie ihm versichert, wie unglaublich er ihr fehlte.

Da seine Eltern sich noch immer nicht mit seiner Beziehung zu einer Jüdin abgefunden hatten, hatten sie vereinbart, dass Lucie die Briefe in ihr altes Haus schicken sollte. Doktor Brandt und Schwester Ida würden sie ihm dann aushändigen, wenn er einmal wöchentlich hinüberkam, um von dort mit Lucie zu telefonieren. Doch dafür brauchten sie hier erst einmal einen Anschluss.

Vater hatte ihr allerdings auf ihre mehrmaligen Nachfragen versichert, dass es nicht lange dauern würde, bis sie auch in der Villa telefonisch erreichbar wären. Es sei bereits alles beantragt. Bis dahin wollten sie sich täglich schreiben und Lucie versuchen, eine andere Möglichkeit zu finden, um miteinander zu sprechen.

Sie freute sich so unglaublich darauf, seine Stimme wieder zu hören. Wie schön erst wäre es, wenn er wirklich zu Besuch käme. Ob er in ihrem Zimmer schlafen konnte? Nein, das würden die Eltern wohl kaum erlauben. Aber ihr reichte auch der Gedanke, dass er ganz in der Nähe wäre.

Gut, sie hatte sich entschlossen: Hier drüben brächte sie die Hieroglyphen an und dort kämen die Pyramiden hin. Sie musste sich ein neues Kästchen für Pauls Briefe besorgen, denn das bisherige war fast voll. Natürlich hätte sie die alten wegwerfen können, als sie von Berlin weggezogen waren, wie sie es mit den Schreiben von ihrer besten Tübinger Freundin Helga gemacht hatte, doch von Pauls Briefen wollte sich Lucie partout nicht trennen. Natürlich fühlte sie sich auch Helga nach wie vor verbunden, aber Paul … mit Paul und ihr war das etwas für die Ewigkeit!

Auf den Tisch wollte sie eine hübsche Lampe stellen und ihr Vergrößerungsglas. Vielleicht noch den alten Kompass, den sie von ihrem verstorbenen Großvater geerbt hatte. Alles Dinge, die man als Archäologin gebrauchen konnte. Und das war schließlich immer noch ihr größter Traum und so hätte sie alles, was damit zu tun hatte, um sich.

Hier in die Paul-Ecke gehörte natürlich das Hemd, das Lucie von ihm mitgenommen hatte, weil sie seinen Geruch nicht vergessen wollte. Sie hatte mal gelesen, dass der Duft eines Menschen das Erste war, das man von ihm vergaß. Also hatte sie Paul um ein Andenken gebeten, das roch wie er und er hatte ihr dieses Hemd gebracht, sorgsam eingeschlagen in Papier. Und es roch himmlisch! Wenn sie die Nase daran hielt und die Augen schloss, konnte sie sich vorstellen, er wäre bei ihr. Sie hatte sich vorgenommen, es nicht allzu häufig auszupacken, damit es möglichst lange seinen Duft behielt.

Vielleicht wäre es besser, es ganz oben in ihre Kommode zu legen. Sie konnte sich vorstellen, dass der Geruch dann länger erhalten bliebe. Ja, das war ein guter Plan. Aber seine Briefe und die kleine Keramikfigur eines Berliner Bären, die er ihr zum Abschied geschenkt hatte, mussten auf jeden Fall in ihre Paul-Ecke!

Nachdem Lucie ihre Dekoration beendet hatte, drehte sie sich einmal um sich selbst. Wie hübsch das Zimmer bereits aussah. Es hatte definitiv ihre persönliche Note und war voll mit Dingen, die ihr wichtig waren. Sie war fest entschlossen, hier glücklich zu werden, vor allem, weil sie so etwas wie in Berlin nie wieder erleben wollte. Nur mit Schaudern dachte sie daran zurück, wie furchtbar es in der Schule und überall sonst geworden war, nachdem bekannt geworden war, dass sie Jüdin war. So eine Situation wollte sie hier unbedingt vermeiden. Sie musste sich anders geben, anders verhalten, damit niemand sie ausgrenzte oder anfeindete. Deswegen hatte sie sich auch dazu entschieden, eine katholische Schule zu besuchen, obwohl in Zürich mehr Menschen evangelisch waren. Zwar hatten die Eltern sie verblüfft angesehen, als sie ihnen ihren Entschluss mitgeteilt hatte, doch sie hatten keine Einwände gehabt.

»Die Hauptsache ist, dass du wieder gut lernen kannst und dich sicher fühlst«, hatte Mutter gesagt und Vater zustimmend genickt.

»Uns ist es egal, auf welche Schule du gehst, wenn du nur wieder ein angenehmeres Lernumfeld hast, Luciemaus. Und dein Bestes gibst«, hatte er hinzugefügt.

Sie hatte freudig zur Kenntnis genommen, dass die Eltern ihren Plänen keine Steine in den Weg legten, doch das reichte immer noch nicht, um dieses tief liegende Gefühl der Unsicherheit, das sich in ihrem Inneren ausgebreitet hatte, ruhigzustellen. Sie musste mehr tun. Sichergehen, dass die Untersekunda, die sie hier wiederholen würde, nachdem die Schule im letzten Jahr so aus dem Ruder gelaufen war, ein voller Erfolg würde.

Sie musste sich von Anfang an so geben, dass Anfeindungen jeglicher Art keinen Platz in ihrem Leben hatten, sich gleichsam neu erfinden. Sie durfte hier keinesfalls so offen über ihren jüdischen Glauben reden, wie sie das in Berlin gemacht hatte. Denn damit hatte das ganze Unglück begonnen. Nachdenklich ließ Lucie sich im Schneidersitz auf den Boden sinken, das Bild der Cheopspyramide, das sie gerade als Letztes hatte aufhängen wollen, noch in den Händen.

Ja, vielleicht war das wirklich die Lösung! Sie würde gar nichts über ihren Glauben sagen. Nur wenn jemand sie fragte, musste sie eine Möglichkeit finden, sich aus der Sache herauszuwinden, ohne allzu viel zu verraten.

Sie straffte den Rücken, während sich ein breites Lächeln auf ihrem Gesicht ausbreitete. Sie würde es schaffen! Hier könnte sie endlich wieder glücklich werden! Wenn auch vorerst ohne Paul an ihrer Seite.

Kapitel 3

Hannah saß im noch etwas kahlen Wintergarten, in dem nur zwei Grünpflanzen ein wenig kümmerlich vor sich hinvegetierten, und blickte hinaus. Sie war entschlossen, hier eine Unmenge blühender und grüner Pflanzen hinzustellen, um einen Ort zum Ausruhen und Kraft schöpfen zu schaffen. Ja, das würde bestimmt hübsch werden.

Das Wetter sah für die Jahreszeit ungewöhnlich freundlich aus, doch das konnte sich natürlich minütlich ändern. Der Himmel strahlte blau, aber dort hinten von Bergen zogen langsam dunkle Wolken auf.

Statt im Schlaf Erholung zu finden, hatte sie wach gelegen und gegrübelt. Immer wieder hatte sie sich in den letzten Wochen vor ihrem Umzug die Frage gestellt, ob vielleicht doch ein Körnchen Wahrheit in den Anschuldigungen lag, die sie in Berlin sogar für eine Nacht ins Gefängnis gebracht hatten. War sie möglicherweise gar nicht so eine gute Ärztin, wie sie immer gedacht hatte, vielleicht war sie zu weichlich, um Patienten zu retten, um ihnen zu helfen. Sie hatte gehofft, dieses Gefühl hier, weit weg von Berlin, verschwände, doch es klebte wie bisher an ihr.

Hannah musste zugeben, dass sie langsam, aber sicher das Vertrauen in die eigenen Fähigkeiten verloren hatte, sich selbst nicht mehr vertraute.

Wie sollte es weitergehen, wenn sie es nicht schaffte, all das Geschehene hinter sich zu lassen? Wer war sie, wenn sie nicht als Ärztin arbeiten konnte? Immerhin war sie noch Mutter und Ehefrau. Sie konnte sich um den Haushalt kümmern, so wie es seit jeher eigentlich von ihr erwartet worden war. Würde sie jemals glücklich sein ohne die Medizin und eine richtige Aufgabe?

Mit der Hand fuhr sie über die Lehne eines Sessels und seufzte. Sie gefiel sich so selbst nicht, denn sie war von Natur aus kein Trauerkloß. Grundsätzlich war sie bereit, weiterzugehen und die Vergangenheit hinter sich zu lassen. Sie brauchte nur etwas Zeit, damit die schwärenden Wunden in ihrem Innern zuheilten.

Sie hatten sogar schon alle ihre Niederlassungserlaubnisse bekommen. Daniel hatte sich im Vorfeld gesorgt, ihr Gesuch könnte Schwierigkeiten mit sich bringen, war man doch auch hier in der Schweiz Ausländern gegenüber nicht mehr so aufgeschlossen wie früher. Man befürchtete eine Verjudung und es war eine zunehmende Feindseligkeit gegen Fremde zu spüren. Wahrscheinlich hatte aber die Tatsache, dass sie gut ausgebildet und vermögend waren, mögliche Befürchtungen in dieser Hinsicht schnell zerstreut. Und was die Vorbehalte gegenüber Juden anging, waren sie zum Glück keinesfalls damit vergleichbar, was ihnen in Berlin an Ressentiments entgegengeschlagen war. Sie hatten also allen Grund, dankbar zu sein.

Hannah atmete tief ein und stand auf. Sie wollte ihr Leben wieder unter Kontrolle bekommen, es endlich schaffen, sich wieder sicher zu fühlen. Es gab so viel zu tun, um das Haus zu ihrem neuen Zuhause zu machen. Sie hatte gar keine Zeit, hier herumzusitzen und Trübsal zu blasen.

Entschlossen wischte sie sich die Tränen mit dem Handrücken von den Wangen und ging ins angrenzende Wohnzimmer. Ihre Bücher brauchten einen schönen Platz und sie musste entscheiden, wo die Sessel von den Großeltern hin sollten, wenn sie erst einmal angekommen waren. Das Arbeitszimmer, das Daniel bekäme, erforderte auch eine liebevoll ordnende Hand.

Ariel saß im Wohnzimmer. Er hielt ein Buch, starrte aber mit leerem Blick vor sich hin. Man konnte ihm die Erschöpfung der vergangenen Tage deutlich ansehen.

»Wie geht es dir? Tut das Bein weh?«

Er schreckte hoch und schüttelte dann den Kopf. »Es geht schon«, sagte er leise.

Hannah spitzte die Lippen. Es war deutlich erkennbar, dass er log. Die Anspannung in seinem Körper und das hochgelegte Bein verrieten ihn. »Kann ich dir etwas bringen? Einen Tee vielleicht oder eine Kleinigkeit zum Essen?« Sie lächelte ihn an. Wie sehr hoffte sie, dass sich seine Beschwerden bald legten und er wieder ein halbwegs unbeschwertes Leben führen konnte.

»Danke, im Moment nicht. Ich wollte nur einen Augenblick die Füße hochlegen.« Er lächelte sie an.

Hannah musterte ihn für den Bruchteil einer Sekunde und sagte dann: »Darf ich mal kurz sehen? Ich will sicherstellen, dass sich nichts entzündet hat.«

Ariel seufzte. »Ach, Mama! Wirklich, es geht schon. Können wir das nicht später machen?«

»Ja, sicher. Es ist gut, wenn du dich ausruhst. Wahrscheinlich ist es einfach nur ein wenig überlastet von der langen Fahrt.«

Ariel nickte. Sein Blick verriet, dass er schon wieder ganz woanders mit den Gedanken war. Er hatte den Überfall noch immer nicht verwunden. Wie gerne hätte sie ihm die Last der Erinnerung abgenommen. Doch das musste er allein

hinbekommen. Sie stand auf und blickte ihn traurig an. Wenn sie ihm nur helfen könnte! Aber wahrscheinlich musste sie es zuerst einmal selbst schaffen, sich von den dunklen Gedanken an die Vergangenheit zu befreien.
Sie waren erst einen Tag hier, doch das Heimweh nach dem Haus der Großeltern, den vertrauten Straßen, dem bisherigen Leben, drückte in ihrer Brust, sodass sie sich darauf konzentrieren musste, gleichmäßig zu atmen.

Sie würde hier in der Villa eine Ecke einrichten, die die Geborgenheit ausstrahlte, die ihr das großelterliche Haus vermittelt hatte, mit einer schönen Leseecke, wo alle ihre alten Medizinbücher und Bilder der Familie und natürlich der Eltern und Großeltern hängen würden.

Hannah wollte stark sein. Für ihre Kinder. Für ihren Mann. Für Alma. Sie alle mussten sich schließlich auch eingewöhnen und in ihrer neuen Heimat einrichten. Sie musste funktionieren und aufhören, zu grübeln. Aber dafür wäre es hilfreich, wenn erst einmal die Albträume aufhörten.

Es würde bestimmt helfen, den Kopf freizubekommen, wenn sie Alma einen kurzen Besuch abstattete, bevor sie mit dem Räumen begann. Sehen, wie weit sie schon mit dem Auspacken waren, und ein bisschen Vertrautheit und Nähe erleben. So ein Gespräch mit der besten Freundin würde sie sicher beruhigen.

Aber vorher wollte sie noch nach Ursula sehen. Sie fühlte sich nach der langen Zugfahrt von Tübingen hierher nicht wohl und auch die Nachtruhe hatte keine nachhaltige Erleichterung gebracht.

Kurt hatte beschlossen, erst in das gemeinsame Haus zu ziehen, wenn es ihr wieder gut ginge. Zu groß war das Risiko, dass sich die Schwangere mit dem Einrichten der Wohnung ansonsten übernehmen würde.

Langsam stand Hannah auf und schüttelte die düsteren Gedanken ab. Es war schön, ihren Großen wieder so nahe bei sich zu haben, nach all der Aufregung der letzten Monate. Sie zwang sich zu einem Lächeln.

Mit entschlossenen Schritten lief sie über den Flur und klopfte leise an die Tür des Gästezimmers, das Kurt und Ursula die letzte Nacht bezogen hatten.

»Herein«, tönte ihr die schwache Stimme von Ursula entgegen. Kurt war losgegangen, um sich bei der Uni zu melden und offene Fragen zu klären.

Ursula sah noch immer recht blass aus. Ihr blondes Haar lag ausgebreitet auf dem Kissen und wirkte fast wie ein Heiligenschein.

»Ursula, meine Liebe, wie geht es dir inzwischen?«

Ein Lächeln huschte über das Gesicht ihrer Schwiegertochter. »Das Liegen tut auf jeden Fall gut. Dann ist der Körper auch nicht ganz so schwer.«

»Trotzdem solltest du ab und an aufstehen. Für den Kreislauf.«

»Ja, natürlich. Soll ich jetzt gleich?«, fragte Ursula, während sich Furcht auf ihrem Gesicht ausbreitete.

»Nein, warte noch ein wenig damit, bis du dich bereit fühlst. Ich dachte, ich sehe einmal nach dem Kind, wenn es dir recht ist.«

Ursula nickte mit sanftem Lächeln. Sie sah aus wie ein Engel. Ein angeschlagener Engel, aber auch wenn sie dort so schwach lag, strahlte sie eine Würde und Herzenswärme aus, wie man sie selten antraf.

Hannah lächelte sie ermutigend an und setzte sich dann auf die Bettkante. Sie begann damit, den Bauch der Schwangeren abzutasten. Moment mal, was war das? Sie stutzte. Da stimmte doch etwas nicht. Sie gab sich Mühe, gleichmütig auszusehen, um Ursula nicht zu beunruhigen, und tastete noch einmal an der Stelle, die sie eben irritiert hatte. Dann stand sie auf und sagte betont ruhig:

»Ich hole mein Stethoskop, damit ich deinen Bauch und die Herztöne des Kindes abhören kann. Ich bin gleich wieder da. Hat deine bisherige Frauenärztin irgendetwas Besonderes bemerkt?«

»Stimmt etwas nicht mit dem Kind?« Ursulas Blick wirkte alarmiert.

Hannah biss sich auf die Unterlippe. Hätte sie doch nicht gefragt.

»Nein, nein, das meinte ich nicht. Ich wollte nur wissen, ob es irgendwelche Besonderheiten gibt. Das ist Routine«, bemühte sich Hannah, Ursula zu besänftigen.

Dann schlüpfte sie hinaus in den deutlich kälteren Flur, bevor ihre Schwiegertochter ihr noch mehr Fragen stellen konnte.

Im Flur im Erdgeschoss standen die ungeöffneten Pakete und Koffer. Auch ihre inzwischen recht abgenutzte Arzttasche war darunter.

Als sie danach griff, war da gleich wieder das vertraute Gefühl. Das war ihre Domäne. Hier wusste sie Bescheid.

Menschliche Körper waren ein Wunder und trotz ihrer Ausbildung überraschten sie sie immer wieder.

Vor Ursulas Tür zögerte sie einen Augenblick, dann klopfte sie erneut und drückte die Klinke herunter.

Sie hielt ihre Arzttasche hoch. »Gefunden. Nun können wir uns die Herztöne deines Kindchens anhören.«

Ursula sah sie unsicher an.

»Und es ist gewiss alles in Ordnung?«, fragte sie mit ängstlichem Beben in der Stimme.

Hannah lächelte vage und nahm erneut auf der Bettkante Platz, bevor sie ihre Tasche öffnete und nach dem Hörrohr griff. Sie drückte es auf Ursulas Bauch, genau auf die Stelle, an der sie vorhin gestutzt hatte.

Ja, wirklich. Sie hatte sich also nicht getäuscht. Seltsam, dass das bei den vorherigen Untersuchungen nicht aufgefallen war. Sie setzte das Stethoskop an einer anderen Stelle an und lauschte wieder. Doch, es war eindeutig. Sie biss sich auf die Unterlippe, um nicht laut mit der Neuigkeit herauszuplatzen. So beunruhigt, wie Ursula bereits war, musste sie ihr das Untersuchungsergebnis schonend beibringen. Kein Wunder, dass ihre Schwiegertochter sich so schwach gefühlt hatte.

Langsam ließ sie das Hörrohr sinken und hob den Kopf.

»Bitte, sag es mir. Ich kann die Wahrheit vertragen.« Ursulas Stimme war leise und angespannt. Mit brennenden Augen sah sie Hannah an.

Hannah hatte Mühe, ein Grinsen zu unterdrücken. »Ich hoffe, ihr bereitet euch gut vor und habt viel Energie.«

Ursula richtete sich alarmiert auf und stützte sich auf die Unterarme, während ihr flehender Blick an Hannahs Gesicht hing.

»Stimmt etwas nicht mit dem Kind?«

»Doch, damit ist alles in Ordnung. Es ist nur so, dass ihr Zwillinge erwartet.« Hannah musste sich beherrschen, über Ursulas überraschten Blick nicht zu lachen.

Mit ungläubigem Staunen und halb offenem Mund sah sie Hannah an. Dann aber breitete sich ein Lächeln auf ihrem Gesicht aus. »Du veräppelst mich, oder?«

Grinsend schüttelte Hannah den Kopf. »Ich bin mir absolut sicher. Der zweite Herzschlag ist klar erkennbar und auch beim Abtasten war der zweite Körper zu fühlen. Ich denke, ihr müsst euch auf eine Menge Lärm nach der Geburt einstellen. Herzlichen Glückwunsch!«

Mit großen Augen sah Ursula sie an. Dann ließ sie sich zurücksinken und schlug die Hand vor den Mund.

»Was wird Kurt nur dazu sagen?«, flüsterte sie und ein Strahlen legte sich auf ihr Gesicht.

»Was werde ich wozu sagen?«

In der ganzen Aufregung war Kurt unbemerkt zurückgekommen.

Ursula streckte die Hände nach ihm aus. Er warf Hannah einen fragenden Blick zu und setzte sich dann auf die Bettkante.

»Schatz, du glaubst nicht, was deine Mutter eben entdeckt hat: Wir bekommen Zwillinge!«

Kurt zog überrascht die Augenbrauen hoch und sah erst seine Frau und dann Hannah an. »Ist … ist das wirklich wahr?«

Hannah nickte lächelnd.

»Das ist ja unglaublich!« Tränen traten in seine Augen. »Ist Ursula deshalb in letzter Zeit so schwach?«

»Höchstwahrscheinlich! Zwei Kindchen in sich wachsen zu lassen und nebenbei die ganze Aufregung wegen des Umzugs und allem, sind natürlich eine Belastung.«

»Das ist … ich kann es noch gar nicht fassen«, stammelte Kurt. Dann wandte er sich zu Ursula um und zog sie stürmisch in die Arme. »Meine kleine zarte Frau trägt gleich zwei Kinder in sich. Ich kann es kaum glauben!« Er küsste sie.

Hannah fand es an der Zeit, die beiden mit der guten Neuigkeit für den Moment allein zu lassen. Aber sie war gespannt, wie der Rest der Familie darauf reagierte, wenn die werdenden Eltern so weit wären, sie zu verkünden.

Jetzt machte sie sich erst einmal auf den Weg zu Alma, auch wenn es ihr schwerfiele, ihr nicht umgehend von ihrer Entdeckung zu erzählen.

***

Der Weg zu Almas Häuschen war wirklich nur ein Katzensprung und trotzdem sah es so ganz anders aus als in ihrer Ecke der Straße. Die Häuser waren hier deutlich kleiner und einige in einem schlechteren Zustand als die Villen im vorderen Teil. Das Häuschen, das Alma mit ihrem Mann Wilhelm und Adoptivsohn Günther bewohnte, wirkte von außen gemütlich und glich farblich dem ihren, obwohl kein Efeu daran wuchs und Almas Fensterläden rot waren statt grün wie ihre. Alles sah ordentlich und sauber aus. Ein paar Büsche waren mit Säcken abgedeckt, wohl um sie vor den kalten Temperaturen zu schützen.

Weiße Kiesel säumten den Weg zum Haus und erinnerten Hannah an das Märchen von Hänsel und Gretel, das sie seinerzeit gemeinsam mit Alma gelesen hatte, damals als sie ihr das Lesen beigebracht hatte.

Aus dem Inneren des Hauses drangen lebhafte Stimmen. Hannah lächelte unwillkürlich. Wie froh war sie, dass Alma nach allem, was sie erlebt hatte, endlich das verdiente Glück gefunden hatte, nach dem sie sich zeit ihres Lebens gesehnt hatte.

Sie drückte die Klinke herunter und spähte in das Häuschen. Alma stand am Herd und drehte ihr den Rücken zu, während sie sich laut rufend mit Günther unterhielt, der irgendwo durchs Haus lief. Wilhelm saß mit zufriedenem Gesicht am Küchentisch und beugte sich über eine Zeitung, warf aber immer wieder eine kurze Bemerkung dazwischen. Jetzt hob er den Kopf und sah Hannah lächelnd entgegen. Doch bevor er dazu kam, etwas zu sagen, bedeutete ihm Hannah mit ausgestrecktem Zeigefinger an den Lippen, still zu bleiben. Sie zeigte auf Alma, die sie immer noch nicht bemerkt hatte. Wilhelm nickte lächelnd. Er hatte verstanden.

Vorsichtig hob Hannah die Füße, um nicht durch das Klackern ihrer Absätze Almas Aufmerksamkeit auf sich zu ziehen. Sie wollte sie von hinten zur Überraschung umarmen.

Gleich hatte Hannah sie erreicht und jetzt … In diesem Moment drehte Alma sich um. Sie hatte den Kochlöffel, mit dem sie gerade in einem Topf gerührt hatte, hoch über ihren Kopf erhoben und grinste Hannah an.

»Glaubst du, ich merke es nicht, wenn du in der Nähe bist, du Närrin?« Sie lachte.

»Aber woher? Ich war unglaublich leise. Ein fallendes Staubkorn ist lauter als ich«, widersprach Hannah lachend. Sie hob den Blick und sah auf den erhobenen Kochlöffel in Almas Hand, an dem ein Stückchen Lauch hing.

Jetzt schaute auch Alma aufwärts und kicherte, während sie den Löffel langsam senkte.

»Das erinnert mich an etwas«, gluckste sie.

Hannah nickte. Sie konnte sich kaum mehr halten vor Lachen. »Genau! Damals in unserer Küche in Tübingen. Hach, ist das lange her.«

Günther, der neugierig in die Küche gekommen war und Wilhelm, der sie beide mit gerunzelter Stirn ansah, während ein Lächeln um seine Mundwinkel spielte, beobachteten sie irritiert.

»Was ist denn passiert?«, fragte der fast Elfjährige.

»Nichts. Es ist nur … Hannah … und der Lauch …«, keuchte Alma und wischte sich ein paar Lachtränen aus den Augenwinkeln.

»Frauen!«, murmelte Wilhelm und schüttelte den Kopf. »Versuche es gar nicht erst, sie zu verstehen, mein Sohn. Sie überraschen dich doch immer wieder.« Dann beugte er sich erneut über seine Zeitung.

Günther warf ihnen einen skeptischen Blick zu und zog sich offensichtlich beunruhigt über ihre Ausgelassenheit in die Sicherheit seines Zimmers zurück.

»Wir verschrecken ihn. Hannah, beruhige dich endlich, bevor der arme Kerl vollends traumatisiert ist«, hechelte Alma unterbrochen von einer weiteren Lachsalve.

»Du hast recht. Auch Wilhelm scheint ja von unserer Heiterkeit überfordert«, neckte Hannah ihn.

Er grinste breit, während er nur den Kopf schüttelte.

»Was kochst du denn heute Schönes?«, wandte sie sich dann Alma zu.

»Einen schnellen Gemüseauflauf, damit alle satt werden.

Wie geht es dem Rest der Familie? Hat Ariel die Reise gut überstanden?«, fragte Alma.

Hannah verzog besorgt den Mund. »Er hat noch immer starke Schmerzen und wirkt so niedergeschlagen. Wahrscheinlich belastet es ihn, dass es kaum vorangeht, denn sein Bein ist bisher weit davon entfernt, geheilt zu sein.«

»Geduld war noch nie seine Stärke. Aber er wird das hinbekommen. Er hatte schon als Kleinkind einen ausgesprochen festen Willen. Wenn er sich etwas vorgenommen hat, hat es bisher immer geklappt«, gab Alma zu bedenken.

Hannah seufzte. »Dieses Mal könnte es schwieriger werden.«

KAPITEL 4

Inzwischen waren einige Tage vergangen, seit sie davon erfahren hatten, nicht nur ein Kind, sondern gleich zwei zu bekommen. Es erschien Kurt immer noch wie ein Traum, dass seine geliebte Ursula Zwillinge erwartete. Vielleicht war das der Grund für dieses Gefühl der aufziehenden Gefahr, obwohl das natürlich Unsinn war. Eigentlich wäre mit der Erklärung für Ursulas Schwäche der richtige Moment gewesen, dass sich diese Vorahnung nunmehr in Luft auflöste, doch noch immer hing eine dräuende Unruhe in seinem Körper und so sehr er sich auch bemühte, sie verschwand einfach nicht.

Ursula hatte postwendend ihre Eltern angerufen, um ihnen die aufregenden Neuigkeiten mitzuteilen, und ihre jüngere Schwester Marie hatte versprochen, kurz vor der Geburt nach Zürich kommen und eine Weile bei ihnen zu bleiben. Nur so lange, bis sich alles mit den Kleinen so weit eingespielt hatte, dass Ursula problemlos allein mit ihnen fertig werden würde.

Kurt war dankbar für das großzügige Angebot, denn wenn er ehrlich war, hatte er sich bereits darum gesorgt, wie Ursula zwei Säuglinge versorgen sollte, während er in der Universität war. Am liebsten hätte er Ursula zur Feier der guten Nachricht in die Konditorei Sprüngli am Paradeplatz ausgeführt, um dort mit ihr Kaffee zu trinken und die feinen Naschereien zu genießen, denn schließlich war die Schweiz für ihre gute Schokolade weltberühmt. Doch dazu waren sie noch nicht gekommen. Es gab einfach viel zu viel zu tun.

Mit Mutters überraschender Diagnose war Ursula von Tag zu Tag mehr aufgeblüht und mittlerweile hatte sie wieder eine rosige Farbe auf den Wangen und fühlte sich stark genug, in ihr eigenes Haus zu ziehen. Sie konnte es kaum erwarten, sich um die Einrichtung des Kinderzimmers zu kümmern, das nun unglaublicherweise zwei Kinder beherbergen würde.

Kurt hatte darauf bestanden, allein alle Taschen, Koffer und Kisten auszupacken, bevor Ursula ebenfalls in das neue Heim übersiedelte, weil er befürchtete, dass sie sich ansonsten übernähme und das ihr oder den Kindern schaden konnte. Er war um ihr Wohlergehen besorgt und sich nicht zu schade gewesen, all die Dinge zu tun, die normalerweise von Frauen erwartet wurden. Hauptsache, Ursula und den Kleinen ging es gut.

Doch nun war alles so weit und so hatte er Ursula feierlich, begleitet von ihrem Kichern über die Schwelle ihres neuen Heims getragen.

Am Abend saßen sie auf dem Sofa, Ursula hatte den Kopf in seinen Schoß gebettet und streichelte sich gedankenverloren über den Bauch. Liebevoll strich er ihr die Haare aus dem Gesicht und sie diskutierten, ob sie nun zwei Mädchen, zwei Jungen oder eins von beidem bekommen würden.

Während Ursula davon überzeugt war, zwei Mädchen zur Welt zu bringen, hätte Kurt darauf gewettet, dass es zwei Jungen waren.

Ursula zwinkerte ihm zu. »Egal, was es wird. Hauptsache, sie werden wie du.«

»Auf gar keinen Fall. Zwei kleine Engelchen, wie du einer bist, sind alles, was ich mir wünsche.«

Sie zog ein wenig spöttisch den Mundwinkel hoch. »Ich fürchte, so engelhaft werden unsere Kinder nicht sein. Sie werden wohl eher schreien, spucken, in die Windeln machen und gefüttert werden wollen. Aber das spielt keine Rolle, sind es doch deine und meine Kinder und wir wollen sie mit viel Liebe aufziehen.«

»Auf jeden Fall! Ob es zwei kleine Ursulas oder zwei Kurts sind. Wir nehmen, was wir bekommen.«

»Da bleibt uns wohl keine Wahl. Aber über die Namen müssen wir noch einmal reden.«

»Na gut. Was hältst du von Brunhilde und Kunigunde?« Er grinste.

Ursula riss empört die Augen auf, dann sagte sie: »Lass uns an einem anderen Tag darüber reden. Du bist heute offenbar nicht ganz bei Sinnen.«

»Wie immer du willst.« Er grinste, beugte sich zu ihr hinunter, küsste erst ihren Scheitel und später ihren Mund, während er über ihren Bauch streichelte. Aufregende Zeiten lagen vor ihnen!

***

Lucie ging beklommen neben Mutter die Straße hinab. Nun war es also so weit: Sie würde ihre neue Schule und Schulkameradinnen kennenlernen. Sie hatten mit der Tram fahren müssen und dabei sogar die Quaibrücke gequert, die den Zürichsee überspannte. Auf der Brücke tummelten sich Fußgänger, Autos, Trams und im Sommer würden darunter sicher Boote und Ausflugsschiffe herumfahren. Alles wirkte noch immer so, als wären sie nur zu einem längeren Urlaub hergekommen, doch mit dem Beginn der Schule wäre dieses Gefühl sicher schnell vorbei.

»Aufgeregt?«, fragte Mutter sie lächelnd.

Lucie nickte. Wenn nur die Kleidungsvorschriften an der Schule nicht so streng gewesen wären. Man ignorierte die aktuelle Mode der schmalen, wadenlangen Röcke und breiten Schultern völlig. Stattdessen musste Lucie ein schlichtes Kleid mit weitem Rock tragen und darüber sogar noch eine Schürze. Sie fühlte sich, als wäre sie ein Dienstmädchen des letzten Jahrhunderts. Es kam ihr seltsam vor, dass die Anmeldung in der Berliner Schule gerade mal ein gutes Jahr her war. Mit wie viel Naivität war sie damals in die neue Klasse gestolpert, gar nicht in Erwägung ziehend, was alles passieren konnte.

Von außen glich das Gebäude ihrer Berliner Schule, nur war es ungefähr dreimal kleiner. Und gleich nebenan stand wuchtig die dazugehörige Kirche. Lucies Beine begannen, zu zittern, und auch ihre Finger zuckten verräterisch. Schnell versteckte sie die Hände hinter dem Rücken, damit Mutter es nicht bemerkte, und sog tief die Luft ein.

»Nervös?«, fragte Mutter teilnahmsvoll. »Das ist völlig verständlich Lucie, schließlich ist so ein Schulwechsel immer etwas Aufregendes. Und mit den Erfahrungen, die du in Berlin gemacht hast, bekommt das Ganze noch eine besondere Note. Aber du wirst sehen, es ist hier völlig anders und bald fühlst du dich wohl wie eine Kuh auf der Weide.« Sie grinste.

Lucie sah sie empört an. »Wie eine Kuh? Heißt es nicht *wie ein Fisch im Wasser*?«

Mutter nickte schmunzelnd. »Aber die Kuh passt besser in die Schweiz. Ach, hier ist schon das Sekretariat. Dann mal rein ins Vergnügen, meine Süße!« Damit deutete sie auf die halb offenstehende Tür.

Lucie schluckte trocken und verlangsamte unwillkürlich ihren Schritt. Eine Frau mit strengem Haarknoten und dicken runden Brillengläsern, die ihr das Aussehen einer Eule gaben, musterte sie, ohne eine Miene zu verziehen.

»Sie wünschen?«, schnarrte sie.

»Meine Tochter Lucie hat heute ihren ersten Tag. Ich bin …«, begann Mutter, doch die Eule unterbrach sie schonungslos.

»Ah, Lucie Friedländer. Ja, wir warten schon auf dich. Du kannst gleich in deine Klasse gehen, nur noch ein paar Formalitäten.«

»Sehen wir nicht den Rektor?«, fragte Mutter ein wenig verwirrt.

»Rektor? Nein. Und außerdem haben wir eine Rektorin. Die meisten unserer Lehrkräfte sind Nonnen«, erklärte die Eule mit hochgestrecktem Kinn. Man merkte ihr an, wie sehr sie ihren Wissensvorsprung genoss.

»Ich verstehe. Nun gut. Was müssen wir noch für Angaben machen?«

»Nur eine Unterschrift und das letzte Zeugnis. Wenn sonst etwas fehlt, kann uns Ihre Tochter auch Auskunft geben.«

Lucies Puls ging schneller. Würde sie hier vielleicht gar nicht erst nach ihrer Konfession gefragt? Wahrscheinlich nahm man automatisch an, dass sie Katholikin war. Umso besser! Rasch ließ Lucie ihre Schultasche von den Schultern gleiten und griff nach dem Papier.

»Ich habe das letzte Zeugnis mitgebracht.«

»Aber schenken Sie den Noten darauf bitte keine sonderliche Bedeutung. Es gab dort einige Unstimmigkeiten über …«, hub Mutter an, zu erklären, doch Lucie unterbrach sie hastig.

»Brauchen Sie sonst noch etwas?« Ihre eigene Stimme hörte sich vor Nervosität ein wenig gepresst an. Aber Lucie war entschlossener denn je, den Start an der neuen Schule so glatt und komplikationslos wie möglich hinzubekommen.

Die Eule sah mit irritiert gerunzelter Stirn von dem Zeugnis auf, das sie sich gerade angesehen hatte.

»Sie müssen noch hier unterschreiben«, sagte sie zu Mutter gewandt.

Ihr ganzer Habitus glich so sehr einem Vogel, dass es schon fast lächerlich wirkte, dachte Lucie.

Mutter nickte und beugte sich über das Schriftstück.

Lucie biss sich nervös auf die Lippen und starrte auf ihre Schuhe. Ob sie sie noch nach ihrer Konfession fragen würde? Bitte nicht!

Nach einer Weile, in der der Stift übers Papier kritzelte, traute sie sich, wieder aufzusehen.

Die Sekretärin fasste einige Blätter zusammen und schob sie in eine dunkelgraue Mappe. »Dann haben wir alles. Du kannst jetzt in deine Klasse gehen. Den Gang runter. Die letzte Tür links.«

»Oh. Gut. Vielen Dank!«, stammelte Lucie. Es war so einfach gewesen. Kein Wort über ihre Religion. Sie hielten sie offensichtlich für eine Katholikin. Und sie würde den Teufel tun, sie darauf zu stoßen, dass sie es nicht war. Sie musste sich einfach wie eine benehmen. Die ganze Welt wirkte mit einem Mal heller.

»Dann alles Gute, mein Schatz! Ich wünsche dir einen schönen ersten Schultag.« Mutter strich ihr über die Wange. Traurigkeit hing in ihrem Blick.

Am liebsten hätte Lucie Mutter in den Arm genommen, doch das hätte hier komisch gewirkt. So drückte sie ihr nur kurz die Hand und nickte ihr verabschiedend zu. Dann schritt sie mit pochendem Herzen in den Flur. Ihrer neuen Zukunft entgegen.

***

Gedankenversunken trat Hannah aus dem Schulgebäude auf die Straße. Was war dort eben passiert? Lucie war erst so bedrückt gewesen und hatte plötzlich so erleichtert gewirkt. Warum? Hannah fand keine Antwort. Doch das Wichtigste war, dass Lucie sich in der Schule wohlfühlte.

Am liebsten hätte sie Daniel gleich alles erzählt, aber das musste wohl bis später warten. Schon nach den wenigen Tagen, die sie jetzt hier in Zürich lebten, war alles wieder so, wie zu den arbeitsreichsten Zeiten in Berlin. Er war stark eingespannt in seine neue Tätigkeit als Versicherungsanwalt, sodass er abends sehr erschöpft wirkte und kurz angebunden war. Sie wollte ihn nicht mit Kleinigkeiten behelligen. Aber das hier war wichtig für Lucie und sie war sich sicher, dass es ihn interessierte, was für einen Eindruck sie von der neuen Schule hatte.

Sie lief die Straße hinab, um die Straßenbahn zu erreichen, die sie nach Hause brächte. Alles wirkte hier viel freundlicher und beschaulicher als in Berlin. Es gab kaum hohe Häuser, von Mietskasernen ganz zu schweigen. Sie passierte eine Litfaßsäule. Normalerweise wäre sie jetzt stehen geblieben und hätte die Aushänge gelesen, doch heute hatte sie keine Zeit dafür. Wenn sie sich beeilte, wäre Daniel vielleicht noch zu Hause, bevor er sich auf den Weg in die Versicherung machte. War das da vorn nicht ihre Bahn? Hannah raffte ihren Rock und rannte recht undamenhaft los. Sie wollte Daniel so gerne noch sehen. Abends bekam sie kaum mehr ein Wort aus ihm heraus. Er saß nur da, eingehüllt in den Rauch seiner Pfeife und hatte den Kopf über irgendein Schriftstück gebeugt. Natürlich musste er sich erst an die neue Arbeitsstelle gewöhnen, wo eine Menge von ihm gefordert wurde, aber sie vermisste die vertrauten abendlichen Gespräche über alles, das am Tag angefallen war, und die gemeinsamen Spaziergänge.

Es war doch weiter zu der Straßenkreuzung, als sie gedacht hatte, aber sie schaffte es, im letzten Moment aufzuspringen, bevor die Tram davonfuhr. Erleichtert ließ sie sich auf ihren Sitz plumpsen. Ihr Atem ging stoßweise und sie spürte, wie ihr der Schweiß aus allen Poren rann. Einige der anderen Passagiere musterten sie irritiert, doch das war ihr egal. Sie hatte die Bahn bekommen und das war alles, was zählte.

Zu ihrer großen Freude hatte Ariel sich entschlossen, sein in Tübingen abgebrochenes Jurastudium hier in Zürich wieder aufzunehmen, und Daniel und sie waren sehr dankbar, dass er diesen Schritt gehen wollte. Als er von der Immatrikulation in der Universität zurückgekommen war, hatte er amüsiert über die zahlreichen russischen Studentinnen erzählt. Nicht wenige von ihnen trugen kurze Röcke, Brillen und Kurzhaarschnitte und wurden hinter vorgehaltener Hand abwertend *Kosakenpferdchen* genannt, weil man sie aufgrund ihres Aufzuges für besonders aufgeschlossen hielt. Hannah war froh, dass sie Lucie davon hatten überzeugen können, ihre langen Haare zu behalten. Es wäre zu schade, wenn ihre wunderschöne Haarpracht einer dieser Kurzhaarfrisuren weichen müsste, zumal Hannah ohnehin davon überzeugt war, dass sich solche Frisuren nicht durchsetzen würden.

Nach zwei Haltestellen hatte sich ihr Atem deutlich beruhigt und vier Stationen später konnte sie auch schon wieder aussteigen. Seltsam, dass Lucie sich eine Schule ausgesucht hatte, die so weit von ihrem neuen Haus entfernt lag.

Mit schnellen Schritten lief Hannah die Straße hinunter. Hoffentlich kam sie nicht zu spät, sondern erwischte Daniel noch.

Die Tür ging auf. Es war Daniel. Juchhu, sie hatte es geschafft, hob die Hand und winkte, um ihn auf sich aufmerksam zu machen, während sie wieder loszurennen begann.

Daniel bemerkte sie, blieb mit einem belustigten Lächeln auf den Lippen stehen und sah ihr entgegen, nachdem er dem Fahrer des Wagens, der darauf wartete, ihn abzuholen, mit einem Wink zu verstehen gegeben hatte, dass es noch einen Moment dauerte.

»Was treibt mein Eheweib zu dieser Tageszeit zum Frühsport?«, fragte er sie grinsend, als sie ihn endlich schwer atmend erreicht hatte.

»Ich … bin … so froh, dass ich dich noch erwischt habe«, keuchte Hannah.

»Ich freue mich ja auch, dich zu sehen, aber deswegen renne ich nicht, als wären die verwunschenen Reiter hinter mir her.« Er nahm sie in den Arm und drückte sie sanft.

»Ach, du! Ich dachte nur, du willst hören, wie die neue Schule ist.«

Daniel gab sie wieder frei und sah sie an. Besorgnis war in seinem Blick zu erkennen. »Und? Ist es ähnlich wie in Berlin?«, fragte er beklommen.

»Das völlige Gegenteil. Sie wird tatsächlich vor allem von Nonnen unterrichtet. Anders, als wir es uns vorgestellt haben. Kein Herr Korte, weit und breit.«

Daniel riss überrascht die Augen auf. »Nonnen? Ich dachte, dass die Schule zwar katholisch ist, aber dass trotzdem normale Lehrer dort unterrichten. Aber sie wissen schon, dass wir Juden sind?«

Hannah zuckte mit den Schultern. »Du hättest sehen sollen, wie gut gelaunt Lucie den Gang hinuntergelaufen ist. Sie wirkte wie ausgetauscht, als wäre ihr ein Stein von der Seele gefallen.«

»Das ist schön. Ich muss jetzt aber los. Ich bin schon gespannt, was Lucie heute Abend erzählen wird.« Er küsste sie hastig auf die Stirn und lief dann mit schnellen Schritten zu dem wartenden Wagen.

Hannah sah ihm hinterher. Sie fühlte eine Leere in ihrer Brust. Sie hatte sich nie einsam gefühlt, aber jetzt, wo alle aus dem Haus waren, Ariel wieder studierte, Lucie zur Schule ging, und sie noch keine neue Praxis gefunden hatte, war da plötzlich die jähe Erkenntnis, dass sie irgendwie nutzlos war. Überflüssig, als wäre ihre beste Zeit vorbei. Seufzend schloss sie die Tür auf. Es ginge schon weiter. Sie würde eine neue Tätigkeit finden. Doch erst einmal musste sie nach allem, was in Berlin passiert war, ihr Selbstbewusstsein irgendwie wieder erlangen!

KAPITEL 5

Mutter hatte Lucie von der Schule abgeholt, um sie mit zu Kurt und Ursula zu nehmen. Anstelle eines Hutes trug sie eine schicke Kappe und die Absätze ihrer Schuhe klapperten auf dem Pflaster. Lucie erzählte ihr von der neuen Klasse, den Mitschülerinnen, wie ungewohnt es war, von Nonnen unterrichtet zu werden, wie anders der Stundenplan war, verglichen mit dem, was sie in Berlin hatten lernen müssen, und von allem Neuen, das ihr auf der Seele brannte, während sie nebeneinanderher liefen. Eine Sache allerdings ließ sie aus: Wie erleichtert sie war, weil sie niemand auf ihre Religionszugehörigkeit angesprochen hatte. Und sie hoffte zutiefst, dass es Mutter nicht aufgefallen war. Es wäre zu mühselig, ihr zu erklären, wie recht es ihr war, für eine Katholikin gehalten zu werden, anstatt gleich wieder an die große Glocke zu hängen, dass sie anders war als die anderen.

Jetzt hatten sie Kurts und Ursulas Haus erreicht und Lucie atmete innerlich auf. Nun wäre Mutter mit anderen Dingen beschäftigt. Natürlich würde das Ganze früher oder später dennoch ans Licht kommen, doch wenn es nach ihr ginge, hatte das noch viel Zeit. Sie wollte erst neue Freundinnen gefunden haben und sich ihrer Zuneigung sicher sein, ehe diese Wahrheit wieder alles zerstörte.

***

Kurt bewunderte, wie schön Ursula den Kaffeetisch mit dem guten Porzellan gedeckt hatte. Sie erwarteten Mutter und Lucie. Mutter wollte noch einmal nach den Zwillingen sehen, um ihre Lage zu überprüfen, damit es zu einer sicheren Geburt käme, und sie hatten die ersten Sachen im Kinderzimmer, auf die Lucie bestimmt neugierig war.

Sie hatte in den letzten Tagen eine enge Bindung zu Ursula aufgebaut und sich besonders begeistert über die Neuigkeit mit den Zwillingen gefreut. Kurt freute sich darüber, denn schließlich kannte Ursula hier sonst noch niemanden und in Anbetracht der Tatsache, dass ihre Schwangerschaft inzwischen schon recht weit fortgeschritten war, war es schön, wenn sie eine weibliche Vertraute hatte, die eher in ihrem Alter war als Mutter oder Alma.

Kurt konnte die Geburt der Kleinen kaum abwarten. Er dachte in jeder freien Minute an die Kinder und betete, dass sie gesund auf die Welt kämen. Mutter hatte Ursula geraten, zur Entbindung ins Krankenhaus zu gehen, doch Ursula lehnte allein den Gedanken daran ab. Denn schließlich hatte sie sich schon immer gewünscht, ihr Kind zu Hause zur Welt zu bringen. Wer hätte auch damit rechnen können, dass es zwei kleine Wesen waren, die nun zur gleichen Zeit geboren werden wollten?

»Brauchen wir noch irgendetwas aus der Küche?«, fragte Kurt. Er war heute extra etwas früher aus der Uni zurückgekommen, um zu verhindern, dass sich Ursula wegen der Gäste übernehmen würde. Und außerdem freute er sich natürlich darauf, Mutter und Schwester zu sehen. Die neue Situation, gemeinsam wieder in einer Stadt zu wohnen, erfüllte ihn.

Ursula schüttelte den Kopf und lachte. »Wenn es so wäre, könnte ich es auch selbst holen. Ich bin nicht aus Zucker,

Liebling! Ein bisschen Bewegung ist stattdessen sogar sehr gut für mich, sagt deine Mutter.«

»Das braucht sie dir nicht zu sagen. Du bist ohnehin ständig auf den Beinen. Sie sollte dir lieber etwas Schonung verordnen, damit du gestärkt in die Geburt gehen kannst, wenn es so weit ist.«

»Bis dahin ist es noch ein bisschen hin. Ich ruhe mich schon noch genug aus. Ach, da sind sie ja«, rief Ursula und lief los zur Tür, an der es eben scheppernd geklingelt hatte.

»Die Klingel ist viel zu laut. Wenn die Kinder auf der Welt sind, müssen wir sie irgendwie abdämpfen, sonst wachen sie jedes Mal auf, wenn jemand zu uns will«, sagte Kurt. Er war ein bisschen missgestimmt darüber, dass Ursula seine Sorgen einfach weglachte, anstatt seiner Aufforderung nachzukommen und sich zu schonen.

Doch sie hörte gar nicht mehr zu. Stattdessen fiel sie erst Mutter und dann Lucie um den Hals und führte sie ins Wohnzimmer.

»Hier Schatz, setz dich. Ich hole gleich den Kaffee«, sagte Kurt und zog den Stuhl für sie bereit.

»Du bist ja ein schöner Gastgeber. Schenkst deiner alten Mama und deiner bezaubernden Schwester keinen Blick, sondern scharwenzelst immer nur um deine Frau herum«, rügte Lucie ihn und grinste.

»Alte Mama? Ich muss doch sehr bitten!« Lachend hob Mutter den Zeigefinger und auch Ursula stimmte mit ein.

Kurt ärgerte sich. Er konnte gar nicht sagen, worüber genau, aber er fühlte sich bei den Neckereien der Frauen irgendwie ausgeschlossen. Sie wirkten so vertraut miteinander und er kam sich überflüssig vor.

Lucie erzählte und erzählte. Sie plapperte über ihren ersten Schultag, als gäbe nur dieses Thema auf der Welt, und Ursula lächelte sanft und warf die ein oder andere verständnisvolle Bemerkung ein. Mehrere Male ging ihre

Hand zu ihrem Bauch. War sie nicht schon wieder übermäßig blass? Das hatte er in der letzten Zeit häufiger bei ihr beobachtet. Wenn viel los war, kam da diese Bleichheit, die sie fast durchscheinend wirken ließ und die ihn nervös machte. Das konnte einfach kein gutes Zeichen sein!

Er wollte nicht, dass es Ursula schlecht ging, denn dann fühlte auch er sich unwohl. Sie waren eine Einheit, und wenn ein Teil des Ganzen schwächelte, hatte das unmittelbare Auswirkungen auf den anderen. Ohne sie war er nichts. Unglaublich, wie schnell dieses Zusammenwachsen vonstattengegangen war.

Er warf Mutter einen Blick zu. Sie sah lächelnd von Lucie zu Ursula, die sich unterhielten, als wären sie engste Freundinnen. Sie schien seine Besorgnis um Ursulas Wohlergehen nicht zu teilen, also sollte auch er sich endlich beruhigen. Er würde gespannt darauf hören, was sie nach der Untersuchung sagte, doch bis dahin galt es, sich zu unterhalten, als wäre alles in bester Ordnung. War es ja im Grunde auch.

»Gibt es denn schon Mädchen, die du in der Klasse besonders nett fandest?«, schaltete er sich kurzerhand in die Unterhaltung ein.

Lucie lächelte. »Sie scheinen alle recht nett zu sein. Aber besonders sympathisch ist mir Dorli. Sie ist eine Schönheit. Fast so ansehnlich wie du, Ursula. Nur ohne den Bauch.« Sie grinste Ursula an. »Sie ist mit Innegrit eng befreundet. Die beiden treiben Sport zusammen und haben mich gefragt, ob ich nicht einmal mitkommen möchte zum Training. Ich habe zugestimmt, schließlich bin ich in Berlin ja auch Rhönrad gefahren.«

»Sie fahren Rhönrad? Na, das nenne ich ja mal einen Zufall!«, schaltete sich Mutter ein.

»Nein, sie machen Leichtathletik. Das kann ja nicht so schwer sein. Laufen kann ich und in eine Kiste mit Sand springen auch. Werfen müsste ich noch ein bisschen üben, aber dafür geht man ja schließlich zum Training, nicht wahr?« Lucie strahlte über das ganze Gesicht.

Offenbar war der erste Schultag ein voller Erfolg.

»Wollen wir jetzt zuerst Kaffeetrinken oder willst du Ursula vorher untersuchen?«, fragte Kurt. Reden konnten sie anschließend ja auch beim Essen.

»Hast du es eilig, mein Junge?« Mutter lächelte. »Aber du hast recht: Schließlich müssen wir ja irgendwann wieder nach Hause zu Vater und Ariel. Wenn es dir recht ist, Ursula, würde ich mit der Untersuchung starten und dann ist immer noch Zeit zum Plauschen. Hier oder im Schlafzimmer?« Mutter hielt die mitgebrachte Arzttasche hoch.

»Wir können es gerne gleich hier machen. Kurt will ohnehin alles wissen. Lucie, wenn es dir unangenehm ist, geh ruhig für einen Moment in die Küche oder ins Schlafzimmer. Oder sieh dir das Kinderzimmer an. Das wollte ich dir sowieso zeigen.«

Lucie nickte und verdrückte sich, während Ursula ihren Bauch freimachte.

Mutter tastete, horchte und examinierte. Die ganze Zeit über sagte sie nichts, sondern arbeitete konzentriert. Wirkte sie zu Anfang noch zuversichtlich, verfinsterte sich ihr Ausdruck mit einem Mal und Kurt konnte klar die Sorgenfalten auf ihrer Stirn erkennen. Er spürte, wie ihm heiß wurde.

»Stimmt irgendetwas nicht?«, raunte er ihr leise zu. Er wollte verhindern, dass Ursula etwas mitbekam und sich aufregte, wenn es vielleicht unnötig war.

Mutter schüttelte den Kopf, kniff jedoch die Lippen so fest zusammen, dass sie weiß wurden.

Kurt holte tief Luft. Irgendetwas beunruhigte sie. Aber im Hinblick auf Ursula wollte er nicht weiter nachbohren. Sie war schon gestresst genug durch die

Zwillingsschwangerschaft. Vielleicht bekäme er sie noch einen Augenblick allein zu fassen und sie würde ihm erzählen, was sie beunruhigte. Er strich Ursula über den Arm.

»Ist mit den Kindern alles in Ordnung?«, fragte Ursula.

Sie schien nichts bemerkt zu haben, denn sie lächelte mit seligem Ausdruck auf dem blassen Gesicht.

»Alles ist gut. Ich würde dir aber dringend dazu raten, ins Krankenhaus zur Entbindung zu gehen. Eine Zwillingsgeburt ist eine wesentlich heiklere Angelegenheit als eine normale.«

Ursula schüttelte entschlossen den Kopf. »Ich werde doch die beste Ärztin bei mir haben, die ich bekommen kann. Und außerdem haben sowohl meine Mutter als auch du ihre Kinder alle zu Hause geboren. Ich bin nicht die erste Frau, die Zwillinge bekommt. Ich bin sicher, dass alles gut gehen wird.«

»Weder ich noch deine Mutter haben Zwillinge zur Welt gebracht. Man weiß bei zwei Kindern nie, ob beide richtig liegen. Und ein Kaiserschnitt ist zu Hause zu riskant. Glaube es mir, ich habe das schon einmal gemacht.«

»Wenn es nicht geht, könnt ihr mich immer noch ins Krankenhaus bringen, aber bis dahin möchte ich es lieber in meinem vertrauten Umfeld versuchen.«

Kurt biss sich auf die Lippen. Er wusste, so sanftmütig Ursula war, so schwer war es, sie von einem einmal getroffenen Entschluss abzubringen, auch wenn die Gegenargumente schlüssig waren. Natürlich würde er noch versuchen, Ursula umzustimmen, doch die Chancen lagen nahe Null.

Beim Kaffeetrinken plauderten die Damen über das Kinderzimmer, als wäre nichts passiert, und Kurt sann schweigsam über Möglichkeiten nach, wie es ihm gelingen konnte, Mutter allein zu sprechen. Er wusste, es ließe ihm sonst keine Ruhe.

Doch schon wenig später meinte Mutter, es sei nun wirklich an der Zeit, nach Hause zu gehen. Er versuchte, ihr einen Wink zu geben, ihm kurz zu folgen, aber entweder wollte sie ihn nicht verstehen oder sie verstand ihn tatsächlich nicht. Lucie wich ihr nicht von der Seite, sodass er sie nicht einfach beim Hinausgehen fragen konnte, da Ursula es sonst vielleicht über sie erfahren hätte. Jedenfalls zogen Mutter und Lucie nach einem flüchtigen Kuss auf die Wange ab und ließen Kurt allein mit seiner erschreckend blassen Frau und seiner Sorge um sie.

***

Auf dem Rückweg dachte Hannah nach. Sie hatte kein gutes Gefühl bei der Sache. Soweit sie es beurteilen konnte, lag eines der Kinder ungünstig, sodass sie sich nicht vorstellen konnte, dass eine natürliche Geburt ohne Weiteres möglich wäre. Selbstverständlich würde sie Ursula bei ihrer Niederkunft beistehen, so gut sie es vermochte, aber ihre Möglichkeiten waren im Vergleich zu einem gut ausgestatteten Krankenhaus begrenzt. Doch Ursula war so fest entschlossen, die Kinder zu Hause zu gebären, dass sie bisher mit jedem Vorstoß, sie von einer Klinikgeburt zu überzeugen, nur auf noch mehr Gegenwehr gestoßen war.

Sie würde alles tun müssen, um Schwierigkeiten abzuwenden, doch immerhin hatte Ursula ihnen ja zugestanden, sie ins Krankenhaus bringen zu dürfen, wenn während der Geburt Probleme auftauchten. Hannah hatte Kurt selten so ausgeglichen und glücklich erlebt, wie er es jetzt an der Seite seiner Frau war. Sie war die Richtige für ihn, daran bestand kein Zweifel, umso schlimmer wäre es, sollte ihr oder den Kindern irgendetwas zustoßen.

Selbstverständlich hatte sie sein Drängen vorhin bemerkt. Es war nicht zu übersehen gewesen, dass er ihre Besorgnis gespürt und genauestens Bescheid hatte wissen wollen, doch Hannah hatte absichtlich so getan, als hätte sie davon nichts mitbekommen. Sie wollte vermeiden, dass er noch angespannter war, wenn es mit der Geburt losging, denn dann wäre er weder für Ursula noch für sie eine Hilfe, wenn eine Entscheidung nötig würde.

»Ich habe das Gefühl, dass es bald schneien wird«, riss Lucie sie aus ihren Gedanken. »Es liegt so eine gewisse Schwere in der Luft.«

»Da kannst du recht haben. Wobei ich mich mit dem Klima der Schweiz noch nicht ausreichend auskenne. Wer weiß, was diese hohen Berge für einen Einfluss auf die Luft und unsere Empfindungen haben?«

Lucie nickte mit nachdenklichem Ausdruck auf ihrem hübschen Gesicht. »Ich wünschte, das Jahr wäre schon wieder vorbei und alles voll mit Schnee.«

»Warum denn das? Ich dachte, du hattest einen erfolgreichen ersten Tag in der Schule«, fragte Hannah erstaunt.

»Das ist es nicht«, Lucie schüttelte den Kopf. »Das würde nur bedeuten, dass Paul dann längst sein Abitur hat und öfter oder sogar ganz herkommen kann.« Auf ihren Wangen hatte sich ein feiner Roséton ausgebreitet, der ihr ein entzückendes Aussehen gab.

»Du vermisst ihn wirklich sehr, hm?«

»Mehr als alles andere!« Lucie seufzte.

»Aber ihr könnt euch doch schreiben und telefonieren. Hattet ihr nicht sogar für heute Abend ein Gespräch vereinbart? Jetzt, wo der Anschluss im Haus gelegt ist, ist doch alles viel einfacher.«

»Ja, sicher«, sagte Lucie gedehnt. »Und darauf freue ich mich auch sehr. Trotzdem ist es etwas anderes, wenn wir beieinander sind.«

»Es tut mir leid, dass das Schicksal euch auseinandergetrieben hat. Natürlich wäre es schöner, ihr könntet einfach über die Straße gehen, um euch zu sehen. Wie früher.«

Lucie schwieg, hielt den Kopf gesenkt und hing offenbar ihren Gedanken nach.

Hannah ließ sie in Ruhe. Es war nicht einfach, als verliebte Siebzehnjährige so weit von dem Objekt all ihrer Liebe entfernt zu sein.

Hoffentlich war Daniel bereits zu Hause, denn sie hatte ihm so viel zu erzählen. Sie brauchte jemanden, mit dem sie die Bedenken bezüglich Ursulas Entscheidung teilen konnte, und Kurt war als Mitbetroffener definitiv nicht der richtige Ansprechpartner zum jetzigen Zeitpunkt.

Als sie die Tür aufschloss, hinter sich die noch immer recht schweigsame Lucie, zog der Duft nach Pfeifenrauch durch den Flur. Daniel war zu Hause! Ihr Magen machte einen kleinen erfreuten Hüpfer. Obwohl sie schon so lange verheiratet waren, freute sich Hannah noch immer, wenn sie ihn sah. Er war ihr Fels in der Brandung, ihr Freund, Vertrauter und Geliebter.

Sie winkte Lucie, die gleich nach oben in ihr Zimmer ging, und eilte in Richtung Wohnzimmer. Wahrscheinlich hatte er sich wieder Arbeit mit nach Hause gebracht. Der Druck in der Versicherung schien erheblich zu sein. Doch wenn es einer schaffen konnte, war es ihr Daniel.

Er saß im Sessel des Großvaters, mitten im Erker, wo das beste Licht war, um etwas zu lesen. Die große Stehlampe hüllte alles in einen warmen Schein.

Hannah huschte leise näher und umarmte ihn von hinten.

Er zuckte zusammen, dann drehte er sich blitzschnell zu ihr um und funkelte sie wütend an.

»Was soll das? Warum schleichst du dich von hinten an und erschreckst mich?«

»Ich wollte nur … es tut mir leid. Ich wollte dir keinen Schrecken einjagen.«

Er sah sie mit gerunzelter Stirn an, dann wandte er sich wieder der Akte zu, in der er gerade geblättert hatte.

Konsterniert verschränkte Hannah die Arme. Was war nur los mit Daniel? So gereizt kannte sie ihn ja gar nicht. Sie neckten und foppten sich doch sonst immer gerne, wenn sie unter sich waren. Jetzt aber wirkte er angespannt und stand so unter Strom, dass selbst ihr kleiner Scherz ihn geärgert hatte. Sie würde in nächster Zeit etwas vorsichtiger mit ihm sein müssen. Die neue Arbeit schien ihm sehr zuzusetzen und sie wollte alles tun, um ihn zu unterstützen. Das hatte er schließlich auch immer für sie getan. Ständig arbeitete er und in der wenigen freien Zeit, die er hatte, hing er vor dem großen braunen Radioapparat im Wohnzimmer, drehte an den Knöpfen herum und lauschte wie besessen den Nachrichten aus dem Deutschen Reich.

»Kann ich dir etwas zum Trinken bringen? Vielleicht einen Tee? Es ist recht kalt geworden. Lucie glaubt, es wird Schnee geben.«

Jetzt drehte er sich wieder zu ihr um und die wütenden Linien auf seinem Gesicht hatten sich geglättet.

»Tee wäre schön. Danke!«

»Es tut mir leid, dass ich dich erschreckt habe. Ich verspreche, mich zu bessern, mein Göttergatte. Aber jetzt hole ich dir erst einmal einen kräftigen Tee. Und dann muss ich dir unbedingt von Lucie und Kurt und Ursula erzählen.«

»Hm, gleich. Ich muss nur noch diese Akte hier beenden«, sagte er und war auch schon wieder in die Papiere versunken.

Hannah seufzte. Niemand hatte versprochen, dass es einfach wäre in einem neuen Land. Aber auf diese Häufung von Schwierigkeiten hätte sie gerne verzichtet.

***

Als es so weit war, dass Lucie in der alten Berliner Praxis von Mutter anrufen konnte, wo hoffentlich Paul auf das Klingeln des Apparates wartete, fühlte sie, wie die Aufregung, endlich wieder seine Stimme zu hören, ihren Magen Salto schlagen ließ. Sie hätte nicht geglaubt, dass man jemanden so vermissen konnte, Paul ihr so sehr fehlte, und insgeheim hoffte sie, er würde das Gleiche von sich erzählen. Sie stand vor dem schwarzen Apparat an der Wand, hatte den Hörer zwischen Wange und Schulter geklemmt und wartete darauf, dass das Fräulein vom Amt sie endlich verband.

»Hallo, Lucie?« Sie hörte seine wunderschöne, klangvolle Stimme, begleitet von einem sonoren Rauschen.

Der Schmerz, weil er so weit weg war, stach ihr ins Herz. Es war so viel schmerzhafter, Nähe vorgegaukelt zu bekommen, indem seine Worte in ihrem Ohr hallten, als nur per Brief zu kommunizieren, wo man wusste, dass der andere weit weg war.

»Hallo, Lucie, hörst du mich?«

Lucie kniff sich in den Handballen. Telefonate waren teuer. Sie musste ihm alles sagen, was sie sich tagelang zurechtgelegt hatte. Doch jetzt, wo es so weit war, blieben ihr die Worte im Hals stecken.

Sie räusperte sich. »Ich bin da. Hallo Paul! Lieber Paul! Ich vermisse dich so unendlich.«

»Wie geht es dir? Ist die neue Schule gut?«

Warum sagte er nicht auch, wie sehr er sie vermisste? Stattdessen fragte er sie nach der Schule! Während sie ihm ihr Herz zu Füßen gelegt hatte.

»Ähnlich wie in Berlin. Und doch ganz anders. Es ist schön. Sie wissen nicht, dass ich Jüdin bin. Sie denken, ich wäre Katholikin«, erzählte sie atemlos.

»Was? Warum denn das? Haben Sie etwas gegen dich, weil du Jüdin bist? Dann ist es doch keinen Deut besser als hier.«

»Nein … Es ist nur: Ich wollte sichergehen und verhindern, dass wieder so etwas passiert wie in Berlin. Kannst du das nicht verstehen?« Sie spürte, wie ihr Puls hart in ihrem Hals schlug.

»Ehrlich gesagt, nein. Wenn du dich sowieso als jemand anders ausgibst, hättest du auch gleich hierbleiben können.«

»Du verstehst das nicht. Es ist nur eine Vorsichtsmaßnahme. Nichts weiter. Was ist denn bei dir so los?« Sie musste ihn von dem Thema abbringen. Es brachte nichts, zu versuchen, ihm alles in der kurzen Zeit, die sie am Telefon gemeinsam hatten, zu erklären.

»Wir haben tolle Ausflüge mit der Hitlerjugend gemacht. Nächstes Wochenende steht ein Lagerfeuerabend zusammen mit dem Bund deutscher Mädel an. Das wird sicher fantastisch. So unter den funkelnden Sternen, mit heißen Getränken und Gesang.«

Lucie spürte die Eifersucht sauer in ihrer Kehle emporsteigen. »Kommt Gerda auch?«, fragte sie kurz angebunden.

»Gerda? Keine Ahnung. Ich nehme es doch an, schließlich ist sie im BdM. Deine alte Freundin Ilse ja auch. Du brauchst dir aber keine Sorgen machen. Keine von ihnen kann dir das Wasser reichen. Glaub mir!«

Lucie holte tief Luft. Seine Worte waren Balsam auf ihrer aufgewühlten Seele. Natürlich hatte er ihre Eifersucht gespürt, schließlich liebten sie sich. »Ich weiß, dass ich mir mein Leben hier einrichten und du dort klarkommen musst. Trotzdem ist es manchmal nicht so einfach, weißt du?«

»Sicher. Meinst du, mir geht es anders? Aber das Leben muss weitergehen. Und im Sommer komme ich dich ja besuchen. Bis dahin müssen wir die Situation aushalten, wie sie eben ist.«

»Unsere Telefonzeit ist schon fast vorbei. Ich liebe dich, hörst du? Vergiss das bloß nicht! Nächste Woche wieder zur gleichen Zeit?«

»Klaro. Bis dann, mein Schatz! Ach ja: Und schöne Grüße von Schwester Ida soll ich dir ausrichten.«

»Grüß sie zurück und Doktor Brandt und …« Da hatte er auch schon aufgelegt.

Langsam legte Lucie den Hörer auf die Gabel. Die Sehnsucht brannte schmerzhaft in ihrem Innern. Sie wollte Paul hier bei sich haben. Ganz nah. Dafür würde sie alles geben!

Kapitel 6

Februar 1932

Gut gelaunt war Lucie auch heute wieder bei der Schule eingetroffen. Sie hatte den Eindruck, als wäre sie endlich, nach einem langen und harten Jahr in Berlin dort angekommen, wo sie hingehörte. Ihre Klasse war deutlich kleiner als ihre frühere und sie fühlte sich gut aufgenommen von Lehrerinnen und Klassenkameradinnen. Bisher hatte es auch keine Probleme wegen ihres angeblichen Katholizismus gegeben, obwohl jeden Morgen vor dem Unterricht eine kurze Andacht durchgeführt wurde. Doch sie sangen nur zwei Lieder, eine der Nonnen las ein Stückchen aus der Bibel vor und alle murmelten etwas und bekreuzigten sich. Das hatte sie ohne Probleme adaptieren können. Sie fühlte sich endlich sicher. Es war unwahrscheinlich, dass sie jetzt noch jemand auf ihre Religion ansprach, wenn sie sich unauffällig verhielt und kein Aufsehen erregte, weil sie keine Ahnung von den Regeln hatte, die man befolgen musste.

Besonders gut verstand sie sich mit Dorli und deren Freundin Innegrit, auch wenn die schweigsame und oft in sich gekehrte Innegrit ihr ein wenig unheimlich war. Dorli dagegen war ein Wirbelwind und redete über alles, was ihr in den Kopf kam.

Die erste Unterrichtsstunde war wie der Blitz vergangen und nun standen sie frierend auf dem Schulhof und knabberten an den mitgebrachten Broten.

»Wie ist es, kommst du heute mit zum Training?«, fragte Dorli, bevor sie von dem Schwarzbrot abbiss.

Dorli und Innegrit wohnten in dem zu der Schule gehörigen Internat und bekamen daher jeden Tag das gleiche als Schulbrot: Ein sehr grobes, dunkles Brot, auf das ungleichmäßig Butter geschmiert war. Lucies Essen war ein klein wenig abwechslungsreicher, was sie durchaus schätzte, aber im Moment hätte sie nichts dagegen gehabt, ebenfalls so ein Schwarzbrot zu haben, weil das bedeutet hätte, dass sie eine Internatsschülerin wäre. Eine attraktive Vorstellung, denn der Status der Internatsschülerinnen war ein anderer als der der herkömmlichen Schülerinnen. Sie genossen Ansehen. Man hörte auf sie. Umso geschmeichelter fühlte sich Lucie, dass Dorli und Innegrit sich bereits mit ihr angefreundet hatten. Daher zögerte sie auch nicht lange, sondern erwiderte sofort: »Das würde ich furchtbar gerne tun.«

»Hervorragend!«, rief Dorli mit blitzenden Augen. »Nicht wahr, Innegrit?«

Auch auf das Gesicht der dunkelhaarigen Innegrit, die sonst immer so ernst dreinblickte, hatte sich jetzt ein Lächeln geschlichen. Und Lucie selbst strahlte wie ein voll entflammter Chanukka-Leuchter.

Ein wenig Bammel bekam sie ja, wenn sie die sportliche, kräftige Dorli und die drahtige Innegrit betrachtete, denn die beiden schienen deutlich fitter zu sein als sie, die seit Monaten keinen Sport gemacht hatte. Doch Lucie wollte um jeden Preis, dass es funktionierte und sie mithalten konnte. Sie wollte umso härter arbeiten, damit sie dabeibleiben und die Bindung mit den beiden Mädchen sich vertiefte.

»Es ist so spannend, dass ihr aus Berlin hierher gekommen seid. Aber warum geht man aus dieser lebhaften, glitzernden Metropole weg, um dann hier in die verschlafene Schweiz zu kommen? Das will mir nicht in den Kopf«, sprudelte Dorli hervor.

»Das finde ich auch interessant. Warum verlässt man seine Heimat und geht in ein ganz anderes Land?«, ergänzte Innegrit.

Lucie spürte, wie ihr heiß wurde. Der Zeitpunkt war gekommen. In ihren Gedanken hatte es sich vorher so einfach angefühlt, einfach die Unwahrheit zu erzählen, doch jetzt, wo sie sich so schnell mit den beiden angefreundet hatte, fiel es ihr schwerer, als sie es sich ausgemalt hatte. Sie wollte sie nicht belügen. Freunden gegenüber musste man bei der Wahrheit bleiben, denn früher oder später rächte sich eine Lüge immer. Doch sie hatte keine Wahl! Wenn sie ihnen jetzt erzählte, dass sie Jüdin war, wären alle vorherigen Mühen umsonst gewesen. Sie biss von ihrem Brot ab, um das Unvermeidliche hinauszuzögern und errötete.

Sie musste sich zusammennehmen. Es war eine harmlose Frage, auf die sie völlig überzogen reagierte. Innegrit und Dorli hatten nicht wissen können, was sie mit ihrem Interesse für ein Gefühlschaos bei Lucie auslösen würden. Sie musste endlich etwas sagen. Weiter konnte sie die Antwort nicht hinauszögern, ohne Misstrauen zu erwecken.

Das Brot schien in ihrem Mund aufzuquellen. Es wurde größer und größer und sie schaffte es nicht, den Brocken herunterzuschlucken, so sehr sie es auch versuchte. Sie würgte und keuchte, doch das Brot quoll unerbittlich weiter und füllte schließlich ihren ganzen Mundraum aus.

Lucie hielt sich die Hand vor den Mund. Gleich würde sie sich übergeben. Sie rannte zu den Büschen, die den Schulhof von der Straße abgrenzten und ihr kahl und anklagend ihre

Zweige entgegenstreckten. In hohem Bogen spuckte sie das widerspenstige Brot aus. Es landete direkt unter den Büschen.

Mit knallrotem Kopf und schwer atmend wandte sie sich wieder den beiden Freundinnen zu, die etwas abseitsstanden. Mit großen Augen sahen Dorli und Innegrit sie an. Langsam ging sie zu ihnen zurück. Sie musste sich entscheiden, und zwar sofort. Sie konnte die Wahrheit sagen, doch was passierte dann? Die anderen würden es ebenfalls erfahren und danach die Lehrer und die Schulleitung und schon wäre das Ganze eine große Sache. Unter Umständen würde sie sogar von der Schule fliegen, weil man angenommen hatte, dass sie Katholikin wäre, und sie nichts dagegen unternommen hatte, um die Wahrheit ans Licht zu bringen. Sie wollte doch einfach nur so sein, wie alle anderen hier.

Jetzt hatte sie die beiden erreicht.

»Alles in Ordnung, Lucie?«, fragte Innegrit mit besorgtem Gesichtsausdruck. Auch Dorli sah sie prüfend an.

»Es ist wieder gut. Ich hatte mich nur verschluckt. Um auf deine Frage zurückzukommen: Es hatte berufliche Gründe. Mein Vater bekam ein attraktives Angebot hier in Zürich und Mutter kann als Ärztin ja überall arbeiten.« Da war es heraus. Lucie spürte den eigenen Worten nach. Doch es fühlte sich gut an. Sie hatte sich entschieden und es war genau richtig so, wie sie es getan hatte, das spürte sie.

Dorli und Innegrit sahen sie staunend an. »Deine Mutter ist Ärztin? Wirklich? Und was macht dein Vater?«

Lucie nickte zufrieden und sagte: »Jurist. Er arbeitet bei einer Versicherung. In Tübingen hat er an der Uni gelehrt und in Berlin die Firma meines verstorbenen Großvaters geführt, aber die ist jetzt verkauft und es war Zeit für etwas Neues.« Es fiel ihr immer leichter, die Wahrheit ein wenig zu verändern, damit sie zu ihrer ersten Lüge passte.

Es klingelte. Die Mädchen strömten zurück ins Schulgebäude. Einige bissen noch schnell von ihren Broten ab, bevor sie sie sorgsam wieder in den Taschen verstauten.

Lucie ging zwischen ihnen her und lächelte erleichtert. Sie hatte die richtige Entscheidung getroffen. Und nachher würde sie mit den neuen Freundinnen zum Training gehen. Das Leben war gut!

***

Seltsam, warum kam die Katze so lange nicht wieder? Hannah stand an der offenen Tür zum Garten und sah hinaus. Lucie hatte sie heute Morgen noch gefragt, ob sie Milli gesehen habe, sie sei über Nacht nicht zu Hause gewesen. Das war ungewöhnlich für Milli, kam sie doch sonst sehr pünktlich, wenn Fütterungszeit war. Hoffentlich war es nicht zu früh gewesen, sie in der neuen Umgebung ins Freie zu lassen.

Entweder es war ihr etwas passiert oder sie hatte irgendwo etwas anderes zum Fressen gefunden, sodass es ihr nicht mehr nötig erschien, rechtzeitig zu Hause zu erscheinen.

Auch im Garten war keine Spur von dem Kätzchen zu sehen. Das war wirklich merkwürdig! Sie würde zu Alma hinübergehen und dabei die Augen offenhalten.

Sie ging die paar Schritte zu Almas Haus und hielt Ausschau nach der vermissten Milli, doch nirgendwo war eine Spur von ihr zu entdecken. Wirklich seltsam! Hoffentlich war sie nicht versehentlich in ein fremdes Haus eingesperrt worden oder jemand hatte ihr etwas angetan!

Heute klopfte sie vergeblich an die verschlossene Tür von Almas Häuschen. Niemand öffnete. Vielleicht war sie einkaufen oder hatte eine andere Besorgung zu erledigen. Wilhelm war um diese Uhrzeit in der Primarschule, wo er unterrichtete. Zwar hatten Alma und er noch die

Mieteinnahmen aus ihrem Haus in Tübingen, doch ihre Freundin war sehr erleichtert gewesen, dass Wilhelm so problemlos den Arbeitsplatz bekommen hatte. So mussten sie ihre Ersparnisse nicht anfassen.

Hannah wollte noch schnell im Garten nachsehen, der sich um das Haus schlängelte, wie ein breiter Flusslauf. Vielleicht war ihre Freundin ja dort.

»Alma, bist du da?«, rief sie und lief langsam um das Haus herum.

Da war sie. Allerdings stand sie nicht allein da, sondern war in ein Gespräch vertieft mit einer winzigen, gebeugten Frau, deren Haare von einem Kopftuch verhüllt waren.

Sie trug eine Schürze über dem Mantel, aus dem eine weiße Bluse herausschaute und ihre kleinen wässrigen Äuglein blinzelten Hannah neugierig entgegen.

Jetzt hatte auch Alma sie bemerkt und drehte sich lächelnd zu ihr um. »Hannah, wie schön, dass du da bist. Ich lerne gerade die unglaublichen Möglichkeiten der Kräuter kennen. Bist du Hedel schon einmal begegnet? Sie ist eine wahre Enzyklopädie, was Kräuterkunde angeht.«

Ein Lächeln huschte über das runzelige Gesicht der Frau. Sie nickte Hannah zu.

Hannah ging zu ihnen. Das Kräuterweiblein umfasste ihre Hand mit beiden Händen und schloss für den Bruchteil einer Sekunde die Augen, so als wollte sie irgendetwas spüren.

Als sie sie wieder öffnete, blickte sie ihr prüfend ins Gesicht.

»Ich freue mich, Ihre Bekanntschaft zu machen«, sagte Hannah. Die intensive Art der Frau machte sie nervös. Es fühlte sich an, als würde sie bis in ihr tiefstes Inneres blicken. »Es erstaunt mich, dass jetzt noch Kräuter wachsen. Schließlich haben wir doch Winter.«

»Auch aus Wurzeln, Beeren und Knospen lassen sich hervorragende Heilmittel herstellen«, erklärte die Alte mit überraschend jugendlicher Stimme. Offenbar taten die Kräuter bei ihr ihre Wirkung.

»Das ist wahr! Schon Hildegard von Bingen war eine eifrige Nutzerin von allem, was die Natur hergibt für die Wiederherstellung der Gesundheit.«

»Sind Sie etwa auch eine von denen? Sind Sie Ärztin?« Die wässrigen Augen der alten Frau blinzelten argwöhnisch.

Hannah kniff nervös die Lippen zusammen, sagte aber nichts.

Ein Schatten huschte über Hedels Gesicht, dann winkte sie unwillig ab. »Alles Quacksalber. Die wahre Kraft liegt in der Natur. Ärzte zerstören, die Natur rettet und stärkt.« Ihr Blick hatte jetzt etwas Stechendes.

Hannah konnte die Augen nicht von ihrem Gesicht abwenden. Irgendetwas fesselte sie daran. Doch was die alte Frau über ihre Kollegen sagte, fand natürlich keineswegs ihre Zustimmung. Sie wollte sich nicht ausmalen, was Hedel sagen würde, wenn sie herausfand, dass sie wirklich Ärztin war. Sie hoffte nur, Alma hielte den Mund …

»Aber Hedel, sag doch so etwas nicht. Es gibt auch sehr gute Ärzte. Unsere Hannah hier hat zum Beispiel schon unzähligen Menschen das Leben gerettet und das alles, weil sie Medizin studiert hat.«

Hannah hielt die Luft an. Sie kannte die alte Frau kaum und doch war ihr wichtig, was sie von ihr dachte. So stolz sie immer auf ihr abgeschlossenes Medizinstudium und ihre Tätigkeit als Ärztin war, so unwohl war ihr bei dem Gedanken, Hedel könnte sie ebenfalls als Quacksalber ansehen.

Hedel musterte sie mit zusammengekniffenen Augen. Sie schien förmlich ihr Innerstes aus ihrem Körper nach außen zu saugen, um zu überprüfen, ob Almas Worte wahr waren.

Die Sekunden vergingen. Niemand sagte etwas. Hannah stand stocksteif da und wartete auf Hedels Urteil.

Nach einer gefühlten Ewigkeit murmelte sie schließlich »Schon recht!«, dann griff sie nach Hannahs Hand und betrachtete eingehend die Linien auf ihren Handinnenflächen.

Hannah runzelte die Stirn. Wieso ließ sie sich als Wissenschaftlerin auf so einen Hokuspokus ein und warum bloß war ihr das Urteil der alten Frau so wichtig?

Sie warf Alma einen Blick zu, doch die starrte ebenso gebannt auf Hannahs Hand und Hedel, dass sie gar nicht auf Hannah achtete.

Endlich hob die Alte wieder den Kopf und nickte ihr zu. Dann wandte sie sich ab und schlurfte in Richtung Straße.

Betroffen sah Hannah ihr hinterher. Was hatte das alles zu bedeuten? Hatte sie etwas in ihrer Hand entdeckt, das sie ihr nicht sagen wollte?

»Verzeihung!«, rief Hannah ihr nach.

Hedel war stehen geblieben und wandte sich langsam um. »Die Katze wartet zu Hause«, sagte sie nur, dann ging sie weiter.

Hannah riss die Augen auf und starrte ihr erschrocken hinterher. Woher wusste Hedel von Millis Verschwinden? Sie hatte doch noch gar nicht davon erzählt.

Sie blickte hinüber zu Alma, aber die sah sie nur verblüfft an und zuckte ratlos die Schultern.

»Habt ihr Milli denn vermisst?«, flüsterte sie ihr zu.

»Sie ist heute Nacht nicht nach Hause gekommen«, antwortete Hannah tonlos. Gänsehaut breitete sich auf ihren Armen aus. Das Ganze war ihr unheimlich. Jetzt war die Alte um die Ecke gebogen und aus ihrem Blickfeld verschwunden.

»Woher kennst du sie? Wohnt sie hier in der Nähe?«

»Nur ein paar Häuser weiter. Eine andere Nachbarin hat mir von ihr erzählt. Hedel ist eine bekannte Heilerin in Zürich. Ich bin ihr vorher zufällig auf der Straße begegnet und wir haben angefangen, über Kräuter zu reden, schließlich benutze ich auch gerne welche zum Kochen.«

Hannah kniff die Lippen zusammen. Sie musste überprüfen, ob die Alte recht hatte und Milli tatsächlich zu Hause darauf wartete, eingelassen zu werden.

Abrupt drehte sie sich auf dem Absatz um und warf Alma eine Kusshand zu. »Ich sehe nach, ob die Katze wirklich da ist«, rief sie ihr zu, während sie mit schnellen Schritten aus dem Garten lief. Als sie auf die Straße kam, war keine Spur mehr von Hedel zu entdecken. Doch die aufgestellten Härchen auf ihren Armen zeigten Hannah, dass sie das Ganze eben wirklich erlebt hatte.

Kapitel 7

Mit einem zufriedenen Lächeln auf dem Gesicht lief Lucie von der Straßenbahn nach Hause. Der Schultag war ein voller Erfolg gewesen: Sie hatte in Geografie ein Lob von Schwester Notburga bekommen, und in einer knappen Stunde würde sie sich schon wieder mit Innegrit und Dorli treffen, um gemeinsam zum Leichtathletik-Training zu gehen. Heute stand Lauftraining auf dem Programm und Lucie rechnete sich Chancen aus, nicht völlig dumm da zu stehen.

Außerdem war es einfach schön, Zeit mit den beiden zu verbringen und sie näher kennenzulernen. Sie wirkten so anders als die Mädchen in Berlin, von denen sie sich in den letzten Monaten gezwungenermaßen mehr und mehr entfernt hatte.

Hoffentlich war Milli zurück, dann könnte sie den Rest des Tages genießen, schnell einen Happen essen, anschließend ein paar Sachen zusammenpacken und wieder losziehen. Die Hausaufgaben mussten bis zum Abend warten. Mutter wäre davon höchstwahrscheinlich nicht begeistert, aber gegen Sport konnte sie schließlich schlecht etwas sagen, und wenn Lucie hoch und heilig versprach, alle Schularbeiten auf jeden Fall heute noch zu erledigen, sollte es kein großes Problem sein, ihre Zustimmung zu erhalten.

Vorsorglich setzte Lucie ein breites Lächeln auf, als sie ins Wohnzimmer trat.

Doch Mutter achtete gar nicht darauf. Sie gab ihr einen zerstreuten Kuss und deutete dann mit fahrigem Winken auf die Ecke mit dem Katzenkorb.

»Du glaubst nicht, wer maunzend vor der Tür saß, als ich nach Hause kam.«

»Milli, du bist wieder da!«, rief Lucie, ließ die Schultasche auf den Boden fallen und lief mit schnellen Schritten zu ihrer Katze. Die hob nur kurz den Kopf und legte sich dann wieder hin. Offenbar war sie erschöpft.

Verblüfft sah Lucie auf. »Geht es ihr nicht gut?«

»Sie scheint müde zu sein. Hunger hatte sie jedenfalls keinen, denn ihren Napf hat sie noch nicht einmal angesehen. Wenn du mich fragst, hat sie irgendjemand gefüttert. Deswegen ist sie über Nacht dortgeblieben.«

»Mach das nie wieder, Milli! Du hast mir einen gehörigen Schrecken eingejagt, hörst du? Gefressen wird zu Hause«, ermahnte Lucie die Katze.

Das erinnerte sie an etwas. Erschrocken sah sie auf die Uhr. Schon so spät. Sie hatte gar nicht mehr Zeit, zu essen, bevor sie wieder losmusste.

»Kann ich ein paar Brote bekommen? Ich muss nämlich gleich wieder weg«, sagte sie, während sie ihre Tasche vom Boden hochhob.

»Wo musst du denn so dringend hin?« Mutter sah sie ausdruckslos an.

»Zum Sport. Ich begleite doch Innegrit und Dorli zum Leichtathletiktraining.« Meine Güte, das hätte sie wesentlich geschickter hervorbringen können! Ob sie es so schaffte, das Thema Hausaufgaben zu umgehen? Unwahrscheinlich! Aber wie sollte sie die Situation dann lösen? Schließlich hatte sie den beiden Freundinnen fest versprochen, rechtzeitig wieder bei ihnen zu sein.

»Und das ist heute?«, fragte Mutter nur.

Verblüfft sah Lucie sie an. Wo blieb die erwartete Gegenwehr? Sie nickte langsam. »Ja, genau!«

»Aber du bist rechtzeitig zum Abendessen wieder zu Hause!«

»Ich werde alles daransetzen.«

»Dann viel Spaß. Ich frage Margarete nach ein paar Stullen.« Damit drehte sich Mutter um und ging in Richtung Küche. Sie wirkte noch immer in ihre Gedanken versunken.

»Danke.« Lucie sah ihr ein wenig verdattert nach. Sie hatte noch nicht einmal nach den Hausaufgaben gefragt. Ob es ihr gut ging? Erneut warf sie einen Blick auf die Uhr. Oje, die Zeit raste! Sie musste sich wirklich ranhalten. Das mit Mutter wollte sie später erkunden. Jetzt galt es erst mal, alles zusammenzupacken und rechtzeitig wieder an der Straßenbahn zu sein.

So langsam merkte sie, wie sich die Nervosität in ihrem Körper ausbreitete.

***

Im letzten Moment hatte Lucie die Straßenbahn noch erreicht. Die Brote waren überflüssig, denn sie hatte vor Aufregung kaum einen Bissen runtergebracht. An der Station, an der die Freundinnen einsteigen mussten, versteckte sie die verräterisch zitternden Hände unter ihren Oberschenkeln. Dorli und Innegrit sollten nicht sofort sehen, wie ihr die Nerven flatterten.

Die beiden kamen kichernd und flüsternd den Gang herunter, bis sie Lucie erreicht hatten. Ihre Vertrautheit gab Lucie einen Stich. Würde sie jemals wirklich dazugehören? Oder wäre sie immer eine *Eingeschmeckte*, das aufregende Mädchen aus Berlin, dessen Mutter sogar studiert hatte. Sie wollte so gerne zu ihnen gehören. Ein Teil ihrer Gruppe sein.

Als die beiden sie erreicht hatten, lächelten sie Lucie an, doch die Ausgelassenheit, mit der sie eben noch miteinander gelacht hatten, war verschwunden.

»Wie schön, dass du es geschafft hast!«, sagte Dorli lächelnd.

»Hast du denn schon einmal Leichtathletik trainiert?«, wollte Innegrit wissen.

»Ich bin zu Hause Rhönrad gefahren. Doch das ist etwas anderes.«

»Das ist sicher auch ganz schön anstrengend«, sagte Innegrit. »Aber es hört sich nach einer Menge Spaß an.«

»Ja, das war es anfangs, bis …« Lucie stockte und biss sich auf die Lippen. Fast hätte sie etwas gesagt, von dem die beiden nichts wissen durften. Hoffentlich fragte jetzt keine von ihnen nach. Lucie senkte den Blick und hielt den Atem an. Doch niemand sagte etwas.

Nach einer Weile meinte Dorli: »Ich bin gespannt, was du von unserem Trainer hältst. Herr Meyer hat wirklich Schneid, das kann ich dir versprechen. Er war früher selbst Leichtathlet, weißt du?« Ihre Augen glänzten.

»Na ja, das mit dem Schneid ist Ansichtssache. Er hat seine beste Zeit auf jeden Fall hinter sich«, sagte Innegrit.

Obwohl das Zittern nachgelassen hatte, kaum waren die Freundinnen bei ihr, wurde es wieder deutlich stärker, als sie auf den Sportplatz zuliefen. Ein richtiger Sportplatz! Das war etwas anderes als ihr Rumgejuckel mit dem Rhönrad im Park. Hier wurde wirklich ernsthafter Sport betrieben. Aber dafür hatte sie doch gar keine passende Kleidung. Wahrscheinlich trug man zur Leichtathletik ganz andere Sachen als die, die sie damals zum Rhönradfahren anhatten.

Lucie atmete tief ein und aus, bis ihr von dem vielen Sauerstoff auch noch schwindelig wurde. Sie hakte sich bei den vorwärtsstrebenden Mädchen ein. Vor allem Dorli schien es kaum erwarten zu können, endlich anzukommen, während Lucie nichts dagegen gehabt hätte, direkt wieder umzudrehen.

Auf der Laufbahn standen bereits ein paar Mädchen und dehnten sich. Lucie nickte ihnen unsicher zu.

Was hatte sie sich nur dabei gedacht, hierher zu kommen? Sie war doch gar nicht sportlich! Sie war ein Büchermädchen, eine, die sich in den Ferien selbst das Hieroglyphenschreiben beibrachte, anstatt im Freien zu sein und ihren Körper zu ertüchtigen.

»Ich … ich glaube, mir geht es nicht so gut. Vielleicht ist es besser, wenn ich ein anderes Mal mitkomme«, presste sie heraus. Sie hatte das Gefühl, nicht mehr ausreichend Luft zu bekommen, so aufgeregt war sie.

Dorli sah sie prüfend an, dann schüttelte sie den Kopf und sagte: »Das ist doch Unsinn. Nun bist du schon hier. Und wir werden dich kaum den ganzen Weg allein zurückfahren lassen, wenn es dir nicht gut geht. Am besten setzt du dich vorne kurz hin und trinkst einen Schluck. Dann wird es bestimmt besser.« Sie zog sie unerbittlich weiter, während Lucie allein bei dem Gedanken, etwas zu sich nehmen, und sei es auch nur ein bisschen Wasser, wieder würgen musste.

Vor den Kabinen stand ein stämmiger Mann und sah ihnen entgegen. Er war bestimmt schon Mitte dreißig oder sogar Anfang vierzig, doch er lächelte nett, als er sie begrüßte. Besonders lange verharrte sein Blick auf der hübschen Dorli und auch sie blinkerte ihn an, als wäre er ein Prinz.

Aber er wirkte freundlich. Er reichte ihr die Hand, fragte nach ihrem vollen Namen und wünschte ihr eine gute Zeit hier.

In der Kabine atmete Lucie auf und die Beklemmung verschwand, als sie die anderen betrachtete. Zumindest, was die Sportkleidung anging, hätte sie sich keine Sorgen machen müssen. Jede trug irgendetwas. In Zeiten, in denen die

Weltwirtschaftskrise alle die Gürtel deutlich enger schnallen ließ, hatte niemand Geld für schicke Sportkleidung übrig, sondern trug abgelegte Sachen. Da fiel sie in ihren alten Sportsachen gar nicht auf. Als sie mit den beiden Freundinnen aus der Kabine kam, hatten die anderen bereits mit kurzen Sprints begonnen.

»Hast du in Berlin auch schon Leichtathletik betrieben? Man sagt ja, dass die Körperertüchtigungsprogramme für Jugendliche dort hervorragend sind. Wie haben sie die genannt? Irgendetwas mit Hitler, meine ich.« Herr Meyer lächelte.

Die Härchen an Lucies Körper stellten sich auf. Sie hätte nicht gedacht, dass sie sogar hier in der Schweiz mit diesen Dingen konfrontiert werden würde. So viel Schmerz, wie die zwei Jugendorganisationen Lucie schon bereitet hatten, hätte sie die Erinnerung an beide am liebsten total aus ihrem Gedächtnis gestrichen.

»*Hitlerjugend* für die Jungen und *Bund deutscher Mädel* für die Mädchen«, erklärte sie knapp.

»Allein schon diese Namen haben einen unglaublichen Schneid!«, schwärmte Herr Meyer. »Hast du auch dort mitgemacht?«

Was hatten hier alle nur mit diesem Schneid? Das wuchs sich ja glatt zu einer Manie aus. Doch was sollte sie dem Trainer jetzt erwidern? Alle Augen ruhten auf ihr.

»Ja, klar. Da macht fast jeder mit inzwischen«, sagte sie und wunderte sich über sich selbst, kaum waren die Worte heraus. Sie hätte einfach sagen können, dass ihre Eltern das nicht gewollt hätten oder irgendetwas anderes, ohne erklären zu müssen, dass sie als Jüdin gar nicht hatte teilnehmen dürfen. Stattdessen ritt sie sich immer tiefer in den Wald aus Lügen hinein.

Er nickte mit wohlwollend geschürztem Mund. »Das merkt man dir an. Du strahlst Stärke aus. Die bekommt man nicht vom Herumsitzen und Däumchendrehen. So, Mädels, genug geschwätzt, jetzt wird trainiert. Wir beginnen mit zwei Runden um den Platz zum Aufwärmen. Auf gehts!«, rief er und klatschte in die Hände.

Die Schar von insgesamt neun Mädchen setzte sich widerspruchslos in Gang. In gleichmäßigem Tempo trabte die Gruppe um den Platz. Lucie schaffte es problemlos, mitzuhalten. Vielleicht hatte Herr Meyer recht und sie war wirklich sportlicher, als sie dachte. Er nickte ihr anerkennend zu, als die Gruppe ihn passierte.

Wahrscheinlich täte ihr morgen jeder einzelne Muskel weh. Aber das war es allemal wert. Es fühlte sich wundervoll an, wieder ein Teil einer Gruppe zu sein.

***

So gut gelaunt wie schon lange nicht mehr, ging Lucie mit den beiden zur Tram. Sie hätte nicht gedacht, dass das Training ihr so leicht fiele. Offenbar hatte sie ein bisher unerkanntes Talent fürs Laufen, und obwohl sie zum ersten Mal beim Training gewesen war, hatte sie es sogar geschafft, der einen oder anderen davonzulaufen. Herr Meyer war davon entzückt und auch Innegrit schien sich wirklich für sie zu freuen.

Nur Dorli hatte eine seltsame Reaktion gezeigt: Als Lucie von Trainer Meyer gelobt worden war, hatte sie den Mund verzogen, als würde ihr irgendetwas nicht passen.

Es schien fast, als hätte sie ihr den Erfolg nicht gegönnt.

Doch nun auf der Heimfahrt war alles wieder in Ordnung. Sie redeten und lachten und verabschiedeten sich schließlich herzlich voneinander.

Als Lucie von der Tram nach Hause lief, ließ sie ihre Tasche mit dem Sportzeug an ihrem Arm hin und her schwingen und summte sogar *Der Onkel Bumba aus Kalumba tanzt nur Rumba* von den Comedian Harmonists, so gut gelaunt war sie.

Sie hatte sich richtig entschieden. Absolut. Das Verschweigen ihres Glaubens führte zu einem so erfüllten Leben, wie sie es lange nicht gehabt hatte.

Sie wurde hier gemocht, so wie sie war. Na ja, so wie sie vorgab, zu sein, eigentlich, doch das war egal. Dieses im Judentum so tief verwurzelte schlechte Gewissen bei allem, was man tat, wollte sie endlich ebenso ablegen, wie sämtliche Skrupel über das eigene Verhalten. Die Zukunft lag hell strahlend vor ihr. Mit einem Mal spürte sie etwas Feuchtes an ihrer Nasenspitze. Nanu, was war das?

Sie hob den Kopf und blickte in den Himmel. In sanften Flocken fiel der Schnee auf sie herab. So leise wie er gekommen war, so schnell bedeckte er ihre Haare, ihre Kleidung und das Straßenpflaster. Die Straßenbeleuchtung wurde von den wirbelnden Schneeflocken eingehüllt und wirkte zusehends matter. Die ganze Straße war in ein mildes, fast unwirkliches Licht gehüllt. Es war magisch. Ein magischer Tag.

Als sie nur noch ein paar Schritte von ihrem Haus entfernt war, bemerkte sie, dass ihr jemand entgegenkam. Die Gestalt war in der Dunkelheit und bei dem starken Schneefall kaum zu erkennen. Sie ging weiter. Das war Mutter! Nanu, warum war sie so spät noch unterwegs?

Lucie hob die Hand und winkte ihr zu. Doch Mutter schien in ihre Gedanken versunken zu sein, denn sie bemerkte Lucie nicht. Stattdessen starrte sie angestrengt auf den Boden und schüttelte immer wieder den Kopf, als würde sie sich über irgendetwas wundern oder aufregen.

Sie erreichten die Haustür fast zur gleichen Zeit und jetzt sah auch Mutter auf und bemerkte überrascht, dass Lucie vor ihr stand.

»Du bist zurück? Wie schön!«, sagte sie abwesend, während sie den Schlüssel hervorzog und die Tür aufschloss.

»Ja, ich …«, begann Lucie, wurde aber von Ariel unterbrochen, der ihnen mit entgegenkam. Er schien bereits auf sie gewartet zu haben.

»Wo wart ihr beiden denn bloß? Wir hätten fast ein Suchkommando losgeschickt, um euch aufzuspüren.«

Mutter schüttelte sich den Schnee vom Hut und murmelte: »Es hat etwas länger gedauert. Ist Papa schon da?«

»Schon eine Weile. Ich konnte ihm allerdings nicht sagen, wo ihr beiden steckt, das scheint seine Laune nicht gebessert zu haben.«

»Schon wieder?« Mutter seufzte und verdrehte kurz die Augen. »Ich werde nach ihm sehen. Wo ist er: oben oder unten?«

»In der Großelternecke mit seiner geliebten Pfeife. Wollen wir hoffen, dass die ihn so weit entspannt, dass seine Stimmung sich wieder aufhellt.«

»Euer Vater hat viel zu tun an seiner neuen Arbeitsstelle. Das ist anstrengend. Dafür solltet ihr beiden etwas mehr Verständnis aufbringen.« Mutter blickte mit gerunzelter Stirn erst Ariel, dann Lucie an.

»Ich habe doch gar nichts gesagt!«, verteidigte sich Lucie, während sie sich aus dem nassen Mantel schälte.

Mutter bedachte sie mit einem fahrigen Blick, dann stürmte sie davon.

»Was ist nur mit ihr los? Vorhin war sie auch schon so komisch.« Lucie sah ihren Bruder fragend an.

»Ist mir auch schon aufgefallen. Keine Ahnung. Irgendetwas scheint sie zu beschäftigen. Vielleicht ist es eine neue Anstellung? Wir werden es erfahren, wenn die Zeit dafür reif ist. Und wo warst du den ganzen Nachmittag? Ich hätte gerne ein bisschen mit dir geredet!«

Ariels Ton wurde mit letzten Worten ein wenig anklagend. Jedenfalls hatte Lucie keine Lust, sich von ihrer launischen Familie die gute Laune verderben zu lassen.

»Beim Sport, wenn du es genau wissen willst. So, jetzt entschuldige mich bitte, ich muss mich waschen und die Hausaufgaben warten auch noch.« Damit ließ sie Ariel stehen und schritt so würdevoll wie möglich die Treppe hoch zu ihrem Zimmer.

»Aber sonst geht es dir noch gut?«, rief ihr Ariel hinterher, doch sie beachtete ihn gar nicht.

KAPITEL 8

Hannahs Haare waren trotz ihres Huts triefend nass geworden. Der Schnee war blitzschnell gekommen und hatte ganze Arbeit geleistet. Mit einer schnellen Bewegung strich sie sich die letzten Flocken herunter. Es beunruhigte sie, dass Ariel angedeutet hatte, Daniel sei schon wieder schlechter Laune. Seit er bei dieser Versicherung angefangen hatte, kam er nicht mehr zum Durchatmen. Er war jeden Tag lange im Büro und brachte sich bisher auch täglich Akten mit nach Hause. Seit sie hier angekommen waren, hatten sie kaum mehr gemeinsame Zeit verbracht. Sie hatte das Gefühl, dass er mit den Gedanken im Büro war, selbst, wenn er zu Hause war. Selbstverständlich wollte sie es daher vermeiden, ihn mit Sorgen oder Nichtigkeiten zu belasten, wenn er hier war. Doch die Kehrseite der ganzen Sache war, dass er bei Weitem nicht mehr so involviert in das familiäre Geschehen war, wie das bisher der Fall gewesen war. Er schien das ebenfalls zu bemerken und das schlug natürlich auf seine Stimmung. Sie mochte es nicht, wenn er so leicht reizbar war und häufig einen mürrischen Zug um die Mundwinkel hatte. Das passte gar nicht zu ihm. In ihrem Herzen war er noch immer der freundliche Held, der damals um ihre Liebe gekämpft hatte. Doch das war lange her. Die Anforderungen des neuen

Arbeitsplatzes und der Umzug in ein anderes Land forderten ihren Tribut.

Hannah zögerte einen Augenblick, bevor sie die Türklinke herunterdrückte, und holte tief Luft, als sie eintrat. Sie zwang sich zu einem Lächeln, um ihn zu begrüßen. Viel zu viel ging ihr im Kopf herum, doch damit konnte sie ihn jetzt nicht belasten.

»Guten Abend, mein Lieber, schön, dich zu sehen!« Sie lief mit ausgebreiteten Händen auf ihn zu. Er saß in der Ecke, hatte sich seine Pfeife angesteckt und las wie immer konzentriert in einer Akte. Jetzt aber flog ein Schatten über sein Gesicht und seine Augen blickten sie anklagend an.

»Wo warst du so lange?«, fragte er anstelle einer Begrüßung.

Hannah schüttelte abwehrend den Kopf. »Mir ist da heute eine Sache passiert, als ich Alma besucht hatte, die mich die ganze Zeit beschäftigt hatte, und der wollte ich nachgehen. Ein bisschen den Wahrheitsgehalt erforschen, quasi. Nichts, das dich beunruhigen muss. Es ist eher zum Lachen.«

Er zog die Augenbrauen in der Höhe, erwiderte aber nichts, sondern wandte sich wieder den Schriftstücken zu.

Sie setzte sich in den Sessel neben ihm und griff nach seiner Hand. »Ich vermisse den alten Daniel!«, schickte sie sanft hinterher. Sie hatte den Blick niedergeschlagen, um nicht erneuten Ärger in seinen Augen aufblitzen zu sehen.

Eine Weile war es ganz ruhig im Zimmer. Beide schwiegen.

Dann räusperte er sich und sagte leise: »Hannah, glaub mir: Ich wäre auch gerne mehr hier und hätte mehr Zeit für euch und besonders natürlich für dich. Aber ich muss mich in alles einarbeiten, um mithalten zu können. Es ist viel zu tun.« Er tätschelte ihre Hand.

Sie sah ihn traurig an. In seinen grüngrauen Augen glitzerten goldene Funken.

»Am meisten fürchte ich, dass mir die Familie durch die viele Arbeit mehr und mehr entgleitet. Ich weiß noch nicht einmal, wo alle sind. Es ist, als wäre ich nicht mehr Vater und Ehemann, was ich so gerne sein würde, und das fehlt mir. Früher haben die Kinder alles mit mir geteilt, was sie bewegt hat. Heute sind sie sonst wo und ich habe keine Ahnung, was euch allen wichtig ist. Selbst Ariel tat vorhin so geheimnisvoll. Alle sind anders, seit wir hier sind. Ich weiß nicht …«

Hannah streichelte ihm über die Hand. »Ich verstehe, was du meinst, doch das ist wahrscheinlich einfach der Lauf der Zeit. Die Kinder sind erwachsen. Sie führen ihr eigenes Leben und brauchen uns nicht mehr so viel wie früher. Aber ich bin noch da. Ich brauche dich und will dir Halt geben.«

Daniel umschloss ihre Finger. »Dann wäre wieder alles so wie früher, nur wir beide. Nur, dass wir deutlich älter geworden sind. Und die Sorgen mehr.« Seine Stimme klang rau, so als schmerzte ihn dieser Gedanke.

»Lucie war beim Sport. Ich habe es ihr erlaubt. Ich dachte, es ist eine gute Sache, wenn sie engere Kontakte knüpft und nicht so isoliert ist wie zuletzt in Berlin. Und Ariel werde ich mir gleich mal vorknöpfen. Er wollte vorhin sowieso mit mir reden.« Hannah schickte sich an, aufzustehen.

Daniel hielt ihre Hand fest. »Das hat noch einen Augenblick Zeit. Sag mir erst mal, warum du dir noch keine neue Arbeitsstelle gesucht hast. Ich war überzeugt davon, dass du dich direkt am Tag nach unserer Ankunft daran machen würdest.«

Hannah sackte zurück in den Sessel und spürte, wie ihre Muskeln schlagartig erschlafften. Sie hatte dieses Thema bewusst gemieden und war eigentlich ganz zufrieden gewesen, sich nicht damit auseinandersetzen zu müssen.

Das inzwischen altvertraute Angstgefühl stieg in ihr hoch. Am liebsten wäre sie aufgestanden und weggegangen. Einfach alles vergessen.

Doch Daniel umfasste weiter ihre Hand und sein eindringlicher Blick fesselte sie an ihren Sessel.

»Das ist eine komplizierte Sache«, sagte sie leise.

»Das dachte ich mir schon«, entgegnete er sanft und in seine Augen legte sich Traurigkeit. »Hat es etwas mit den letzten Wochen in Berlin zu tun?«

Hannah schluckte trocken. Dann zuckte sie mit den Achseln. »Womit sonst? Ja, natürlich habe ich Angst, wieder in eine Situation zu kommen, wo mir die Kontrolle über mein Leben genommen wird. Wenn ich nicht als Ärztin arbeite, kann ich auch keine Fehler machen. So einfach ist es.«

»Ist es das? Du bist eine großartige Ärztin, hast dich immer zu einem großen Teil über deine Arbeit definiert. Da war diese Leidenschaft, dieser unbedingte Wille, den Menschen mit deinem Wissen zu helfen. Wo ist das jetzt hin, Hannah?«

Wieder zuckte sie mit den Schultern. Sie fühlte sich so klein und hilflos. Natürlich wusste sie, dass er recht hatte. Sie war von jeher ein Arbeitstier gewesen, vor allem, seit sie die Chance bekommen hatte, endlich Medizin zu studieren. Aber jetzt war da diese Unsicherheit, dieses Gefühl, noch nicht so weit zu sein, sich wieder zu hundert Prozent auf die Tätigkeit als Ärztin einlassen zu können.

Doch sie schaffte es nicht, all das in Worte zu fassen, um Daniel deutlich zu machen, was sie empfand. Und sie wollte sich nicht mit dieser Schwäche auseinandersetzen, obwohl sie wusste, dass sie es so auch nur schwerlich schaffen würde, aus diesem Teufelskreis herauszukommen. Sie fühlte sich wie ein Fisch außerhalb des Wassers, der zuckte und zuckte, aber nicht die Kraft aufbrachte, allein zum Wasser zurückzufinden.

Noch immer sah Daniel sie prüfend an, während er ihre Hand mit dem Daumen streichelte. Sie wusste, dass er sie auch so verstand, ohne dass sie all das, was sie belastete, in

Worte packte. Doch helfen konnte er ihr im Moment nicht. Das musste sie ganz allein mit sich selbst ausmachen.

***

Lucie saß auf ihrem Bett und hatte die Beine weit von sich gestreckt. Eigentlich hätte sie sie am liebsten unter sich gezogen, so wie sie es immer tat, wenn sie es sich gemütlich machte. Doch der furchtbare Muskelkater, der sich unerbittlich in ihrem ganzen Körper ausgebreitet hatte wie eine lästige Seuche, ließ das nicht zu. Das Hochgefühl der vergangenen Stunde war verflogen. Das lag zum einen an ihren schmerzenden Gliedern, aber auch an dem unbefriedigenden Telefonat, das sie gerade mit Paul geführt hatte. Sie hatte fast vergessen, dass ihre wöchentliche Verabredung fällig gewesen war, doch im letzten Moment war es ihr wieder eingefallen, sie war aufgesprungen und zum Telefonapparat gerannt.

Paul war ungehalten, weil sie ein paar Minuten zu spät dran war, doch sie versuchte, ihren Fehler damit zu kompensieren, dass sie ihm besonders lebhaft von dem aufregenden Nachmittag auf dem Sportplatz erzählte. Sie berichtete detailliert von dem ersten Treffen mit Herrn Meyer, seinen Bemerkungen, als er entdeckte, wie gut sie mithalten konnte, von den anderen Mädchen und allem anderen. Nur die Wiedergabe der Unterhaltung über die HJ und den BdM ließ sie aus. Sie wollte nicht, dass Paul sich wieder darüber aufregte, weil sie nicht akkurat bei der Wahrheit blieb.

Mehrmals fragte er nach dem Trainer und reagierte wortkarg und schlecht gelaunt auf ihre Schilderungen. Erst, als Lucie sich nach seinen Erlebnissen erkundigte, taute er auf und erzählte eingehend von den gemeinsamen Abenden von Hitlerjugend und BdM.

»Und weißt du, wer sich von ihrem jüdischen Freund getrennt hat?«, fragte er mit Sensationsgier in der Stimme. Doch bevor Lucie dazu kam, zu antworten, fuhr er fort: »Gerda! Das ist ein Ding nicht? Wer hätte das gedacht? Nach all der Mühe, ihre Beziehung zu verheimlichen und allem.«

»Hmm«, antwortete Lucie mit einem komischen Gefühl in der Magengegend.

»Weißt du, was aber das Makaberste an der ganzen Situation ist? Sie versucht jetzt ernsthaft, sich an mich ranzuwerfen. Natürlich habe ich ihr gesagt, dass ich nach wie vor mit dir zusammen bin.«

Lucie richtete sich auf. Konnte Gerda ihr wirklich gefährlich werden? Sie hatte sie schon einmal für eine Gegnerin gehalten, und obwohl sich das Ganze damals als harmlos herausgestellt hatte, war das blöde Gefühl, das sie damals erfasst hatte, nie ganz vergangen. Das hier war eine Situation, die Wachsamkeit erforderte. Wenn sie nur nicht so weit entfernt wäre, dann hätte sie leicht überprüfen können, ob von Gerda eine ernsthafte Gefahr für ihre Beziehung zu Paul ausging oder nicht.

»Und was meinte sie dazu?«, fragte sie Paul gedehnt. Er sollte merken, dass ihr das Ganze nicht gefiel.

»Na ja, was soll sie schon sagen? Sie glaubt, auf diese Entfernung könnte es auf Dauer sowieso keinen Bestand haben. Und ich soll mir darüber bewusst sein, dass sie auf mich warten wird, bis ich selbst genug von dir habe.«

»Das ist ja wohl eine bodenlose Unverschämtheit! Wie kann sie es wagen …«, begann Lucie, wurde aber von Paul unterbrochen.

»Hey, Kleines, ganz ruhig. Sie kann unsere Beziehung nicht gefährden, hörst du? Wir beide gehören zusammen. Trotz der Entfernung«, sagte er sanft.

Lucie seufzte. Wie gerne wäre sie jetzt bei ihm und würde seine starken Arme um sich spüren. Dann hätte sie sich sicherer gefühlt.

»Bist du sicher?«, fragte sie leise.

»Hundertprozentig!«

Sie atmete auf. Mehr konnte sie im Moment nicht verlangen.

Danach allerdings zählte Paul akribisch auf, welche Aktivitäten zusammen mit dem BdM in der nächsten Zeit noch geplant waren. Lucie wollte all das nicht hören. Dieses dumme Gefühl der Eifersucht umklammerte ihre Seele und nun war es an ihr, wortkarg und mürrisch zu reagieren.

Als sie aufgelegt hatten, war Lucie in ihr Zimmer geschlichen. Sie war von dem starken Gefühl erfüllt, dass all die Anstrengungen, die Beziehung über die Entfernung aufrecht zu erhalten, fruchtlos waren. Jeder lebte sein Leben und es hinterließ beim Gegenüber kein gutes Gefühl, von den Erlebnissen des anderen zu hören, von denen man kein Teil mehr war. Es schien fast, als würde sie Paul noch nicht einmal fehlen. Er hatte ja jetzt Gerda. Am liebsten würde sie hinunterrennen und sich erneut verbinden lassen, um seine besänftigenden Worte zu hören, um inneren Frieden zu finden, doch Paul war bestimmt längst aus dem Haus. Sie musste sich eine Woche gedulden, bis sie wieder mit ihm reden konnte. Und bis dahin würde sich der Stachel der Eifersucht tiefer und tiefer in ihr Fleisch bohren. Gerda! Dass gerade sie sich erlaubte, sich an Paul heranzuschmeißen! Schließlich hatten sie ihr damals auch geholfen, als ihre Eltern ihr verboten hatten, ihren jüdischen Freund weiter zu sehen. Hätte Paul sich damals nicht als ihr Begleiter ausgegeben, hätte sie keine Möglichkeit gehabt, ihn heimlich weiter zu treffen.

Würde Lucie nie vollständig glücklich sein dürfen?

Als Ariel sie zum gemeinsamen Abendessen holte, hatte sich ihre Laune nicht wirklich gebessert. Stumm kam sie seiner Aufforderung nach, sich im Esszimmer einzufinden, und setzte sich mit umwölkter Stimmung an den Tisch, ohne irgendwen anzusehen. Auf lockere Gespräche oder Belehrungen konnte sie heute verzichten.

Doch natürlich fragte Mutter neugierig nach: »Wie geht es Paul? Habt ihr nett geplaudert?«

Lucie zuckte die Achseln. »Er ist sehr beschäftigt mit der HJ«, war alles, was sie hervorbrachte. Sie wollte im Moment definitiv mit niemandem darüber reden, wie sie sich fühlte!

»Wie ist es denn in Berlin jetzt? Merkt er irgendwelche Veränderungen?«, schaltete sich Vater ein.

Wieder zuckte Lucie die Achseln, während sie sich von dem neuen Gericht auf den Teller schaufelte, von dem sie zuvor noch nie gehört hatte. Margarete, ihre Köchin, hatte es *Röschti* genannt. Es roch erstaunlich gut. Überhaupt musste Lucie zugeben, dass sie die Schweizer Küche, die sie hier kennenlernte, bisher mochte. Es war schön, mal etwas anderes zu essen als die alten Sachen.

»Er hat nix dazu gesagt.«

»Hast du ihn denn gefragt?«

Lucie schüttelte den Kopf und starrte auf ihr Essen.

»Aber wie willst du es sonst erfahren?«, insistierte er.

Lucie stöhnte auf. Wenn er jetzt weiter wegen dieser unwichtigen Nebensächlichkeit herumbohrte, würde sie aufspringen und ihren Teller mit hochnehmen. Belehrungen hielt sie im Moment nicht gut aus. Sie sah aus den Augenwinkeln, wie Mutter ihn anlächelte und den Finger auf den Mund legte, als wollte sie ihn dazu anhalten, dass es besser wäre, jetzt nichts weiter nachzufragen.

Er zuckte grinsend mit den Schultern und sagte dann: »Wirklich lecker, oder?«

»Finde ich auch«, sagte Mutter.

Lucie rollte mit den Augen. Immer diese Eintracht zwischen ihnen, immer dieses stillschweigende Verständnis.

»Was ist dir eigentlich für eine Laus über die Leber gelaufen, Lucie?«, erkundigte sich jetzt Ariel mit strengem Gesichtsausdruck.

Das brachte das Fass zum Überlaufen. Lucie sprang auf, griff nach ihrem Teller und rief: »Lasst mich einfach alle in Ruhe. Ich habe euch doch gar nichts getan.« Und damit stob sie aus dem Raum.

»Junges Fräulein, du kommst sofort …«, hörte sie, wie Vater rief, während sie die Stufen emporrannte, als wäre ein gereizter Hahn hinter ihr her.

»Lass ihr ein bisschen Zeit. Du weißt doch, dass eine Beziehung auch schwierige Phasen haben kann. Besonders, wenn man noch jung und weit entfernt voneinander ist. Sie wird sich schon bald wieder beruhigen«, hörte Lucie Mutters Stimme, bevor sie die Tür zu ihrem Zimmer lautstark zuschlug.

Die konnten ihr alle mal gestohlen bleiben. Die ganze Welt. Einer wie der andere!

***

Am nächsten Morgen hatte sich Lucies Laune deutlich gebessert. Es war zwar ein blödes Gefühl, mit dem leeren und schmutzigen Teller in der einen Hand und der Schultasche in der anderen hinunterzukommen, doch Lucie war fest entschlossen, so zu tun, als wäre nichts geschehen. Sie musste Paul vertrauen. Eine andere Wahl blieb ihr gerade nicht.

Zu ihrer Erleichterung war weder von Vater noch von Ariel der Hauch einer Spur zu entdecken und so stand ihr nur Mutter gegenüber, als sie ins Esszimmer kam.

Die sah sie lächelnd an. »Guten Morgen, Lucie. Hast du gut geschlafen?«

Offenbar hatte auch sie sich entschieden, die gestrige Szene ad acta zu legen. Ganz langsam setzte sich Lucie an den Tisch und nahm einen Schluck aus der Teetasse. Seit einiger Zeit gab es ihm Hause Friedländer immer Tee zum Frühstück. Mutter hatte irgendetwas über die gesundheitlichen Vorteile gelesen und zudem war Kaffee zunehmend schwerer zu beschaffen. Ihr war es recht, solange nur ausreichend Zucker und ein großzügiger Schuss Milch dabei waren.

»Der Muskelkater hat mich wachgehalten. Ich wusste gar nicht, auf welche Seite ich mich drehen sollte.« Sie nahm einen ordentlichen Bissen von ihrem Marmeladenbrot. Sie hatte nicht viel Zeit.

Mutter nickte. »Wann ist denn das nächste Mal Training? Solange der Muskelkater noch da ist, könnte es unangenehm werden.«

»Morgen. Das wird schon. Ich muss los. Die Straßenbahn wartet nicht.« Lucie schob sich das letzte Stück Brot in den Mund und griff dann nach dem bereits vorbereiteten Pausenpäckchen. Margarete dachte sich immer etwas Neues aus. Lucie war schon gespannt, was sie nachher auswickeln würde.

Sie erwischte die Bahn gerade noch und widerstand der Versuchung, mal kurz in ihr Stullenpaket zu schauen. Sie wollte sich die Überraschung lieber für die Pause aufheben.

Heute war Jahrestag. Das Internat war vor zehn Jahren gegründet worden und anstelle der Andacht, die jeden Morgen stattfand, war ein regelrechter Gottesdienst angesetzt. Doch das Beten auf katholisch hatte seinen Schrecken für Lucie verloren, zu vertraut waren die Abläufe inzwischen.

Sie kam rechtzeitig an, um mit Dorli und Innegrit, die auf sie gewartet hatten, gemeinsam in die Kirche einzuziehen. Sie verstanden sich mittlerweile so gut, dass sie bei jeder sich bietenden Gelegenheit miteinander lachten und redeten. Sogar jetzt, beim feierlichen Einzug in das Kirchenschiff flüsterte Dorli ihr zu: »Nun sag schon, was hältst du von Herrn Meyer? Er ist nett, oder?«

»Ja, sehr. Ich hätte nicht gedacht, dass mir das Training so einen Spaß machen würde.«

»Du hast aber ganz offensichtlich auch Talent«, erklärte Innegrit voller Ernst.

Lucie war so erfüllt von ihren Plaudereien, dass sie fast vergessen hätte, vor der Bank in Richtung Altar zu knicksen. Erst, als eines der Mädchen aus einer der unteren Klassen es tat, fiel es ihr auch wieder ein und sie kniete sich schwankend und vor Muskelkater ächzend hinunter, bevor sie in die Reihe schlüpfte und neben Innegrit Platz nahm.

Die Freundinnen schienen ihren Fauxpas nicht bemerkt zu haben oder sie schenkten ihm keine Beachtung, denn Dorli flüsterte munter weiter über Herrn Meyer, die Hausaufgaben und wie sehr sie sich schon jetzt auf die langen Sommerferien freute. Auch Lucie und Innegrit beteiligten sich leise. Das führte dazu, dass Lucie fast erneut etwas Wichtiges verpasst hätte, denn als der Priester einzog, erhoben sich alle, während sie sitzen blieb und erst aufstand, als alle um sie herum bereits standen. Schweiß brach auf ihrer Stirn aus. Das war nicht gut. Sie musste sich konzentrieren. Offenbar war das hier ein anderes Kaliber als die kleinen Andachten, die die Nonnen jeden Morgen abhielten. Es schien nun mehr Regeln zu geben, die Lucie natürlich nicht kannte. Jetzt bekreuzigten sich plötzlich alle und Lucie hatte das Gefühl, dass jeder der hier Anwesenden auf sie blickte und ihre Fehler innerlich zählte. Sie spürte, wie die alte Unsicherheit mit schleimigen Armen nach ihr griff und sie umhüllte. Sie war fast so aufgeregt, wie gestern kurz vor Trainingsbeginn. Wenn sie nicht aufpasste und die Aufregung übernehmen ließ, wäre sie am Ende dieser Messe aufgeflogen. Das durfte auf keinen Fall passieren! Streng dich an, Lucie, schalt sie sich selbst innerlich, deine Zukunft hier hängt davon ab. Unter großer Anspannung beobachtete sie, wann die Mädchen vor ihr sich anschickten, sich zu erheben, wann Innegrit den Mund zu einem Gebet öffnete, wann sie sich hinknieten oder sich bekreuzigten. Sie war so konzentriert, dass sie Kopfschmerzen bekam, doch sie schaffte es, das Verhalten der anderen so gut zu imitieren, dass sie die Dinge fast gleichzeitig mit ihnen machte.

Ein brenzliger Moment entstand erst, als die Mädchen aus den Reihen vor ihr reihenweise aufstanden und in den Gang traten. Panik erfasste Lucie. Was musste sie tun? Was wurde von ihr erwartet? In einer Reihe bewegte sich der Pulk von Mädchen nach vorn, wo der Pfarrer stand, ihnen tief in die Augen sah und etwas in die Hand drückte, das aussah, wie ein kleiner Mond.

Lucie atmete hektisch. Musste sie irgendetwas sagen? Wieder irgendeine dieser ausgefeilten rituellen Handlungen machen?

Der Schweiß strömte ihr inzwischen aus allen Poren. Angestrengt starrte sie nach vorn. Da, eines der Mädchen steckte sich den Minimond in den Mund, nachdem sie irgendetwas gemurmelte hatte. Es war ziemlich leise, sodass Lucie, wenn sie den Mund bewegte und die Augen gesenkt hielt, nicht allzu viel falsch machen könnte. Oder doch?

Am liebsten hätte sie sich umgedreht und wäre einfach davongelaufen oder hätte zumindest die Freundinnen gefragt, was von ihr erwartet wurde, aber das war natürlich keine Option.

Inzwischen waren sie so weit vorgerückt, dass nur noch ein Mädchen vor ihr war. Sie lauschte angestrengt, verstand jedoch nicht, was das Mädchen gesagt hatte.

Mit zitternden Knien ging sie vor und hielt ihre Hände gefaltet aneinander. Sie hatte keine Ahnung, ob es so richtig war, aber es hatte zumindest so ähnlich ausgesehen, was sie bei den anderen hatte beobachten können. Der Pfarrer musterte sie über seine Brillengläser hinweg, während er den kleinen Mond hochhielt. Dann murmelte er etwas, das sich anhörte, wie *Der Leib Christi* oder so ähnlich. Lucie nickte und bewegte kurz die Lippen. Hoffentlich genügte das! Sie steckte sich das Ding in den Mund und drehte ab, so wie sie es bei den Mädchen vor ihr beobachtet hatte. Niemand hielt sie auf. Erleichtert taumelte Lucie wieder zurück zu ihrem Platz. Es schien eine Art Oblate zu sein, die er ihr gegeben hatte. Sie schmeckte gar nicht schlecht und löste sich langsam auf ihrer Zunge auf.

Als sie endlich wieder auf ihrem Platz saß, atmetet sie erleichtert ein und aus. Die Schule hatte noch nicht einmal begonnen und sie war bereits erschöpft. Ob das, was sie getan hatte, eine Sünde war?

***

Hannah klopfte an die Tür von Almas Häuschen und fühlte sich sofort ruhiger. Es war, als würde sie in einen sicheren Hafen einlaufen, nachdem sie ihr Schiff durch einen Sturm gesteuert hatte.

Alma öffnete die Tür und ein Lächeln breitete sich auf ihrem Gesicht aus. »Gut, dass du kommst: Ich habe gerade einen Apfelkuchen gebacken und brauche jemanden, der ihn mit mir gemeinsam kostet. Solange meine beiden Männer in ihren Schulen sind, bin ich sonst ganz allein auf mich gestellt.«

Bevor Hannah dazu kam, etwas zu erwidern, zog sie sie auch schon am Ärmel ihres Mantels hinein. Der Duft nach frisch Gebackenem stieg ihr in die Nase und löste sofort ein Gefühl der Geborgenheit bei ihr aus. Hier war sie sicher. Hier konnte sie das abladen, was sie belastete, und würde den Kopf zurechtgerückt bekommen, wenn es nötig war. Auf Alma konnte sie sich verlassen. Sie gab ihr den Halt, der ihr manchmal im Leben fehlte. Hannah schälte sich aus ihrem schweren Wintermantel und spürte, wie ihre kalten Finger in der Wärme von Almas Küche zu prickeln begannen.

Alma bedeutete ihr, sich an den Küchentisch zu setzen, nachdem sie ihr Hut und Mantel abgenommen und sie an sich gedrückt hatte.

»Wobei Wilhelm wahrscheinlich auch kaum etwas von dem Kuchen essen würde, wenn er hier wäre. Er hat in letzter Zeit Probleme mit dem Magen. Zu viel zu tun. Der Arme! Er isst wie ein Spatz«, sagte Alma mit besorgtem Gesichtsausdruck, während sie Hannah ein ordentliches Stück abschnitt, sich selbst ein kleineres nahm und dann kochendes Wasser in die Teekanne goss.

»Hat er das schon lange? Vielleicht sollte ich ihn einmal untersuchen?«, fragte Hannah, doch Alma schüttelte sofort den Kopf.

»Das wird er nicht wollen. Wahrscheinlich ist er schon böse auf mich, weil ich dir überhaupt davon erzählt habe.«

»Nun gut, wenn ich es für mich behalten soll, tue ich das natürlich, aber wenn es irgendwann doch nötig sein sollte: Ich behandele jeden von euch sofort. Zu jeder Tages- und Nachtzeit. Und mit Magensachen ist nicht zu spaßen. Sag das deinem Wilhelm.« Im Grunde ihres Herzens war sie erleichtert darüber, nicht in die Situation zu kommen, ärztliche Entscheidungen treffen zu müssen. Gerade bei Wilhelm oder anderen Familienmitgliedern wollte sie keinen Fehler machen, aber trotz aller Zweifel über ihre Fähigkeiten war der Wunsch, engen Vertrauten zu helfen, soweit es in ihrer Macht stand. Da hatten Bedenken keinen Platz.

»So, jetzt vergessen wir mal den ganzen Ärger und trinken erst mal ein Schlückchen!«, sagte Alma und schob Hannah die Tasse mit dem heißen Tee über den Tisch zu, während sie selbst ihr gegenüber Platz nahm.

Das ließ sich Hannah nicht zweimal sagen, zumal der noch warme Kuchen verführerisch duftete.

»Willst du wissen, was ich über Hedel herausgefunden habe?«, fragte Hannah nach einer Weile.

Überrascht sah Alma sie an. »Ich wusste gar nicht, dass du über sie Nachforschungen anstellst. Warum tust du das?« Sie stützte die Arme auf den Tisch und nahm einen Schluck aus ihrer Tasse.

»Es war die Sache mit Milli, die mir keine Ruhe gelassen hat. Ich meine, ich hatte gar nicht erzählt, dass sie wir sie vermissten, geschweige denn, überhaupt eine Katze haben. Und dann sagt sie, dass sie zu Hause auf mich warten wird. Und das hat wirklich gestimmt. Ist das nicht unglaublich?« Hannah unterstrich jedes ihrer Worte mit ausladenden Handbewegungen, wobei ihre Kuchengabel in wilden Schwüngen durch die Luft fuhr.

Alma zuckte mit den Achseln. »Ich würde dem nicht so viel Bedeutung beimessen. Wahrscheinlich hat sie ein Katzenhaar auf deinem Mantel gesehen oder sonst was.«

»Vielleicht. Trotzdem finde ich das sehr seltsam. Woher weiß sie schließlich, dass das Haar von einer Katze stammt? Das könnte doch auch jedes andere Tier sein! Aber jedenfalls arbeitet sie nicht nur als Kräuterfrau, sondern macht auch Geisterheilungen, wie ich erfahren habe. Ist das nicht verrückt? Meinst du, sie kann einem Menschen wirklich das Schicksal aus dem Handteller lesen?«

»Ich muss mich schon sehr über dich wundern, Hannah. Was ist bloß los mit dir? Du, die alles weiß über den menschlichen Körper, was es zu wissen gibt, glaubst an Geisterheilung?«

»Es gibt immer noch so einiges, was die moderne Wissenschaft nicht weiß. Vielleicht ist es etwas, das gut miteinander harmoniert. Man muss offenbleiben für alles Neue. Auch als Wissenschaftler.«

»Blöd nur, dass Hedel keine hohe Meinung von der modernen Medizin hat, wie du ja bereits gehört hast. Ich glaube kaum, dass sie an einer Zusammenarbeit interessiert wäre. Kommst du vielleicht auf seltsame Gedanken, weil du ein wenig unausgelastet bist? Ich meine, wir sind jetzt wie lange hier? Anderthalb Monate? Und du hast dir noch immer keine neue Stelle gesucht, dabei bist du eines der schlimmsten Arbeitstiere, die mir je begegnet sind. Wäre es nicht schön, wieder ein wenig in einer Praxis mitzuhelfen oder dir eine Tätigkeit im Krankenhaus zu suchen?«

Hannah verzog für einen Augenblick das Gesicht. Jetzt fing auch noch Alma damit an. »Das mache ich schon noch. Im Moment ist es gut so, wie es ist«, erklärte sie knapp. Sie wollte nicht wieder ein ähnliches Gespräch darüber führen wie gestern Abend mit Daniel. Die Unterhaltung über Hedel war viel spannender. Aber sie kannte Alma: Sie würde sich kaum mit einer solchen Antwort abspeisen lassen, wenn sie spürte, dass sie da etwas Größerem auf der Spur war, und in der letzten Zeit hatte ihre Freundin die unangenehme Angewohnheit entwickelt, den Finger immer direkt in die Wunde zu legen. Sie musste sie ablenken!

»Lucie war gestern übrigens zum ersten Mal beim Leichtathletik-Training«, warf sie in den Ring.

»Und trotzdem schafft sie alles für die Schule? Das würde ich mir bei Günther auch wünschen. Seine Noten sind auf Talfahrt. Aber ansonsten ist er ein Sonnenschein und macht uns unglaublich viel Freude. Ich habe schon versucht, mit Wilhelm darüber zu sprechen, aber im Moment scheint es ihm nicht gut genug dafür zu gehen, ihm unter die Arme zu greifen.«

Hannah runzelte die Stirn. »Lucie könnte Günther Nachhilfe geben, wenn ihr möchtet, und wenn es Wilhelm so schlecht geht, sollte er sich wirklich untersuchen lassen. Wenn nicht von mir, dann soll er eben zu einem Kollegen gehen, aber das, was du erzählst, hört sich nicht gut an, finde ich.«

»Ich werde es ihm vorschlagen, wenn der richtige Zeitpunkt gekommen ist. Noch einen Tee?« Sie war aufgestanden und hielt die Teekanne hoch.

Hannah wusste, dass sie jetzt keine Chance hatte, weiter in Alma zu dringen, damit Wilhelm seine Probleme abklären ließ. Wenn Alma sich mit einer Sache nicht auseinandersetzen wollte, dann tat sie es auch nicht. Aber immerhin hatte sie es geschafft, sie von der Sache mit der neuen Arbeitsstelle abzulenken. Das war doch auch schon etwas!

»Was gibt es heute bei euch zum Essen?«, fragte Alma, während sie sich in der Küche zu schaffen machte. »Hier probier mal diesen Käse. Es ist unglaublich, was für eine Käsevielfalt angeboten wird. Und das trotz der Krise. Himmlisch, oder?« Sie schnitt eine dünne Scheibe von einem größeren Stück ab und hielt es Hannah vor die Nase.

Hannah zuckte mit den Achseln, während sie nach dem Käse griff. »Keine Ahnung! Es gab so viel anderes, da bin ich nicht dazu gekommen, mit ihr den Speiseplan abzustimmen. Es wird schon etwas Gutes sein, zumal wir ja nicht streng auf koscheres Essen achten. Wir müssen uns noch ein bisschen aneinander und an unsere unterschiedlichen Vorlieben gewöhnen, aber das wird schon. Und dann ist es ja auch schwer, manches zu bekommen. Die Weltwirtschaftskrise ist ja auch hier deutlich spürbar. Hmm, aber der Käse ist wirklich gut.«

Alma wiegte den Kopf. »Lass ihr nicht zu viel freie Hand, vor allem in der Anfangszeit. Sie kennt eure Gewohnheiten und Geschmäcker noch nicht. Also ist es an dir, ihr auf die Finger zu schauen und auch die Ausgaben im Blick zu behalten. Soll ich mir das Haushaltsbuch beizeiten mal ansehen?«, bot Alma an.

Hannah lachte. »Immer machst du dir Sorgen um unser Wohlergehen. Du hast jetzt deine eigene Familie, Alma! Du musst dich nicht mehr um unsere kümmern.«

»Das wirst du nicht mehr aus mir herausbekommen!« Alma grinste und wandte sich wieder ihrem Topf zu.

»Und aus diesem Grund und vielen anderen bist und bleibst du meine allerbeste Freundin.«

Kapitel 9

Kurt war nur ungern von zu Hause weggegangen, doch er musste arbeiten. Je weiter Ursula in der Schwangerschaft war, desto größer wurde sein Bedürfnis, sich um sie zu kümmern, bei ihr zu sein und ihr alles abzunehmen, was in seiner Macht stand. Es musste eine Qual sein, Zwillinge zu bekommen, wenn man so zierlich und schmal war wie Ursula, und er konnte es nicht vermeiden, ein schlechtes Gewissen deswegen zu haben. Es wäre besser gewesen, sie hätten noch gewartet, bis sich alles etwas beruhigt hätte, bis … Er wusste es auch nicht. Wahrscheinlich hätte es keinen idealen Zeitpunkt gegeben. Sie hatten beide bald nach der Hochzeit ein Kind gewollt und bei der Empfängnis hätte niemand erahnen können, dass sie ein paar Monate später in ein anderes Land ziehen würden.

Und trotzdem … Er wünschte, Ursulas Schwester Marie hätte sich früher freimachen und jetzt schon kommen können, um ihr ein wenig unter die Arme zu greifen und ihr Gesellschaft zu leisten, in dieser schwierigen Zeit. Doch immerhin hatte sie zugesichert, kurz vor dem errechneten Termin da zu sein.

Kurt betrat die Universitätsbibliothek. Hier saß er, wenn er schon nicht bei Ursula sein konnte, am liebsten und arbeitete, obwohl er als Professor natürlich sein eigenes Büro hatte. Aber unter dem ausladenden Kronleuchter, umgeben von Unmengen alter Bücher, deren staubiger Geruch in der Luft hing, fühlte er sich am wohlsten. Er musste noch ein paar Dinge für die kommende Vorlesung nachschlagen und hatte Fräulein Wyss, seiner Sekretärin gesagt, dass er hier zu finden sei.

Um diese Zeit hatten sich nur wenige Studenten hierher verirrt und die Geräusche der über das Papier kratzenden Stifte lösten ein wohliges Schaudern in ihm aus. Hier hatte er sich sofort heimisch gefühlt. Es war vertrautes Terrain, ähnlich der Bibliothek in Tübingen, in der er so viele Stunden verbracht hatte.

Kurt bemerkte, dass sogar der Tisch, an dem er am liebsten saß, frei war. Er schlenderte durch die Gänge mit Büchern und suchte nach den Exemplaren, die ihm weiterhelfen würden. Es war ihm bewusst, dass sein Verhalten als ungewöhnlich angesehen wurde, denn schließlich schickten die anderen Professoren ihre Sekretärinnen, um die benötigten Bücher aus der Bibliothek zu holen, anstatt sich selbst unter das gemeine Volk zu mischen, doch das scherte Kurt nicht.

Man verzieh ihm sein in dieser Hinsicht exzentrisches Verhalten und schob es auf sein noch junges Alter für einen Professor, jedenfalls hatte ihm das Fräulein Wyss hinter vorgehaltener Hand anvertraut. Sie erfuhr viel von den anderen Sekretärinnen und scheute sich nicht, diese Informationen brühwarm an ihn weiterzugeben, was ihn belustigte. Fräulein Wyss war ein aufgewecktes junges Ding von vielleicht Mitte zwanzig, groß gewachsen für eine Frau und sehr daran interessiert, ihm abzunehmen, was sie konnte. Es hatte ein wenig Mühen gekostet, sie davon zu überzeugen, dass er sich damit wohlfühlte, selbst in die Bibliothek zu gehen. Zu sehr war sie in ihrem Glauben verhaftet, es wäre ihre Aufgabe. Dann aber hatte er sie eines Tages mitgenommen und sie mit dem Zauber vertraut gemacht, den eine Bibliothek auf ihn ausübte. Die Sonne hatte tief gestanden und die Bücherreihen in ein strahlendes Gelb gehüllt und da war endlich der Groschen bei ihr gefallen. Seitdem protestierte sie nicht mehr, wenn er ihr sagte, dass er die nächsten Stunden dort verbringen wollte, sondern wünschte ihm nur viel Vergnügen.

Einen Haken hatte die Sache allerdings, doch dafür konnte Fräulein Wyss natürlich nichts: Ariel studierte ebenfalls hier. Und Kurt war sein Dozent.

Es war eine prekäre Situation, denn sie hatten nicht darüber geredet, wie sie sich verhalten sollten, wenn sie aufeinandertrafen. Zu Hause war das natürlich eine ganz andere Sache, aber hier, in den Universitätsräumen und inmitten eines Haufens Studenten, hatte Kurt instinktiv so getan, als würden sie sich nicht kennen. Und auch Ariel schien mit diesem Arrangement ganz zufrieden zu sein, denn er tat ebenfalls so, als wären sie nichts anderes als Professor und Student.

Doch immer, wenn er Ariel zufällig in der Bibliothek oder den Gängen begegnete, zuckte Kurt innerlich kurz zusammen.

Heute jedoch war von ihm keine Spur zu sehen.

Kurt hatte die Bücher gefunden, die er brauchte, und setzte sich mit einem leisen Freudenseufzer an den Tisch.

Endlich konnte er sich in die dicken Schinken versenken. Was gab es Schöneres?

Er schlug das erste Buch auf, legte sich Papier und Stift bereit und begann zu lesen.

»Äh, Professor Friedländer, darf ich Sie für einen Augenblick stören?« Eine junge Frau mit schwarzer Brille stand vor seinem Tisch und sah ihn aufmerksam an. Sie war ihm schon ein paarmal in seinen Vorlesungen aufgefallen, denn Frauen waren unter den Studenten noch immer in der Minderzahl.

»Was kann ich für Sie tun, Fräulein …«

»Müller. Mein Name ist Else Müller. Ich bewundere Ihre Art, die Dinge verständlich näherzubringen«, stellte sie sich vor und deutete eine Neigung des Kopfs an.

»Das freut mich. Allerdings bin ich hier, um noch etwas für die Vorlesung nachher vorzubereiten, also, wenn es nicht etwas sehr Dringendes ist, das keinen Aufschub duldet, wäre ich Ihnen verbunden, wenn wir das später klären könnten.«

Else Müller nickte eifrig. »Selbstverständlich. So wichtig wie Ihre Vorlesung kann es gar nicht sein. Wenn es Ihnen recht ist, komme ich nachher noch einmal auf Sie zu. Es geht nur um ein paar Kleinigkeiten, die ich im Kommentar gefunden habe und nicht ganz verstehe.«

»Haben Sie keine Scheu. Nach der Vorlesung stehe ich Ihnen voll und ganz zur Verfügung.«

Ein Grinsen huschte über ihr Gesicht. Er hatte sich doch hoffentlich nicht missverständlich ausgedrückt? Das lag ihm völlig fern, schließlich wartete die bezauberndste Frau von allen hochschwanger zu Hause auf ihn. Nein, so, wie sie ihn nun ansah, musste er in dieser Hinsicht offenbar nichts befürchten. So, jetzt sollte er aber loslegen. Die Zeit flog nur so dahin. Er nickte ihr noch einmal zu, dann vertiefte er sich wieder in die Zeilen vor ihm.

So langsam wurden ihm die Vorteile der Arbeit im eigenen Büro bewusster: Ungestörtheit und fehlende Beobachtung. Doch das war es ihm trotzdem nicht wert, sich von der Tätigkeit in der Bibliothek abbringen zu lassen. Noch waren seine Popularität und damit auch die Unterbrechungen begrenzt.

***

Es hatte sich zu einer schönen neuen Tradition entwickelt, dass sich die ganze Familie samt Alma, Wilhelm und Günther am Freitagabend zu einem gemeinsamen Essen traf. Am Freitag hatte Margarete frei und Alma hatte gleichsam darum gefleht, einspringen zu dürfen und für die gesamte Familie zu kochen. Da sämtliche Familienmitglieder ihre gute Kost liebten, hatte sie nicht lange bitten müssen. Und so trafen sich alle jeden Freitagabend zum Schabbatbeginn im Haus der Friedländers, schlemmten zusammen und feierten den Beginn des Wochenendes.

Hannah liebte es, die ganze Familie bei dieser Gelegenheit versammelt zu haben, zu hören, was bei den Einzelnen in der Woche passiert war und gemeinsam die Zeit zu genießen. Heute Abend hatten Kurt und Ursula abgesagt, weil Ursula sich nicht wohlfühlte. Das war angesichts der Tatsache, dass es nur noch ein paar Wochen dauerte, bis die Zwillinge auf die Welt kommen sollten, mehr als verständlich. Die arme Ursula kämpfte mit Wassereinlagerungen und einem riesigen Bauch, der ihr bei jeder körperlichen Anstrengung die Luft nahm. Ohne Zweifel wäre es Hannah lieber gewesen, die beiden dabei zu haben, um bei der Gelegenheit auch einen Blick auf Ursula werfen zu können, doch das wollte sie morgen nachholen, auch wenn es ihr deutlich lieber gewesen wäre, wenn zumindest noch ein weiterer Kollege zurate gezogen würde. Hatte sie überhaupt genug Wissen und die Fähigkeit, die Situation richtig zu beurteilen? Doch Ursula vertraute auf sie und hatte jeden Vorschlag, einen anderen Arzt zu befragen, von sich gewiesen. Und so fügte sich Hannah wohl oder übel ihrem Wunsch. Sie und Alma waren übereingekommen, dass es sinnvoll war, gleich etwas mehr zu kochen, sodass Hannah Kurt und Ursula am Sonnabend die Reste vorbeibringen und dabei die Schwangere untersuchen konnte. Mehrfach hatte sich Hannah bemüht, Ursula doch noch von einer Entbindung im Krankenhaus zu überzeugen, hatte jedoch auf Granit gebissen. Ursula war eisern dazu entschlossen, die neuen Erdenbürger zu Hause willkommen zu heißen.

Auch Lucie war heute sonderbar erschöpft aus der Schule zurückgekommen. Sie hatte etwas davon gemurmelt, dass Gottesdienst gewesen sei. Mehr hatte sie nicht gesagt, war direkt auf ihr Zimmer gegangen und hatte sich hinlegen wollen. Aber das Wochenende stand vor der Tür und sie würde sich hoffentlich von dem Stress, den all das Neue noch verursachte, erholen können. Zumindest hoffte Hannah das.

Hannah hatte gerade das letzte Besteck neben den kostbaren Tellern platziert, die noch von ihrer Aussteuer stammten, und die sie zu diesem Anlass gerne herausholte, als auch schon Wilhelm und Günther klingelten.

Hannah öffnete die Tür und erschrak, als sie Wilhelm sah. Er hatte sichtbar abgenommen, seit sie ihn zuletzt vor zwei Wochen gesehen hatte, denn letzten Freitag hatte er wegen Leibschmerzen nicht an ihrem gemeinsamen Essen teilnehmen können. Seine Haut hatte einen ungesunden gelblichen Schimmer.

»Wilhelm, geht es dir nicht gut?«, fragte sie und griff nach seinem Arm, um ihn ins Haus zu ziehen.

Der wehrte ab. »Bitte, Hannah, ich bin sehr gut in der Lage, allein zu gehen.«

»Ja, es ist nur: Du siehst nicht gut aus, wenn ich ehrlich bin. Alma hatte erzählt, dass du immer noch nicht wieder wohlauf bist. Lass mich dich untersuchen, um festzustellen, wie ich dir am besten helfen kann.«

Wilhelm winkte lachend ab. »Fang du jetzt nicht auch damit an. Ich muss schon jeden Tag einen grässlichen bitteren Tee trinken, den Alma aus den Kräutern dieser Hedel zusammenbraut. Macht euch keine Sorgen. Ich bin bald wieder völlig auf dem Damm.« Und damit ging er auf Daniel zu, der eben von oben heruntergekommen war.

Hannah sah ihm einen Augenblick hinterher, dann wandte sie sich Günther zu. »Entschuldige, dass ich dich noch nicht begrüßt habe, Günther. Geht es dir gut?«

Der Junge nickte lächelnd. Hannah strich ihm über den Kopf und dann gingen sie zu den anderen ins Esszimmer.

Just in dem Moment, als alle um den Tisch Platz genommen hatten, läutete das Telefon.

Hannah blickte Daniel genervt an, während sie sich anschickte, aufzustehen.

»Wenn das wieder das Büro mit einer dringenden Aufgabe ist, sage ich Ihnen, dass du nicht zu sprechen bist«, erklärte sie entschieden.

Daniel sah sie an, als wollte er überprüfen, ob sie ihre Worte ernst gemeint hatte.

»Lass mich gehen«, sagte er dann entschlossen.

»Sie können nicht jedes Mal unser Freitagabendessen stören. Es ist, als wollten sie überprüfen, wie genau du es mit den jüdischen Gepflogenheiten so nimmst«, ereiferte sich Hannah.

»Das ist doch Unsinn. Es gibt nur manchmal Dinge, die erlauben keinen Aufschub«, sagte Daniel und war auch schon in den Flur verschwunden.

»Jetzt ärgere dich doch nicht!«, flüsterte Alma ihr zu, während sie sich daran machte, allen von dem Kartoffelbrei aufzutun, den nur sie so glatt und geschmeidig hinbekam.

Bevor Hannah dazu kam, ihr zu antworten, war Daniel bereits zurück aus dem Flur.

»Nanu, schon fertig?«, fragte Ariel verwundert.

»Der Teilnehmer hatte schon aufgelegt«, erklärte Daniel und nahm wieder Platz.

Er griff nach der Schüssel mit Bohnen und begann, sich großzügig aufzutun, als das Telefon abermals läutete.

»Meine Güte, jetzt ist es aber auch mal gut«, entfuhr es Hannah. Sie ärgerte sich über die erneute Störung, denn schließlich hatte sie sich die ganze Woche auf den Freitagabend gefreut und nun gab es eine Unterbrechung nach der anderen.

»Ich gehe!«, sagte Lucie entschlossen und war auch schon aufgesprungen.

»Aber wenn es für mich ist, sag Bescheid«, rief Daniel ihr hinterher.

Das Klingeln verstummte und man konnte Lucies leises Murmeln aus der Entfernung hören.

»So, jetzt noch die Buletten, dann können wir endlich anfangen«, sagte Alma. Ihre Stimme klang angespannt.

Sie begann damit, Wilhelm eine der nicht allzu großen Fleischbällchen auf den Teller zu legen, und schickte sich an, ihm weitere zuzureichen, doch er hob die Hand und winkte ab.

»Das ist zu viel, Alma, das schaffe ich nicht, das weißt du doch«, fuhr er sie an.

»Wenn dir zwei von den kleinen Dingern schon zu viel sind, dann ist es wirklich Zeit für eine Untersuchung, Wilhelm«, konnte sich Hannah nicht verkneifen, während sie noch eine vierte Bulette von Alma nahm.

»Bist du krank, Wilhelm?«, fragte Ariel.

»Ich …«, begann Wilhelm, wurde aber von der hereinstürmenden Lucie unterbrochen, was ihm offensichtlich sehr zupasskam.

»Mama! Es ist Kurt. Du musst sofort zu ihnen kommen. Ursula ist gestürzt und blutet seitdem. Er meint, er hat den Eindruck, dass die Kinder bald kommen werden.«

Hannah starrte erschrocken ihre Tochter an. Das waren keine guten Nachrichten. Da wäre ihr ein später Anruf aus dem Büro deutlich lieber gewesen.

Sie sprang auf und murmelte: »Ich hole meine Tasche.«

»Ich komme mit!«, bot Daniel sofort an.

»Was sollst du dort tun? Nein, bleib hier und genieße das gute Essen von Alma«, sagte Hannah. »Wenn ich die Hilfe brauche, dann schicke ich Kurt los, um anzurufen.«

»Aber Kurt wird nicht von Ursula wegwollen, wenn es ihr schlecht geht. Ich komme mit und warte nebenan. Wenn ich jemanden anrufen soll, laufe ich einfach los«, bot Lucie an.

»Ich weiß nicht, Luciemaus. Es ist doch schade um das gute Essen und ich habe keine Ahnung, wie lange das alles dauern wird«, gab Hannah zu bedenken.

»Ich packe euch euer Essen ein und das für Kurt und Ursula gleich mit. Wenn die Kindchen da sind, wird zumindest Kurt und vielleicht auch Ursula hungrig sein«, sagte Alma und sprang auf.

»Und morgen ist Sonnabend. Da haben wir nicht so lange Schule. Bitte, Mama«, bat Lucie.

»Na schön, dann komm eben mit. Aber pack nicht zu viel ein, Alma. Die anderen müssen auch noch etwas essen. Und Wilhelm: Über deinen mangelnden Appetit unterhalten wir uns später noch mal.«

Wilhelm rollte mit den Augen, widersprach ihr aber nicht mehr.

Hannah rannte die Treppen hinauf, um sich in Windeseile umzuziehen und ihre Tasche zu holen. Der Abend würde lang werden und in der Nacht war es noch immer empfindlich kalt.

Wenn nur alles gut ging! Hoffentlich war den Kindern bei dem Sturz nichts passiert!

Kapitel 10

Nervös rannte Kurt zurück nach Hause. Er hatte es gehasst, Ursula allein lassen zu müssen, um Mutter zu verständigen, aber es hatte keine andere Möglichkeit gegeben, denn sie besaßen keinen Telefonapparat. Er hoffte, nein, er betete, dass es ihr nicht noch schlechter ging als zu dem Zeitpunkt, wo er sie verlassen hatte. Seit Ursulas Sturz war die Vorahnung, etwas Schlimmes könnte passieren, übermächtig geworden.

Trotzdem bemühte er sich darum, einen halbwegs kühlen Kopf zu bewahren. Er hatte ihr nach ihrem Sturz vorsichtig aufgeholfen und Ursula hatte zunächst über die eigene Ungeschicklichkeit gelacht, obwohl sie nicht mehr hatte sagen können, wie sie eigentlich zu Fall gekommen war. Kurt war gar nicht nach Lachen zumute gewesen. Noch immer spürte er das kalte Entsetzen, das ihn gepackt hatte, als er Ursula durch die Luft segeln gesehen hatte. Es war so unglaublich schnell gegangen und das laute klatschende Geräusch, als sie auf der Erde aufgekommen war, war ihm durch Mark und Bein gerauscht. Sie hatte ihm versichert, alles sei in Ordnung und er sich keine Sorgen machen brauche, doch er hatte darauf bestanden, dass sie sich für einen Augenblick hinlegte und ihr fürsorglich ins Bett geholfen.

Dort fiel ihm das Blut auf, das an ihrem Bein entlangsickerte. Er biss sich auf die Lippen, um nicht vor Entsetzen laut aufzuschreien und sie zu beunruhigen. Stattdessen schichtete er einige Kissen um Ursula auf, damit sie es so gemütlich wie möglich hatte. Anschließend brachte er ihr noch ein Glas Wasser und erklärte ihr, Mutter holen zu wollen, damit sie einen kurzen Blick auf Ursula werfen könne, um sicherzustellen, dass alles in Ordnung war mit ihr und den Kindern.

»Aber sie haben doch jetzt das Freitagsessen«, gab Ursula zu bedenken. Ihre Stimme klang matt. Sie schien unter Schock zu stehen.

»Das ist sicher kein Problem. Ruh dich aus. Ich renne schnell los und rufe sie an. In einer Viertelstunde bin ich wieder zurück.« Er küsste sie sanft Kuss auf die Stirn und Ursula schloss die Augen. Offenbar hatte sie ihren Protest aufgegeben.

Gerade, als er die Tür hinter sich schließen wollte, hörte er ihre Stimme: »Bleib nicht so lange weg, Kurt. Ich glaube, die Wehen haben eingesetzt.«

Er drehte sich nach ihr um und sah sie entgeistert an. »Aber das ist doch viel zu früh.«

»Durch den Sturz wahrscheinlich«, flüsterte Ursula. Sie sah entsetzlich blass aus.

»Ich renne, so schnell ich kann. Versuche, dich noch ein bisschen auszuruhen, soweit es geht. Ich bin gleich wieder da.« Sein Atem ging flach. Er spürte Panik in seinem Inneren aufwallen.

Es durfte ihr nicht schlecht gehen. Sie war doch sein Ein und Alles, seine große Liebe und sein Lebensinhalt. Und auf die Kinder hatten sie sich so sehr gefreut. Und dann war da dieser dämliche Sturz.

Kurt riss den Mantel von der Garderobe, fingerte nervös den Schlüssel aus dem Schloss und stürmte hinaus. Er hatte den Hut vergessen, aber das war völlig egal. Dunkelheit und Kälte umfingen ihn und ließen die Situation noch trostloser erscheinen. So hatte er sich die Geburt nicht vorgestellt und Ursula mit Sicherheit auch nicht. Doch jetzt zählte jede Minute. Je eher Mutter da war, umso schneller konnte sie Ursula zur Seite stehen. Wenn jemand seiner Frau helfen konnte, dann war es seine Mutter.

Das Telefonat mit Lucie war kurz und knapp gewesen, doch er war sich sicher, dass seine Schwester alles richtig verstanden hatte. Sie war ein helles Köpfchen.

Er wollte so schnell wie möglich zurück zu Ursula. Sein Atem ging keuchend. Seine Füße flogen über die feuchten Pflastersteine.

Er strauchelte, fing sich aber im letzten Moment wieder. Fast hätte ihn ein dämlicher Stein zu Fall gebracht.

Er atmete schwer. Bei der Geschwindigkeit, mit der er über das Pflaster flog, wurde ihm die Luft knapp.

Aber da vorn war ihr Häuschen. Als er die Tür aufschloss, hörte er Ursulas schrillen Schrei, der ihm das Blut in den Adern gefrieren ließ. Das klang gar nicht gut!

***

Lucie hetzte an Mutters Seite durch die dunklen und stillen Gassen, am Limmat, dem Fluss, der aus dem Zürichsee floss, vorbei. Alles wirkte so unwirklich und auch ein bisschen unheimlich im Vergleich zum letzten Mal, als sie hier vorbeigekommen waren. Mutters Beunruhigung war deutlich spürbar und griff auf sie über. Eigentlich hatte sie sich darauf gefreut, endlich Tante zu werden, aber so hatte das Ganze einen bitteren Beigeschmack.

»Den Kindern wird doch durch den Sturz nichts passiert sein, oder?«, fragte sie.

Mutters Gesicht war in der Dunkelheit nicht gut erkennbar, doch Lucie konnte den Schmerz erkennen, der in ihren Augen stand, kaum hatte sie die Frage ausgesprochen.

»Ich weiß es nicht, Lucie. Ich muss sie erst untersuchen, bevor ich sagen kann, wie schlimm es ist. Aber machen wir uns nichts vor: Als Hochschwangere zu fallen, ist schon nicht gut, aber wenn man auch noch Zwillinge erwartet …«

Sie beendete den Satz nicht, doch Lucie hatte genug gehört. Den Rest des Weges eilten sie stumm nebeneinander her. Jede mit ihren eigenen Gedanken beschäftigt.

Lucie fragte sich, ob es wirklich so eine gute Idee gewesen war, darauf zu bestehen, Mutter zu begleiten, doch jetzt war es zu spät für einen Rückzieher. Und sie war entschlossen, alles zu tun, was sie konnte, um der armen Ursula das Leben zu erleichtern.

Mutter klopfte energisch an die Tür, doch es dauerte eine Weile, bis Kurt öffnete. In seinen glanzlosen Augen stand Panik und er war erschreckend bleich.

»Blut, überall ist Blut!«, brachte er stockend anstelle einer Begrüßung hervor.

Sofort schob Mutter ihn beiseite und rannte durch den Flur. Nur im Schlafzimmer brannte Licht.

»Es ist so … so furchtbar, Lucie! Ich … ich weiß nicht, was ich tun soll«, stammelte Kurt und sah sie hilfesuchend an, als wäre sie seine Rettung.

Was wusste sie schon? Sie war ein siebzehnjähriges Mädchen. Sie biss sich auf die Unterlippe, dann legte sie den Arm auf Kurts Unterarm und drückte ihn sanft. »Mutter ist jetzt da. Sie wird alles tun, um Ursula und den Kindern zu helfen. Und wir gucken jetzt, wie wir sie unterstützen können. Willst du dich für einen Augenblick ausruhen und etwas trinken? Du siehst aus, als würdest du jeden Moment aus den Latschen kippen!« Sie schlüpfte hinein und schloss die Tür hinter sich.

Kurt antwortete nicht. Stattdessen starrte er mit leerem Blick vor sich hin. Er war offenkundig von der Situation überfordert.

Mit sanftem Druck, aber bestimmt, führte Lucie ihn in Richtung Küche. »Du setzt dich jetzt erst einmal einen Moment hier hin, Kurt. Und ich kümmere mich um den Rest. Hast du schon heißes Wasser aufgesetzt?«

Er sah sie mit glasigem Blick an und schüttelte den Kopf. »Hätte ich das tun müssen? Wofür?«

»Das weiß ich auch nicht so genau. Aber in den Büchern brauchen sie bei Geburten immer heißes Wasser und Tücher. Ich setze einfach mal einen großen Pott auf. Aber erst mal trinkst du was. Möchtest du auch etwas essen? Alma hat eine Menge eingepackt.«

Kurt schüttelte den Kopf. »Ich bekomme jetzt nichts herunter«, sagte er.

Doch als Lucie ihm energisch ein Wasserglas in die Hand drückte, trank er es mit kräftigen Schlucken aus.

Sie öffnete mehrere Schränke, bis sie einen großen Kochtopf fand. Zur Sicherheit nahm sie noch einen kleineren Topf dazu. Wofür auch immer man das heiße Wasser brauchte: Es schadete sicher nicht, gleich so viel wie möglich aufzusetzen.

Auf einmal war ein Schrei zu hören. Hoch und schrill. Ausdruck größter Pein. Sämtliche Härchen stellten sich an Lucies Arm auf. Das hörte sich nicht gut an. Gar nicht gut.

Kurt war zusammengezuckt, stöhnte leise, starrte aber weiter mit leerem Blick auf das Tischtuch. »Sie darf nicht sterben!«, murmelte er.

Es wirkte nicht so, als wäre er gerade in der Lage, sich zu bewegen. Aber jemand musste nachsehen, ob Mutter Hilfe benötigte. Deswegen war Lucie schließlich mitgekommen. Ihr wurde zwar immer ein bisschen schlecht, wenn sie Blut sah, doch das war jetzt nicht zu ändern.

Mit wackeligen Beinen, aber entschlossen, lief sie in den dunklen Flur. Hier hing noch die Kälte, die sie mit hineingebracht hatten, zwischen den Wänden. Lucie zog sich den Mantel, den sie noch nicht ausgezogen hatte, enger um die Taille und ging langsam in Richtung Schlafzimmer. Wieder ein Schrei. Weniger laut, aber durchaus angsteinflößend. Trotzdem musste sie nachsehen, was sie tun konnte, um Mutter und vor allem Ursula zu unterstützen.

Sie hob die Hand und klopfte leise gegen die Tür. Sie wollte nicht einfach so in das Zimmer hineinplatzen.

»Du musst jetzt pressen Ursula. Ich weiß, dass es wehtut. Aber ich kann das Köpfchen schon sehen«, hörte Lucie und sie spürte Panik in sich aufsteigen. Mutters Stimme klang drängend, doch da war noch etwas, was bei ihrer sonst so couragierten Mutter sehr ungewöhnlich war: Angst.

Am liebsten hätte sie wieder kehrtgemacht und darauf gewartet, dass man sie rief, aber deswegen war sie nicht hier. Was brachte es, herumzulungern und nicht mit anzupacken, wenn sie gebraucht wurde?

Vorsichtig schob sie die Tür einen Spalt auf und atmete erschrocken ein. Kurt hatte nicht übertrieben. Alles war voller Blut. Sie hatte keine Ahnung von Geburten, aber das hier sah nicht gut aus. Mutter stand über Ursula gebeugt da und drehte ihr den Rücken zu. Niemand achtete auf sie.

Was sollte sie tun? Unverrichteter Dinge wieder gehen?

Sie räusperte sich, dann fragte sie mit rauer Stimme: »Brauchst du etwas Mutter? Soll ich irgendwo anrufen?«

»Lucie!« Mutter drehte sich zu ihr um. Haarsträhnen, die sich aus ihrer Frisur gelöst hatten, umrahmten ihr Gesicht. Offenbar hatte sie versucht, sie zurückzustreichen, denn an ihren Schläfen und auf ihren Wangen klebte Blut.

Ursula stöhnte leise.

»Nein, dafür ist es zu spät. Aber heißes Wasser und ein paar Tücher, wären hilfreich!«

»Bringe ich sofort.« Erleichtert zog Lucie die Tür zu und rannte durch den Flur zurück. Dann hatte sie ja doch den richtigen Riecher gehabt. Wofür auch immer Mutter die Sachen brauchte, sie war froh, sie für sie beschaffen zu können.

Kurt saß noch immer wie betäubt am Küchentisch und starrte vor sich hin. Das Wasser in dem großen Topf kochte noch nicht, doch das im kleinen blubberte bereits.

»Das erste Kind ist bald da«, informierte sie ihn. »Hier, steh auf und bring das zu Mutter.« Sie drückte ihm den kleinen Topf zusammen mit den Topflappen in die Hände. »Wo sind Tücher?«

Er sah sie an, als wäre er gerade aus dem Schlaf erwacht.

»Kurt, Mutter braucht Tücher. Wo finde ich die?«

Jetzt kam Leben in ihren apathischen Bruder. »Tücher? Aber wozu denn? Ich denke, sie sind im Flur in dem großen Schrank. Oder im Schlafzimmer. Ich bin ganz konfus.« Er war aufgestanden, den Topf mit dem kochend heißen Wasser in der Hand und sah Lucie hilflos an.

»Wir machen es so: Du bringst jetzt den Topf zu Mutter und guckst dann im Schlafzimmerschrank nach und ich suche im Flur. Los jetzt! Es kann jeden Moment so weit sein und dann bist du Vater.« Sie gab ihm einen sanften Stoß und er setzte sich in Bewegung.

Als er die Schlafzimmertür öffnete, schrie Ursula gerade auf und Lucie hörte das unterdrückte Stöhnen ihres Bruders.

Lucie warf einen prüfenden Blick in den großen Topf, doch das Wasser kochte noch immer nicht. Sie lief in den Flur. Hier, diesen Schrank meinte Kurt wahrscheinlich. Sie riss die Tür auf und sah hektisch hinein. Der Schrank war vollgestopft mit Bettwäsche, Decken und irgendwelchen Kisten, die die beiden offenbar noch nicht geschafft hatten, nach dem Umzug auszuräumen. Doch Tücher sah sie auf den ersten Blick nicht. Aber vielleicht waren welche in einer der

Kisten. Fieberhaft zerrte Lucie an der untersten Schachtel. Sie war schwer und das Unterfangen erwies sich als schwieriger als gedacht. Endlich hatte sie es geschafft, den Kasten so weit herauszuzerren, dass sie den Deckel anheben und hineinlugen konnte.

Nippes. Irgendwelche Figürchen, Tassen und anderer Kram waren darin. Aber keine Tücher.

Ein markerschütternder Schrei zerriss Lucies Gedanken. Sie hielt die Luft an. Es war nicht Ursula, die da geschrien hatte. Das musste Kurt gewesen sein. Stimmte etwas nicht mit den Kindern? Oder mit Ursula? All das viele Blut. Schnell! Sie musste sich beeilen. Die nächste Kiste war ähnlich schwer wie die erste. Wie viel Krimskrams hatten die beiden? Die dritte Kiste war deutlich leichter, doch es lagen Tischdecken und bestickte Platzdeckchen darin und sie konnte sich beim besten Willen nicht vorstellen, dass Mutter so etwas gemeint hatte. Vielleicht unter der Bettwäsche? Lucie nahm den ganzen Batzen, der im oberen Fach lag, heraus und begann schnell, alles durchzusehen.

»Ursula, Ursula, hörst du mich?«, hörte sie auf einmal Mutters laute Stimme. Ein Wimmern war zu hören.

»Ursula! Kurt, gib mir die Tücher. Ich muss versuchen, die Blutung zu stoppen, bevor wir uns um das zweite Kind kümmern.«

Lucie stand mit angehaltenem Atem da, die Bettwäsche fest an sich gepresst und hörte angstvoll auf die Geräusche aus dem Schlafzimmer. Ihr ganzer Körper bebte vor Anspannung. Wenn sie doch nur helfen könnte.

Entschlossen warf sie den Bettwäschestapel wieder in den Schrank und rannte zurück zur Küche.

»Warum kocht dieser Mist denn immer noch nicht?« Sie hörte ihre eigene plötzlich ungewohnt schrille Stimme von den Wänden widerhallen und hielt sich erschrocken die zitternde Hand vor den Mund.

»Nein, Ursula, bleib bei mir!«

Das drängende Schreien ihres ältesten Bruders hallte durch das Häuschen. Es klang nach höchster Not. Lucie schloss die Augen.

Jetzt endlich blubberte das Wasser. Hoffentlich war es nicht zu spät. Sie wollte gerade den schweren Topf anheben und hinüber ins Schlafzimmer tragen, da hörte sie einen verzweifelten Schrei. Fast so wie der eines Tieres. Die Tür zum Schlafzimmer wurde aufgerissen und jemand stürmte laut schluchzend den Flur entlang. Das musste Kurt sein. Was war geschehen? Lucie lief zur Küchentür und sah in die Richtung, in die er gerannt war. Die Haustür stand sperrangelweit offen und niemand war mehr zu sehen.

Lucies Herz klopfte wild, doch sie drehte sich entschlossen um und lief zum Schlafzimmer. Überall lagen blutige Tücher herum und in der Ecke wimmerte ein eingehülltes Bündel. Mutter war gerade dabei, Ursula die Augen zuzudrücken.

Lucie fühlte ein Stechen in der Brust und stammelte »Ma… Mama.« Dann holte sie tief Luft und fragte: »Ist sie … Sie ist doch nicht …« Sie spürte, wie sie unkontrolliert am ganzen Körper zu zittern begann.

Mutter drehte sich zu ihr um. Sie wirkte abgekämpft und ihr blutverschmiertes Gesicht war tränenüberströmt.

»Leider doch. Sie ist tot.« Sie ging auf Lucie zu und drückte sie an sich.

Lucie legte die Arme um ihren kraftlosen Körper und erwiderte die Umarmung, während die Tränen ihre Wangen herunterliefen und sie auf Ursulas seltsam bleiches Gesicht starrte, das so friedlich wirkte angesichts dessen, was sie in der letzten Stunde erlebt hatte.

»Ich habe nichts mehr machen können. Die Blutung war zu stark. Egal, was ich versucht habe, es ist mir nicht gelungen, sie zu stillen.« Mutters Stimme klang gepresst.

»Ach, Mama!« Lucie spürte, wie Tränen über ihr Gesicht rannen. Sie drückte Mutter fest an sich, doch keine von ihnen hatte die Macht, das Grauen, das Furchtbare, das passiert war, ungeschehen zu machen.

»Was ist mit Kurt und den Kindern?«, fragte Lucie mit tonloser Stimme.

»Dort.« Mutter deutete mit dem Kinn in Richtung des wimmernden Bündels.

Lucie löste sich von ihr und ging mit schnellen Schritten zu ihm hin. Sie lüpfte das Tuch.

»Aber das ist nur eins.« Sie hoffte, dass Kurt das andere Kind mit sich genommen hatte, als er in die kalte Nacht hinausgerannt war, denn, auch wenn dieser Gedanke furchtbar war, würde die Alternative bedeuten …

»Es ist mit Ursula gestorben. Ich habe es nicht retten können. Ach, Lucie, es ist alles so fürchterlich.« Mutter sank auf die Knie und bedeckte mit den Händen das Gesicht. »Wie soll es nur weitergehen?«

Lucie nahm das Bündel auf, drückte es an sich und ging zu Mutter. »Egal, wie, aber wir müssen uns darum kümmern. Das hier ist Ursulas Vermächtnis. Sie soll nicht umsonst gestorben sein.«

Mutter nahm die Finger von ihrem tränennassen Gesicht und blinzelte sie mit verzweifelten Augen an. Dann nickte sie und streckte zaghaft die Hände aus.

Lucie legte das Kleine in ihren Arm und deckte es noch einmal sorgsam zu.

»Du hast recht, Lucie! Ein kleines, starkes Mädchen ist in unser Leben gekommen. Wir müssen tun, was in unserer Macht steht, um ihr und ihrem Vater zu helfen.«

»Das tun wir. Für Ursula und das verstorbene Kind.«

***

Ohne darüber nachzudenken, wohin er lief, hetzte Kurt durch die dunklen Straßen. Er hatte kein Ziel. Er wollte nur weg. Weg von dem Grauen, weg von diesem Haus, in dem seine tote Frau mit leeren Augen an die Decke starrte. Die Grossmünsterkirche überragte in der Dunkelheit die Altstadt und wirkte unheilvoll bedrohlich, wie alles andere auch. Die grausame Vorahnung hatte sich bestätigt. Etwas Fürchterliches war geschehen: Ursula, sein Ein und Alles, war gestorben bei dem Versuch, seine Kinder zur Welt zu bringen. Er war schuld daran, dass das reinste Herz, das es auf der Erde gegeben hatte, aufgehört hatte zu schlagen. Sein Engel Ursula war tot. Wozu sollte er jetzt noch leben? Sein Kosmos war für immer zerstört. Er hatte seine Mutter dabei beobachtet, wie sie Tücher gegen Ursulas Vulva gepresst hatte, um die Blutung zum Stillstand zu bringen. Wie sie fieberhaft versucht hatte, sie zu nähen, obwohl da noch das andere Kind war, das Ursula in seinem Bestreben, auf die Welt zu kommen, nur noch stärker zerrissen hatte.

Die Bilder, die Erinnerung an die letzten Momente waren zu viel für ihn. Er sank auf die Knie und kauerte sich zusammen. Der Wind zerrte an seinem Hemd. Er trug nichts weiter. Kein Jackett, keinen Mantel trotz der eisigen Temperaturen, aber das war ihm egal. Er hatte es verdient, selbst krank zu werden, gar zu sterben, denn ihm war es zu verdanken, dass auch Ursula gestorben war und die Welt auf einen Schlag aufgehört hatte, sich zu drehen. Alles war sinnlos. Ja, da war das Kind, das überlebt hatte, doch es bedeutete ihm nichts. Denn ohne dieses Wesen würde Ursula jetzt noch am Leben sein. Natürlich konnte das Kind nichts dafür, aber er brachte auch nicht die Kraft auf, sich auf das kleine Wesen einzulassen, nach allem, was passiert war. Er wusste noch nicht einmal, ob es ein Junge oder Mädchen war, viel zu dramatisch waren die Szenen um seine Geburt. Mutter hatte es kurz abgewischt, es hatte begonnen, zu schreien, dann hatte sie es in ein Tuch gewickelt und ihm gegeben. Doch Ursula hatte ihn in diesem Moment gebraucht und es war immer mehr Blut gekommen und sie matter und matter geworden, und da hatte er das Kind in die Ecke gelegt und Mutter geholfen, die Tücher gegen Ursulas Unterleib zu pressen.

Doch alle Mühe war vergeblich gewesen. Ursula hatte es nicht geschafft. Sie lag in ihrem Bett, umgeben von ihrem eigenen Blut und wurde steif und starr, während er wie ein Verrückter mitten auf der Straße kauerte und darauf wartete, dass der verdiente Tod auch ihn ereilte.

Er raufte sich die Haare und reckte die Hände gen Himmel. Jetzt hatte er keine Chance mehr, Ursula in die Konditorei Sprüngli auszuführen und sie mit den schönsten Leckereien zu verwöhnen. Nie mehr! Ein tiefes Brüllen kam aus seinem Inneren. All der Schmerz, der ihn zerfraß, bahnte sich seinen Weg und erfüllte die kalte Nachtluft. Sein Leben hatte mit Ursulas Tod ebenfalls geendet.

KAPITEL 11

Hannah brauchte ein paar Minuten, bevor sie die Kraft aufbrachte, sich um das kleine Wesen, ihr erstes Enkelkind, das unter solch dramatischen Umständen zur Welt gekommen war, zu kümmern. Sie legte es neben seine mit einem Laken abgedeckte Mutter, schlug es aus den Tüchern, in die sie es schnell gehüllt hatte, damit es warm genug blieb, und untersuchte es routiniert. Die blauen Adern des Kindes schienen durch die weiße Haut hindurch. Es wirkte so zerbrechlich, so zart, doch es schien alles in Ordnung mit ihm zu sein. Hannah wischte der Kleinen das Gesicht ab und lächelte sie an.

»Du armes Würmchen. Kaum auf der Welt, verlierst du schon deine Mama. Und dabei wäre sie eine hervorragende Mama für dich gewesen. Die beste, die du dir hättest wünschen können.« Sie schluckte. Die Tränen, die ihr die ganze Zeit haltlos über das Gesicht rannen, erstickten ihre Stimme. Doch sie musste sich zusammennehmen. Für ihre Enkeltochter und ihre Tochter, die erneut eine Stärke bewiesen hatte, die sie überraschte.

Sie warf Lucie einen Blick zu, die gerade dabei war, die blutigen Tücher, die überall im Raum verstreut lagen, aufzusammeln und Ordnung zu schaffen.

»Wir werden sie mitnehmen müssen. Keine Ahnung, wo Kurt steckt, aber wir können nicht die Zeit damit verbringen, ihn zu suchen. Erst mal braucht die junge Dame hier ihre Milch.«

Lucie warf einen zweifelnden Blick auf das blutige Laken, das Ursulas Leichnam abdeckte. »Aber wie soll das gehen?«

»Nicht so«, beeilte sich Hannah, zu erklären. »Wir müssen etwas Ersatzmilch besorgen und das Kind damit füttern.«

»Und was ist mit Kurt und mit diesem Schlachtfeld?«, fragte Lucie und sah sich um.

»Das hat Zeit, aber das kleine Mäuschen hier kann nicht warten.«

»Dann nehmen wir sie also mit? Und wo bekommen wir um diese Zeit Ersatzmilch her?«

»Ja, das ist die Frage, schließlich sind jetzt natürlich alle Läden geschlossen. Am besten, ich frage im Krankenhaus, ob sie etwas für unsere Kleine entbehren können. Das ist hoffentlich kein Problem, wenn ich ihnen schildere, was vorgefallen ist.«

»Dann solltest du sie aber dabeihaben. Warte, ich suche, etwas zum Anziehen für sie. Und ich bleibe hier und versuche, alles in Ordnung zu bringen und auf Kurt zu warten. Irgendwann wird er ja wohl zurückkommen.«

Hannah kniff die Lippen aufeinander, sagte aber nichts. Hätte Lucie die Verzweiflung ihres Bruders direkt miterlebt, wäre sie von seiner Rückkehr wahrscheinlich weniger überzeugt.

Hannahs Herz zog sich schmerzhaft zusammen. Sie würde es nicht verkraften, wenn Kurt sich jetzt auch noch etwas antat, obwohl sein Schmerz unermesslich sein musste. Sie würde sich um ihn kümmern, sobald das kleine Ding hier alles hatte, was es brauchte.

»Das ist eine gute Idee, Lucie. Machen wir es so. Ich rufe Papa aus dem Krankenhaus an und schicke ihn umgehend zu dir. Auf keinen Fall gehst du allein mitten in der Nacht durch die Straßen, hörst du? Auch nicht auf der Suche nach Kurt. Darum kümmern sich Papa und Ariel. Ach ja, den Bestatter werde ich auch gleich kontaktieren.«

Lucie nickte, ohne zu widersprechen.

Offenbar war auch ihr nicht wohl bei dem Gedanken daran. Hannah blickte auf Ursulas Konturen, die sich unter dem Laken abzeichneten. Die Arme hatte so gekämpft. Es war einfach nicht gerecht, dass sie es nicht geschafft hatte.

***

Drei Tage war Eva nun schon auf der Welt. Nachdem sie die Kleine gefüttert hatte, packte Hannah sie warm ein. Sie wollte mit ihr einen kurzen Spaziergang machen und Alma besuchen. Ihr fiel ihr zu Hause die Decke auf den Kopf. Ständig kreisten ihre Gedanken um die furchtbare Geburt. Wieder und wieder fragte sie sich, was sie hätte anders machen können, damit Ursula noch am Leben wäre. Hatte sie etwas falsch gemacht? Konnte sie mit Sicherheit sagen, dass sie alles in ihrer Macht Stehende getan hatte, um das Unglück abzuwenden?

Sie konnte es nicht. Und das machte ihr zu schaffen. Das und die Sorge um Kurt, der am Boden zerstört war. Doch zumindest schien fürs Erste die Gefahr abgewendet zu sein, dass er sich selbst etwas antat. Daniel hatte ihn im Morgengrauen nach der Unglücksnacht auf der Straße gefunden und nach Hause gebracht. Er war völlig unterkühlt und am Boden zerstört gewesen. Es lag auf der Hand, dass er seit Ursulas Tod in einer Depression gefangen war. Er hatte noch nicht einmal Eva sehen wollen, sondern nur abgewunken, als sie ihm den Säugling hatte zeigen wollen.

Hannah hatte schon einige Todesfälle in der Familie verkraften müssen und vor allem, als der geliebte Großvater gestorben war, hatte sie eine ganze Weile gebraucht, wieder auf die Beine zu kommen. Doch Ursulas Tod hatte einen anderen Beigeschmack. Sie war so jung gewesen, so vital. Warum nur hatte Hannah es nicht geschafft, die Blutung zu stoppen und sie zu retten? Wäre es nur ein Kind gewesen, hätte sie vielleicht eine Chance gehabt, doch so war es ihr unmöglich erschienen, in den Geburtsprozess einzugreifen, um Ursula zu retten. Wenn es ihr gelungen wäre, Ursula davon zu überzeugen, ins Krankenhaus zu gehen, hätte man es dort vielleicht geschafft, ihr Leben zu retten? Aber unter den gegebenen Umständen … Und doch … Jede Nacht lag Hannah stundenlang wach und grübelte, was sie hätte anders machen können. Und wenn sie endlich eingeschlafen war, schreckte sie nach kurzer Zeit wieder hoch, weil sie von der missglückten Geburt träumte.

Am Tag schaffte sie es zeitweise, die schlimmen Gedanken und Ängste wegzudrängen, wenn sie sich um die kleine Eva kümmerte, die so hilflos war wie ein winziger Spatz.

Hannah hüllte den Säugling sorgfältig in eine Decke und hob sie hoch. Sie war so leicht, so zart. Liebevoll drückte sie ihr einen Kuss auf die Stirn. Wie sehr hätte sie es ihrer Enkelin gewünscht, in einem intakten, warmherzigen Elternhaus aufzuwachsen, doch sie hatte noch nicht einmal die Möglichkeit gehabt, ihre Mutter kennenzulernen.

Und Kurt … Sie hoffte so sehr, dass er sich bald wieder fing und einen Halt im Leben fand, damit er endlich sein Töchterchen kennenlernen konnte.

Sie legte die kleine Eva sorgsam in den Kinderwagen und rollte los.

Mit langsamen Schritten ging Hannah die Straße hinunter. Bald wäre Frühling. Neue Hoffnung, die die Menschen erfüllte, während die Familie Friedländer mit dem Verlust eines geliebten Menschen zu kämpfen hatte.

Auf Hannahs Klopfen hin öffnete niemand und so schob sie den Kinderwagen mit dem schlafenden Säugling zurück zum Gartentor und bugsierte sich selbst samt Gefährt hindurch. Auch wenn Alma nicht dort wäre, würde es eine schöne Abwechslung sein, den Garten nach dem langen Winter zu sehen. Als sie das letzte Mal hier gewesen war, hatte noch kein Schnee gelegen, doch alle Blätter waren herabgefallen und der Garten hatte sich zur Winterruhe gerüstet. Wie viel anders es jetzt hier aussah! Hannah sah sich staunend um. An einigen Stellen drückten sich bereits verheißungsvoll zarte Sprossen durch die Erde.

»Hannah! Kommt ihr beide mich besuchen? Das ist aber schön! Schläft sie?« Alma beugte sich über den Kinderwagen.

»Wie klein sie aussieht! Was glaubst du: Kommt sie eher nach Kurt oder nach Ursula?«

»Ich denke, es ist zu früh, das zu sagen. Das Wichtigste ist, dass sie gesund ist und sich wohlfühlt.«

»Hat Kurt sie nun schon gesehen?«, fragte Alma, wandte sich vom Kinderwagen ab und umarmte Hannah zur Begrüßung.

Hannah schüttelte den Kopf. »Es geht ihm noch immer nicht besser.«

»Es ist so traurig. Warum nur musste sie sterben? Sie hatten doch ihre ganze Zukunft noch vor sich.«

Hannah schlug die Augen nieder. Alma formulierte die Dinge, die ihr unablässig im Kopf herumgeisterten und auf die sie doch keine Antwort fand.

»Was tust du hier draußen?«, fragte sie nach einer Weile.

Alma fasste sie am Arm. »Lass den Kinderwagen stehen. Ich zeige es dir: Siehst du diese wundervollen Rosenbüsche? Noch ruhen sie, aber ich liebe Rosen und ich habe überlegt, ob ich versuche, ein paar miteinander zu kreuzen und etwas Neues zu züchten.«

»So etwas kannst du? Das hört sich spannend an.«

»Keine Ahnung, ob ich es kann, aber wenn ich es nicht versuche, werde ich es nie erfahren, oder?«

»Auch wieder wahr. Und wenn du eine neue Sorte züchtest, nennst du sie Ursula.«

Alma sah sie mitfühlend an. Sie schien zu erahnen, welche Kämpfe in Hannahs Innerem vor sich gingen. »Das werde ich tun. Auf jeden Fall! Allein dafür lohnt sich die Mühe. Warum habt ihr sie eigentlich Eva genannt und nicht Ursula?«

»Ich weiß nicht. Irgendwie erschien es uns unpassend, das kleine Mädchen mit dem Namen ihrer verstorbenen Mutter zu belasten. Aber wenn es Kurts Wunsch ist, wird sie selbstverständlich Ursula heißen. Nur solange es ihm schlecht geht …«

»Ja, natürlich. Komm mit rein, dann mache ich uns einen Tee und wir können uns ein bisschen unterhalten.«

»Aber Eva schläft. Ich möchte sie nicht aus dem Kinderwagen reißen und sie aufwecken, schließlich habe ich keine Flasche mit, um sie zu füttern.«

»Dann lass sie doch draußen stehen. Hier kann ihr nichts passieren. Siehst du: Unter dem Vordach ist es gut. Da haben wir sie durch das Küchenfenster im Blick und sie ist weiter an der frischen Luft.«

Hannah sah sich um. Es erschien ihr sicher. Niemand würde in den Garten kommen und Eva würde nicht geweckt werden.

»Machen wir es so. Hast du etwa auch noch etwas guten Kuchen da?«

Alma lächelte. »Selbstverständlich. Bist du schon einmal hergekommen, ohne ein Stück Kuchen bekommen zu haben?«

Kapitel 12

Alma hatte einen Mohnkuchen gebacken, der so saftig war, dass es schon fast unwirklich wirkte. Wie schön wäre es, sie wieder als Köchin bei sich im Haus zu haben, dachte Hannah. Dann wäre immer jemand zum Reden da und sie hätten das vertraute leckere Essen, mit dem die Kinder aufgewachsen waren. Doch das war nicht möglich und darüber war Hannah andererseits froh. Es war so schön, Alma als Ehefrau und Mutter so aufblühen zu sehen, auch wenn sich immer häufiger Sorgenfalten dazwischen mischten.

»Wie geht es Wilhelm mittlerweile?«, fragte Hannah und nahm genießerisch einen großen Schluck aus der Teetasse. Warum gelang es Alma immer, alles so viel wohlschmeckender als sie hinzubekommen? Sogar der Tee schmeckte hier besser, als wenn sie ihn selbst zubereitete.

Alma furchte die Stirn. »Unverändert. Er isst wie ein Spatz und hat eine ungesunde Gesichtsfarbe, wenn du mich fragst. Er scheint auch schlecht zu schlafen, denn immer, wenn ich nachts aufwache, sitzt er am Fenster und starrt hinaus.«

»Dann sag ihm doch, dass er sich endlich untersuchen lassen soll. Wenn man weiß, was ihm fehlt, kann man ihm vielleicht helfen. Dieses stille Vorsichhinleiden, ohne etwas dagegen zu unternehmen, bringt doch nichts.«

»Du weißt doch, wie er ist. Er hasst es, schwach zu sein. Sich untersuchen zu lassen, gleicht einem Eingeständnis, dass er nicht im Vollbesitz seiner Kräfte ist. So sind Männer eben: Sie geben ungern zu, dass etwas nicht stimmt.«

»Kurt sieht man derzeit sehr deutlich an, dass seine Welt aus den Fugen geraten ist.« Hannah seufzte.

»Will er denn immer noch nicht das Haus verlassen und vorübergehend zu euch ziehen?«

Hannah schüttelte den Kopf. »Man kommt nicht an ihn heran. Ich habe alles versucht, mit ihm geredet, ihn in Ruhe gelassen, ihm Angebote gemacht, aber er steckt noch zu tief in seiner Trauer, um irgendetwas an sich heranzulassen.«

Mit besorgter Miene wanderte Almas Blick aus dem Fenster. Die Sonne schien und Hannah nahm noch einen Bissen von ihrem Kuchenstück. Zum ersten Mal, seit diesem schlimmen Abend konnte sie sich ein wenig entspannen.

»Moment mal, da ist wer am Kinderwagen«, rief Alma plötzlich und sprang auf.

Noch bevor Hannah dazu kam, aus der Küchenecke hervorzukrabbeln, war Alma schon vor der Tür.

»Was tun Sie denn da? Lassen Sie unser Kind in Frieden!«, hörte Hannah, während sie Alma hinterherlief. »Ach, Sie sind es, Hedel! Sie haben mir aber einen gehörigen Schrecken eingejagt.«

Jetzt hatte Hannah die beiden erreicht und starrte angstvoll in den Kinderwagen. Wenn auch noch Eva etwas passierte, würde sie das nicht überleben. Doch der Säugling sah ganz zufrieden aus und blinzelte sie aus kleinen Augen an. »Eva, Schätzchen, ist alles in Ordnung?«, säuselte sie besorgt.

»Es geht ihr gut. Sie hat ein wenig gegrummelt, doch jetzt ist alles wieder fein, nicht wahr?«, antwortete Hedel und richtete sich auf, während sie sich den Rücken hielt.

»Sie wird langsam Hunger bekommen. Es ist wohl besser, ich mache mich mit ihr auf den Rückweg. Danke für alles,

Alma und richte deinen Männern schöne Grüße von mir aus.«

Alma sah sie überrascht an. Offenbar hatte sie nicht damit gerechnet, dass Hannah sich so abrupt verabschieden würde. Doch sie hatte ihre Gründe. Hedel war ihr ein wenig unheimlich seit dieser Sache mit Milli. Da Alma aber so große Stücke auf sie hielt, konnte sie mit ihr nicht darüber reden. Allerdings wollte sie ihre kleine Enkelin möglichst schnell aus dem Einflussbereich der alten Frau bringen.

***

Lucie hielt sich die Ohren zu, als sie die Treppe hinunterlief. Schon wieder weinte Eva. Immer heulte sie oder schlief. Sie hätte nicht gedacht, dass Säuglinge so langweilig waren. Wie sehr hatte sie sich darauf gefreut, dass die Kinder von Kurt und Ursula endlich auf die Welt kämen, aber wenn sie ehrlich war, war sie jetzt ein wenig enttäuscht. Sie hatte sich vorgestellt, mit den Kleinen zu spielen, zu kuscheln und Spaß zu haben, doch damit war es nicht weit her. Bisher zumindest nicht. Trotzdem liebte sie das kleine Ding mit jeder Faser ihres Herzens, umso mehr, da sie nun bei ihnen war. Wenn ihre Windel nicht gerade voll war, roch sie auch unheimlich gut und ihre Haut war unglaublich weich.

Das Blöde war nur, dass Eva in das Zimmer direkt neben Lucies einquartiert worden war und somit Lucie, wenn sie des Nachts heulte, regelmäßig aus dem Schlaf riss, sodass sie sich schon ganz schwach vor Schlafentzug fühlte. Das konnte sie vor allem beim Training gar nicht gebrauchen, auch wenn es dort ansonsten wirklich gut lief. Sie gehörte inzwischen zu den fünf Besten, obwohl sie erst so kurz dabei war. Nur Dorli, Innegrit und zwei andere hatten noch bessere Zeiten als sie, doch sie war fest entschlossen, auf lange Sicht auch an ihren Thronen zu sägen. Nie hätte sie gedacht, dass ihr vor allem das Laufen so einen Spaß machen würde.

Umso mehr ärgerte sich Lucie, dass Mutter sie dazu verdonnerte hatte, das Training heute ausfallen zu lassen und stattdessen Günther Nachhilfe zu geben. Warum eigentlich gerade sie? Das konnte doch jeder andere genauso machen! Günthers Vater war sogar selbst Lehrer, da wäre der Junge sicher besser aufgehoben.

Aber Mutter hatte all ihre Proteste mit einem Kopfschütteln weggewischt.

»Er kommt um fünf. Und alles, worum ich dich bitte, ist, nett zu ihm zu sein und ihm die Sachen zu erklären, bei denen er Lücken hat.«

»Dann versäume ich aber das Training und …«

»Du gehst inzwischen viermal wöchentlich zum Training. Wenn du es ein paarmal ausfallen lässt, um einem kleinen Jungen zu helfen, wird es schon keinen allzu großen Schaden anrichten.«

»Trotzdem, ich …«, hatte Lucie erneut angesetzt, doch Mutter hatte sie sichtlich ungehalten unterbrochen: »Denk daran, was Alma schon alles für dich getan hat. Sobald Günthers Noten wieder stimmen, bist du frei!«

»Was habe ich denn damit zu tun, wenn er zu begriffsstutzig ist, die Sachen gleich zu verstehen? Ich kann doch nicht dafür bestraft werden, wenn er es nicht hinbekommt!«

»Wirst du ja nicht. Dann ist ja alles geklärt. Ich muss jetzt zu Eva. Es ist Zeit für ihr Fläschchen.«

Kaum war Mutter aus dem Zimmer gewesen, hatte Lucie wütend mit der Faust auf die Tischplatte geschlagen. Es war einfach zu ungerecht, dass sie ihre Zeit mit Günther verbringen musste, anstatt das zu machen, wozu sie wirklich Lust hatte!

Aber es interessierte hier ja niemanden, was sie wollte! Und mit Paul hatte sich auch nichts geändert. Sie war hier und schlug sich mit blöden Anweisungen herum, während Gerda gut gelaunt, blond und arisch wie immer, um ihn herumtanzte und sich bemühte, ihm den Kopf zu verdrehen, damit er in ihre Fänge geriet! Wenn Lucie jetzt in Berlin wäre, würde sie ihr eigenhändig deutlich machen, dass sie ihre Hände von Paul zu lassen hatte.

Kapitel 13

März 1932

Inzwischen waren fast vier Wochen vergangen, seit Ursula gestorben war und Kurt wusste, dass er wieder funktionieren musste, wollte er seine Stelle nicht verlieren. Die Studenten standen vor den Prüfungen und er konnte die Vorlesungen keine weitere Woche ausfallen lassen. Das war ihm bewusst. Wenn es nur nicht so fürchterlich schwer gewesen wäre, einfach so weiterzumachen, als wäre nichts passiert. Als wären nicht all seine Hoffnungen, Wünsche und Ziele mit seiner großen Liebe gestorben.

Alma hatte ihm Lebensmittel und bereits fertig gekochte Gerichte gebracht und ihm eingeschärft, wie wichtig es sei, ordentlich zu essen, um wieder zu Kräften zu kommen. Kurt hatte genickt, aber egal, wie lecker es auch sein mochte, er bekam kaum einen Bissen herunter. Natürlich war es nicht gut, Alkohol zu trinken, ohne etwas im Magen zu haben, aber er hatte inzwischen dieses warme Brennen zu schätzen gelernt, das der Alkohol in seiner Kehle gemeinsam mit dem ersehnten Gefühl der Leichtigkeit in seinem Kopf verursachte. Es erschien alles nicht mehr ganz so furchtbar, wenn er trank, und deswegen war es eine gute Sache. Allerdings waren diese Zeiten der Amnesie lästig. Mitten im

Flur lag eine zermatschte Tomate auf dem Boden und Kurt hatte keine Ahnung, wie das Ding dorthin gekommen war.

Er würde sich nachher darum kümmern müssen. Jetzt musste er erst mal los, um nicht zu spät zur Vorlesung zu kommen. Und dann war auch noch Ariel da gewesen und hatte versucht, ihn davon zu überzeugen, seinen Lebenswandel zu überdenken. Er blies in das gleiche Horn wie die anderen und wollte ihn unbedingt dazu bringen, in die elterliche Villa zu ziehen und vom Branntwein abzulassen, doch davon wollte Kurt nichts wissen. Der Alkohol ließ ihn die ganze Situation überhaupt nur ertragen und wie sollte das unter Mutters wachsamen Augen möglich sein? Genau das hatte er Ariel unumwunden mitgeteilt und so war sein Bruder wütend abgezogen. Seitdem hatten sie sich nicht mehr gesehen und dementsprechend natürlich auch kein Wort miteinander gewechselt.

Er zwang sich, von einem Stück Brot abzubeißen, doch es widerte ihn an, und er kaute gute drei Minuten daran, ohne dass es weniger wurde. Kurzentschlossen setzte er die Branntweinflasche an und spülte es herunter.

So, jetzt fühlte er sich schon besser, auch wenn die Sehnsucht nach Ursula immer wieder schmerzhaft in seiner Brust drückte.

Er zog die Tür hinter sich zu und atmete tief ein. Die Luft war unerwartet mild und feine Blattspitzen ragten aus den Ästen. War es wirklich Frühling geworden, während er sich im Haus verkrochen und versucht hatte, mit dem Unvorstellbaren fertig zu werden?

Kraftlos lief er los. Er spürte, dass es ihm schwerfiel, einen Fuß vor den anderen zu setzen, ohne das Gleichgewicht zu verlieren, doch mit der Zeit wurde es besser, auch wenn er das Gefühl hatte, als läge ihm etwas Schweres auf den Schultern und drückte ihn nieder. Es wirkte so unwirklich, dass die Leute herumliefen, als wäre nichts passiert, und die Sonne schien, als wäre nicht die ganze Welt vor einem knappen Monat in tausend winzige Scherben zerbrochen, die wieder zusammenzusetzen, ihm die Kraft fehlte.

Wut durchströmte ihn. Wut auf die Ungerechtigkeit des Schicksals, auf die Erbarmungslosigkeit, mit der sein Leben von einer Minute zur anderen zerschlagen worden war, und Wut auf die herumwuselnden Menschen, die all das nicht interessierte.

Er durfte sich nichts anmerken lassen. Das wurde von ihm erwartet als Mann und das war ihm vollauf bewusst. Vier Wochen genügten zum Trauern. Jetzt war es wieder an der Zeit, zu funktionieren. Und er war willens, sich dem Diktat der Gesellschaft zu beugen. Entschlossen betrat er das Universitätsgebäude. Er musste zuerst Fräulein Wyss begrüßen und Mantel und Hut ablegen.

Doch als er die Tür zu seinem Sekretariat aufstieß, geriet das so schwungvoll, dass er um ein Haar hinterher gefallen wäre. So würdevoll wie möglich richtete er sich wieder auf, lüpfte seinen Hut und sagte: »Ich grüße Sie, Fräulein Wyss!«

Mit überraschtem Blick sah die Sekretärin von ihrer Schreibmaschine auf. Ihre Augen wurden größer und größer, je länger sie ihn musterte. Schließlich stand sie auf, nickte ihm scheu zu und half ihm aus dem Mantel.

»Mein herzliches Beileid zum Tod Ihrer Frau, Herr Professor.«

Er biss sich auf die Unterlippe. Daran hatte er nicht gedacht. Diese ganzen törichten Beileidsbekundungen, die ihm in der Außenwelt entgegenflattern würden und die nichts, aber auch gar nichts änderten.

Am liebsten hätte er auf dem Absatz kehrtgemacht und wäre wieder nach Hause gegangen. Er nickte ihr flüchtig zu, dann fragte er: »Ist irgendetwas Wichtiges passiert während meiner Abwesenheit?«

Sie klappte den Mund auf und schloss ihn wieder, sah ihn dabei scheu an.

»Das hat Zeit bis später. Kommen Sie erst einmal in Ruhe wieder hier an. Ihre Studenten haben Sie sehnsüchtig vermisst«, sagte sie und nahm ihm auch noch seinen Hut ab.

Ohne Hut und Mantel fühlte er sich seltsam schutzlos, schließlich war es jetzt nicht mehr ohne Weiteres möglich, einfach aus dem Gebäude zu stürmen, wenn ihm alles zu viel wurde.

»Die Vorlesung. Ja, genau. Na, dann wollen wir mal, nicht?« Er strich sich die Jackettärmel glatt und schickte sich an, wieder hinauszugehen.

»Äh, Herr Professor, meinen Sie wirklich, Sie sollten … Ich meine … wollen Sie nicht lieber noch ein paar Tage warten …?« Sie sah ihn mit gefurchter Stirn an.

»Das geht schon. Kein Problem«, nuschelte er und ging auf die Tür zu.

»Aber haben Sie dann nicht etwas vergessen?«, hörte er Fräulein Wyss´ Stimme hinter sich.

Er drehte sich um und achtete sorgsam darauf, dabei nicht so viel Schwung zu nehmen wie vorher, dann streckte er auffordernd das Kinn vor. »Ja?«, fragte er.

»Ihre Aufzeichnungen. Wie wollen Sie denn die Vorlesung ohne Ihre Unterlagen halten?«

»Genau, sehr richtig!«, stimmte er ihr mit schwerer Zunge zu.

Fräulein Wyss sah ihn konsterniert an, während sie ihm den Ordner reichte.

Huch, offenbar war es doch ein Schluck zu viel gewesen, den er sich von dem Branntwein gegönnt hatte. Er musste achtgeben, Haltung bewahren, damit ihm kein Malheur passierte.

Mit gesetzten, aber dafür halbwegs sicheren Schritten ging er zum Vorlesungssaal. Die Blicke, die ihn auf seinem Weg trafen, ignorierte er geflissentlich. Er wollte in kein mitleidiges oder betroffenes Gesicht mehr sehen. Es musste weitergehen. Irgendwie.

Jetzt hatte er den Saal erreicht. Er straffte sich und stakste dann mit unsicheren Schritten hinein. Er spürte die erwartungsvollen Blicke der Studenten auf sich ruhen. Auch Ariel musste zwischen ihnen sein. Sie hatten seit dessen unglückseligem Besuch vor ein paar Tagen nicht miteinander gesprochen, zumal Kurt auch die Einladung zum Freitagsessen bei der Familie ausgeschlagen hatte. Er konnte sich nicht vorstellen, jemals wieder daran teilzunehmen, jetzt, wo Ursula nicht mehr da war.

Während er weiterlief, blickte er sich im Auditorium nach Ariel um und wäre dabei fast über die Stufe zum Podium gestolpert. Strauchelnd klammerte er sich an das Pult, das bedrohlich zu schwanken begann. Ja, war denn hier alles wackelig? Endlich hatte sich das Pult beruhigt und auch Kurt schaffte es, sich wieder voll aufzurichten.

Mühsam erklomm er die Stufe und stützte sich auf das Katheder. Er lächelte seine Studenten an.

»Willkommen!«, nuschelte er. Er hatte vergessen, welche Vorlesung das hier war, doch angesichts der skeptischen Blicke seiner Zuhörerschaft, war ihm ohnehin die Freude daran vergangen.

Er holte tief Luft und sagte dann: »Wie Sie vielleicht wissen, war ich die letzten Wochen unpässlich.« Er lauschte seinen Worten hinterher. Der Hall hier war unglaublich! Begeistert blickte er sich um. Bemerkten die anderen auch diesen wahnsinnigen Klang? Doch er sah nur in blöde glotzende Gesichter und abweisende Mienen. Er kratzte sich am Hinterkopf und dachte an Ursula. Wie entsetzlich er sie vermisste. Er konnte gar keinen klaren Gedanken fassen. Nein, so war das hier sinnlos.

»Ich habe mich getäuscht. Heute ist es noch nicht so weit. Die Vorlesung muss leider entfallen. Wenn Sie mich bitte entschuldigen wollen.« Und damit stieg er wieder von dem Podium herab.

»Buh!«, rief einer. »Sie können doch nicht schon wieder die Vorlesung ausfallen lassen.«

Kurt drehte sich mühselig in Richtung des Rufenden um. Blöderweise hatte er nicht erkennen können, wer es war. Er reckte das Kinn und sagte: »Dann sperren Sie jetzt mal gut die Ohren und Augen auf: Ich kann und ich werde!« Und damit marschierte er so würdevoll, wie es ihm möglich war, wieder aus dem Saal heraus.

***

Entnervt schob Lucie die Hefte auf dem Tisch zusammen. Nun war es schon das zweite Mal, dass sie Günther Nachhilfe gab, und im Grunde war es bei Weitem nicht so schlimm, wie sie es sich vorgestellt hatte. Er war nicht begriffsstutzig, er hatte nur von vielen Dingen keine Ahnung. Und dafür hatte Lucie an diesem Punkt in ihrem Leben keine Nerven. Sie hatte so viel Besseres zu tun und ärgerte sich darüber, für diese Nachhilfesache immer das Training ausfallen lassen zu müssen.

Heute allerdings wollte sie Mutter endlich klar machen, dass sie nicht mehr für Günther Zeit aufbringen konnte, koste es, was es wolle!

Als sie Günther zur Tür hinaus komplementiert hatte, ging sie schnurstracks in Evas Zimmer, wo Mutter gerade dabei war, Eva in den Schlaf zu wiegen.

»Schon fertig mit Günther?«, flüsterte Mutter.

»Ja, und das war das letzte Mal, dass ich mit ihm gelernt habe«, erklärte Lucie bestimmt mit normal lauter Stimme.

»Er wird wohl kaum schon alles aufgeholt haben, oder?«

»Nun, das mag sein, allerdings ist das nicht mein Problem. Ich muss mich um meine Schulprojekte kümmern, um nicht selbst ins Hintertreffen zu kommen.«

»Besteht denn die Gefahr? Ich hatte den Eindruck, dass du hier keine Probleme in der Schule hast, zumal du den Stoff ja auch bereits zum zweiten Mal durchnimmst.«

»Das kannst du so nicht sagen, du weißt, wie schwierig es in Berlin war, dem Schulunterricht unter den gegebenen Bedingungen zu folgen.«

»Aber am Nachmittag kannst du doch Günther helfen. Da hast du doch gar keine Schule.« Sie küsste Eva auf die Stirn und legte sie in die Wiege.

Die Kleine grummelte ein bisschen vor sich hin, gab dann aber Ruhe und starrte staunend in den Wiegenhimmel.

»Es gibt ein großes Projekt, das wir zu dritt machen und für das wir uns jetzt öfters am Nachmittag treffen müssen.« Die Lüge ging ihr locker von der Zunge. Lucie staunte selbst, wie sie darauf gekommen war, aber es war eine wirklich gute Idee gewesen, denn Mutter bedeutete ihr, ihr zu folgen und Eva allein zu lassen.

Als sie leise die Tür geschlossen hatte, sagte sie: »Das ist natürlich etwas anderes. Wenn du nachmittags für die Schule arbeiten musst, kannst du nicht Günther helfen. Ich werde Ariel fragen, ob er den Nachhilfeunterricht für dich übernehmen kann.«

Erfreut strahlte Lucie auf. »Gut!«, sagte sie. Dann drehte sie sich um und ging in ihr Zimmer. Ja, das waren wirklich gute Neuigkeiten. Sie hatte genau das erreicht, was sie hatte erreichen wollen. Jetzt musste sie nur noch eine Lösung dafür finden, unauffällig ihr Sportzeug hinauszuschmuggeln, wenn sie vorgab, mit den Freundinnen an ihrem Schulprojekt zu arbeiten.

***

Hannah stand in der offenen Tür und sah Lucie hinterher. Sie wusste, dass ihre Tochter nicht die Wahrheit gesagt hatte. Es gab kein Schulprojekt, sie wollte nur wieder jeden Tag zum Training. Hannah hatte mit ihrem Trainer gesprochen. Sie hatte die Chance genutzt und war zu ihm gefahren, als Lucie Günther die erste Nachhilfestunde gegeben hatte.

Auch wenn sie ihn als recht von sich eingenommen empfunden hatte, schien er doch viel vom Sport und den medizinischen Hintergründen des menschlichen Körpers zu verstehen. Und das Interessanteste war, dass er Lucie für ein Talent mit Potenzial hielt, das gefördert werden sollte.

Das Wichtigste aber war: Lucie hatte ganz offensichtlich Spaß daran. Und zwar so viel, dass sie sich dafür sogar zu einer Lüge hinreißen ließ. Natürlich war es nicht schön, wenn sie log, doch das würden sie später klären.

Hannah hatte bereits Ariel gefragt, ob es für ihn in Ordnung wäre, Günther ein paar Wochen mit dem Schulstoff unter die Arme zu greifen, und er hatte, ohne zu zögern, zugesagt. Bestimmt hätte Günther so das Niveau der anderen schnell erreicht. Hannahs Gedanken flogen zu Alma, die sich zunehmend einigelte. Sie ging zwar jeden Tag zu Kurt, um dort nach dem Rechten zu sehen und ihn sanft wieder auf den richtigen Weg zurückzustoßen, denn Almas Anwesenheit akzeptierte er im Gegensatz zu der anderer Familienmitglieder. Aber ansonsten blieb sie in ihrem Garten, kümmerte sich um ihre Rosen und putzte wie verrückt. Mehr noch, Hannah hatte den Eindruck, dass ihr Verhalten einem Putzzwang nahekam. Sie schien ihre Sorgen einfach wegputzen zu wollen, denn Wilhelm ging es immer noch nicht besser.

Eva hatte gerade ihr Fläschchen bekommen und blinzelte bereits müde, sodass es der ideale Zeitpunkt war, sie gut einzumummeln, in den Kinderwagen zu packen und Alma einen Besuch abzustatten. Eva war so ein braves Kind, dass es schon fast erschütternd war. Sie weinte kaum, nur wenn sie Hunger hatte oder müde war, und liebte es, wenn man sie auf den Arm nahm, sanft hin- und herwiegte und ihr etwas vorsang. Auch jetzt lag sie zufrieden da und ließ Hannah widerspruchslos das Jäckchen über ihre Arme streifen. Offenbar kam sie eher nach Ursula, denn Hannah erinnerte sich mit Grauen daran, wie laut Kurt als kleiner Junge immer protestiert hatte, wenn er angezogen werden sollte.

Die Sonne schien, hatte aber noch nicht allzu viel Kraft so früh im Jahr, doch das hellere Licht tat gut. Hannah schlenderte, den Kinderwagen mit ihrer Enkeltochter vor sich herschiebend, durch die Straße und beschloss spontan, ihren Spaziergang noch ein wenig zu verlängern, bevor sie bei Alma vorbeischaute. Es tat gut, die Weite des Himmels zu sehen und die Luft auf dem Gesicht zu spüren.

Sie lief die Straße hinunter. Während vorne, an ihrem Ende die großen Villen standen, wurden die Häuschen im Verlauf deutlich kleiner. Allerdings gab es keine Mietskasernen wie in Berlin, deren Elend Hannah noch immer lebhaft in Erinnerung war. Eva war eingeschlafen und Hannah blieb einen Augenblick stehen, hielt das Gesicht in die Sonne und schloss die Augen. Alles würde wieder gut werden. Auch mit Kurt, das spürte sie und sie wünschte es ihm aus vollem Herzen.

»Ach, die Frau Doktor«, hörte sie plötzlich und riss überrascht die Augen auf. Sie blickte in das faltige Gesicht von Hedel. Schreck fuhr ihr in die Glieder.

»Guten Morgen, Hedel. Geht es Ihnen gut?«

»Jo, freilich. Mit den Kräutern geht es mir blendend!« Sie grinste Hannah zahnlos an.

»Nun, das freut mich zu hören.«

Die Alte nickte zufrieden. »Sie werden auch den armen Herrn Waldner gesund machen.«

Hannah sah sie alarmiert an. »Wilhelm, Almas Mann? Aber ich habe doch gesagt, dass er sich richtig untersuchen lassen soll! Was haben Sie ihm gegeben? Sie können doch gar nicht wissen, was er genau hat!«

Hedels Augenbrauen zogen sich zusammen. »Ich weiß mehr als ihr Quacksalber. Löwenzahn und Salbei sind Zaubermittel bei Magenproblemen.« Ihre Worte hatten einen scharfen Klang.

Auch wenn Hannah jetzt gerne den Rückzug angetreten hätte, um die alte Frau nicht noch mehr zu erzürnen, blieb ihr keine Wahl. Hier ging es um Wilhelm, um Almas große Liebe, und das, was Hedel gesagt hatte, konnte sie so nicht stehen lassen.

»Es gibt doch so viele Möglichkeiten, was ihm fehlen könnte. Da kann man nicht einfach sagen: Löwenzahn und Salbei helfen immer.«

»Ihr Ärzte meint immer, ihr wisst alles besser, nicht wahr? Ihr habt die Weisheit mit Löffeln gefressen, glaubt ihr, aber das ist falsch. Ihr macht die Leute erst krank. Ihr tötet sie. Weckt falsche Hoffnungen und dann sterben einem die Liebsten doch unter den Fingern weg, ohne dass man irgendetwas tun kann. Und dann hebt ihr die Schultern und sagt, dass ihr nichts dafür könnt. Ja, ja, es ist immer das Gleiche mit euch!« Die alte Frau schimpfte mit verbitterter Miene.

Auf einmal erschien sie Hannah gar nicht mehr unheimlich wie bei der Geschichte mit Milli. Stattdessen tat sie ihr leid. Sie sah sie freundlich an und sagte sanft: »Ihnen ist jemand aufgrund einer falschen Behandlung weggestorben?«

»Einer? Alle. Einer nach dem anderen. Ein Kind nach dem anderen und dann auch noch mein Mann. Nur eine Tochter ist mir geblieben, aber die ist weggezogen. Und all das habt ihr Quacksalber mir angetan.«

Hannah legte ihr impulsiv die Hand auf die Schulter. Die alte Frau tat ihr leid. Sie war so gefangen in ihren Überzeugungen, dass sie gar nicht realisierte, wie schnell sich die Medizin gerade entwickelte. Wie viel mehr Erkenntnisse über den menschlichen Körper und die Wirkungen von vielversprechenden Medikamenten gewonnen wurden.

»Das tut mir sehr leid. Es ist sicher nicht schön, immer allein zu sein.«

Überrascht blickte die alte Frau auf. Obwohl Hannah nicht groß war, war Hedel einen guten Kopf kleiner als sie.

»Ja … das stimmt. Aber denken Sie nicht, dass ich mich von Ihnen um den Finger wickeln lasse.«

Hannah hob abwehrend die Hände. Sie konnte sich ein Grinsen nicht verkneifen. »Bewahre. Aber auch wenn ich Ärztin bin, kann ich doch Mitgefühl mit Ihnen haben.«

Hedel schob nachdenklich die Unterlippe vor, während sie den Kopf wiegte. »Wenn Sie mir nicht in die Quere kommen, mache ich das bei Ihnen auch nicht«, sagte sie dann und hielt Hannah die Hand hin.

»Abgemacht. Und Sie geben Wilhelm erst etwas, wenn ich ihn untersucht habe und meine Zustimmung dazu gebe, einverstanden?«

Hedel zog die Augenbrauen hoch, als hätte Hannah das Maß überschritten. Dann jedoch nickte sie langsam. »Einverstanden. Sie sollten aber nicht allzu lange damit warten. Er ist dünn geworden, der Herr Waldner. Es wächst etwas in ihm, was da nicht hingehört.« Und damit drehte sie sich grußlos um und schlurfte davon.

Hannah stand da und sah ihr nach. Was meinte sie damit, dass etwas in Wilhelm wuchs? Doch kein Krebs? Woher sollte die alte Kräuterfrau das auch wissen? Sie hatte weder Medizin studiert noch war sie mit den neuesten Forschungen vertraut. Hannah überlegte einen Moment, ob sie ihr hinterherrufen und sie fragen sollte – auch nach der Sache mit Milli damals, ließ es dann aber doch. Und wenn sie darüber nachdachte, wusste Hannah gar nicht so genau, ob sie die Antwort überhaupt wissen wollte.

KAPITEL 14

Lucie wusste, dass sie dazu neigte, es beim Sport zu übertreiben. Sie machte bewusst mehr Kraftübungen, so intensiv, wie es ging, um besser zu werden. Es bereitete ihr mittlerweile sogar richtig Spaß, ihren Körper an die Grenzen des Erträglichen zu führen, denn sie sah, wie sie sich verbesserte. Auch Herr Meyer quittierte ihre Anstrengungen mit einem zufriedenen Kopfnicken. Für dieses Nicken tat Lucie inzwischen fast alles, bedeutete es doch, dass sie langsam aber sicher zur Spitze aufstieg. Nie hätte sie gedacht, dass ihr der Sport eines Tages so viel bedeuten würde. Doch der Erfolg gab ihr recht. Heute waren Frau Meyer und die beiden kleinen Töchter des Trainers gekommen, um zuzusehen. Sie hatten selbst gebackene Kekse mitgebracht und die geflochtenen Zöpfe, die die aufgeregten Gesichter der beiden Mädchen umgaben, hüpften, als sie das Backwerk an die Sportlerinnen verteilen durften. Sie waren herzallerliebst und Trainer Meyer sah ihnen stolz hinterher, als sie von einer zur anderen gingen und zwinkerte seiner Frau zufrieden zu. Sie lächelte sanft zurück. Überhaupt schien Trainer Meyer eine sehr nette Familie zu haben.

Natürlich hatte Lucie Mutter noch am selben Tag gebeichtet, dass sie wegen der Nachhilfe gelogen hatte, um wieder zum Training gehen zu können, und seitdem fühlte sie sich wesentlich besser. Sie war nicht fürs Lügen gemacht, auch wenn sie in der Schule und unter den Freundinnen weiterhin als Katholikin galt, doch das diente einem höheren Zweck, obwohl ihr Gewissen hin und wieder deswegen drückte.

Sie liebte es, beim Liegestütz mehr und mehr Übungen zu machen, bis ihre Arme zitterten und sie spürte, wie sie langsam härter wurden. Oder Kniebeugen bis zum Exzess zu betreiben. Das machte ihren Kopf frei und alles andere war vergessen. Auch die Sorge um Paul und sich.

Denn ihre Fernbeziehung war wesentlich schwieriger, als sie es sich vorgestellt und gewünscht hatten. Auch wenn sie strikt darauf achteten, wöchentlich einmal zu telefonieren und sich mindestens zweimal in der Woche zu schreiben, fühlte sie doch, dass sich Paul mehr und mehr von ihr entfernte. Und das Schreckgespenst in Gestalt von Gerda hüpfte ständig vor ihrem inneren Auge umher. Es wurde zunehmend schwerer, ihn sich vorzustellen, ohne Gerda an seiner Seite zu sehen, oder Gesprächsthemen zu finden, bei denen sie nicht das Gefühl hatte, ihn damit zu langweilen oder mit ihrer Eifersucht vor den Kopf zu stoßen.

Es wurde Zeit, dass er zu Besuch kam, damit sie sich sahen, sich berühren und wieder Nähe aufbauen konnten.

Nachher, wenn ihr Mittwochabendtelefonat anstand, wollte sie ihn fragen, wann er endlich die Zugkarte buchen würde, um sie zu besuchen. Sie würde ihm auch das Geld schicken, wenn das, was er nebenbei verdient hatte, nicht ausreichte. Er hatte extra noch Botengänge für andere Geschäftsleute übernommen, um eine Zugfahrt bezahlen zu können.

Doch bis dahin musste sie noch die Mathematikhausaufgabe fertig bekommen und das war schwieriger als gedacht. Inzwischen brütete sie schon eine gute halbe Stunde über den Aufgaben und kam und kam nicht weiter.

Wenn Kurt da gewesen wäre, hätte sie ihn gebeten, ihr zu helfen, denn er verstand Mathe wahrscheinlich am besten von allen Familienmitgliedern. Aber Kurt war noch immer unpässlich nach Ursulas Tod. Er hatte noch nicht einmal die kleine Eva sehen wollen.

Lucie knabberte auf dem Ende ihres Stifts herum. So schwer konnte das alles doch nicht sein.

Ob sie zur Ablenkung mal ein paar Hampelmänner oder Ausfallschritte machte? Sie könnte auch Helga mal wieder schreiben. Dadurch, dass sie mit Schule und Training so viel zu tun hatte und in ihrer Freizeit lieber Paul schrieb, kam die Freundin in der letzten Zeit etwas zu kurz. Aber bei ihr war es noch schlimmer als bei Paul: Weil Helga und sie so weit voneinander entfernt waren und mit der Zeit immer unterschiedlichere Interessen entwickelten, war die Kommunikation nicht mehr so erfüllend wie früher.

Bei Paul hingegen lauerte Lucie ständig darauf, dass er auch nur Gerdas Namen in den Mund nahm, um dann direkt an die Decke zu gehen. Und sie hatte das Gefühl, dass er die Dinge, die sie erlebte und von denen sie erzählte, noch nicht einmal halb so spannend fand wie seine eigenen Unternehmungen mit der HJ. Immerhin erwähnte er Gerda bei ihren Telefonaten nicht mehr, aber in den Briefen schwärmte er immer noch in den höchsten Tönen von den gemeinsamen Unternehmungen.

Upps, jetzt hätte sie fast das Telefonat mit Paul verpasst, auf das sie sich doch schon den ganzen Tag gefreut hatte.

Sie sprang auf, warf den angeknabberten Stift auf den Tisch zu den noch immer ungelösten Matheaufgaben und lief im Laufschritt die Treppe hinunter. Das Telefon hing im Flur, gleich neben der Eingangstür. Lucie riss den Hörer hoch und wartete ungeduldig darauf, dass sich das Fräulein vom Amt meldete.

»Hallo? Lucie? Bist du es endlich?«

Pauls Stimme wurde von einem Rauschen begleitet, doch Lucie drückte glücklich den Hörer enger an ihr Ohr. »Ich vermisse dich so furchtbar, Paul! Wie geht es dir? Wann kommst du her?« Eigentlich hatte sie ihn nicht so mit der Frage überfallen wollen, aber jetzt, wo sie endlich wieder seine Stimme hörte …

»Das kann ich noch nicht sagen. Du weißt, dass im Moment alles nicht so einfach hier ist.«

Lucie runzelte verärgert die Stirn. »Meinst du nicht, du könntest mal ein Wochenende kommen? Du fehlst mir so.« Fast hätte sie hinzugesetzt: *Oder willst du lieber bei Gerda bleiben?*, beherrschte sich aber. Das hätte nur wieder zu Verstimmungen zwischen ihnen geführt.

»Du mir ja auch. Ich werde sehen, was sich machen lässt. Beike mausert sich immer mehr zu einem Aufseher über die Nachbarschaft. Vorhin hat er mich gefragt, was ich jeden Mittwoch in diesem Judenhaus zu schaffen habe. Wenn er meinen Eltern davon erzählt, weiß ich nicht, was passiert.«

»Ich hatte gehofft, dass sie mittlerweile nicht mehr so nervös bei dem Gedanken an deine Beziehung mit mir wären, nachdem ich weg bin. Hast du noch nicht mit ihnen darüber geredet?«, fragte Lucie langsam. Sie konnte nicht leugnen, dass sie Pauls kühle Haltung verärgerte. In ihren Vorstellungen hatte er freudig zugestimmt und noch am gleichen Tag ein Billett gekauft, um am Wochenende zu ihr zu fahren.

»Na ja, du weißt doch, wie es ist. Die Leute sind nicht sonderlich aufgeschlossen den Juden gegenüber und das färbt natürlich auch auf meine Eltern ab.«

»Klar.« Die Enttäuschung ließ ihre Stimme zunehmend kühler klingen. »Färbt es auch auf dich ab?«

»Selbstverständlich nicht! Wie kannst du so etwas nur denken!«

»Ich dachte bloß, wenn Gerda sich deswegen auch getrennt hat … Es ist nur: Können wir uns dann vor dem Sommer gar nicht mehr treffen?«

»Ich werde sehen, was möglich ist, in Ordnung? Mehr kann ich im Moment auch nicht sagen. So, ich muss dann leider Schluss machen. Die Hitlerjugend ruft. Mach´s gut, mein Schatz! Hab eine schöne Woche.«

»Ja, du auch«, sagte Lucie lahm und legte auf. Sie war fürchterlich enttäuscht. Irgendwie lief alles aus dem Ruder, was ihre Beziehung anging, und sie hatte nicht den Eindruck, dass Paul sich auch nur annähernd in dem Maße darum sorgte, wie sie es tat. Frustriert ließ sie sich an der Wand herabgleiten, bis sie auf dem Boden saß und traurig vor sich hinstarrte. Machten Männer einem eigentlich immer nur Kummer?

***

Die kleine Eva hatte lediglich ein bisschen geweint, während Hannah sie angezogen hatte, aber kaum hatte sie im Kinderwagen gelegen, waren ihr die Äuglein wieder zugefallen.

Sie lief neben Ariel her, der darauf bestanden hatte, den Wagen zu schieben, und dachte fieberhaft darüber nach, was sie Kurt gleich sagen wollte. Es gab keinen anderen Weg, als ihn vom Alkohol wegzubringen, vor allem, nachdem Ariel ihr von seinem peinlichen Auftritt in der Uni erzählt hatte. Am liebsten würde Hannah ihn ja immer noch nach Hause mitnehmen, aber sie hatte die Befürchtung, dass er sich wieder weigerte, sie zu begleiten, auch wenn ihr nicht in den Kopf wollte, warum er das tat.

Morgen hatte sie ein Bewerbungsgespräch in einer Praxis, doch schon beim Gedanken daran, wurde ihr übel. Und zeitgleich kamen wieder die Bilder der mit dem Tod kämpfenden Ursula in ihr hoch, die sie einfach nicht zum Stillstand bringen konnte. Theoretisch wusste sie, dass sie ihre Schwiegertochter nicht hatte retten können, doch tief in ihrem Herzen tobte laut der Zweifel. Und wenn sie sah, wie Kurt darunter litt, wurde er brüllend. Sie hatte das Gefühl, niemandem mehr helfen zu können. Ihr fehlte einfach die Kraft, die Panik zu bekämpfen, die sie beim Gedanken überkam, den nächsten Patienten zu verlieren. Und außerdem brauchte Eva sie. Das arme Kind durfte nicht noch eine Bezugsperson verlieren. Ja, das wars: Sie tat es für Eva! Sie würde gleich morgen früh in der Praxis anrufen, absagen und erklären, dass ihre kleine Enkeltochter sie brauchte. Und Kurt brauchte sie auch. Ja, sie war praktisch gezwungen, das Gespräch abzusagen, bis alles geregelt war und sie es geschafft hatte, die Zweifel zu besiegen und die Panik zum Verstummen zu bringen. Irgendwann. Bis dahin würde sie für Kurt und sein Töchterchen da sein.

»Wie fangen wir es an?«, riss Ariel sie aus ihren Gedanken.

Jäh wandte sie sich zu ihm um. Sie hatte ganz vergessen, dass er auch noch da war.

Sie zuckte mit den Schultern. »Wir reden einfach mit ihm.«

Sie spürte Ariels zweifelnden Blick auf sich ruhen, aber er widersprach ihr nicht.

Als sie bei Kurts Haus angekommen waren, dämmerte es bereits. Ohne Zeit damit zu verschwenden, erst zu klopfen und auf Einlass zu hoffen, lief Hannah direkt zu dem Fensterladen, in dem Daniel den Schlüssel versteckt hatte, als er ihn zurückgebracht hatte, und fingerte ihn heraus.

Ariel war mit dem Kinderwagen stehen geblieben. Hannah hörte, wie Eva begann, langsam aufzuwachen. Sie machte dann immer so bezaubernde Quäkgeräusche. Hannah war froh, dass sie sich die Zeit genommen hatte, ihr Fläschchen vorzubereiten und mitzunehmen, bevor sie losgegangen waren, denn es war absehbar, dass sie in den nächsten Minuten Hunger bekäme.

Mit flinken Fingern öffnete sie die Tür und winkte Ariel, ihr mit dem Kinderwagen zu folgen, während sie entschlossen in die abgestandene Luft des Flurs trat.

»Kurt? Wir sind es!«, rief sie und lief schnell in Richtung Wohnzimmer. Dort stand eine offene Flasche Weinbrand, doch die Fensterläden waren zugeklappt und es war niemand darin.

Hannah schluckte trocken. Also war er bestimmt im Schlafzimmer. Es war das erste Mal, dass sie es wieder betrat seit Ursulas schrecklichem Todeskampf, und sie bemerkte, wie sich ein Gewicht auf ihre Schultern und ihre Brust senkte. Am liebsten hätte sie kehrtgemacht und wäre weggelaufen vor der Beklemmung, die sie erfasst hatte, seit sie über die Stufe des Hauses getreten war. Sie konnte nicht begreifen, wie Kurt es aushielt, hierzubleiben. Tat er ja eigentlich auch nicht. Sonst würde er nicht zum Alkohol greifen.

Sie holte tief Luft und öffnete entschlossen die Schlafzimmertür. Hier herrschte ebenfalls Dunkelheit, es roch muffig … das Bett leer.

Hannah spürte, wie sich die Beklemmung in Panik veränderte. Wo war Kurt? Er würde sich doch nach der Schmach in der Universität nichts angetan haben? Hektisch drehte sie sich um und rannte wieder in den Flur. Eigentlich gab es nur noch ein Zimmer, wo er sein konnte, wenn er nicht …

»Hier ist er!«, hörte sie plötzlich Ariel rufen.

Er hatte Eva auf dem Arm und stand im Kinderzimmer. Das Licht war angeknipst und er sah auf den Boden.

Hannah folgte seinem Blick und schlug sich die Hand vor den Mund. Kurt lag dort zusammengerollt auf dem Teppich und schlief. Aus dem Mundwinkel lief ein dünner Speichelfaden und er schnarchte.

»Ich habe doch gesagt, dass er sicher wieder ganz schön voll ist«, sagte Ariel.

Jetzt erhob Eva lautstark ihr Stimmchen. Sie hatte wohl den Eindruck, lange genug gewartet zu haben, und wollte verkünden, dass es Zeit für ihr Fläschchen war.

»Ariel, könntest du sie vielleicht füttern? Ich möchte nach Kurt sehen. Ihr Fläschchen ist im Kinderwagen.«

»Ja, selbstverständlich, wenn du mir kurz zeigst, wie es geht.«

»Setz dich am besten mit ihr ins Wohnzimmer. Warte, ich öffne die Fensterläden und lass ein bisschen Luft rein. Und diese Branntweinflasche muss natürlich auch verschwinden.« Sie drehte sich weg von Kurt und ging mit energischen Schritten voran in den Flur, um alles für Ariel und Eva vorzubereiten.

»Ist sie das?«, hörte sie auf einmal eine raue Stimme hinter sich. Blitzschnell drehte sie sich um. Kurt wischte sich übers Gesicht. Seine Augen waren rot gerändert und blickten gebannt auf die in Ariels Armen liegende Eva.

»Wessen Kind sollte ich denn bitte schön sonst auf dem Arm halten? Natürlich ist es deine Tochter!«

Kurt erhob sich schwerfällig, indem er sich auf alle viere stützte und sich dann mühevoll aufrichtete.

Eva hatte ihr lautes Protestgeschrei aufgegeben und wimmerte vor sich hin, als Zeichen, dass es ihr mit dem Verlangen nach Essen wirklich ernst war.

»Sie sieht wunderschön aus. So klein und so perfekt.« Ganz langsam lief er auf Ariel zu.

Hannah schossen Tränen in die Augen. »Sie ist eine perfekte Mischung aus Ursula und dir, wenn du mich fragst«, sagte sie mit tränenerstickter Stimme.

»Ja, du … du hast recht. Sieh nur, sie hat Ursulas Nase und ihre Augen.« Kurt hob langsam die Hand und strich Eva vorsichtig über das Köpfchen.

Die hatte aber nicht so viel Gespür für den rührenden Moment, sondern brüllte jetzt kräftig los, um deutlich zu machen, dass ihre Geduld nunmehr endgültig erschöpft war.

Erschrocken zog Kurt seine Hand zurück. »Was hat sie denn? Habe ich etwas falsch gemacht? Ich habe ihr doch nicht wehgetan?«, fragte er und sah Hannah nervös an.

Trotz der Tränen, die jetzt ungehemmt über ihre Wangen flossen, musste sie lächeln. »Nein, es geht ihr gut. Sie ist nur der Meinung, dass ihr Fläschchen überfällig ist. Was hältst du davon, wenn du es ihr gibst? Ich wollte gerade im Wohnzimmer alles dafür herrichten.«

»Aber ich weiß doch gar nicht, wie man so was macht.« Kurts Stimme klang nervös.

»Das ist kein Hexenwerk. Ich zeige es dir. Kommt mit. Gleich ist es so weit, Eva, dann gibt dir dein Papa etwas.«

»Eva? Ihr habt sie Eva genannt?«, fragte Kurt leise, während er die Kleine liebevoll ansah. Er schien seinen Blick nicht von dem Säugling lösen zu können.

»Das ist nur … Sie brauchte einen Namen, mit dem wir sie ansprechen konnten. Aber selbstverständlich bist du derjenige, der ihr ihren endgültigen Namen gibt, denn schließlich bist du ihr Vater«, stotterte Hannah.

»Ihr Vater. Ja, der bin ich«, sagte Kurt und sah seine kleine Tochter mit verliebtem Blick an. Eva hatte inzwischen einen roten Kopf vom Schreien.

Hannah lief mit schnellen Schritten ins Wohnzimmer, öffnete die Fenster und stieß weit die Fensterläden auf, damit endlich wieder Licht und Luft ins Zimmer dringen konnten.

Dann komplimentierte sie Kurt aufs Sofa, nahm Eva aus Ariels Arm und legte die Kleine vorsichtig in den Schoß ihres Vaters. Sie rückte seinen Arm etwas höher, damit Evas Kopf gut abgestützt war, und rannte, um ihr in mehrere Lagen Tücher eingeschlagenes Fläschchen zu holen.

Als Eva ein paar Minuten später begierig an der Flasche sog, während Kurt sie voller Begeisterung ansah, sagte er plötzlich: »Eva ist ein hübscher Name. Ich denke, deiner Mama hätte er auch gefallen.«

Wieder kamen Hannah die Tränen und sie sah, wie Ariel sich ebenfalls mit dem Handrücken über die Augen wischte.

»Es tut mir leid, wie viel Kummer ich euch bereitet habe. Das muss ein Ende haben. Wenn es für euch in Ordnung ist, würde ich euch gerne begleiten und eine Weile bei euch wohnen, bis wieder alles …« Er verstummte.

Hannah sah, wie Traurigkeit seinen eben noch so strahlenden Blick umwölkte.

»Wir würden uns sehr freuen, dich und deine Tochter bei uns aufzunehmen, so lange, bis es euch wieder so richtig gut geht.«

Kurt blickte sie an. Auch in seinen Augen schwammen Tränen.

»Danke!«, flüsterte er. »Ich danke euch für alles.«

***

Schon wieder war die Katze nicht zurückgekommen. Inzwischen war sie bereits seit zwei Tagen verschwunden und obwohl Lucie sich mittlerweile daran gewöhnt hatte, dass Millis Ausflüge hier deutlich länger dauerten als in Berlin, machte sie sich jetzt doch Sorgen. In ihrer Vorstellung wurde ihr unvorsichtiges Kätzchen von einem Automobil überrollt oder einem Kutschpferd zertrampelt und diese Horrorszenarien ließen sie nicht schlafen. Wenn Milli heute

Abend nicht wieder vor der Tür saß und maunzend um Einlass bat, würde sie sich noch vor den Hausaufgaben auf die Suche nach ihr machen. Sie vermutete, dass sie irgendjemand aus der Nachbarschaft fütterte, sodass Milli nicht die Notwendigkeit sah, sich in regelmäßigen Abständen nach Hause zu begeben. Wenn sie gewusst hätte, welche Auswirkungen dieses Verhalten auf das Nervenkostüm ihres Frauchens hätte, hätte sie sich sicher nicht so nachlässig verhalten und regelmäßig vorbeigeschaut.

Lucie spürte jeden Muskel nach dem Training. Inzwischen war das ein vertrautes, wohliges Gefühl, das ihr zeigte, dass ihr Körper für sie da war, wenn sie ihn forderte. Nicht mehr ein diffuser Schmerz, der ihr fast den Verstand raubte. Es war mehr wie eine Belohnung für getane Arbeit.

Jetzt war sie beim Haus angekommen und bevor sie hineinging, lief sie in den Garten, um zu sehen, ob Milli vielleicht dort war. Doch von der Katze war keine Spur zu entdecken.

Nachdenklich kramte Lucie in ihrer Tasche und holte den Schlüssel heraus. Hier war es ganz anders als in Berlin, wo ihr immer eines der Mädchen die Tür geöffnet hatte. Hier beschäftigten sie nur noch Margarete und die ging, sobald die Küche fertig war, und hatte mit der Haustür nicht viel zu tun. Also besaßen sie jetzt alle Schlüssel und waren selbst dafür verantwortlich, ins Haus hineinzukommen.

Lucie trat in den dunklen Flur und rief lockend »Miez, Miez«. Für gewöhnlich kam Milli dann immer gleich herbei geschossen, wenn sie ihre Stimme hörte. Heute jedoch blieb der Flur bis auf Lucie leer.

Nein, so ging das nicht weiter. Sie musste nach ihr suchen, und wenn sie an allen Nachbarhäusern klingeln musste, sie würde Milli finden und die dunklen Gedanken über deren Schicksal vertreiben.

Sie stellte ihre Tasche in den Flur, steckte den Schlüssel ein und zog die Tür wieder hinter sich zu. Wo sollte sie anfangen? Sie sah sich um. Am besten gleich im Haus gegenüber. Entschlossen lief sie über die Straße, öffnete das Gartentor und drückte auf die Klingel.

Eine dreiviertel Stunde später hatte sie sich bis zu Almas Haus hinab gearbeitet. Niemand hatte Milli gesehen. Keiner hatte ihr etwas gegeben. Lucie spürte, wie die Verzweiflung immer mehr Besitz von ihr ergriff. Sie wollte Milli nicht verlieren. Auch wenn sie nicht mehr so viel Zeit für sie hatte wie früher, bedeutete ihr die Katze viel. Sie hatte ihr Halt gegeben, als sie ihn am meisten gebraucht hatte. Aber wo steckte sie jetzt bloß? Mit hängenden Armen und gesenktem Kopf blieb Lucie stehen, wo sie war. Plötzlich war ihre ganze Tatkraft verschwunden und ein Gefühl der Leere breitete sich in ihrem Innern aus. Mit Paul lief es nicht gut, sie fühlte sich von ihrer Familie unverstanden und dann war da auch noch die Lüge mit dem Glauben, die immer wieder in ihr Bewusstsein fuhr und sie mit einem schlechten Gewissen zurückließ. Aber wenn jetzt auch noch Milli weg war, würde das den Topf zum Überlaufen bringen.

»Warum stehst du so allein auf der Straße herum?«

Lucie riss den Kopf hoch und drehte sich um. Günther stand vor ihr und sah sie fragend an. »Meine Güte, hast du mich erschreckt«, fuhr sie ihn an.

»Tut mir leid. Ich konnte ja nicht ahnen, dass du hier im Stehen vor unserem Haus schläfst.«

»Das tue ich doch gar nicht. Ich bin auf der Suche nach Milli. Sie ist seit zwei Tagen verschwunden.«

»Schon wieder? Das ist ja blöd. Willst du nicht trotzdem für einen Moment mit hineinkommen? Ich kann mir vorstellen, dass Mutter sich freut, wenn sie dich sieht. Sie ist in letzter Zeit ohnehin immer so niedergeschlagen.«

Sofort überkam Lucie ein schlechtes Gewissen. Wie viele Wochen hatte sie Alma jetzt nicht mehr besucht? Und bei den Freitagsessen, die Wilhelm meist ausließ, war auch kaum Zeit, sich von Auge zu Auge zu unterhalten.

»Ist sie krank?«

»Nein, sie nicht. Vater kann nur immer weniger essen. Ständig ist ihm schlecht.«

»Das tut mir leid. Das ist für dich sicher auch nicht so leicht, oder? Wie läuft es jetzt eigentlich in der Schule?«

»Viel besser. Dank dir und Ariel.«

»Das ist schön. Dann komm, lass uns hineingehen.«

Obwohl es fast schon dunkel war, konnte Lucie erkennen, dass der Eingangsbereich und die Fensterläden vor lauter Sauberkeit blitzten. Auch die Türklinke sah aus, als wäre sie frisch poliert, dachte Lucie, als sie sie herunterdrückte.

Alma, die gerade auf der Erde kniete und mit beiden Händen energisch den Fußboden schrubbte, blickte hoch und strich sich eine Strähne, die sich aus ihrem Haarknoten gelöst hatte, aus dem Gesicht.

»Lucie, was machst du denn hier? Ist alles in Ordnung?« Mit bestürztem Blick richtete sie sich auf.

»Muss den gleich etwas passiert sein, nur weil ich vorbeikomme?«, fragte Lucie ein wenig empört. »Ich suche Milli, aber ich wollte bei der Gelegenheit auch mal schauen, wie es euch so geht.«

»Das ist aber lieb. Du warst schon eine Weile nicht mehr bei uns.« Alma stand lächelnd auf, breitete die Arme aus und zog Lucie mit ihren schaumigen Putzhänden an sich. »Günther, mein Schatz, komm herein.«

»Hier blitzt und blinkt ja alles, als würde der Kaiser gleich vor der Tür stehen«, bemerkte Lucie, während sie sich umsah.

Alma winkte ab und griff nach der Tasche, die Günther ihr hinhielt. Offenbar hatte er Besorgungen erledigt.

»Mutter putzt pausenlos. Ständig denkt sie, dass etwas schmutzig ist, obwohl es eigentlich ganz sauber ist.«

Alma hob abwehrend die Hände. »Merkst du nicht den Geruch nach Dreck, der in der Luft hängt?«

Lucie schnupperte und schüttelte gemeinsam mit Günther den Kopf. »Also ich rieche nichts. Nur Bohnerseife und Eintopf.«

»Möchtest du einen Teller? Er ist fertig. Günther, wasch dir die Hände und dann bekommst du auch dein Essen.«

Alma ging vor in die Küche. Wilhelm saß am Tisch und Lucie hatte Mühe, sich den Schrecken über sein verändertes Aussehen nicht anmerken zu lassen. Er war völlig abgemagert und in seinem hageren Gesicht wirkten die Augen riesengroß.

»Wilhelm! Geht es dir nicht gut?«, fragte sie, während sie ihm die Hand reichte.

Er seufzte, dann deutete er auf seinen Bauch. »Der Magen macht mir noch immer Kummer.«

»Vielleicht ist es besser, wenn du dich wieder hinlegst, wenn du doch nichts herunterbekommst«, sagte Alma mit sanfter Stimme und deutete auf den unangetasteten Teller vor ihm.

»Ja, das ist sicher eine gute Idee. Ich bin auch schon wieder so entsetzlich müde.«

»Mein Armer! Soll ich dir noch einen Tee mit Honig machen oder vielleicht eine Milch mit etwas eingebrocktem Zwieback?«

Wilhelm schüttelte langsam den Kopf. Alle seine Bewegungen waren ausgesprochen zögerlich. Auch als er sich stöhnend aus der Sitzecke erhob, wirkte es, als bewegte er sich in Zeitlupe. Alma griff nach seinem Arm und stützte ihn, während er mit schlurfenden Schritten aus der Küche ging.

Lucie drehte sich zu Günther um und krauste die Stirn. »Du hast recht. Es geht ihm wirklich schlecht«, sagte sie, während sie sich auf einen der Stühle setzte.

Günther nickte und sah sie mit traurigen Augen an.

»Nur Mutter sieht das nicht. Oder vielleicht will sie auch nicht. Immer wenn ich versuche, mit ihr darüber zu reden, sagt sie, dass es doch nicht so schlimm wäre und er bald wieder der Alte ist. Aber irgendwie glaube ich nicht daran.«

»Kann ich gut verstehen«, sagte Lucie und musterte eingehend die Tischdecke. Sie musste mit Mutter über Wilhelm reden. Wenn ihm und damit auch Alma und Günther jemand helfen konnte, dann war sie es!

Als Lucie eine halbe Stunde später aus Almas Haustür trat, stieß sie einen überraschten Schrei aus. Denn direkt davor saß niemand anders als die kleine Milli, die sie ansah, als wollte sie Lucie dafür rügen, sich nicht beeilt zu haben und sie so lange im Dunkeln warten zu lassen. Sie hob sie hoch und drückte sie gegen ihren Brustkorb. Diese Katze würde ihr trotz ihres jugendlichen Alters noch graue Haare bescheren.

Kapitel 15

Sie kamen nur sehr langsam voran. Kurt schlich mehr, als er ging, aber Hannah war glücklich, dass er sich endlich entschlossen hatte, etwas an seiner Situation zu ändern. Sie hatte einen Augenblick überlegt, ob sie den Rest aus der Weinbrandflasche einfach in den Abfluss gießen sollte, damit Kurt bloß nicht jemals wieder in die Versuchung käme, in einer ausweglosen Lage zum Alkohol zu greifen. Doch gerade, als sie anfing, die Flasche auszukippen, kam ihr ein Gedanke. Sie hielt inne und dachte nach. Sie würde Kurt nicht für den Rest seines Lebens von Alkohol fernhalten können. Er musste es selbst tun. Er musste die Flasche eliminieren und sich bewusst für ein gesundes Leben entscheiden. Es brachte nichts, wenn sie ihm diese Entscheidung abnahm. Er war ein erwachsener Mann. Sie schraubte die Flasche wieder zu und stellte sie ganz hinten in den Küchenschrank, damit sie ihm nicht sofort ins Gesicht sprang, sollte er nach ihr suchen. Aber jetzt kam er ja erst einmal mit ihnen mit und dieser Gedanke ließ ihr Herz vor Freude hüpfen. Sie würde sich um ihn kümmern, ihn den Schmerz um Ursula vergessen lassen und ihm zeigen, dass es trotzdem auch Lichtblicke im Leben gab. Aber wahrscheinlich würde Eva das viel effektiver erledigen, als sie es jemals vermochte.

Als sie endlich zu Hause ankamen, stand der Mond am Himmel und es war stockdunkel. Ariel schloss die Haustür auf und Hannah spürte die Erleichterung, zu Hause zu sein.

Lucies Tasche, in der sie immer ihre Sportsachen transportierte, stand verlassen im Flur. Das ging doch nicht! Wenn nun jemand darüber fiel!

»Lucie!«, rief Hannah in das Dunkel des Hauses. Seltsam, war Daniel noch gar nicht da? »Lucie, komm und nimm deine Tasche aus dem Weg. Wie sollen wir denn mit dem Kinderwagen hier hereinkommen?«

Ihre Stimme hallte von den Wänden wider, doch von Lucie war nichts zu sehen. Hannah spürte, wie Ärger in ihr aufwallte. Den ganzen Tag über hatte sie Stärke bewiesen, aber jetzt regte sie sich über eine dahingeworfene Tasche derartig auf, dass sie drohte, die Contenance zu verlieren.

Sie hörte, wie oben eine Tür aufging. Ein Lichtstrahl ergoss sich auf die Treppe.

»Hannah? Bist du endlich da?«, rief Daniel.

»Ja, Schatz! Und du wirst staunen, wer mit uns gekommen ist. Kommst du herunter und bringst gleich Lucie mit? Sie hat ihre Sporttasche einfach hier im Flur stehen lassen.«

»Sie ist nicht da.« Daniels Schritte waren auf der Treppe zu hören.

»Was?« Hannah erschauderte. »Aber sie müsste doch längst hier sein. Und wie kommt ihre Tasche dann hierher?«

Jetzt hatte Daniel sie erreicht. Er drückte ihr einen flüchtigen Kuss auf die Stirn, dann erblickte er Kurt.

»Oh«, sagte er. »Du hast ihn also endlich überreden können?«

Er nahm erst Hannah in den Arm, dann Kurt.

»Ich brauche eure Hilfe, Papa. Mir ist bewusst, dass ich einen falschen Weg eingeschlagen habe, aber der Kummer um Ursula erdrückt mich. Er ist so überwältigend, so raumgreifend, dass mir die Kraft fehlt, die richtigen Entscheidungen zu treffen. Ich weiß, dass es so nicht weitergeht. Eva braucht einen Vater und der möchte ich ab sofort für sie sein. Aber ich brauche eure Unterstützung. Bitte!« Seine dunklen Augen hingen flehend an Daniels Gesicht.

»Es freut mich, dass du deine Fehler erkannt hast. Natürlich steht dir unsere Tür offen.«

Erleichtert seufzte Hannah auf.

Daniel wandte sich ihr zu, während Kurt bereits langsam in Richtung Wohnzimmer ging. »Ich bin wirklich stolz auf dich. Es war mir immer klar, dass es nur eine schaffen könnte, ihn dort herauszuholen«, flüsterte er, damit Kurt ihn nicht hörte, nahm sie erneut in den Arm und drückte ihr einen Kuss auf die Stirn.

Hannah schmiegte sich erleichtert an ihn. Alles würde gut werden. Jetzt fehlte nur noch eine.

»Ich gehe ein wenig umher und suche nach Lucie«, sagte sie und knöpfte den Mantel wieder zu.

»Dann komme ich mit. Es gefällt mir nicht, wenn du allein in der Dunkelheit umherläufst.« Daniel griff nach seinem Mantel.

»Hallo! Das nenne ich ja mal eine Familienversammlung. Sieh einer an, Kurt, hast du dich endlich aus deinem Fort heraus getraut? Wie schön!«

Lucies muntere Stimme ließ Hannahs Magen einen erleichterten Hopser machen. Endlich! Es war ihr also nichts passiert.

»Wo warst du? Warum läufst du allein so spät durch die Straßen?« Daniels Stimme klang unwirsch.

Hannah hörte die Erleichterung darin, dass Lucie unversehrt wieder da war.

»Ich habe den kleinen Ausreißer hier gesucht und dankenswerterweise auch gefunden. Sie saß direkt vor Almas Haustür. Komisch, nicht?« Sie hielt Milli in die Höhe, die laut maunzte, sich aus ihrem Arm wand und dann unversehens an den ganzen wartenden Menschen vorbei ins Haus schlüpfte.

»Dann sind ja endlich alle zu Hause. Kommt, legen wir unsere Mäntel ab und lassen uns überraschen, was Margarete Gutes für uns gezaubert hat. Ich glaube, wir können jetzt alle etwas Stärkung vertragen«, sagte Hannah erleichtert und so fanden sich alle zehn Minuten später gemeinsam am Esstisch wieder.

***

Kurt stand am Fenster und starrte hinaus in die Dunkelheit. Der Mond war fast voll und wirkte milchig. Das Essen gemeinsam mit der Familie war wohltuend gewesen. Endlich hatte er sich wieder zugehörig zu anderen Menschen gefühlt, eine Emotion, die er nach Ursulas Tod abrupt verloren hatte. Aber es war schön und geborgen gewesen und er hatte sich dabei ertappt, wie er mehrmals über etwas gelacht hatte. Nie hätte er gedacht, dass er dazu jemals wieder in der Lage sein würde. Also ging das Leben doch weiter? Er hätte es nicht für möglich gehalten, aber er spürte auch das schlechte Gewissen, weil er leben und lachen durfte, während Ursula tot war. Es war ungerecht! Sie hätten so glücklich miteinander werden können mit diesem Kind, das ihr so unglaublich ähnlich sah. Ob ihr Zwilling ihr geglichen hätte? Er wusste noch nicht einmal, ob es ein Junge oder ein Mädchen geworden wäre, denn es war gemeinsam mit Ursula bestattet worden, ohne jemals ihren Bauch verlassen zu haben.

Er seufzte, während er sich langsam rückwärts aufs Bett setzte. Er musste es schaffen, für dieses Kind da zu sein, denn es war alles, was ihm von Ursula blieb. Doch dafür musste er es hinbekommen, diesen Selbsthass, den er seit Ursulas Tod empfand, weil er ja schließlich derjenige war, der sie geschwängert und damit den Grundstein für ihren Tod gelegt hatte, zu begraben. Für Eva. Seine kleine Tochter sollte stolz auf ihn sein. Er wollte ihr ein so schönes Leben bieten, wie es ohne Mutter möglich war. Dafür musste er seine Arbeit in der Uni gut machen und an seinem Kommentar weiterarbeiten. Und er wollte ihr ein Heim schaffen. Irgendwie. Wenn er wieder stark genug dafür war. Er wusste, dass es ungewöhnlich war, sich als Mann um sein Kind kümmern zu wollen, doch das war ihm egal. Er war der Einzige, der von Evas Eltern geblieben war und warum sollte er nicht in der Lage sein, ihr die Liebe und alles andere zu geben, das sie brauchte? Auch wenn die Leute reden würden, war ihm das egal. Die Kleine sollte nicht darunter leiden, dass Ursula tot war. Er wollte alles tun, um sie für die Kleine zu ersetzen, so gut er es eben konnte.

***

»Mama, können wir kurz reden?« Hannah war nach dem Essen in die Großeltern-Ecke gegangen, um in Ruhe ein wenig zu lesen. Daniel hatte sich ohnehin wieder Arbeit mitgebracht und sie war nach alldem, was heute passiert war, noch zu unruhig, um sich ins Bett zu legen.

»Lucie. Müsstest du nicht längst ins Bett? Morgen ist Schule.«

»Gleich. Ich muss nur unbedingt mit dir über eine Sache reden, die mir nicht aus dem Kopf geht. Hast du Wilhelm in der letzten Zeit gesehen?«

Hannah schüttelte den Kopf. Wilhelm hatte geschlafen, als sie nach dem Zusammentreffen mit Hedel bei Alma gewesen war. So hatte sie ihn nicht untersuchen können, doch Alma hatte versprochen, ihn zum Arzt zu schicken.

Außerdem hatte die Freundin sie gebeten, so lange nicht nachzufragen, bis sie von allein auf dieses Thema zu sprechen kam. Es schien schwer zu sein, Wilhelm zu einem Arztbesuch zu überreden. »Es ist schon ein bisschen her. Er kommt ja leider nicht mehr zu unseren Freitagsessen und … Warum? Was ist denn mit ihm?«

»Er sieht furchtbar aus. Ich mache mir Sorgen. Irgendetwas scheint mit ihm nicht zu stimmen. Er kann kaum etwas essen und ist dauernd erschöpft. Und Alma macht sich auch Sorgen, das sehe ich ihr an.«

»Wirklich?« Hannah biss sich auf die Lippen. Sie hätte sich nicht abweisen lassen dürfen von Alma, hätte ihn untersuchen sollen, selbst wenn er geschlafen hatte. »Ich wusste, dass er sich nicht wohlfühlt, aber … Gut, dass du mich informiert hast. Ich werde gleich morgen früh zu ihnen gehen und schauen, was ich tun kann.«

Lucie nickte. »Ja, das ist gut. Wilhelm sah nicht so aus, als könnte er zur Arbeit gehen.«

»Ich kümmere mich darum. Aber jetzt husch ins Bett, damit dir nicht morgen in der Schule ständig die Augen zufallen.«

»Gute Nacht, Mama!«

»Gute Nacht, mein Schatz! Schlaf schön. Und sorge dich nicht mehr um Wilhelm. Ich regele das und untersuche ihn, wenn es nottut.«

Sie gab Lucie einen Kuss auf die Stirn und sank zurück in ihrem Sessel. Am liebsten hätte sie sich sofort auf den Weg gemacht, um bei den Waldners nach dem Rechten zu sehen, doch es war mittlerweile wirklich spät und Daniel wäre mit Sicherheit nicht einverstanden, wenn sie jetzt noch ausginge. Aber morgen früh würde sie als Erstes hinüberlaufen, um zu sehen, wie sie helfen konnte.

***

Als Hannah nach einer unruhigen Nacht die Tür hinter sich ins Schloss zog, war Lucie erst seit ein paar Minuten aus dem Haus. Sie sah sie gerade noch um die Ecke biegen, als sie mit schnellen Schritten die Straße hinunterlief. Sie war besorgt. Wenn es Wilhelm so schlecht ging, verlor er möglicherweise seine Arbeit und wer sorgte dann für Alma und Günther?

Sie klopfte kurz an die Tür des kleinen, gepflegten Hauses von Alma und Wilhelm und wartete gar nicht erst darauf, dass sie jemand hereinbat.

Die Küche war leer, doch Hannah hörte, wie jemand hinten im Haus herumwerkelte. Das musste Alma sein.

»Huhu, Alma, ich bin es«, rief sie, während sie mit schnellen Schritten auf die Geräusche zulief. Die Tür von Günthers kleinem Zimmerchen stand offen und Alma war gerade dabei, sein Bett aufzuschütteln.

»Hannah, ich habe dich gar nicht gehört.« Alma strich sich eine Strähne aus der Stirn und nahm sie flüchtig in den Arm. Dann sagte sie: »Gut, dass du da bist. Du kannst mir helfen, den Koffer auf den Schrank zu hieven. Allein schaffe ich es nicht und er steht schon viel zu lange im Weg herum. So viel Platz ist hier ja auch nicht.« Sie deutete mit dem Kopf auf einen großen Schrankkoffer.

Hannah nickte und packte auch gleich an einem Ende zu, während Alma die andere Ecke nahm. Das Ding war so schwer, sie es aussah! Hannah keuchte und mühte sich, mit zitternden Armen den Koffer über ihrem Kopf auf den Schrank zu schieben, doch das Monstrum schien entschlossen, ihnen das Leben schwer machen zu wollen. Er neigte sich zur Seite und fast wären sie beide zusammen mit dem Ding hingefallen.

»Setz ihn noch einmal ab«, rief Alma ihr zu. Schwer atmend kam Hannah ihrem Rat nach und stützte sich darauf.

»Es hat sicher einen Grund, dass dir dein Mann dabei nicht behilflich sein kann, nicht wahr, Alma? Warum hast du mir nicht erzählt, dass es ihm noch schlechter geht als beim letzten Mal? Lucie war entsetzt, als sie ihn gestern nach einiger Zeit wieder sah!«

Alma schlug die Augen nieder. »Ich wollte es ja, aber er weigert sich weiterhin, einen Arzt aufzusuchen.«

»Aber so geht es doch nicht weiter. Egal von wem, er muss sich untersuchen lassen.«

»Geh am besten hin und sag ihm das selbst. Er will nicht, dass ich darüber rede.«

»Mache ich. Gleich. Aber lass uns erst dieses Trumm auf den Schrank verfrachten. Bringen Sie sich in Stellung, Frau Waldner und dann geht es los.« Hannah ging in die Knie, um mehr Kraft zu haben, wenn sie den Koffer hochstemmte. Und auch Alma griff wieder zu.

»Hepp!«, rief sie und dieses Mal schafften sie es.

Erleichtert sah Hannah ihre Freundin an. »Nummer eins ist geschafft. Jetzt gehe ich zu deinem Mann. Im Schlafzimmer?«

Alma nickte. »Viel Glück!« Ihre Stimme klang nicht sonderlich zuversichtlich.

Zwei Minuten später war Hannah wieder bei ihr. Alma sah sie erwartungsvoll an. »Und?«

Hannah schüttelte schlecht gelaunt den Kopf. »Du hast recht: Er hat jeglichen Vorschlag, sich untersuchen zu lassen, rundweg abgelehnt. Er meint, dass es schon bald besser würde und wir uns keine Sorgen machen sollten.«

Alma nickte mit traurigem Blick und senkte den Kopf. »Mit dem Ausgang habe ich schon gerechnet. Ich komme ja auch nicht gegen seine Sturheit an.«

Hannah rieb sich nachdenklich über den Unterarm. »Und wenn wir einfach einen Kollegen herbestellen? Mich wirft er hinaus, aber bei einem Arzt, den er nicht kennt, wird er sich wohl kaum so ungehobelt benehmen. Dann hätten wir wenigsten eine Diagnose und könnten gucken, wie wir ihm helfen können.«

Almas Blick erhellte sich. »Das ist gar keine so schlechte Idee. Ich glaube kaum, dass Wilhelm jemand Fremdes vor den Kopf stoßen würde. Machen wir das.«

»Ich kümmere mich sofort darum. Da ist der Kollege, der …« Sie brach abrupt ab. Hannah hatte sagen wollen, der ganz oben auf der Liste derjenigen stand, bei denen sie sich hatte bewerben wollen, doch sie wollte Alma nicht daran erinnern, dass sie noch immer ohne Arbeitsstelle war. Nicht jetzt. Im Moment ging es darum, wie sie dafür sorgen konnten, dass es Wilhelm besser ging.

»Meinst du, er könnte heute noch vorbeikommen?«

»Bestimmt! Ich sage dir Bescheid!«

Almas Augen füllten sich mit Tränen. »Gut! Ich danke dir. Es ist so schwer, mitanzusehen, wie er sich quält und nichts machen zu können, weil er alles ablehnt.«

»Aber das Geld reicht aus?«, fragte Hannah.

Alma zuckte mit den Achseln. »Im Moment kommen wir zurecht. Wir brauchen nicht viel und unsere Mieter in Tübingen zahlen regelmäßig. Außerdem haben wir Ersparnisse. Da er nicht mehr in die Schule gehen kann, bleibt das Geld von dort aus, aber wenn es ihm bald besser geht, wird das schon wieder.«

Hannah nickte und rang sich ein Lächeln ab. Sie wollte Zuversicht für Alma ausstrahlen, aber ihr Bauchgefühl sagte, dass es vielleicht gar nicht so weit kommen würde.

***

Mutter hatte beschlossen, dass es jetzt, wo Kurt wieder bei ihnen war, an der Zeit war, endlich einmal in die Synagoge zu gehen. Und sie hielt den heutigen Morgen für ideal. Lucie war gar nicht wohl bei dem Gedanken daran, dass jemand aus der

Schule sie dabei sehen könnte, doch keine der Ausreden, die sie versuchte vorzuschieben, erzielte ihre Wirkung. Nur Kurt durfte mit Eva zu Hause bleiben, sonst mussten alle mit. Lucie hatte extra einen großen Hut herausgesucht, der ihr Gesicht verdeckte, sollte jemand, den sie kannte, vorbeikommen, während sie auf dem Weg waren.

Sie wurden freundlich begrüßt und jeder wollte ihnen die Hand schütteln. Vor allem der Rabbi und seine Frau hörten gar nicht mehr auf zu reden. Als sie mitbekamen, dass Mutter Ärztin war, hellte sich das Gesicht von Frau Teitelbaum auf und sie begann, sehr interessiert, nach ihrer Ausbildung und Erfahrung zu fragen. Dabei war das doch gar kein Bewerbungsgespräch und Lucie wollte nur so schnell wie möglich weg, um niemandem versehentlich über den Weg zu laufen, der sie dann als Jüdin identifizieren könnte. Sie trat von einem Fuß auf den anderen. Natürlich, hier drinnen war die Gefahr gering, dass sie jemanden trafen, aber sobald sie die Synagoge verließen, war das Risiko erheblich.

Noch immer unterhielten sich Mutter und Vater und auch Ariel schien den Gesprächen interessiert zu lauschen.

Lucie räusperte sich, beugte sich dann zu Mutter hinüber und flüsterte: »Wäre es nicht besser, nach Kurt und Eva zu sehen? Wir sind schon ziemlich lange weg.«

Mutter nickte ihr abgelenkt zu und setzte ihre Unterhaltung fort.

Ein junger Mann, der in einer anderen Gruppe stand, warf ihr immer wieder neugierige Blicke zu. Lucie drehte sich ab. Sie wollte niemanden ermutigen, schließlich hatte sie ja Paul.

Sie musste einen anderen Weg finden, dieses Intermezzo hier abzukürzen. Von Ariel war keine Hilfe zu erwarten, denn er schien von dem Gespräch gefesselt zu sein, so hing er an den Lippen des Rabbis.

Lucie stellte sich dicht neben Vater und flüsterte nun ihm ins Ohr: »Lass uns gehen. Ich habe noch eine Menge Hausaufgaben auf.«

Vater nickte fahrig, dann aber unterbrach er endlich den Wortfluss des so mitteilsamen Ehepaars und trommelte zum Aufbruch.

Als sie aus der Synagoge hinaustraten, hielt Lucie den Atem an und sah sich nervös um. Die Straße war zwar deutlich belebter, als vorhin, als sie angekommen waren, aber sie erkannte keines der Gesichter. Wenn sie erst ein Stück von der Synagoge entfernt wären, war die Luft rein.

Aber es sah so aus, als hätte sie dieses Mal Glück gehabt.

KAPITEL 16

April 1932

Inzwischen wohnte Kurt nun schon einige Zeit bei ihnen und Lucie musste zugeben, dass es eigentlich ganz schön war, wieder mit beiden Brüdern unter einem Dach zu hausen. Es war immer jemand da, mit dem man reden konnte, ganz anders als damals in Berlin. Auch weil Mutter noch nicht wieder begonnen hatte, zu arbeiten, wirkte alles heimeliger als früher. Allerdings fraß der Sport unglaublich viel Zeit, sodass sie gar nicht so viel zu Hause war, lenkte sie aber auch von anderem Kummer ab.

Letzte Woche hatte Paul ihr Telefonat vergessen und Lucie vergeblich eine halbe Stunde lang versucht, ihn in der Praxis zu erreichen. Da sie ihre Gesprächstermine auf den Abend gelegt hatten, wo keiner mehr in der Praxis war, ging natürlich auch niemand anders an den Apparat. Schwester Ida hatte ihm extra einen Zweitschlüssel anfertigen lassen, damit er ins Haus kam, wenn sie schon weg waren, denn die Villa der Großeltern war nach wie vor unbewohnt. Erst hatte Lucie Blut und Wasser geschwitzt, dass Paul etwas passiert sein könnte. Dann aber hatte sie sich erinnert, dass er letzte Woche erwähnt hatte, mehrere Abende mit der Hitlerjugend unterwegs sein zu wollen, und sie hatte realisiert, dass er diesen Dingen offensichtlich den Vorrang gegenüber ihrem Gespräch gegeben hatte. Sie hatte den Hörer wütend auf die Gabel geknallt und hätte ihren Frust über die so schlecht laufende Fernbeziehung am liebsten laut herausgebrüllt.

Doch da Eva gerade schlief und Kurt an irgendetwas arbeitete, hatte sie stattdessen mit der Faust gegen die Wand gehämmert. Er hatte sie einfach vergessen. Schon zwei Mal hatte sie einen gesalzenen Brief an ihn begonnen, den sie aber dann doch nicht abgeschickt hatte.

Beim Training war sie glücklicherweise in einer anderen Welt. Hier war sie erfolgreich und beliebt. Sie war nicht nur mit Dorli und Innegrit befreundet, sondern mittlerweile auch mit den anderen eng zusammengewachsen und erstaunlicherweise gab es auch keinen Neid unter den Trainingskameradinnen. Nur wenn eine zu lang allein bei Trainer Meyer stand, bekam Dorli immer ganz schmale Augen und behielt die beiden im Blick. Es wirkte fast, als wäre sie eifersüchtig auf die andere, doch das war natürlich Unsinn, denn Herr Meyer war verheiratet und deutlich älter als sie.

Heute winkte er Lucie nach einem sehr erfolgreichen Zweihundert-Meter-Lauf zu sich. Noch immer schwer atmend, denn sie hatte alles gegeben, ging sie zu ihm, während sie Dorlis stechenden Blick im Rücken spürte.

»Kompliment, Lucie! Wenn du so weitermachst und weiterhin eine so gute Entwicklung hinlegst, nehme ich dich mit zu Olympia.«

Lucie riss ungläubig die Augen auf. »Die Olympischen Spiele? Wirklich?« Sie konnte es kaum glauben. Nie im Leben hätte sie gedacht, dass sie einmal so gut werden könnte, es zu so einem Ereignis zu schaffen.

»Genau. 1936. Mach weiter so, das Ziel immer im Blick. Ich bin wirklich stolz auf dich.« Er lächelte sie an.

Lucie spürte, wie ihr Magen begann, unkontrollierte Sprünge in ihrem Inneren zu machen. »Das … das ist … ich kann es gar nicht glauben. Danke, Herr Meyer.«

»Aber behalte es fürs Erste für dich. Ich will nicht, dass in der Trainingsriege Unruhe aufkommt.«

»Ja, selbstverständlich!« Lucie lächelte übers ganze Gesicht. Bestimmt sähen ihr zumindest die Freundinnen die große Freude über das eben Gehörte an, aber natürlich würde sie alles tun, um Herrn Meyer nicht zu enttäuschen, und schweigen. Vor allem, da er so große Stücke auf sie hielt.

Er nickte ihr zu, dann pfiff er, damit alle zum Weitsprung-Training Aufstellung nahmen.

Dorli stand hinter ihr in der Reihe und zischte ihr zu: »Was hattet ihr beide denn zu besprechen? Du hattest plötzlich so ein seliges Lächeln auf dem Gesicht.«

Lucie lachte unwillkürlich auf. »Nichts, es ist wirklich nichts. Er war nur ganz zufrieden mit meinem Lauf.«

»Ach?«, fragte Dorli gedehnt. »Ich hatte den Eindruck, es ginge um etwas Privates.«

Lucie drehte sich nach der Freundin an und sah sie mit gerunzelter Stirn an. »Ich wüsste nicht, was ich Privates mit Herrn Meyer besprechen sollte. Er ist schließlich mein Trainer, nicht mein Freund.«

»Du hast doch nicht etwa einen Freund?«, fragte Dorli mit erleichtertem Gesichtsausdruck sofort nach. »Ich stelle mir gerade vor, wie die Nonnen darauf reagieren würden.« Sie prustete los und hielt sich erschrocken die Hand vor den Mund. Jede von ihnen wusste, wie Herr Meyer reagierte, wenn er das Gefühl hatte, dass eine von ihnen das Training nicht ernst nahm.

»Was ist denn da los? Dorli und Lucie: Eine Strafrunde. Sofort!«

Lucie warf der Freundin einen wütenden Blick zu. Hätte sie nicht so insistiert, hätte Trainer Meyer jetzt nicht den

Eindruck, dass sie nicht mit voller Konzentration bei der Sache war. Vor allem nach seiner Olympia-Ankündigung! Doch ohne zu widersprechen, lief sie an Dorlis Seite los. Sie würde von nun an kein unnötiges Wort mehr beim Training mit irgendjemandem außer Herrn Meyer reden. Das hier war einfach zu wichtig, um es durch eine Unachtsamkeit zu gefährden!

***

Der Frühling war endgültig angekommen. Die Bäume blühten, die Vögel zwitscherten und Blumen steckten ihre Köpfchen aus der braunen Erde. Heute stand ein großes Spektakel an, von dem die Freundinnen Lucie schon eine Weile erzählten: Das Sechseläuten, auf Zürichdeutsch Sächsilüüte.

Die ganze Stadt bebte vor Aufregung. Es schien so, als wäre jeder Einwohner Zürichs auf den Straßen.

Natürlich ließen sich das auch Lucie und ihre Familie nicht entgehen. Nur Kurt blieb mit der kleinen Eva zu Hause. Alma stieß allein mit Günther zu ihnen, um in der Innenstadt das wilde Treiben zu beobachten, denn noch immer kämpfte Wilhelm mit seinen Magenproblemen, konnte kaum etwas essen und war dementsprechend recht schwach. Er hatte sich nicht untersuchen lassen wollen. Alma hatte ihnen erzählt, dass er den bestellten Arzt kurzerhand weggeschickt und eine Untersuchung verweigert hatte. Alle machten sich Sorgen um Wilhelm, doch ihnen waren die Hände gebunden, weil er jegliche Hilfe ablehnte. Doch heute war ein Tag, um das Leben zu feiern. Mit dem Sechseläuten wurde traditionell

der Winter ausgetrieben und der Frühling begrüßt.

Die Menschen säumten in ihren besten Kleidern die Straßen und man spürte die Aufregung durch die Menge wogen. Hier war nichts von der Weltwirtschaftskrise zu spüren. Nur die Freude über das Kommende bewegte die Menschen. Sie fanden einen Platz am Limmatquai, über die der Zug auf dem Weg zum Tonhallenplatz kommen sollte.

»Ich bin so gespannt, was passieren wird«, sagte Günther mit strahlenden Augen.

Alma strich ihm über den Kopf. »Und nachher erzählen wir Vati davon, nicht wahr?«

Der Junge nickte und wandte sich dann wieder der Straße zu.

Es war zu spüren, dass gleich etwas Großartiges passieren würde. Pferdehufe waren aus der Ferne zu hören und ein Raunen ging durch die Menge. Kurz darauf schossen Reiter in bunten Kostümen an ihnen vorbei.

Lucie riss die Augen auf. Das hier versprach ein großer Spaß zu werden. Was hätte sie darum gegeben, wenn sie das Ganze mit Dorli und Innegrit gemeinsam hätte erleben können, doch von den beiden war keine Spur zu entdecken. Stattdessen zogen Musikkorps in farbenfrohen Trachten an ihnen vorbei und noch mehr Reiter folgten. Sie schienen irgendwelchen Zünften anzugehören.

»Schön, nicht?«, rief Mutter ihr zu. Ihre Augen blitzten.

Lucie nickte. Sie hatte keine Zeit, zu antworten, denn jetzt sah sie von Ferne einen von einem Pferd gezogenen Wagen, auf dem ein überdimensionaler Schneemann stand, gesäumt von winkenden Mädchen mit Strohhüten.

»Das muss der Böögg sein!«, rief sie den Eltern zu. Sie standen Arm in Arm da und genossen das Treiben wie zwei Frischverliebte.

»Heißt das *Schneemann* auf Schwyzerdütsch?«, fragte Ariel.

»Es ist das Symbol des Winters und wird nachher auf dem Scheiterhaufen verbrannt«, erklärte Lucie, die durch die Freundinnen bestens informiert war.

»Ganz schön martialisch«, sagte Vater. »Das erinnert ziemlich an russische Bräuche.«

Lucie zuckte mit den Achseln. »Aber eindrucksvoll ist es schon.«

»Mit Sicherheit! Könnt ihr euch so ein Spektakel in Berlin vorstellen?«, fragte Mutter grinsend.

»Da setzt man statt dem Schneemann lieber Juden auf den Wagen«, sagte Ariel mit dumpfer Stimme.

»Ariel, musst du uns denn immer die Freude verderben?«, fragte Mutter jetzt mit vorwurfsvollem Ton. »Erfreu dich doch lieber an den Farben und der pulsierenden Atmosphäre hier, an der wir teilhaben dürfen.«

»Verzeihung. Das war nicht meine Absicht«, sagte Ariel knapp, während er sich wieder dem Wagen mit dem Böögg zuwandte.

Doch Lucie konnte den bekümmerten Zug um seine Mundwinkel deutlich erkennen.

***

Kurt hatte Eva die Flasche gegeben, sie gewickelt und sie dann hingelegt. Mittlerweile hatte er sogar ein wenig Routine bei der Säuglingsversorgung erlangt.. Er hatte das Gefühl, dabei nicht nur für seine Tochter zu sorgen, sondern auch etwas für Ursula zu tun. Denn dieses Kind war ihr Vermächtnis und er wollte, dass Eva die Erinnerung an ihre verstorbene Mutter immer präsent war. Und wer konnte das besser tun als er selbst? Auch wenn er zu Beginn noch sehr vorsichtig mit der Kleinen gewesen war, voller Sorge, ihr wehzutun oder irgendetwas falsch zu machen, fühlte er sich langsam wirklich wie ihr Vater. Er wusste, dass die Dinge, die er für Eva tat, eigentlich von Frauen verrichtet wurden, doch da Ursula tot war und er nicht auf ewig bei seinen Eltern wohnen wollte, musste er es wohl oder übel selbst erledigen.

Als er aus ihrem Zimmer herauskam, stand Mutter im Flur und lächelte ihn an. Sie waren also vom Sechseläuten zurück.

»Ich bin so froh zu sehen, dass es dir besser geht und du eine Beziehung zu Eva aufbaust.«

»Sie erinnert mich unglaublich an ihre Mutter.«

»Sie ist ebenso ein Engel wie sie. Kleine Kinder sind ein Wunder, auch wenn …« Sie stockte, doch Kurt hatte auch so verstanden. Er breitete die Arme aus und drückte seine um zwei Köpfe kleinere Mutter an sich.

»Es war nicht deine Schuld«, sagte er mit sanfter Stimme.

»Deine aber auch nicht. Das Schicksal wollte es so. Ursulas Zeit auf der Erde war zu Ende. Sie wird euch beide jetzt von oben beschützen und auf euch achtgeben.«

Kurt schluckte. Sie hatte den Nagel auf den Kopf getroffen. Dieser Punkt machte ihm nach wie vor zu schaffen, denn schließlich war Ursula ja bei dem Versuch umgekommen, seine Zwillinge zu gebären. Aber er wusste, dass Schuldzuweisungen niemanden weiterbrachten.

»Ich habe mir eingeredet, dass mir der Alkohol hilft, zu vergessen. Und so war es auch. Ich habe mich betäubt, um zu vergessen und das Leben zu ertragen.«

»Ich weiß. Aber es war kein guter Ausweg.« Mutter lächelte mit traurigen Augen, während sie ihm über die Wange strich. »Ursula hätte nicht gewollt, dass du deine berufliche Karriere aufs Spiel setzt und dein Leben kaputtmachst.«

»Natürlich nicht. Aber manchmal fehlt einfach die Kraft …« Er verstummte. Es gab nicht mehr zu sagen. Er wusste, dass er einen großen Fehler gemacht hatte.

»Zwischendurch habe ich gedacht, dass ich dich verliere, genauso wie Jakob damals.« Ihre Stimme war leise, kaum zu verstehen. Trotzdem blickte Kurt alarmiert auf.

»Onkel Jakob hat auch getrunken? Ich dachte immer, er wäre eines natürlichen Todes gestorben.«

»In dem Alter? Nein, es war nicht Alkohol. Es war dieses verdammte Opium, das ihn das Leben gekostet hat. Das und sein schlechtes Gewissen, das ihn zu der Droge getrieben hat. Doch das ist eine andere Geschichte.« Die Worte kamen stockend, als müsste sie sich zwingen, darüber zu sprechen.

»Das wusste ich nicht.«

»Konntest du auch nicht. Schließlich haben wir es euch bewusst verschwiegen, um kein schlechtes Licht auf euren Onkel zu werfen. Er war ein armer, kaputter Mensch, Kurt. Ich will nicht, dass du ihn verurteilst, genauso wenig, wie ich dich verurteile, weil du eine schlechte Entscheidung in deinem Kummer getroffen hast. Wann gehst du wieder in die Universität?«

»Nächste Woche.«

»Glaubst du, du schaffst es dieses Mal?«

»Mir fehlt die Uni. Ich vermisse es, zu lehren, mein Wissen weiterzugeben. Aber die Arbeit am Kommentar hilft mir sehr.«

»Das ist schön. Ich wünschte, jeder hier findet seinen Weg und seine Berufung eines Tages.«

»Aber Ariel macht sich doch sehr gut in der Uni. Seine Noten sind exzellent«, gab Kurt zu bedenken.

»Trotzdem habe ich das Gefühl, er ruht nicht wirklich in sich, weißt du?«

»Das liegt vielleicht daran, dass ihm sein Bein noch immer Kummer macht.«

Mutter wiegte den Kopf. »Möglich. Aber ich habe den Eindruck, dass da noch etwas anderes ist, das ihm auf der Seele liegt. Nun, die Zeit wird es zeigen. Doch ich will dich nicht von der Arbeit abhalten. Dein Kommentar wartet.«

»Wann praktizierst du eigentlich wieder? Du hattest doch ein Bewerbungsgespräch?«

Mutter zwinkerte nervös. Sie wirkte überrumpelt. »Ich … es war nicht der richtige Zeitpunkt, weißt du? Hast du eigentlich mitbekommen, dass das Kabinett Brüning seinen Rücktritt bekannt gegeben hat? Es sollte mich nicht wundern, wenn die Aufregung im Deutschen Reich hochkocht. Papa hat es mir vorhin erzählt.«

Kurt blickte sie an. Das war eindeutig ein Ablenkungsmanöver. Die Verunsicherung stand ihr ins Gesicht geschrieben. Es war offensichtlich, dass etwas anderes dahintersteckte, doch sie schien noch nicht dazu bereit, sich dem zu stellen. Er hatte ihr den Ablass erteilt, die Schuld an Ursulas Tod zu tragen. Den Rest musste sie ganz allein mit sich regeln. Sie tat ihm leid. Er wusste besser als jeder andere, dass es kein leichter Weg war, der vor ihr lag.

KAPITEL 17

Dummerweise war der geplante Telefon-Termin mit Paul direkt vor dem Start des gemeinsamen Abendessens. Seit Kurt eingezogen war, hatte sich der Zeitpunkt ein wenig nach hinten verschoben, damit er ausreichend Zeit hatte, Eva für die Nacht fertig zu machen, bevor sie sich hinsetzten. Er brauchte noch deutlich länger dafür, als es bei Mutter der Fall gewesen war, doch er wollte partout keine Hilfe, sondern bestand darauf, dass es seine Aufgabe sei.

Lucie war nervös. Würde Paul wieder ihr Treffen verpassen, wusste sie nicht, was sie machen sollte. Es war so schon schwer genug, so lange von ihm getrennt zu sein. Aber ständig versetzt zu werden, weil ihm anderes wichtiger war, konnte sie auch nicht hinnehmen. Sie spürte, wie sich wieder die inzwischen vertraute Eifersucht in ihr ausbreitete. Kein guter Start für ihr Gespräch. Sie neigte in diesen Momenten dazu, bissig zu werden, um ihre Unsicherheit zu überspielen, worauf Paul allerdings nie gut reagierte.

Sie knabberte an ihrer Nagelhaut, während sie langsam die Treppe hinunterging. Sie sagte sich immer wieder, dass alles gut würde und sie sich keine Sorgen machen solle, doch sie spürte, wie ihre Nerven flatterten. Sollte er wieder nicht da sein, hätte das Konsequenzen. Sie wollte sich nicht unablässig auf der Nase herumtanzen lassen.

Sie hob den Hörer ab und hielt ihn sich einen Augenblick ans Ohr, bis sich das Amt meldete.

Er nahm das Gespräch sofort entgegen. »Hallo? Lucie, bist du es?«

Beim Klang seiner Stimme wäre sie vor Erleichterung fast in Tränen ausgebrochen. »Versetz mich nie wieder!«, fauchte sie ihn anstelle einer Begrüßung an. Sie ärgerte sich darüber, aber jetzt war es geschehen. Der Druck, der sich aufgebaut hatte, hatte einfach raus gemusst.

»Ich bin doch da! Was soll das? Ich hatte mich darauf gefreut, mit dir zu reden, aber wenn du mich nur anmeckern willst, kann ich Besseres mit meiner Zeit anfangen. Soll ich auflegen?« Seine Stimme klang kühl.

»Nein, bitte bleib dran. Man kann nicht immer nur vor den Problemen davonlaufen.«

»Aber was soll das denn bringen? Ausgeschimpft werde ich schon genug von meinen Eltern. Sie haben die Schachtel mit deinen Briefen gefunden. Was glaubst du, was ich mir anhören durfte? Und dreimal darfst du raten, wie sie darauf reagieren würden, wenn sie wüssten, dass ich gerade mit dir telefoniere.«

Sofort wurde Lucie wieder weich. Der arme Paul musste so viel ertragen für ihre Beziehung. »Tut mir leid! Ich wollte dich nicht so begrüßen. Es ist bloß so schwer, wenn wir uns nie sehen, und dann hast du unser letztes Telefontreffen vergessen. Das tat weh.«

»Hast du meinen Brief nicht bekommen? Da habe ich mich doch dafür entschuldigt. Was soll ich noch tun? Mir einen Finger abschneiden?«

»Natürlich nicht. Aber komm endlich zu Besuch. Ich vermisse dich so fürchterlich. Ständig denke ich, du triffst dich mit einer anderen, mit der die Beziehung einfacher wäre als mit mir. Gerda zum Beispiel.«

»So ein Unsinn. Ich habe dir doch gesagt, dass es im Moment schwierig für mich ist, zu kommen.«

»Ich habe Angst, dass wir uns gar nicht mehr wiedersehen werden.«

»Du bist einfach zu ungeduldig. Was gibt es Neues bei dir?«

Lucie seufzte, dann erzählte sie, was ihr Trainer gesagt hatte.

»Dann kommst du ja nach Berlin.«

»Ich? Wieso?«

»Na, die nächsten Olympischen Sommerspiele sind 1936 hier in Berlin. Also wenn du wirklich so gut bist, dass sie dich zu den Olympischen Spielen mitnehmen wollen, dann Hut ab!«

»Ich trainiere wie eine Wahnsinnige, um das zu schaffen.« Sie spürte, wie ihr Herz raste. Sie würde nach Berlin fahren. Paul würde sie anfeuern. Sie wäre dadurch in der Lage, in der Stadt Erfolge zu feiern, in der sie so schlecht behandelt worden war. Auch wenn das noch vier Jahre dauerte.

»Wir müssen Schluss machen. Ich habe noch ein paar Sachen auszuliefern, und wenn ich zu spät wieder zurückkomme, schöpfen meine Eltern Verdacht.«

Sofort krampfte sich Lucies Herz zusammen. Diese kurzen Gespräche machten den Trennungsschmerz nur noch schlimmer.

»Bis nächste Woche dann«, sagte sie traurig.

»Ja, bis dann!« Und schon hatte er aufgelegt.

Lucie hing den Hörer in die Gabel, blieb aber stehen und bemühte sich, ihre wie Schneeflocken umher wirbelnden Gefühle in den Griff zu bekommen, bevor sie zu der versammelten Familie an den Tisch ging und sich den vielen prüfenden Blicken aussetzte. Ihr Herz sehnte sich nach Paul, so sehr, dass es fast wehtat. Manchmal hatte sie das Gefühl, sie müssten sich beide erst noch selbst finden, bevor sie sich voll und ganz auf eine Fernbeziehung einlassen könnten. Sollte eine Romanze einen nicht mit Freude erfüllen und glücklich machen? Nun, davon waren sie beide zum jetzigen Zeitpunkt weit entfernt. Mit einem Seufzer stieß sie sich von der Wand ab und ging mit zögerlichen Schritten ins Esszimmer.

Die anderen waren gerade dabei, sich aus den großen Schüsseln, in denen Margarete das Essen immer servierte, aufzutun. Trotzdem trafen Lucie alle Blicke, als sie an den Tisch trat und sich hastig setzte.

»Na, Ärger im Paradies?«, fragte Vater.

»Daniel! Streu doch nicht noch Salz in die Wunde!«, ermahnte Mutter ihn.

Schweigend lud Lucie sich den Teller voll. Etwas musste sich ändern, das war klar. So ging es nicht weiter mit Paul und ihr. Sie brauchten Nähe, um ihre Beziehung zu retten.

»Ich werde nach Berlin fahren«, verkündete sie.

Die Wirkung ihrer Worte war enorm: Sämtliche Köpfe drehten sich mit einem Ruck zu ihr um und alle Augenpaare starrten sie an.

»Wie kommst du denn auf so etwas?«, fragte Ariel. »Schließlich sind wir extra aus Berlin weg, weil es zu gefährlich für Leute wie uns geworden ist!«

»Aber Paul ist da. Wir müssen dringend einige Dinge klären.«

»Das kommt überhaupt nicht infrage, dass du allein durch die Weltgeschichte gondelst«, sagte Vater kategorisch. »Bedenke nur, was dir alles passieren könnte«, ergänzte er.

»Wenn ich hierbleibe, kann die Sache mit Paul nicht in Ordnung kommen. Ich muss ihn sehen«, erklärte Lucie entschieden.

»Warum bequemt er sich dann nicht hierher, wo es für alle ungefährlich ist?«, fragte Kurt, während er einen Bissen von den grünen Bohnen nahm.

»Seine Eltern sind dagegen. Und er hat zu viel zu tun.«

Mutter hatte bisher als Einzige gar nichts gesagt. Sie hatte nur stumm zugehört und Lucie nachdenklich angesehen.

»Wenn es dir so wichtig ist, begleite ich dich nach Berlin. Ich möchte sowieso Doktor Brandt und Schwester Ida besuchen und nach dem Haus sehen.«

Jetzt starrten alle mit offenen Mündern auf Mutter. Damit hatte ganz offensichtlich niemand gerechnet.

»Hannah, denk daran, was dir dort passiert ist. Du kannst nicht sicherstellen, dass euch keine Gefahr droht«, sagte Vater entschieden und schüttelte zur Bekräftigung den Kopf.

»Wir werden aufpassen. Mach dir keine Sorgen. Wir werden beide gesund und heil wiederkommen.« Mutter legte eine Hand auf Vaters Rechte.

»Spätestens wenn ich zu den Olympischen Spielen geschickt werde, muss ich ohnehin wieder nach Berlin«, sagte Lucie.

»Du wirst was?« Ariel sah sie mit offenem Mund an.

»Ich dachte nicht, dass du so gut bist!«, sagte Kurt.

»Bin ich aber. Trainer Mayer hat mir gesagt, er schickt mich dorthin, wenn ich so weitermache.«

»Lucie, das sind ja tolle Neuigkeiten!«, rief Kurt jetzt und sprang auf, um ihr auf die Schulter zu klopfen.

»Chapeau, Kleine, du machst deinen Weg!«, stimmte auch Ariel zu.

Mutter betrachtete sie mit Tränen in den Augen und einem glücklichen Lächeln. Selbst Vater, der in der letzten Zeit häufig so leicht aus der Haut fuhr, sprang auf und umarmte sie begeistert.

»Wenn du als Sportlerin nach Berlin geschickt wirst, dann bin ich auch dabei«, sagte er lächelnd und prostete ihr zu.

»Und wenn es dir so wichtig ist und Mama dich begleitet, dann fahrt in Gottes Namen nach Berlin. Aber nur kurz und in größter Vorsicht.«

»Versprochen!«, sagte Lucie und strahlte ihn an. Zum ersten Mal seit langer Zeit glaubte sie daran, dass ihre Beziehung zu Paul wieder eine Chance hatte.

Kapitel 18

Mai 1932

Kurt merkte, wie seine Nerven flatterten. Noch immer war er von Scham erfüllt, wenn er an seinen letzten Auftritt vor den Studenten dachte. Es regnete in Strömen und trotz des Schirms, den Mutter ihm in die Hand gedrückt hatte, bevor er losgegangen war, trieften seine Schuhe und quietschten bei jedem Schritt, während seine nasse Hose an seinen Beinen klebte. Doch das war gerade sein kleinstes Problem. Im Moment fühlte er sich, als wäre er soeben frisch immatrikuliert und auf dem Weg zu seiner ersten Vorlesung. All die Sicherheit, die er sich so mühselig über die Jahre erarbeitet hatte, war wie weggeblasen. Es war ihm unsäglich peinlich, dass er betrunken in den Hörsaal getorkelt war und noch schlimmer, dass jeder Anwesende es bemerkt haben musste.

Jetzt hatte er das Unigebäude erreicht und schüttelte seinen Schirm aus, bevor er ihn zusammenlegte und mit einem mulmigen Gefühl in der Magengegend eintrat. Es verblüffte ihn immer wieder, wie viele Studentinnen hier herumliefen. Obwohl mittlerweile auch in Deutschland mehr Frauen als früher studierten, war die Anzahl der weiblichen Hörerinnen in Zürich noch immer deutlich höher.

Wahrscheinlich lag das daran, dass Frauen hier in der Schweiz schon vor längerer Zeit zum Studium zugelassen worden waren als im Deutschen Reich. Für ihn waren Frauen jetzt nach Ursulas Tod jedenfalls Geschichte. Er konnte sich nicht vorstellen, jemals wieder einer Frau sein Herz zu schenken. Nur Eva und die anderen Familienmitglieder hatten nun noch einen Platz in seinem Leben und das war gut so.

Er lief mit wackeligen Knien durch den Flur zu seinem Büro. Zu seinem Erstaunen traf ihn kein abwertender Blick, obwohl er das eigentlich erwartet hatte.

Als er den Gang betrat, in dem die Büros der Professoren lagen, drückte er den Rücken durch. Er wollte schon mit seiner Haltung ausdrücken, dass er all seine Probleme überwunden hatte.

Doch niemand ließ sich blicken. Alle Türen waren geschlossen bis auf die des Dekans.

Als er sie passierte, hörte er: »Herr Friedländer, auf ein Wort.«

Kurt blieb abrupt stehen, während die Gedanken wirr in seinem Kopf umherflogen.

Er kniff die Lippen zusammen und bog das Kreuz durch, bevor er sich dem deutlich älteren Mann zuwandte. Der winkte ihm, ihn in sein Büro zu folgen.

Kurt schluckte, nickte der Sekretärin des Dekans flüchtig zu, und folgte der Aufforderung.

Der Dekan bedeutete ihm mit dem Kopf, die Tür hinter sich zu schließen. Offenbar war auch ihm bewusst, wie schnell Gerüchte und Geschichten hier in der Uni die Runde machten.

Er nickte Kurt zu, ihm gegenüber Platz zu nehmen, während er nach seiner noch im Aschenbecher qualmenden Zigarre griff.

»Geht es Ihnen wieder besser? Mein Beileid übrigens zum Tod Ihrer Frau.«

Kurt nickte fahrig. »Es ist immer noch schwer, es zu begreifen, aber meine kleine Tochter und ich tun, was wir können, um neuen Mut zu fassen.« Er grinste schief. Diese Schwurbeleien waren furchtbar und er hätte gerne darauf verzichtet, doch es war ihm bewusst, dass sie gleichzeitig unumgänglich waren.

»Sie haben das Kind bei sich? Warum? Haben Sie noch keine geeignete Stelle gefunden, wo Sie es hingeben können?«

Kurt sah ihn überrascht an. »Ich beabsichtige derzeit nicht, Eva irgendwohin zu geben. Sie ist das Einzige, das mir von meiner Frau geblieben ist.«

Der Dekan lächelte mit erhobenen Augenbrauen. »Friedländer, Friedländer, ich hätte Sie nicht für so sentimental gehalten. Es ist doch ausgeschlossen, dass Sie sich um das Kind kümmern können, ohne dabei ihren anspruchsvollen Beruf zu vernachlässigen. Ich brauche Ihnen doch nicht erklären, dass ein Kind in die Hände einer Frau gehört, nicht wahr? Kein Mann ist in der Lage, ein Kind angemessen zu versorgen. Noch dazu so ein kleines.« Er paffte den Rauch aus und sah Kurt mit gerunzelter Stirn an.

»Bisher gelingt mir das mithilfe meiner Familie recht gut«, sagte Kurt steif. Die Richtung, die das Gespräch nahm, gefiel ihm nicht.

»Nun, ihr letzter Auftritt hier hat erkennen lassen, dass Sie ganz offensichtlich überfordert sind, Friedländer. Mir ist zu Ohren gekommen, dass Sie sich der Situation nicht wirklich …« Er zögerte. »… gewachsen gezeigt haben.« Er nickte bedeutungsvoll, um seinen Worten mehr Gewicht zu geben.

»Das war ein Fehler, für den ich mich in aller Form entschuldigen möchte«, sagte Kurt. »Allerdings kann ich Ihnen versichern, dass das nichts mit meiner Tochter zu tun hat. Und so etwas nicht wieder vorkommen wird.«

»Das würde ich Ihnen auch dringend empfehlen«, sagte der Dekan, dann nahm er einen tiefen Zug und blinzelte Kurt über den Rauch hinweg an. »Sollte es noch einmal zu einer ähnlichen Situation kommen, fürchte ich, dass das weitreichende Konsequenzen für Sie haben wird.«

Der Regen klatschte an die Fensterscheiben und Kurt überlegte fieberhaft, wie er so diplomatisch wie möglich reagieren sollte, während es in seinem Inneren brodelte.

Doch bevor er dazu kam, etwas zu sagen, fuhr der alte Mann fort: »Sie werden sich über kurz oder lang entscheiden müssen, Friedländer. Da beißt die Maus keinen Faden ab: Entweder Sie behalten Ihre Tochter oder Ihren Arbeitsplatz. Beides zusammen ist nicht möglich.«

Kurt reckte den Kopf nach oben. Dann erhob er sich und nickte dem Dekan zu. »Ich fürchte, ich muss mich jetzt verabschieden«, sagte er steif. »Meine Studenten warten auf den Beginn meiner Vorlesung.«

Der Dekan winkte ihm mit dem Handrücken zu, ohne eine Miene zu verziehen, während er erneut an seiner Zigarre sog und den Rauch auspustete.

Er musste hier raus, und zwar schnell, bevor ihm noch die Hutschnur platzte aufgrund dieser vermeintlich gut gemeinten Ratschläge.

»Viel Erfolg, Professor Friedländer. Und vergessen Sie meine Worte nicht«, rief ihm der Dekan hinterher, dann hatte Kurt unter dem mitleidigen Blick der Sekretärin endlich den Gang wieder erreicht. Er musste sich beeilen und vor allem musste er es schaffen, seine Wut hinunterzuschlucken. Ja, er war wütend. Er wollte Eva nicht weggeben, und sie von einem fremden Hausmädchen oder einer Gouvernante aufziehen zu lassen, kam für ihn nicht infrage. Immerhin war ja auch noch seine Familie da, sodass es im Moment gut ging, aber auf die Dauer war das auch keine Lösung. Irgendwann würde Mutter wieder arbeiten. Hatte er wirklich die Wahl, seine Tochter zu behalten, bei seinem anspruchsvollen Beruf und ohne Ehefrau?

Kapitel 19

Hannah war zu nervös an Kurts erstem Tag in der Universität nach seiner Genesungspause, als dass sie hätte zu Hause herumsitzen können. Stattdessen packte sie Eva ein, legte sie in den Kinderwagen und schob sie zu Almas Haus. Um diese Zeit würde Wilhelm wahrscheinlich schlafen und Günther wäre in der Schule, sodass sie miteinander über die Dinge reden konnten, die sie bewegten. Sie liebte diese ruhigen Gesprächsstunden mit Alma, die sie während ihrer Zeit in Berlin so schmerzlich vermisst hatte.

Ohne vorher auch nur am Haus zu klingeln, schob sie mit dem Kinderwagen das Gartentor auf. Bei dem schönen Sonnenschein nach dem heftigen Regenguss am frühen Morgen war Alma mit Sicherheit im Garten. Sie zupfte bestimmt Unkraut, harkte und pflanzte, und schickte sich an, eine kleine Oase zu schaffen. Im Sommer und Herbst, wenn alles seine Pracht entfaltete, würde es hier wahrscheinlich himmlisch aussehen. Aber der Garten lag verwaist.

»Nanu, das hätten wir auch nicht gedacht, dass die Tante Alma nicht bei ihren Blumen ist, was Eva?« Die Kleine sah sie mit großen Augen an. »Dann müssen wir eben doch hineingehen und sehen, was sie aufgehalten hat, hm?«

Etwas mühselig wendete Hannah den schweren Kinderwagen und rollte wieder zum Hauseingang.

Auf ihr Klopfen reagierte niemand, sodass sie die blitzblanke Türklinke herunterdrückte und die Tür aufschob. »Alma? Hallo, wir sind es. Eva und ich wollten dich besuchen, um uns ein wenig zu zerstreuen, denn ihr Papa hat doch den ersten Tag wieder in der Universität«, rief Hannah in den Flur hinein.

Niemand antwortete, aber Hannah glaubte, Schluchzen aus dem Hausinneren zu hören. Schnell holte sie Eva aus dem Kinderwagen und drückte sie an sich, zog die Tür hinter sich zu und ging dem Geräusch nach.

Sie fand Alma in Günthers kleinem Zimmerchen. Sie war gerade dabei, den Fensterrahmen zu wischen, während ihr die Tränen ungehemmt übers Gesicht liefen.

»Alma, was ist denn geschehen?«

Mit verquollenen Zügen blickte ihre Freundin sie an. »Hannah! Ich habe dich gar nicht gehört.«

»Was ist los? Warum weinst du so schrecklich? Ist es wegen Wilhelm?« Vorsichtig legte Hannah Eva auf Günthers Bett und zog Alma an sich. »Was bereitet dir solchen Kummer?«

Jetzt brachen alle Dämme bei Alma. Sie bebte und schluchzte in Hannahs Arm, während sie flüsterte: »Es ist Wilhelm. Ich fürchte, er muss sterben.«

Hannah schob sie ein Stück von sich weg und sah sie entsetzt an. »Aber wie kommst du denn darauf?«

»Er kann gar nichts mehr essen und wird immer schwächer. Ich bin nicht blöd, Hannah. Ich habe lange verdrängt, wie schlecht es ihm geht, um mich nicht damit auseinandersetzen zu müssen, aber …«

»Aber irgendwann muss man sich der Wahrheit stellen? Ja, das stimmt. Noch ist nichts verloren. Ich werde ihn mir jetzt ansehen, ob er es will oder nicht! Kannst du auf Eva aufpassen?«

»Ja, natürlich. Aber versprich mir, nicht zu böse mit ihm zu sein, ja?« Alma wischte sich die Hände an der Kittelschürze ab, ging hinüber zum Bett, nahm Eva hoch und drückte ihre Wange an die Wange der Kleinen.

»Als wenn ich das je wäre!«, entgegnete Hannah empört. »Du kannst unbesorgt sein: Ich werde deinem Wilhelm kein Härchen krümmen.«

Und damit war sie aus der Tür und auf dem Weg ins Schlafzimmer. Sie klopfte an und trat einen Augenblick später ein. Wilhelm lag im Bett und hatte die Augen geschlossen. Oder besser gesagt: Das, was von Wilhelm übrig war. Sie hatte selten einen Menschen gesehen, der so schnell verfallen war. Es war offensichtlich, warum Alma so besorgt war. Der vertraute Krankenzimmergeruch stieg ihr in die Nase. Man roch seinen Hunger förmlich.

Hannah öffnete das Fenster und ging dann zurück zu Wilhelm, um in sanft an der Schulter zu rütteln.

»Wilhelm, ich bin es, Hannah. Wach auf, ich muss dich endlich untersuchen!«

Wie in Zeitlupe schlug Wilhelm die Augen auf. Ein Lächeln zog über sein Gesicht, als er Hannah erkannte.

»Alma macht sich Sorgen. Sie hat Angst, dass du stirbst. Lass mich dich untersuchen, bitte! Ich will nicht einfach mitansehen, wie du von Tag zu Tag mehr verfällst, ohne zumindest den Versuch zu unternehmen, dir zu helfen!«

Wieder lächelte Wilhelm müde. »Ist das wirklich noch notwendig? Du siehst doch, dass ich schon aussehe wie eine lebendige Leiche.«

»Du bist stark abgemagert, ja. Aber es muss einen Grund dafür geben und solange wir den nicht kennen, ist …«

»Es ist Krebs. Alma hat recht: Ich werde sterben. Und daran kann niemand etwas ändern. Auch du nicht Hannah, auch wenn ich es mir so sehr wünschen würde!«

»Du weißt es? Woher denn? Wer hat die Diagnose gestellt? Doch nicht Hedel mit ihren Kräutern?«

»Es war ein richtiger Arzt, sei unbesorgt. Man kann nichts machen. Es ist die Bauchspeicheldrüse, hat er gesagt. Du musst mir nur eins versprechen: Kümmere dich um Alma und Günther, wenn ich nicht mehr bin. Für eine Zeit dürften die Ersparnisse noch reichen. Wenn sie auch das Haus in Tübingen verkauft, sollte sie eine Weile hinkommen, aber ich will nicht, dass sie wieder von der Gunst anderer abhängig ist.«

»Das wird sie nicht. Selbstverständlich kümmern wir uns um Alma. Sie ist ein Teil unserer Familie. Genauso wie Günther und du. Seit wann weißt du davon, Wilhelm? Hast du dich deswegen entschlossen, mit nach Zürich zu kommen? Weil du wolltest, dass Alma jemanden in der Nähe hat, wenn du …«

»Ganz genau, so ist es. Sprechen wir nicht mehr davon. Ich will, dass sich Alma keine Sorgen mehr macht. Es ist, wie es ist, und daran ist nichts zu ändern. Meine Zeit geht zu Ende und ich bin dankbar, dass ich die letzten Jahre mit Alma an meiner Seite verbringen durfte.«

Hannah biss sich auf die Lippen. Sie spürte, wie ihr die Tränen in die Augen schossen. Sie würde diesen wundervollen Mann vermissen, der Alma so glücklich gemacht hatte. Niemand hatte ein sorgenfreies Leben so verdient wie Alma. Warum nur war das Schicksal so ungerecht und nahm ihr jetzt den Mann, den sie über alles liebte?

Langsam griff sie nach Wilhelms Hand und drückte sie. »Ich verspreche, dass ich alles tun werde, was in meiner

Macht steht, damit es den beiden gut gehen wird. Ich werde mich um sie kümmern.«

Ein Lächeln huschte über Wilhelms eingefallene Züge. »Das weiß ich, Hannah. Man kann sich auf dich verlassen. Du bist ein guter Mensch. Eine Sache hat uns immer verbunden: Unsere Liebe zu Alma!«

Als Hannah zehn Minuten später mit leer geweinten Augen in die Küche kam, saß Alma mit Eva am Küchentisch und kuschelte mit ihr.

Auf dem Herd stand wie fast immer bei Alma ein Topf, in dem irgendetwas Gutes vor sich hin blubberte. Hannah starrte auf die blaue Flamme des Gasherds und überlegte fieberhaft, was sie zu Alma sagen sollte.

Doch als sie Hannah bemerkte, hielt Alma inne und sah sie nur an. Dann nickte sie und sagte: »Ich wusste es.«

»Ja«, sagte Hannah. »Leider. Es tut mir so schrecklich leid, Alma.«

***

Lucie saß im Unterricht und konnte kaum an sich halten vor Freude. Sie hatten Geschichtsunterricht bei Schwester Agatha und sie hatte eben verkündet, dass ihr nächstes Thema Ägyptologie sein würde. Fast wäre Lucie vor Begeisterung über die Nachricht aufgesprungen und hätte gejubelt. Sie liebte kaum etwas so sehr wie das alte Ägypten. Na ja, bis auf Paul, den Sport, Milli und ihre Familie, verbesserte sie sich stumm. Aber es freute sie wirklich sehr, endlich in der Schule mit ihrem Wissen über die alten Ägypter glänzen zu können. Selbstverständlich war ihre Hand sofort in der Luft, als die Schwester gefragt hatte, ob jemand Interesse daran hatte, ein Referat über das Thema zu halten. Und ob Lucie Lust darauf hatte! Sie würde sogar den gesamten Unterricht zu dem Thema bestreiten, wenn sie das dürfte.

Als sie nach der Stunde zu Schwester Agatha ging, um mit ihr das Thema des Referates zu besprechen, spürte sie die Erregung noch immer in sich wallen.

»Du willst also einen Vortrag halten«, stellte Schwester Agatha fest.

Lucie nickte begeistert. »Ich liebe das alte Ägypten. Ich möchte später Ägyptologie und Archäologie studieren. Wie wäre es, wenn ich der Klasse all die Götter vorstelle?«

Schwester Agatha runzelte die Stirn. »So? Studieren? Aber du bist doch ein Mädchen. Schlag dir das aus dem Kopf. Damit werden deine Eltern bestimmt nicht einverstanden sein.«

»Meine Mutter hat selbst studiert. Ich wüsste also nicht, was dem im Wege stehen sollte«, sagte Lucie. Schwester Agatha musste nicht wissen, dass ihre Eltern Bedenken wegen der damit verbundenen erforderlichen Reisen hatten.

»Wirklich?«, fragte Agatha mit spitzem Mund. »Wie ist das möglich?«

»Sie ist Ärztin. Sie hat Medizin in Tübingen studiert, während mein Vater dort als Professor unterrichtet hat.«

»Das ist aber äußerst ungewöhnlich. Woher sagtest du, kommt ihr noch mal?«

»Aus Berlin. Aber vorher haben wir in Tübingen gewohnt.«

»Und wo hattest du dann deine Kommunion und deine Firmung? In unterschiedlichen Pfarreien?«

Lucie erstarrte. Eiseskälte breitete sich erst in ihren Händen und dann im ganzen Körper aus. Jetzt musste sie vorsichtig sein. Wenn die Schwester sie nach dem Namen der Gemeinden fragte, war sie aufgeschmissen.

»Äh … genau. Ja, das passte gerade so.« Ihre Worte kamen stockender heraus, als sie es sich gewünscht hätte. Agathas skeptischer Blick ließ ihr das Herz in die Hose rutschen.

»Hmhm. Na ja. Also ein sehr moderner Haushalt. Ist deine Mutter auch hier beruflich tätig?«

»Bisher nicht. Wäre es denn nun in Ordnung mit den Göttern?« Lucie hasste es, wie unsicher ihre Worte auf einmal klangen. Das konnte die Schwester dazu bringen, noch mehr nachzubohren.

»Ja, mach das. Aber das Referat muss nächste Woche fertig sein. Bekommst du das hin?« Agatha sah sie durchdringend an. Lucie konnte ihr kaum sagen, dass sie mit Mutter nach Berlin fahren wollte, um ihren Freund zu besuchen. So sehr sich Lucie nach Paul auch sehnte, sie mussten die geplante Reise verschieben. Mit diesem Referat konnte sie zeigen, was in ihr steckte. Genauso wichtig war, dass sie nicht damit aufflog, eigentlich gar keine Katholikin zu sein. Sie würde alles tun, was Schwester Agatha verlangte, wenn sie nur aufhörte, unbequeme Fragen zu stellen.

»Selbstverständlich, Schwester. Ich setze mich gleich nach der Schule daran«, sagte sie und deutete den obligatorischen Knicks an, bevor sie erleichtert aus dem Klassenraum eilte. Bloß weg von diesen Fragen, die geeignet waren, alles, was sie sich hier erarbeitet hatte, wie ein Kartenhaus zusammenfallen zu lassen. Sie war unvorsichtig gewesen. Sie hätte sich denken können, dass es in guten katholischen Haushalten unüblich war, dass Frauen studierten. Diese ganze Lügerei war extrem anstrengend. Ständig musste man aufpassen, was man sagte, und Dinge verschleiern. Und dann war da auch noch das Schuldbewusstsein und die Angst, erwischt zu werden. Warum nur hatte sie sich das angetan? Wenn alle Stricke gerissen wären, hätte sie versucht, Schwester Agatha damit abzulenken, dass es ja sogar gerade einer Frau gelungen war, im Alleinflug den Atlantik zu überqueren. Wenn Amelia Earhart es schaffte, so etwas ganz allein zu bewältigen, warum konnten Frauen dann nicht berufstätig sein?

Sie wollte versuchen, alles Misstrauen mit einem herausragenden Referat zu vertreiben. Sie würde den fulminantesten Vortrag über das alte Ägypten halten, den die Schule je erlebt hatte. Aber bevor sie sich an das Referat setzte, musste sie Paul schreiben. Zum Glück hatte sie ihm noch nichts von ihrem Überraschungsbesuch gesagt, so ersparte sie ihm die Enttäuschung.

Warum nur fühlte sie sich innerlich so schmutzig und wie eine Verräterin gegenüber Paul, seit sie Schwester Agatha gesagt hatte, dass dem nichts entgegenstehen würde?

***

Hannah war länger bei Alma geblieben, hatte versucht, ihr Trost zu spenden bei dem Gedanken an das Unvorstellbare, das ihnen bevorstand. Dem Tod so kurz nach Ursulas tragischem Ableben erneut ins Auge zu blicken und zu sehen, was er für geliebte Menschen bedeutete, zerriss ihr nahezu das Herz. Sie hatte sich erst von der Freundin lösen können, als Eva laut und deutlich quäkend verkündet hatte, nun nicht mehr länger auf das nächste Fläschchen warten zu wollen. Hannah hatte die Kleine fix in den Kinderwagen gelegt und war nach Hause geeilt. Natürlich nicht, ohne Alma noch mehrmals in den Arm zu nehmen und ihr zu beteuern, dass sie immer für sie da wäre. Sie hatte Wilhelm versprechen müssen, keinem etwas von seiner Erkrankung zu sagen. »Sie werden es schon noch früh genug bemerken!«, hatte er gesagt und schwach gegrinst.

»Aber Daniel darf ich einweihen, oder nicht?«

»Daniel ist eine Ausnahme. Aber lass die Kinder aus dem Spiel. Sie haben genug mit ihren eigenen Problemen zu kämpfen, da sollen sie sich nicht auch noch Sorgen um so einen alten Haudegen wie mich machen.« Obwohl er schwach war, hatten seine Worte bestimmt geklungen. Und

Hannah hatte sich geschworen, sich seinen Wünschen zu beugen, auch wenn es ihr schwerfiele.

Eva riss sie aus ihren Gedanken, indem sie laut und kräftig losschrie.

»Nein, ich habe dich nicht vergessen, Evamäuschen. Wir machen jetzt dein Fläschchen. Gleich ist es so weit«, redete sie beruhigend auf das Kind ein, während sie die Tür hinter sich zuzog.

Als die Kleine, erschöpft von dem Ausflug und nun mit vollem Magen schließlich eingeschlafen war, ging die Haustür auf und Kurt und Ariel betraten gut gelaunt das Haus.

»Wie ist es gelaufen?«, fragte sie sofort, während sie die Hand sinken ließ.

»Hervorragend«, teilte Ariel mit. »Kurt hat einen außergewöhnlichen Auftritt hingelegt.«

»Wirklich?« Hannah lächelte ihren Ältesten an. »Hat dir niemand Steine in den Weg gelegt?«

»Im Gegenteil. Die Studenten waren folgsam wie junge Hündchen. Ich habe selten ein so aufmerksames Publikum gehabt. Es wirkte fast, als würden sie den Stoff aufsaugen wie ein Kamel das Wasser nach einem langen Wüstenmarsch.«

»Das freut mich für dich, Kurt! Wie schön, dass nun alles wieder gut wird.« Sie umarmte ihn.

»Und ich danke dir, dass du deinem Bruder so mannhaft beigestanden hast, heute«, wandte sie sich ihrem Zweitgeborenen zu.

»Ach, das war doch selbstverständlich. Ich habe auch gar nicht so viel damit zu tun gehabt.«

»Und wie haben deine Kollegen reagiert?«, fragte sie nun Kurt wieder.

»Man tat so, als wäre nichts passiert. Nur die Sekretärinnen haben ihre Vorliebe dafür entdeckt, auf mich zu achten. Vor allem Fräulein Wyss bemuttert mich wie einen Welpen. Apropos: Wo ist eigentlich Eva?«

»Vergleichst du deine Tochter etwa mit einem Hund?« Ariel lachte laut heraus.

Jetzt schmunzelte auch Kurt. »Selbstverständlich nicht. Es war mehr die Assoziation von klein und jung. Ach, ihr wisst schon, wie ich das meine.«

»Klar wissen wir das.« Hannah grinste. »Ich habe sie gerade hingelegt. Wir waren zusammen bei Alma und Wilhelm und sie hatte großen Hunger.«

»Dann bin ich also zu spät«, sagte Kurt enttäuscht.

»Sie wird auch wieder aufwachen«, beruhigte Ariel ihn grinsend. »Wer hätte gedacht, dass du dich zu einer solchen Glucke entwickeln würdest?«

Kurt warf ihm einen zornigen Blick zu und stiefelte dann die Treppen hinauf. Wie Hannah ihn kannte, würde er es sich nicht verkneifen können, nach Eva zu sehen. Ihr war im Moment alles recht, solange er sie dadurch nicht aufweckte. Sie brauchte jetzt etwas Zeit, um über die ganze Sache mit Wilhelm nachzugrübeln. Doch kaum hatte sie in der Großelternecke Platz genommen, läutete das Telefon und das Fräulein vom Amt meldete, dass Frau Sternberg aus Genf sie zu sprechen wünsche. Hannah seufzte innerlich, denn sie wusste, dass sie wieder viele gute Ratschläge und Belehrungen erwarteten, dann sagte sie sanft: »Mutter, wie schön, von dir zu hören!«

Kapitel 20

Als Hannah die Schüsseln mit den Hühnerschenkeln und den Kartoffeln auf den Tisch stellte, spürte sie, wie es noch immer in ihr brodelte. Fast jedes Mal wühlten sie die Telefongespräche mit Mutter auf. Zu unterschiedlich waren Werte und Anschauungen und Mutter sparte nicht damit, ihre Meinung zu allem, was Hannah zu erzählen hatte, kundzutun. Dieses Mal hatte sie sich an Kurts Situation hochgezogen, aber auch nicht versäumt, Kritik zu üben, weil Hannah duldete, dass Lucie noch immer Kontakt zu diesem Piefke aus Berlin hätte. Hannah hatte sich bemüht, dagegenzuhalten, doch ihre Stimmung war dahin. Erst die Sache mit Wilhelm und nun auch noch das.

Die anderen schienen zu spüren, dass sie etwas bedrückte, denn in den ersten Minuten hörte man nur das Besteck über die Teller kratzen. Die Möhren waren zart, mit einer feinen Butternote und auch der Rest schmeckte hervorragend. Doch trotzdem blieb Hannahs Laune umwölkt.

»Wir müssen unsere Fahrt nach Berlin übrigens verschieben«, meldete sich schließlich Lucie zu Wort. »Ich habe ein wichtiges Referat über die ägyptischen Gottheiten bis zur nächsten Woche aufbekommen.«

»Oh, aber ich dachte, du müsstest so dringend zu Paul. Papa hat schon die Zugbillets besorgt.«

»Dann müssen wir sie leider zurückgeben. Ihr sagt doch immer: Die Schule geht vor.«

»Ja, natürlich! Also werde ich wohl auch Doktor Brandt und Schwester Ida absagen. Denen habe ich unser Kommen nämlich schon angekündigt.« Hannah spürte eine gewisse Enttäuschung. Insgeheim hatte sie sich bereits darauf gefreut, Berlin, die Praxis und ehemaligen Kollegen und die Villa der Großeltern wiederzusehen.

»Viele Grüße übrigens von Großmutter«, sagte Hannah nun.

»Hat sie angerufen? Daher rührt also deine bedröppelte Stimmung«, erwiderte Daniel und lächelte sie liebevoll an. Seine Worte sollten sie bestimmt besänftigen, aber Hannah wurde dadurch nur noch gereizter. »Na, ich möchte ja gerne sehen, wie du reagieren würdest, wenn du gefragt wirst, wann wir das Kind eigentlich endlich weggeben.«

Kurt riss das Kinn hoch: »Sprichst du etwa von meiner Tochter? Sie bleibt selbstverständlich da, wo ich auch bin.«

Hannah schüttelte unwillig den Kopf. »Das ist doch nicht meine Meinung. Natürlich bleibt Eva dort, wo sie ist. Großmutter hat sich nur darüber ausgelassen, wie es sein könne, dass sich ein Mann allein um sein Kind kümmere, Kindererziehung gehöre in die Hände einer Frau, blablabla. Den Einwand, dass wir alle für Eva da sind, hat sie nicht gelten lassen.«

»Und was sollen wir ihrer Meinung nach tun? Eva auf den Stufen der Synagoge aussetzen, oder was?« Kurts Augen blitzten.

»Ach, das ist doch völlig unerheblich. Sie kommt aus einer anderen Zeit. Man glaubte damals, dass die Kindererziehung ausschließlich in Frauenhände gehört. Sie findet, dass Eva zu Ursulas Eltern könnte oder eine anderweitige Betreuung gefunden werden müsste. Aber darauf solltest du keinen Gedanken mehr verschwenden. Natürlich tust du das, was du als Vater für richtig hältst.«

Kurt schüttelte entschieden den Kopf. »Das kommt überhaupt nicht infrage. Sie ist meine Tochter, also kümmere ich mich auch um sie.« Seine Stimme hatte einen harten Klang.

»Wir sind ja auch noch da. Wie gesagt: Hör auf deine eigenen Instinkte.« Sie sah, wie wütend und gleichzeitig bestürzt Kurt dreinblickte Es wäre fatal, wenn sie ihn durch ihre Worte erneut in eine Sinnkrise stürzen würde.

Lucie schickte sich an, die Schüsseln hinauszutragen. Hannah legte ihr die Hand auf die Schulter und sagte: »Dann fahren wir eben ein anderes Mal. Du wirst Paul schon wieder sehen.«

»Ja, später einmal«, sagte Lucie vage und lächelte sie schwach an.

Hannah betrachtete sie einen Augenblick nachdenklich, dann murmelte sie: »Lass uns nachher darüber reden. Ich muss erst einmal mit Kurt sprechen.«

Lucie nickte. Anschließend eilte sie mit gesenktem Kopf weiter.

***

Hannah hatte es eilig, zu Alma und Wilhelm zu kommen. Sie hatte Eva in der Obhut von Margarete zu Hause gelassen. Sie brauchte einen klaren Kopf, denn sie hatte etwas mit Alma zu besprechen. Inzwischen war sie täglich dort. Zum einen, um Alma zur Seite zu stehen, aber auch um Wilhelm zu unterstützen und dafür zu sorgen, dass er möglichst wenig Schmerzen litt. Denn etwas anderes konnte sie nicht mehr für ihn tun. Der Krebs griff viel zu schnell um sich und hatte sich bereits dem Großteil seines Körpers bemächtigt. Es war eine

Frage von wenigen Wochen, bis er sterben würde. Alma war, seit sie sich an den Gedanken gewöhnt hatte, dass sie nichts daran ändern konnte, erstaunlich gefasst. Sie kümmerte sich liebevoll um ihn, redete mit ihm und schenkte ihm Nähe. Hin und wieder kullerte ihr ein Tränchen über die Wangen, wenn sie kochte oder im Garten werkelte, aber das war schließlich recht und billig. Alle wussten inzwischen, dass Wilhelm krank war, aber nicht, wie ernst es um ihn stand. Das hatte Zeit, bis es so weit war. Hannah hielt sich an seine Wünsche.

Alma hatte es geschafft, den Putzzwang, abzulegen und war jetzt, wenn sie nicht gerade bei Wilhelm war, meist im Garten zu finden. Das Anpflanzen, jäten, sich kümmern, machte ihr Freude und verschaffte ihr Ablenkung. Sie hatte es sich zum Ziel gesetzt, eine völlig neue Rosenart zu züchten, und war emsig damit beschäftigt, sich um ihre Lieblinge zu kümmern.

Auch heute fand Hannah sie in einem Beet kauernd und fleißig Unkraut zupfend, vor, als sie ums Haus bog. »Alma, wie geht es euch?«, rief sie schon von Weitem.

Alma beschattete mit der Hand die Augen, dann erhob sie sich und winkte Hannah lächelnd.

»Heute ohne die kleine Maus? Wie schade! Ich hatte mich schon so auf sie gefreut!«

»Margarete passt auf sie auf.«

»Aber beim nächsten Mal hast du sie wieder dabei, ja? Sieh mal, was denkst du über diese Schönheit hier? Sie hat sich heute geöffnet.« Alma deutete auf eine hellrote Rose.

»Wunderschön!«, sagte Hannah. »Du hast den Garten wirklich zu einem Paradies gemacht. Die Blumenbeete, die Bank, über der die Rosen ranken. Ich könnte es mir nicht idyllischer vorstellen. Hier kann man die Seele baumeln lassen.« Damit ließ sie sich recht undamenhaft auf die Holzbank fallen und blickte schwärmerisch in den Himmel.

»Ich wünschte nur, Wilhelm könnte das alles noch einmal sehen.«

»Dafür können wir doch sorgen!«, sagte Hannah und richtete sich tatkräftig auf.

»Nein, dafür ist er zu schwach. Außerdem ist es ja nicht sein Wunsch, sondern meiner, also werde ich ihn keinesfalls unter Schmerzen hier heraus bugsieren. Er ist zufrieden im Schlafzimmer und es genügt ihm, wenn ich ab und an die Sonne durchs offene Fenster hereinlasse.«

»Was macht er gerade? Soll ich nach ihm sehen?«, fragte Hannah.

»Er schläft. Die Nacht war nicht so gut, weißt du?«

»Das tut mir leid. Wenn ich etwas für ihn tun kann, lasst es mich wissen. Egal, ob Tag oder Nacht!«

»Danke! Und jetzt sag, was dir auf der Seele brennt!«, sagte Alma und setzte sich neben sie, während sie sich mit dem Handrücken den Schweiß von der Stirn wischte.

»Woher weißt du …? Ich habe doch noch gar nichts gesagt«, wunderte sich Hannah.

»Hannah! Wie lange kennen wir uns schon? Ich merke auf die Entfernung von einigen Metern, wenn etwas mit dir nicht stimmt.«

Sie schloss die Augen und öffnete sie gleich wieder. Sie konnte darüber nur mit ihrer besten Freundin reden. Und sie brauchte einen Rat, denn es war ein heikles Thema.

»Ich weiß nicht, wie ich anfangen soll«, sagte sie.

»Am besten am Anfang.« Alma rieb sich an der Schürze die Erde von den Händen und sah sie aufmerksam an. »Ist etwas mit den Kindern? Oder mit Daniel?«

Hannah schüttelte den Kopf. »Nein, viel schlimmer. Oder auch nicht. Ich weiß noch nicht genau, wie ich es betrachten soll«, stöhnte Hannah.

»Dann leg jetzt los, bevor ich vor Spannung anschwelle wie ein Fesselballon.«

Und nun endlich begann Hannah von der Sache zu erzählen, die ihr beim letzten Synagogenbesuch über eine Bekannte zugetragen worden war und die geeignet war, Leben zu retten und vielleicht sogar den Verlauf der Geschichte zu verändern, möglicherweise aber auch ihr Leben und das ihrer Familie in Gefahr bringen konnte.

KAPITEL 21

Juni 1932

Lucie hatte mit den Eltern ausgehandelt, dass sie hier nicht so häufig in die Synagoge gehen würde, damit sie all das nachholen konnte, was sie aufgrund der Schulsituation in Berlin versäumt hatte. Trotzdem hatte sie die Eltern bei ihrem Antrittsbesuch vor einigen Monaten begleitet, seitdem aber keinen Gedanken mehr daran verschwendet. Und trotz der sehr guten Leistungen in der Schule und der Belobigung für das Ägyptenreferat, hielt sie gerne daran fest, die Synagoge zu meiden. Inzwischen stand der Sommer vor der Tür. Und ihr war schmerzlich bewusst, dass es nun bald ein halbes Jahr her war, dass sie Paul zum letzten Mal gesehen hatte. Fünf lange Monate hatten sie sich nicht mehr in die Augen blicken oder sich in den Arm nehmen können. Sie hatte schon ganz vergessen, wie er roch und wie seine Augen blitzten, wenn er über etwas lachte. Trotzdem wäre sie nie auf den Gedanken gekommen, auch nur an einen anderen zu denken.

Sie ließ die Tür hinter sich ins Schloss fallen. Jetzt am Nachmittag war es fast unerträglich heiß und sie fragte sich, wie sie es schaffen sollte, bei dieser Hitze auch nur einen

Schritt zu laufen. Aber Herr Meyer war mit seinen Schützlingen unerbittlich und scheuchte sie um den Platz wie eh und je. Sogar in den Ferien würde das Training weitergehen. Sie ging ein paar Meter und grübelte nach, ob sie es schaffte, nach dem Training noch die Mathematikaufgabe fertig zu bekommen. Sie war zu morgen fällig und Schwester Agnes verstand bei vergessenen Hausaufgaben keinen Spaß.

Auf einmal trat ihr ein junger Mann in den Weg. Er musste auf sie gewartet haben, denn kaum war sie aus dem Haus getreten, die Sporttasche über den Schultern, war er von der gegenüberliegenden Straßenseite direkt auf sie zu gesteuert und hatte sie angesprochen: »Fräulein Friedländer! Was für eine Freude, Sie zu sehen!«, trompetete er durch die ruhige Straße.

Irritiert sah Lucie ihn an. »Kennen wir uns?«

»Mein Name ist Hans Biermann. Wir haben in der Synagoge Bekanntschaft gemacht. Darf ich Ihre Tasche nehmen?« Er streckte erwartungsvoll die Hand aus.

Lucie legte den Unterarm auf die Sporttasche und zuckte zurück. Vielleicht war das eine Falle, um ihre Lüge auffliegen zu lassen? »Ich gehe überhaupt nicht in die Synagoge!«, sagte sie vorsichtig.

»Ehrlich gesagt, kenne ich eigentlich auch eher Ihre Eltern. Aber Ihr Vater sagte …« Er hielt inne und kniff mit sichtlich schlechtem Gewissen die Lippen zusammen.

Lucie blinzelte ihn irritiert an. Was wollte dieser Kerl von ihr? Sollte das etwa ein ungelenker Versuch sein, ihr Avancen zu machen? Aber wie kam er überhaupt auf so eine Idee? Sie hatte doch einen Freund, von dem hier allerdings außer ihrer Familie niemand wusste.

»Darf ich fragen, was Sie von mir wollen?«, fragte sie, während sie ihre Tasche fest an sich drückte, als wollte sie sicherstellen, dass sie ihr nicht doch noch gegen ihren Willen abgenommen wurde.

Herr Biermann errötete und schob nachdenklich die Mundwinkel hin und her, als suchte er nach den richtigen Worten. Schließlich sagte er: »Es tut mir leid. Ich bin nicht gut in so etwas. Meine Eltern wollen … oder besser gesagt: Ich habe Ihren Vater gefragt, wann Sie wieder einmal die Synagoge besuchen, und da hat er mich ermutigt, Sie …«, druckste er herum, während Lucie ihn mit gerunzelter Stirn anstarrte.

»Mein Vater? Steckt er hinter dem Ganzen? Na, wunderbar! Tut mir leid, Herr Biermann, was auch immer mein Vater Ihnen über mich erzählt haben mag, es trifft nicht zu.«

Der junge Mann blickte sie verwirrt an.

»Habe ich etwas falsch gemacht? Es tut mir leid, ich wollte Sie nicht bedrängen. Aber Ihr Vater hat völlig recht: Sie sind ein bezauberndes Wesen«, beeilte er sich, zu sagen, während er noch einen Schritt auf sie zuging.

»Das ist wirklich sehr freundlich, aber ich rate Ihnen ernsthaft davon ab, sich jedwede Hoffnung zu machen, denn ich bin in festen Händen!« Lucie hob abwehrend die Hand.

Herr Biermann blieb abrupt stehen und sah sie an. Überraschung stand auf seinem Gesicht. »Davon hat Ihr Herr Vater aber kein Wort erwähnt. Er sagte nur, dass er … also er es gerne sähe, wenn ich mich … um Sie bemühen würde«, stotterte er.

Lucie neigte den Kopf. »Sieh an, das sagte er also. Nun, ich kann Ihnen versichern, dass das vergebene Liebesmüh ist. Schenken Sie Ihre Aufmerksamkeit lieber einer anderen.«

»Das ist äußerst bedauerlich.« Seine Miene drückte Traurigkeit aus. »Und Sie könnten es nicht vielleicht ein kleines bisschen in Erwägung ziehen?«

»Ausgeschlossen. Mein Freund in Berlin sähe das bestimmt nicht sehr gerne.«

»Aber Berlin ist weit weg«, gab er zu bedenken.

Jetzt ging Lucie einen Schritt auf ihn zu und legte ihm sogar die Hand auf den Unterarm. »Hören Sie, Herr Biermann, das haben Sie doch gar nicht nötig. Suchen Sie sich eine, deren Herz frei ist, und verschwenden Sie Ihre wertvolle Zeit nicht mit mir. Wirklich! Da draußen wartet die Richtige auf Sie. Ich bin es leider nicht.«

Er nickte mit gesenktem Kopf. Dann trat er langsam einen Schritt zurück, hob noch einmal die Hand zum Abschied und trottete mit hängenden Schultern die Straße hinunter in Richtung Straßenbahn.

Lucie war die Lust auf das Training vergangen, zumal sie den gleichen Weg nehmen musste und damit gezwungen wäre, mit ihm gemeinsam zu gehen. Sie reckte das Kinn und wandte sich wieder der Haustür zu. Na warte, Papa! Jetzt würde sie sich mal ernsthaft mit ihm unterhalten. Was fiel ihm ein, sie anzupreisen wie ein Stück Vieh? Er war heute früher nach Hause gekommen, weil er eine Sitzung gehabt hatte, die kürzer gewesen war, als veranschlagt, doch wie immer hatte er einen Stapel Akten mitgebracht.

Wütend stürmte Lucie zurück ins Haus. Das ging wahrhaftig zu weit! So etwas würde sie sich nicht bieten lassen. Was dachte sich Vater eigentlich dabei, jemanden auf sie anzusetzen. Sie lief so schnell, dass sich einer ihrer langen Zöpfe aus dem Knoten löste, zu dem sie die Haare immer für den Sport zusammenführte, damit sie ihr nicht ins Gesicht fielen. Und trotzdem geschah es noch häufig genug. Eine fürchterlich lästige Sache, die Lucie immer neidisch auf die Freundinnen starren ließ, deren Haare in einer dieser praktischen und adretten Kurzhaarfrisuren frisiert waren.

Die Eltern saßen gemeinsam im Wohnzimmer. Vater wie immer über eine Akte gebeugt. Und Mutter hatte ein Buch auf den Knien, starrte aber mit leerem Blick vor sich hin.

»Was fällt dir ein, Papa? Wie konntest du diesen Herrn Biermann dazu ermutigen, mir hinterher zu steigen?«

»War er hier? Hat er sich also endlich getraut!« Vater grinste zufrieden.

»Du weißt genau, dass ich einen Freund habe. Ich bin nicht interessiert an irgendwelchen Bekanntschaften aus der Synagoge!«

»Wenn du deinen Paul meinst, das hat doch keine Zukunft auf diese Entfernung. Und außerdem: Ich habe deine Mutter damals auch in der Synagoge kennengelernt. Sie war in deinem Alter und nun sieh, wie glücklich wir geworden sind.« Er nickte Mutter lächelnd zu.

»Das hat doch mit mir nichts zu tun. Ich liebe Paul und wir werden es schaffen, trotz dieser Distanz.«

»Ach ja? Bist du deshalb neuerdings jeden Mittwochabend nach euren Gesprächen so schlecht gelaunt? Und hast du nicht vor Kurzem die geplante Reise zu ihm abgesagt? Ich habe ihn auch hier noch nie zu Gast gesehen. So weit her scheint es mit der Innigkeit eurer Beziehung also auch nicht zu sein. Gib dem armen Hans wenigstens eine Chance. Er ist ein wenig unbeholfen am Anfang, doch ein wirklich netter Kerl.«

»Das mag ja sein, aber ich habe kein Interesse an ihm. Kapier das bitte! Auch wenn es dir nicht passt, habe ich einen Freund in Berlin. Und nur weil es im Moment etwas steinig ist, ist unsere Beziehung noch lange nicht zum Scheitern verurteilt.« Lucies Stimme überschlug sich vor lauter Empörung fast.

»Lucie, mäßige deinen Ton bitte!«, schaltete sich jetzt Mutter ein.

Lucie wandte sich ihr zu. Sie spürte, wie die Wut in ihrem Hals pochte. Wollten die Eltern sie denn partout nicht verstehen? »Ist es, weil Paul kein Jude ist? Das ist mir völlig egal«, rief sie verzweifelt.

»Natürlich nicht. Du gehst ja jetzt auf eine katholische Schule und vergisst darüber alles Jüdische.« Vaters Stimme hatte einen sarkastischen Klang.

»Ich habe wieder gute Noten und Freundinnen. Was stört dich daran?«

»Es ist nicht gut, wenn man sein wahres Ich verstecken muss, um dazuzugehören. Mit Hans Biermann könntest du die sein, die du wirklich bist! Denn, auch wenn du deinen Glauben ablegen willst wie ein altes Paar Strümpfe, so wirst du doch immer Jüdin bleiben.« Er nickte ihr bedeutungsvoll zu.

Vater hatte es ungewollt auf den Punkt gebracht: Jüdin zu sein, war ihr Problem. Könnte sie es doch wirklich einfach ablegen wie ein altes Kleid. »Ich will diesen Herrn Biermann nicht. Jetzt nicht und auch nicht irgendwann in der Zukunft. Versteht das doch: Ich will ich sein. Und nicht irgendwelchen kruden Vorstellungen entsprechen. Auch nicht denen der jüdischen Gemeinde«, rief Lucie ihre Empörung heraus.

Kurt kam mit der schreienden Eva im Arm die Treppe hinunter und sah sie vorwurfsvoll an: »Was kreischt du denn hier herum wie eine Irre? Du hast Eva geweckt und jetzt hat sie Hunger, obwohl es noch gar nicht ihre Zeit ist!«

Lucie schnaubte die Luft durch die Nase. »Immer geht es nur um das, was andere wollen. Ich habe auch Träume.«

»Lucie, jetzt ist es genug. Geh auf dein Zimmer und beruhige dich. Komm, Kurt, gib mir die Kleine, während du ihr Fläschchen bereitest. Ich werde sie schon ablenken«, sagte Mutter und öffnete die Arme, um Eva entgegenzunehmen.

Lucie sah sie mit zusammengekniffenen Augen an. Dann warf sie Vater einen wütenden Blick zu und bemerkte zu ihrem Ärger, dass seinen Mund noch immer ein Lächeln umspielte.

Sie drehte sich auf dem Fuß um und rannte nach oben in ihr Zimmer.

Genug war genug. Sie würde eine Möglichkeit finden, allen deutlich zu machen, dass sie sich nicht mehr von ihnen herum dirigieren ließ. Sie wurde bald achtzehn. Da war sie kein kleines Kind mehr, sondern nur noch drei Jahre von der Volljährigkeit entfernt. Zeit, ein Zeichen zu setzen. Und sie hatte auch schon eine Idee, was das sein könnte …

***

Hannah ging Lucies Auftritt eben und ihre tief sitzende Empörung nahe. Diese Verzweiflung, die aus ihrem inzwischen so großen Töchterlein gesprochen hatte, war echt gewesen. Sie glaubte wirklich daran, dass sie und Paul eine gemeinsame Zukunft hatten, auch wenn es im Moment kriselte. Sie war aufgestanden und lief mit Eva umher, denn dadurch wurde die Kleine ruhiger und quengelte nur noch ab und an auf.

»Hast du diesem Biermann wirklich gesagt, dass er es bei unserer Tochter versuchen solle?«, fragte sie Daniel mit gerunzelter Stirn.

Er blätterte die Seite der Akte um, in der er gerade las, und sah sie offen an. »Jetzt sag bloß, dass du daran glaubst, dass sie diesen Paul heiraten wird. Ich wollte ihr nur andere Möglichkeiten offerieren, damit sie nicht so festgefahren in ihren Vorstellungen ist. Und außerdem war es bei uns doch genauso damals: Ich wollte dich und deine Eltern haben ihre Zustimmung gegeben, ohne dich zu fragen. Erinnerst du dich? Und du warst zuerst nicht sonderlich erfreut!«

»Das war doch etwas ganz anderes. Eine andere Zeit. Heute haben die jungen Leute andere Möglichkeiten. Lucie hat einen Freund. Und wir tun gut daran, dass zu akzeptieren. Paul ist kein schlechter Kerl.«

»Mag sein. Aber er macht sie unglücklich. Und das immer mit anzusehen, ist hart.«

»Nicht Paul macht sie unglücklich. Es sind eher die Umstände, wenn du mich fragst.« Eva begann wieder zu quengeln. »Wie lange braucht Kurt, bis er endlich dieses Fläschchen fertig hat?«

»Soll ich nachsehen?«, bot Daniel an.

Hannah schüttelte den Kopf. »Nein, nein! Er wird sicher gleich da sein. So lange wird sich unser Schätzchen hier eben noch gedulden müssen, nicht wahr?« Sie hob den Arm, auf dem Eva lag, hoch und lächelte sie an.

Daniel nickte und beugte sich wieder über die Papiere.

»Gib Lucie ein wenig Zeit. Lass ihr mehr Freiheit«, sagte Hannah.

»Damit sie herumläuft und erzählt, wir wären Katholiken und was weiß ich noch alles? Ich weiß nicht, ich habe den Eindruck, wir haben ihr ein bisschen zu viele Freiheiten gelassen, wenn du mich fragst.«

»Sie ist ein guter Mensch. Wie alle unsere Kinder. Manchmal brauchen sie eine etwas längere Leine, um sich selbst zu finden und zu entfalten. Das wird schon.«

»Wenn du meinst!«, brummte Daniel und steckte sich seine Pfeife an.

Schritte waren auf dem Flur zu hören. »Da kommt der Papa endlich. Nun wird es ja auch Zeit, nicht wahr? So ausgehungert, wie unser Mädchen doch ist.« Sie lächelte Eva an.

Kurt kam herein und hielt das fertige Fläschchen in der Hand. Hannah übergab ihm Eva und die Kleine sog gierig an der Flasche.

Kapitel 22

Lucie wusste, dass ihr nicht viel Zeit blieb. Sie war nach der Schule nach Hause geeilt und hatte Mutter erzählt, sie müsse heute etwas früher zum Training, weil Trainer Meyer noch ein vorheriges Treffen angesetzt habe.

Dankenswerterweise schien Mutter gedanklich mit anderen Dingen beschäftigt, denn sie fragte nicht groß nach, worum es bei dem Treffen genau ging oder ähnliches.

Stattdessen nickte sie nur und sagte: »Aber komm nicht zu spät zum Essen. Wir haben heute Abend Gäste.«

»Wen denn? Doch nicht die Biermanns mit ihrem hoffnungsvollen Sohn?« Lucie verdrehte die Augen.

»Ich verbitte mir diesen Ton, Lucie! Noch ein Wort in dieser Form und du verbringst den Nachmittag auf deinem Zimmer und nicht beim Sport! Haben wir uns verstanden, junge Dame?«

Lucie senkte den Kopf und murmelte »Verzeihung!«. Doch innerlich brodelte es in ihr. Wenn sie heute Abend zurückkam, würde die ganze Familie Bauklötze staunen, soviel stand fest.

Sie hatte mit Dorli und Innegrit abgesprochen, dass sie vor dem Internat auf sie warten und sie dann begleiten würden. Lucie kannte sich weder in Zürich noch mit

Friseuren gut genug aus, denn schließlich trug sie ihre Haare, seit sie denken konnte, lang und wenn ein Nachschnitt nötig war, hatte Alma das übernommen.

Doch als sie nun vor der Schule aus der Straßenbahn stieg, spürte sie, wie Nervosität sie ergriff. Sie wusste, dass das, was sie jetzt vorhatte, ihre Eltern bis ins Mark erschüttern würde, aber genau das war schließlich der Zweck ihres Tuns. Noch immer nahm sie Vater übel, weil er versucht hatte, sie mit diesem Herrn Biermann zu verkuppeln, ohne sie auch nur einmal nach ihrer Meinung zu fragen. Und Mutter hatte sich auch nicht wirklich schützend vor sie gestellt, obwohl sie das von ihr erwartet hätte.

Jetzt war es an der Zeit, ein Zeichen für ihre Unabhängigkeit zu setzen. Ein Zeichen dafür, dass sie nun ihre eigenen Entscheidungen traf. Es dauerte gar nicht mehr so lange, bis sie die Schule abschließen und studieren würde, da konnte sie sich nicht ständig von den Vorstellungen ihrer Eltern leiten lassen.

»Und, bereit?«, fragte Innegrit und sah sie mitfühlend an.

»Mehr als das. Es wird Zeit!«, erklärte Lucie entschlossen.

»Ich finde dich wirklich mutig. Ich hätte mich niemals getraut, mir, ohne die Erlaubnis meiner Eltern, die Haare abschneiden zu lassen«, sagte Dorli und hängte sich bei Lucie ein.

Innegrit nahm ihren anderen Arm. »Ich auch nicht. Nie im Leben. Aber ich mag meine langen Haare auch.«

»Du und ich sind die letzten beim Sport, die immer noch die langen Fusseln haben. Es ist viel praktischer, die Haare kurz zu tragen«, sagte Lucie, mehr um sich selbst zu überzeugen, als Innegrit.

»Das ist es sicher, doch ich würde es trotzdem nicht tun«, beharrte Innegrit prompt.

»Musst du ja auch nicht. Ich will es aber«, entgegnete Lucie. Sie spürte, wie sie mit jedem Schritt, den sie sich dem Friseursalon näherten, nervöser wurde.

»Woher hast du denn das Geld dafür?«, wollte Dorli wissen.

»Ich habe etwas gespart«, erklärte Lucie knapp. Übelkeit drückte ihr die Kehle zu. Das war nur diese dumme Nervosität und das schlechte Gewissen gegenüber den Eltern, weil sie wusste, dass sie nicht wollten, dass sie sich die Haare abschnitt. Sie hatten ein ums andere Mal schon in Berlin darüber diskutiert. Aber es war an der Zeit, das zu tun, was sie wollte. Sie war eine moderne Frau und das sollte man ihr auch ansehen.

Sie hatten das Friseurgeschäft erreicht. Lucie holte tief Luft, drückte das Kreuz durch und trat über die Schwelle.

Eine knappe Stunde später sah sie wie ein anderer Mensch aus. Sie trug jetzt einen schicken Bubikopf. Als sie gesehen hatte, wie die erste ihrer langen Strähnen zu Boden fiel, hatte sich zwar ihr ganzes Inneres angstvoll zusammengekrampft, doch inzwischen fühlte sie sich wie neugeboren. Ihr Kopf war ohne die vielen Haare unglaublich leicht und sie hatte das Gefühl, dass ihr nun nichts mehr etwas anhaben konnte.

Sie stieg unter den bewundernden Rufen der Freundinnen in die Tram und zuckte erschrocken zusammen. Sofort drehte sie sich um, um wieder auszusteigen, doch die Türen wurden bereits geschlossen. Es war zu spät. Langsam, wie in Zeitlupe, drehte sie sich um und blickte in Ariels zorngerötetes Gesicht. Seine Augen funkelten unheilvoll, als er sie ansah. Doch war das noch nicht das Schlimmste, denn zu ihrem Entsetzen sah Lucie, dass er eine Kippa trug. Ganz offen und im Angesicht von Dorli und Innegrit, die sie für eine Katholikin hielten. Auf einen Schlag war all die Freude über die neue Frisur wie weggeblasen und ihr wurde übel.

***

Geschäftig lief Hannah durch das Haus. Es gab so viel, das sie beschäftigte und gelöst werden musste. Da war zum Beispiel die Bewerbung, die sie zwar abgeschickt, aber im letzten Moment wieder zurückgezogen hatte. Es war die fünfte mittlerweile, seit sie hier lebten. Jeder hatte sie nehmen wollen. Die Gespräche waren nur noch Makulatur, doch die Angst, erneut zu versagen, war zu überwältigend. Auf der anderen Seite stieg mit jedem Rückzieher Hannahs Unzufriedenheit. Nun, da Kurt da war und sich in jeder freien Minute um Eva kümmerte, hatte sie deutlich weniger zu tun und sie spürte die Leere in sich. Diese wiederum befeuerte die Spirale der Zweifel und so drehte sie sich im Kreis und wurde immer missmutiger über ihr eigenes Verhalten. Seit Beginn ihres Medizinstudiums hatte sie sich über ihre Arbeit definiert. Je mehr berufliche Erfolge sie erzielt hatte, desto zufriedener war sie insgesamt gewesen. Doch nun fielen diese durch ihr eigenes Zögern weg und sie fühlte sich, als hätte sich unter ihr ein Loch aufgetan und drohte, ihr den Boden unter den Füßen wegzuziehen.

Umso froher war sie daher, endlich eine neue Aufgabe zu haben. Sie würde die Gartenlaube herrichten müssen, damit man darin einige Tage überleben konnte. Frau Teitelbaum hatte ihr klare Anforderungen geschickt. Es fehlte dort eine Schlafmöglichkeit, aber auch eine Ecke, wo sie Verletzungen untersuchen und verarzten konnte, doch all das musste möglichst unauffällig geschehen, um kein Aufsehen zu erregen. Es war eine spannende Aufgabe, die ihr bevorstand, und wichtig obendrein. Sie konnte dadurch Leben retten und langsam wieder einen Zeh darein tippen, Patienten zu behandeln, ohne dass es gleich ein so großer Rahmen war. Sie würde Geflüchtete, Verfolgte, Gegner des Naziregimes, die verletzt waren, erstversorgen, bevor sie weiterzögen. Es war eine Menge Arbeit, die ihr bevorstand, aber nach ihrem Gespräch mit Alma, die sie darin bestärkt hatte, war sie fest entschlossen, es zu tun. Es war eine Aufgabe, die sie hoffentlich wieder zu alter Stärke zurückführen konnte, obwohl sie eine gewisse Gefahr mit sich brachte, denn die Arme der Nazis reichten weit. Auch über Ländergrenzen hinweg und sie wären nicht begeistert, dass sie ihre Gegner unterstützte, wenn sie es mitbekämen.

Als sie durch den Garten ging, um zu sehen, was noch alles im Häuschen zu erledigen war, erspähte sie ein Nest in einem Baum. In ihm lagen vier blaue Eier. Hannah lächelte. Wenn das kein gutes Zeichen für einen Neuanfang war, dann wusste sie es auch nicht. Trotzdem würde sie ihre Pläne fürs Erste für sich behalten, um niemanden in Schwierigkeiten zu bringen.

Eine Menge war zu tun, bis es so weit war, dass dort Menschen Unterschlupf suchen konnten. Das Häuschen stand voller Gerümpel und es roch muffig. Aber Hannah war entschlossen, es anzupacken. Eigentlich wäre es an der Zeit gewesen, Blumen in die Kästen vor den Fenstern zu pflanzen, wie es hier so viele taten. Doch das musste warten. Auch Lucie, die bei ihrem Einzug fest geplant hatte, ihren Balkon zu verschönern, war durch den vielen Sport und die Schule noch nicht dazu gekommen. Und Hannah brauchte jetzt etwas Handfestes, etwas, das geeignet war, Leben zum Positiven zu verändern. Auch ihr eigenes. Sie hatte mehr und mehr Albträume, von denen sie sich nicht lösen konnte und die sie auch am Tag noch verfolgten und ihr auf die Stimmung schlugen. Sie merkte, wie sie sich jeden Tag ein kleines bisschen mehr von den Menschen zurückzog. Die Unsicherheit, die sie, seit die Polizei sie in Berlin fälschlicherweise abgeholt und ins Gefängnis gesteckt hatte, umklammerte und die durch Ursulas Tod noch verstärkt worden war, wuchs mit jedem Tag, den sie nicht praktizierte, an.

Doch jetzt würde sie das Ruder herumreißen. Sie war bereit, ihr Leben wieder in die Hand zu nehmen, der Unsicherheit die Stirn zu bieten und ihre Frau zu stehen, und sie würde damit beginnen, das Gartenhäuschen auszuräumen und zu streichen. Das konnte ja nicht so schwer sein.

Nachdenklich deckte sie im Esszimmer den Tisch für das Abendbrot. Sie hatten Gäste eingeladen. Die Teitelbaums aus der Synagoge. Natürlich hatte das einen Hintergrund, den die anderen Familienmitglieder noch nicht einmal ahnten, nämlich die Inspektion des Gartenhäuschens bezüglich seiner Eignung für das Projekt, das sie mit Frau Teitelbaum plante, doch offiziell war es der Besuch des Rabbis mit seiner Frau.

Sie war gerade dabei, die guten Teller auf dem Tisch zu verteilen, als sie hörte, wie die Tür ging. Nanu? Wer kam denn jetzt? Lucie war noch eine Weile beim Sport. Kurt war oben mit Eva und arbeitete an seinem Kommentar und Daniel bei seiner Arbeitsstelle im Büro. Ob er heute vielleicht eher nach Hause käme? Das wäre eine hübsche Überraschung. Oder hatte Ariel heute früher Schluss in der Uni?

Mit einem breiten Lächeln lief sie in den Flur, um den Ankömmling willkommen zu heißen.

Es war Ariel. Doch er kam nicht allein. Lucie war bei ihm und sie …

»Ach je!«, rief Hannah und schlug sich die Hand vor den Mund.

»Ich habe sie in der Straßenbahn aufgegabelt, wo sie laut lachend mit ein paar Mädchen herumalberte«, erklärte Ariel mit strengem Gesichtsausdruck.

»Das waren Dorli und Innegrit.« Lucies Stimme war leise und sie starrte angestrengt auf ihre Schuhspitzen.

»Du hast mir doch erzählt, du wolltest zum Sport.« Hannah spürte, wie ihr Rachen eng wurde. Hatte Lucie sie etwa das eine oder andere Mal angelogen, wenn sie gesagt hatte, sie gehe zum Training? Aber sie hatte doch mit ihrem Trainer geredet damals. Wie lang war das her? War Lucie seitdem überhaupt weiter dort hingegangen?

»Wollte ich auch. Danach.« Lucie blickte auf. Tränen standen in ihren Augenwinkeln.

»Warum hast du das gemacht? Deine schönen Haare!« Hannah seufzte. Sie hätte am liebsten losgeheult.

»Es hat sich irgendwie richtig angefühlt. Tut mir leid.« Ihre leisen Worte waren kaum zu verstehen.

»Du wolltest uns etwas beweisen nach der Sache mit Herrn Biermann? War es das? Aber warum gleich so radikal? Du hattest so wunderschöne schwarze Haare. Wie Schneewittchen. Und jetzt? Sieh dich an!«

»Zumindest ist es modern. Die meisten Frauen tragen heutzutage Kurzhaarfrisuren«, bemühte sich Ariel, seiner kleinen Schwester beizuspringen.

»Das spielt doch keine Rolle. Entscheidend ist, dass du es ohne unsere Einwilligung getan hast. Genauso wie diese Geschichten über unseren Glauben. Wo soll das alles noch hinführen, Lucie? Du bist erst siebzehn. Ich habe keine Ahnung, wie Papa darauf reagieren wird. Wahrscheinlich wirst du eine Weile auf den Sport verzichten müssen.«

Lucie senkte wieder den Blick. »Es tut mir leid. Ich weiß auch nicht, was in mich gefahren ist. Aber die Sache mit Herrn Biermann … Ich habe mich einfach übergangen gefühlt. Und außerdem ist es so viel praktischer beim Training, wenn ich nicht erst zehn Minuten diese Haarfluten bändigen muss und sie mir dann doch im unpassendsten Moment ins Gesicht fallen.«

»Geh jetzt hinauf und bring dich in Ordnung für das Essen nachher. Ich werde sehen, wie ich Papa vorsichtig darauf einstimmen kann, um den Schock abzumildern.«

»Könntest du ihm nicht sagen, du hast es erlaubt? Bitte!« Die Augen ihrer Jüngsten blickten sie flehend an.

»Und du weiter fröhlich umherläufst und Gott und der Welt Lügen auftischst? Nein, Lucie, damit muss Schluss sein. Ich werde deinen Vater nicht anlügen. Das ist das Ende jeder Beziehung.«

Lucie nickte mit gesenktem Kopf und ging langsam die Treppen hinauf. Ariel verzog den Mund, dann folgte er ihr.

Hannah blieb stehen, wo sie war, und bemühte sich, ihren Schrecken zu verarbeiten, hörte dabei aber, wie ihre Kinder leise miteinander sprachen, während sie nach oben gingen.

»Sei froh, dass ich ihr nicht auch noch davon erzählt habe, wie du in der Bahn versuchst hast, so zu tun, als würdest du mich nicht kennen.«

»Du hast eine Kippa getragen. Warum machst du das plötzlich wieder? Dann sieht doch jeder sofort, dass du Jude bist.«

»Ich habe nichts zu verstecken.«

Oben klappten die Türen. Offenbar war jetzt jeder in seinem Zimmer.

Hannah biss sich auf die Unterlippe. Wer war sie, dass gerade sie das Lügen verurteilte, wo sie ein paar Momente vorher beschlossen hatte, der Familie nichts von ihrem Vorhaben zu erzählen?

Kapitel 23

Die Stimmung beim Abendessen war kühl. Hannah wusste, dass das zum größten Teil natürlich an Lucies unüberlegten Schritt lag, sich ohne ihre Zustimmung die Haare abschneiden zu lassen.

Daniel hatte die Nachricht von Lucies abrupten Frisurwandel nicht allzu gut aufgenommen, als sie ihm davon berichtet hatte, doch er kam ihrer Bitte nach, die Sache bis nach dem Essen ruhen zu lassen. Allerdings war deutlich zu merken, dass es in ihm brodelte, während er den Braten aufschnitt, der zu Ehren der Teitelbaums aufgefahren worden war.

Herr und Frau Teitelbaum schienen von dem Ärger glücklicherweise nichts mitzubekommen. Herr Teitelbaum rückte der fremd aussehenden Lucie sogar formvollendet den Stuhl zurecht, bevor er selbst Platz nahm und höflich allen Anwesenden zunickte.

»Wir möchten uns noch einmal herzlich für die Einladung bedanken. Es ist immer schön, neue Mitglieder unserer Gemeinschaft auch in ihrem persönlichen Umfeld genauer kennenzulernen. Und Sie sind wirklich eine richtige studierte Ärztin, Frau Friedländer?«

Hannah nickte mit gequältem Lächeln. Hoffentlich führte das Ganze nicht wieder zu der Frage, warum sie derzeit nicht praktizierte.

Herr Teitelbaum war als Rabbi der hiesigen Synagoge bekannt für sein ausuferndes Interesse an allen Menschen. Doch er lächelte nur gütig nickend in die Runde. Hannah ließ den Blick schweifen. Es war ihr ein wenig peinlich, dass alle Familienmitglieder irgendwie grimmig dreinblickten. Lediglich Ariel strahlte aufmerksam zurück. Herr Teitelbaum schien sein Idol zu sein. Frau Teitelbaum war eine schmale, hoch aufgeschossene Frau, die ihren Gatten um einen halben Kopf überragte. Zu ihrem großen Kummer hatten sie keine eigenen Kinder, doch umso intensiver kümmerten sie sich um die Schäfchen ihrer Gemeinde, denen sie all ihre Energie schenkten. Hannah lächelte ihre beiden Gäste höflich an, während sie ihnen die Schüssel mit den Kartoffeln reichte. Sie sah, dass Daniels Stirn gefurcht war, als er die Weingläser füllte. Die Teitelbaums schienen sich jedoch an der spürbaren Verstimmung nicht zu stören, denn vor allem Herr Teitelbaum plauderte angeregt mal mit Lucie zu seiner Linken, mal mit Kurt zu seiner Rechten.

Das Gespräch tröpfelte ein wenig stockend dahin. Niemand war in der Stimmung für Unterhaltung. Jeder war mit seinen eigenen Sorgen beschäftigt, und Hannah suchte nach einer Möglichkeit, Frau Teitelbaum unauffällig das Gartenhäuschen zeigen.

Lucie war den ganzen Abend sehr still gewesen und hatte nur recht einsilbig auf die Fragen des Rabbis reagiert. Wahrscheinlich, weil sie froh darüber war, dass die Aufmerksamkeit auf etwas anderes gelenkt worden war als ihre neue Frisur.

Eigentlich hatte Herr Teitelbaum Lucie nur ein Kompliment machen wollen, nachdem sie endlich wieder so eloquent wie sonst auf eine seiner Fragen reagiert hatte, als er sagte: »Aus dir könnte auch mal eine gute Juristin werden, genauso wie dein Vater und deine Brüder.«

»Meine Pläne stehen fest: Ich studiere Ägyptologie und Archäologie«, sagte Lucie bestimmt.

»Geht das überhaupt in der Schweiz?«, mischte sich Kurt ein, während er an seinem Wasser nippte.

Er hatte keinen Wein haben wollen und darüber war Hannah sehr froh gewesen. Jeder Schluck konnte ihn zurück an die Flasche katapultieren. »Die Schweiz war das erste Land, das Frauen regulär zum Studium zugelassen hat«, warf Hannah ein.

»Das schon. Aber diese Kombination ist sicherlich nicht an jeder Universität vertreten«, gab Kurt zu bedenken.

»Nun, darum kümmern wir uns, wenn es so weit ist. Vielleicht findet Lucie ja noch etwas anderes, das geeigneter wäre …«, begann Daniel, wurde aber brüsk von Lucie unterbrochen.

»Bitte, Papa, nicht schon wieder. Egal, wie sehr ihr euch dagegen sperrt: Ich bin fest entschlossen. Und allein herumreisen muss ich nicht, denn vielleicht fährt mein Ehemann dann immer mit. Und ich kann dir versichern: Es wird nicht dieser Herr Biermann sein.«

»Ich finde deinen Ton äußerst unangemessen, junges Fräulein. Vor allem im Hinblick darauf, dass wir Gäste haben«, sagte Daniel und nickte den Teitelbaums entschuldigend zu.

Hannah hielt die Luft an. Noch eine Auseinandersetzung zwischen ihrem Mann und Lucie würde sie jetzt nicht überstehen.

»Ich wollte Frau Teitelbaum noch unseren Garten zeigen. Würdet ihr uns kurz entschuldigen?«

»Ich komme mit!«, sagte Lucie entschlossen und stand auf.

»Das ist unnötig. Räum doch bitte den Tisch ab, während wir draußen sind. Dann können die Männer im Wohnzimmer noch ein Gläschen trinken und etwas rauchen.«

Lucie verzog den Mund, widersprach aber nicht, sodass Hannah ungehindert mit Frau Teitelbaum in den Garten verschwinden konnte. Natürlich hatte keine von ihnen Interesse daran, die Beete zu bewundern, sondern es ging ihnen viel mehr darum, festzustellen, ob das Gartenhäuschen für ihre Zwecke geeignet wäre.

Das war es. Hannah erläuterte ausführlich, wie sie das Häuschen herrichten wollte. Frau Teitelbaum lächelte sie an. »Ich freue mich so sehr, dass sie zugestimmt haben, zu helfen. Sie glauben gar nicht, wie viel Not es mittlerweile gibt.«

Hannah nickte ihr lächelnd zu. »Ich freue mich, etwas Gutes tun zu können. Gleich morgen früh mache ich mich daran, das Gartenhäuschen herzurichten.«

Frau Teitelbaum griff nach ihrer Hand. »Wunderbar. Das werden wir Ihnen nicht vergessen, Frau Friedländer! Vielen Dank!«

Und damit war alles gesagt. Jetzt erschien Herr Teitelbaum im Hauseingang und winkte ihnen zu.

»Ich komme, mein Lieber. Ich bin schon fast da!«, rief Frau Teitelbaum ihm entgegen.

Nach der Verabschiedung der Gäste lief Hannah in Gedanken versunken zurück ins Esszimmer. Es fühlte sich gut an, wieder etwas zu tun und nicht einfach wie ein verängstigtes Kaninchen in seinem Bau abzuwarten. Genau deshalb würde sie sich auch gleich morgen nach dem obligatorischen Besuch bei Alma und Wilhelm daran machen, das Gartenhäuschen auf Vordermann zu bringen.

»Mama, hast du Milli heute irgendwo gesehen?«, fragte Lucie.

Hannah krauste die Stirn. »Nein, ich glaube nicht. Ist sie schon wieder nicht zurückgekommen?«

»Ich fürchte ja. Wenn ich bloß wüsste, wo sie immer steckt.« Lucies Gesicht unter der ungewohnten neuen Frisur wirkte bekümmert.

»Bisher ist sie noch jedes Mal wieder aufgetaucht. Aber wenn sie morgen nicht aufkreuzt, machen wir uns auf die Suche nach ihr.«

Kapitel 24

Eva liebte es, auf einer Decke auf dem Rasen zu liegen und akribisch jeden einzelnen Grashalm zu untersuchen. Und Alma war begeistert davon, Eva um sich zu haben, deswegen brachte Hannah die Kleine gerne mit zu ihren Besuchen bei den Waldners. Außerdem würde sie Alma ablenken, während Hannah nach Wilhelm sah. Sie hasste es, die abgrundtiefe Traurigkeit in Almas Augen zu sehen, wenn sie aus dem Schlafzimmer kam, in dem es Wilhelm immer schlechter ging. Es war nur noch eine Frage von Tagen, bis er sterben würde, da war sich Hannah sicher. Günther nahm das ganze Elend mit stoischer Gelassenheit auf. Er stand Alma zur Seite und kümmerte sich mit Hingabe um Wilhelm. Er brachte ihm Essen, rieb seinen Rücken ein, las ihm vor und verschaffte ihm jedwede Erleichterung, die er ihm geben konnte. Es war erstaunlich, mitanzusehen, wie reif und mitfühlend er für sein junges Alter war, und Hannah war dankbar, dass Alma ihn um sich hatte, wenn es mit Wilhelm zu Ende ging. Seit Ariel Günther geholfen hatte, die Wissenslücken für die Schule zu schließen, war er wieder der Alte: Ein freundliches, hilfsbereites, aufgeschlossenes Kind, das seinen Eltern Freude machte.

Hannah drückte die Tür zu dem Gärtchen auf. Alma hockte zwischen ihren Rosen und knipste hier und dort etwas ab.

»Sieh mal, wen ich mitgebracht habe«, rief Hannah.

Alma richtete sich auf und schob sich eine Strähne aus dem Gesicht, die sich aus Tuch, das sie um den Kopf geschlungen hatte, gelöst hatte. Ein Lächeln umspielte ihre Lippen, doch es erreichte nicht ihre Augen, in denen diese Hoffnungslosigkeit stand, die Hannah in den letzten Tagen häufig bei ihr gesehen hatte.

»Evalein, wie schön! Das ist ein wahrer Lichtblick.« Alma trat aus dem Beet und rieb sich die erdigen Hände an ihrer Schürze sauber, bevor sie nähertrat, Hannah zur Begrüßung flüchtig umarmte und sich dann der Kleinen widmete. Sie strich ihr über den Kopf, redete mit ihr und nahm sie aus dem Kinderwagen.

»Kann ich sie bei dir lassen? Ich will erst mal nach Wilhelm sehen?«, fragte Hannah.

»Sehr gerne. Wir beide werden uns schon amüsieren, nicht wahr, Evalein?«

Hannah breitete die mitgebrachte Decke auf dem Rasen aus, damit sich Alma mit der Kleinen daraufsetzen konnte. »Es geht ihm schlechter?«, fragte sie leise.

Alma nickte und wischte sich schnell eine Träne von der Wange.

»Ich bin bald wieder da. Wenn sie Hunger hat: In der Tasche sind ein paar Sachen für sie.«

»Wir kommen schon zurecht«, sagte Alma und ließ sich mit Eva auf der Decke nieder.

Hannah machte sich mit einem beklommenen Gefühl in der Magengrube auf den Weg ins Haus. Bevor sie die Klinke zur Schlafzimmertür herunterdrückte, blieb sie einen Moment stehen und atmete tief ein. Es bedrückte sie, Almas Liebsten so zu sehen. Wie sehr wünschte sie sich jedes Mal, etwas für ihn tun zu können, um ihn zu retten und so zu verhindern, dass Alma und Günther allein - ohne ihn - zurückbleiben mussten. Doch es gab nichts mehr, was sie wirklich für ihn tun konnte, außer, ihm die Schmerzen zu nehmen.

Sie hob die Hand und klopfte. »Wilhelm? Ich bin es, Hannah«, rief sie und drückte die Klinke herunter.

Als sie zwanzig Minuten später zu Alma und Eva in den Garten zurückkehrte, fühlte es sich an, als würde die Traurigkeit und Schwere, die bei Wilhelms Anblick von ihr Besitz ergriffen hatten, ein wenig von ihr abfallen. Die Hilflosigkeit, die sie trotz ihrer langen Ausbildung und Praxis empfand, bedrückten sie. Er war kaum mehr in der Lage zu reden und nur noch ein Schatten seiner selbst. Aber die strahlende Sonne und Almas glücklich blitzende Augen, während sie mit Eva spielte, ließen sie aufatmen.

Wie gerne hätte sie es Wilhelm ermöglicht, all das zu sehen, doch das war in seinem Zustand mittlerweile viel zu beschwerlich.

Als Alma ihre Schritte hörte, die von dem dichten Grasboden gedämpft wurden, blickte sie auf. Sofort umwölkte sich ihre Stirn wieder.

»Und?«, fragte sie nur.

Hannah sah sie einen Augenblick hilflos an. Wie gerne hätte sie der Freundin etwas Hoffnungsvolles gesagt, doch das wäre gelogen.

»Ich habe ihm etwas gegen die Schmerzen gegeben.«

»Wie lange hat er noch?«

Hannah schüttelte den Kopf. »Das kann ich nicht sagen. Er ist schon sehr schwach. Alma, wenn du mich brauchst …« Sie hatte sich neben Alma auf die Decke gesetzt und den Arm um ihre Schultern gelegt.

Alma schüttelte den Kopf. »Das ist lieb von dir und eine große Beruhigung. Es ist besser, wenn er sich nicht mehr quälen muss. Das Atmen fällt ihm schwer und seine Beine sind voll Wasser. Ich bin doch nicht blind.«

»Nein, das bist du nicht. Es sollte jetzt gehen. Er schlief, als ich ihn verließ.«

Alma presste kurz die Lippen zusammen. »Es ist gut. Wenn er wenigstens keine Schmerzen hat, bin ich schon beruhigt.«

Hannah nickte wortlos. Es gab nichts mehr dazu zu sagen. Alle wussten, was zu erwarten war.

Eine Weile saßen sie schweigend da und hingen jede ihren Gedanken nach. Eva lag auf der Decke und berührte immer wieder mit irritiertem Blick die Grashalme. Beim Anblick der Kleinen wurden in Windeseile alle dunklen Gedanken vertrieben.

»Deine Rosen riechen wundervoll«, sagte Hannah schließlich und sog mit geschlossenen Augen den Duft ein. Der ganze Garten war erfüllt davon.

»Ja, sie sind wirklich schön. Allerdings hat sich irgendjemand daran vergriffen, denn meine rosa Rose hat plötzlich ihre schönste Blüte eingebüßt.«

»Was? Aber wer sollte denn so etwas machen?«, wunderte sich Hannah. »Vielleicht hat Hedel einen Verehrer und beschenkt ihn mit deinen Rosen? », witzelte sie.

»Du hast Ideen. Da kannst du gleich denken, Günther hätte eine Angebetete.« Alma grinste. »Ist Milli eigentlich wieder aufgetaucht?«

»Dankenswerterweise ja. Es ist anstrengend, immer diese Aufregung wegen der verschwundenen Katze zu ertragen. Ich frage mich nur, beim wem sie nebenbei wohnt, denn sie kommt immer sauber und trocken und gut genährt zurück. Das Ganze ist wirklich ominös.«

»Eines Tages wird auch dieses Rätsel gelüftet. So, ich muss jetzt zurück ins Haus. Ich wollte Wilhelm ein bisschen

Milchreis mit Apfelmus kochen. Das hat er früher immer so gern gegessen.« Almas Augen blitzten hoffnungsvoll.

Hannah kniff die Lippen zusammen und sagte leise: »Mach dir keine allzu große Hoffnung, Alma. Ich habe nicht den Eindruck, dass Wilhelm noch viel essen wird.«

Alma sah sie an. Tränen schossen in ihre Augen. Sie wischte sie nicht ab, sondern nickte nur. »Ich weiß. Ich weiß«, sagte sie leise. »Aber zumindest Günther wird sich darüber freuen.«

»Das wird er bestimmt. Grüß ihn von mir und Wilhelm auch, wenn er aufwacht. Ich komme morgen wieder«, sagte Hannah und setzte Eva in ihren Kinderwagen.

»Aber bring Eva mit. Sie ist so ein Sonnenschein in der Dunkelheit.« Alma raffte ihre Gartenutensilien zusammen und legte sie in ihre Schürze, die sie hochhielt wie ein Netz.

»Das mache ich sehr gerne.« Hannah trat zu Alma und gab ihr einen Kuss auf die Stirn. »Bleib stark.«

Alma sah sie mit vor Tränen schimmernden Augen an und nickte. »Ich gebe mir Mühe.«

Kapitel 25

Juli 1932

Das Training war heute ein voller Erfolg. Lucie schaffte es, gleich zwei ihrer Bestzeiten zu verbessern, und Herr Meyer zeigte sich darüber sehr zufrieden. Sie redeten über die Olympischen Sommerspiele, die bald in Amerika stattfanden. Wegen der Weltwirtschaftskrise konnten nur halb so viele Mannschaften teilnehmen wie bei den vorhergehenden Spielen, weil die Anreise nach Kalifornien einfach zu teuer war, aber dennoch war es faszinierend, sich vorzustellen, eine von den Sportlerinnen dort zu sein.

»Ich bin sicher, dass wir nach dem Trainingslager auch hier überraschende Erfolge sehen werden.« Er nickte ihr zu. »Du bist auf einem guten Weg, Lucie! Bleib dabei. Es war zwar zu spät für die Sommerspiele in Los Angeles, aber ich sehe gute Chancen, dich bis zu den Spielen in Berlin ausdauernd und stark genug zu machen, damit du eine Chance aufs Treppchen hast.«

Sie lachte ihn an und nickte. »Ich tue, was ich kann, Trainer!«

Natürlich sah sie Dorlis finsteren Blick und ihr neidvolles Schulterzucken, doch das war ihr egal. Die Sonne strahlte, das

Wochenende stand vor der Tür und das Leben war schön! In zwei Wochen würden bereits die einmonatigen Sommerferien beginnen und die Sonne strahlte vom Himmel.

Als dann noch Frau Meyer und die Mädchen vorbeikamen und Äpfel für alle im Gepäck hatten, war ihr Glück vollkommen. Lucie war beeindruckt von der Sanftheit, die die Frau des Trainers ausstrahlte und mit welcher Zärtlichkeit sie an ihrem Mann und den Töchtern hing. Egal, was Herr Meyer sagte, sie quittierte es mit einem Lächeln und begeistertem Kopfnicken. Müsste sie Paul auch mehr bestätigen? Würde dann alles besser zwischen ihnen? Doch das war nicht das eigentliche Problem ihrer Beziehung und sie war einfach nicht dieser weiche und milde Typ wie Frau Meyer.

Auf der Rückfahrt hatte sich dann auch Dorli wieder beruhigt, und als sie in der Nähe der Schule ausstiegen, wo Lucie eine andere Bahn nehmen musste und die beiden Freundinnen zurück ins Internat gehen würden, fühlte sie sich wie die Königin der Welt.

Bei der Verabschiedung am Bahnsteig erinnerte Innegrit lachend daran, wie eine Mitschülerin sich heute einen lustigen Patzer geleistet hatte und in der Erinnerung daran, brachen alle drei erneut in Lachen aus. Im gleichen Moment spürte Lucie, wie ihr jemand auf die Schulter tippte.

Überrascht drehte sie sich um. Es würde doch nicht schon wieder Ariel sein, der sie mit seiner Kippa unnötig in Erklärungsnot brachte?

Wie konnte er … nein unmöglich! Sie riss die Augen auf, bis sie ihr fast aus den Höhlen fielen und schnappte nach Luft. Damit hätte sie nicht gerechnet. Wahrlich nicht!

Vor ihr stand Paul und breitete lächelnd die Arme aus. Lucie wurde gleichzeitig heiß und kalt. Zum einen war da die Freude, den Freund endlich und vor allem so unverhofft wiederzusehen, nachdem sie den zuletzt geplanten Besuch kurzfristig hatte absagen müssen, zum anderen spürte sie die neugierigen Blicke der Freundinnen in ihrem Nacken.

Am liebsten hätte sie sich einfach in seine Arme fallen lassen, doch das konnte sie im Angesicht von Dorli und Innegrit, die sie für eine keusche Katholikin hielten, nicht tun, denn dann würde keine von ihnen noch an diese Geschichte glauben.

»Paul«, hauchte Lucie kraftlos. »Was machst du denn hier?«

Pauls strahlende Freude darüber, sie zu sehen, machte es ihr schwer, dem Drang zu widerstehen, ihm einfach um den Hals zu fallen und zu küssen, doch sie war fest entschlossen, sich so etwas für später aufzuheben, bis sie unter sich waren. Weg von den gespannten Blicken der Freundinnen und anderer Neugieriger. Zürich war schließlich deutlich kleiner als Berlin und hier sprachen sich Sachen weitaus schneller herum, als es dort der Fall war. Sie konnte sich keinesfalls leisten, dabei gesehen zu werden, wie sie einem fremden, gut aussehenden jungen Mann um den Hals fiel.

»Ich bin extra aus Berlin gekommen, um dich zu überraschen«, rief er freudig.

Attraktiv wie immer und vielleicht sogar noch ein wenig muskulöser und insgesamt stattlicher lächelte er sie an. Sie spürte, wie die Freude darüber, ihn zu sehen, immer stärker in ihr aufwallte, nachdem der erste Schreck über sein plötzliches Auftauchen überwunden war.

»Das … ist wirklich wundervoll«, stotterte sie, überfordert mit der Situation. Dann streckte sie ihm sittsam, wie es sich gehörte, die Hand hin. Sie konnte förmlich sehen, wie die Freude, die sein Gesicht erhellt hatte, schlagartig erlosch. Er runzelte die Stirn und sah sie fragend an.

»Willst du uns nicht vorstellen?«, hörte sie plötzlich Dorlis Stimme hinter sich.

Lucie schluckte. Was sollte sie bloß sagen? Sie konnte Paul keinesfalls als ihren Freund vorstellen.

»Dorli, Innegrit, das ist mein Vetter Paul aus Berlin. Er ist gekommen, um unserer Familie einen Besuch abzustatten.« Schweiß hatte sich auf ihrer Stirn gebildet. Sie wischte ihn ungehalten weg. Doch viel schlimmer war Pauls Blick. Er sah aus wie ein angeschossenes Reh, als er sich wegdrehte und sich mit schnellen Schritten entfernte.

»Entschuldigt bitte!«, rief Lucie den Freundinnen zu, dann spurtete sie ihm hinterher. Eine Straßenecke weiter hatte sie ihn schließlich eingeholt.

»Paul, warte doch!«, rief sie, doch er lief einfach weiter. »Wir müssen in die andere Richtung. Wo willst du denn hin?«

Jetzt blieb er abrupt stehen und drehte sich zu ihr um. Seine Augen wirkten dunkel vor Ärger.

»Was passiert hier gerade?«, fragte er. »Da komme ich extra den weiten Weg aus Berlin hierher, damit wir uns endlich wiedersehen können, und dann behandelst du mich wie … wie … keine Ahnung! Und dann gibst du mich auch noch als deinen Vetter aus. Bin ich dir jetzt peinlich, oder was?«

»Nein, nein, das ist es nicht. Ich freue mich unglaublich, dass du da bist. Es ist nur: Hier ist es nicht so gern gesehen, wenn man in unserem Alter schon in einer Beziehung ist. Es hat rein gar nichts mit dir zu tun«, versicherte sie ihm. »Bitte, Paul! Ich bin unglaublich froh, dich zu sehen. Komm, lass uns nach Hause gehen. Ich habe dir so viel zu erzählen.«

Er stand mit verschränkten Armen da und sah sie an. Seine Stirn lag immer noch in Falten und er musterte sie mit zusammengepressten Augen.

»Hast du eine Ahnung, was ich auf die Beine stellen musste, um hierher zu dir zu kommen? Meine Eltern glauben, dass ich mit der Hitlerjugend unterwegs bin. Ich musste mehrere Leute schmieren, damit sie dichthalten und meine Geschichte bestätigen.«

»Das tut mir leid! Wirklich Paul! Ich bin überglücklich, dass du da bist. Aber bitte, lass und von hier verschwinden und in Ruhe miteinander reden. Komm, die anderen werden sich auch freuen, dich zu sehen. Woher wusstest du überhaupt, wo du mich findest?«

Er atmete tief aus. »Na schön! Aber halte mich nicht wieder zum Narren. Ariel hat mich am Bahnhof abgeholt und mir erklärt, wo du zu dieser Zeit in etwa sein müsstest.«

»Ich verspreche feierlich, so etwas nicht wieder zu tun. Ariel wusste also, dass du kommen würdest?«

»Wie sonst hätte ich dich in der fremden Stadt aufspüren können? Ich hatte zwar eure Adresse, aber ich wollte dich doch überraschen.« Paul lächelte traurig.

Während der gesamten Bahnfahrt schwiegen sie sich an. Immer wieder warf Lucie Paul einen prüfenden Blick zu oder schickte ihm ein unsicheres Lächeln, doch er sah mit aufeinandergepressten Zähnen stur geradeaus. Er schien ihr noch immer übel zu nehmen, dass sie ihn als ihren Vetter ausgegeben hatte. Sie hätte gerne ein Gespräch mit ihm begonnen. Eine kleine Plauderei nur, um die Stimmung zu lockern, aber seine abweisende Haltung ließ sie davor zurückschrecken. Sie hatte Angst, was er ihr womöglich an den Kopf werfen würde, wenn die Schleusen erst geöffnet wären, und sie wollte eine solche Szene in der Bahn verhindern. Zu viel hing davon ab. Sie konnte sich vorstellen, wie sich alle hier die Mäuler zerreißen würden, wenn sie als Minderjährige einen festen Freund hatte. Jeder nähme sofort an, es ginge ihnen nur um Unzucht, dabei hatten sie wahre Gefühle füreinander. Das konnte man ja auch deutlich an Pauls gekränkter Haltung erkennen.

Noch immer erschien es ihr unwirklich, dass er leibhaftig neben ihr saß, sie seinen Arm an ihrer Schulter spürte, und sie genoss die Wärme, die seine Haut ausstrahlte.

Kurz, bevor die Straßenbahn anhielt, nickte sie Paul zum Zeichen des Aufbruchs zu und stand dann auf.

»Müssen wir hier raus?«, fragte er. Seine Stimme war kalt und abweisend.

»Genau. Und dann ist es nur noch ein kurzes Stück.« Lucie erschrak über den Klang ihrer eigenen Stimme. Sie war unsicher und demütig, als müsste sie sich neben ihm bewusst kleiner machen, als sie inzwischen war. Seit sie in Zürich lebten, hatte sie einen deutlichen Zugewinn an Selbstbewusstsein und Energie im Vergleich zu der Zeit in Berlin gewonnen, doch es schien ihr, als würde sie das vor Paul bewusst verstecken, um ihn nicht noch mehr zu erzürnen.

Sie liefen schweigend nebeneinanderher und sie traute sich auch nicht, nach seiner Hand zu greifen. Die Distanz zwischen ihnen schien mit jedem Schritt zu wachsen. So ging es nicht weiter!

»Es ist schön, dass ich dir endlich Zürich zeigen kann. Es ist ganz anders als Berlin, findest du nicht?«, fragte sie mit betont munterer Stimme.

»Ich bin nicht gekommen, um Zürich zu sehen«, knurrte Paul, ohne sie anzusehen.

»Schon klar. Ich dachte nur, es wäre ein netter Nebeneffekt.«

»Warum hast du dir die Haare abgeschnitten?«

Lucie zuckte mit den Schultern. »Es war ein spontaner Entschluss und es ist so viel praktischer beim Sport.« Diese Geschichte erzählte sie allen, die sich nach dem Verbleib ihrer langen Mähne erkundigten. Sie biss sich auf die Lippen. Sollte sie Paul erzählen, dass sie es vor allem getan hatte, um ihren Eltern eins auszuwischen? Aber er war so unzugänglich und kalt wie ein Eisblock. Er war ganz anders, als sie ihn zum letzten Mal gesehen hatte.

»Ich bin aus der HJ ausgetreten.«

Lucie riss überrascht die Augen auf. »Was? Aber warum? Das hat dir doch immer so viel bedeutet!«

»Ich musste mich entscheiden. Du oder die HJ. Beides ging nicht zusammen.« Paul zuckte mit den Achseln.

Lucie blinzelte ihn an. Tränen schossen in ihre Augen. Dass er so etwas Schwerwiegendes für sie tun würde, hätte sie nicht erwartet.

»Aber du musst ihnen doch gar nicht von mir erzählen.«

»Hast du eine Ahnung, was sie über die Juden sagen? Und das fast täglich. Ich habe es einfach nicht mehr ertragen, dass sie euch so schlecht machen. Dass sie böse über dich reden, obwohl das vollkommen falsch ist, was sie erzählen. Diese Sprüche vergiften alles. Sie schaffen böses Blut. Du hast keine Ahnung, was da jetzt los ist. Am ersten Oktober soll es den ersten Reichsjugendtag in Potsdam geben, organisiert von den Nationalsozialisten. Mit über einhunderttausend Teilnehmern.«

Lucie blieb stehen. Blinzelte die Tränen weg. »Ich hätte nicht gedacht, dass du so weit gehen würdest für unsere Beziehung …«

Paul hielt an und sah sie an. Trauer stand in seinem Blick. Dann zuckte er mit den Schultern.

»Ja«, sagte er knapp. »Für unsere Beziehung. Weil es einen negativen Einfluss auf sie hatte. Außerdem müsste ich dann aufgrund meines Alters demnächst in die Partei wechseln und das will ich im Hinblick auf uns einfach nicht.«

Lucie schluchzte auf. Ihr schlechtes Gewissen wühlte in ihr. Dann fiel sie Paul stürmisch um den Hals. »Und dann kommst du hierher, überraschst mich, und ich blöde Gans tue so, als würden wir uns kaum kennen, und gebe dich als meinen Vetter aus. Was musst du nur von mir denken? Es tut mir so leid, Paul! So schrecklich leid!«

Er schwieg, erwiderte aber ihre Umarmung, wenn auch ein wenig zögerlich.

»Jeder macht mal etwas Blödes«, sagte er schließlich.

Lucie hielt ihn fest umklammert, während sie schluchzte. »Ich weiß nicht, was aus mir geworden ist. Es ist mir so wichtig, was jeder von mir denkt, dass ich alle, die ich liebe, verleugne und verletze, damit die Wahrheit nicht ans Licht kommt.«

»Dann ist es wohl an der Zeit, Licht ins Dunkel zu bringen und zu dem zu stehen, was und wer du bist.« Er schob sie ein kleines Stück von sich und sah sie an. »Du bist toll so, wie du bist, Lucie. Es macht dich nicht zu einem besseren Menschen, wenn du vorgibst, jemand anderes zu sein.«

Die Tränen flossen an Lucie herab wie Regentropfen bei einem Sommergewitter. Sie war völlig aufgelöst. Pauls überraschender Besuch und dann die aufwühlende Erkenntnis hatten sie alle Zurückhaltung und Vorsicht auf einen Schlag vergessen lassen. Sie ließ ihren Gefühlen freien Lauf und schämte sich dessen nicht.

»Bleibst du jetzt für immer?«, fragte sie hoffnungsvoll.

Paul verzog für den Bruchteil einer Sekunde den Mund, dann sagte er: »Ich hätte mir gewünscht, dass das Thema erst später aufs Tapet kommt, aber darüber müssen wir reden.«

Lucie sah ihn bestürzt an. »Hast du es dir etwa anders überlegt?«

Er schüttelte den Kopf. »Natürlich nicht. Doch meine Eltern sind ein Problem. Ich habe angedeutet, dass ich in die Schweiz gehen möchte zum Studieren, aber davon wollten sie nichts hören. Sie sagen, dass wir eine hervorragende Universität direkt hier in der Stadt haben, sodass es nicht nötig sei, woanders hinzugehen. In Berlin könnte ich schließlich weiterhin bei ihnen wohnen und somit wären die Kosten geringer.«

Lucie schnappte nach Luft. »Hast du ihnen gesagt, dass du in meiner Nähe sein willst? Hier könntest du sicher bei uns wohnen.«

Paul seufzte. »Das ist nicht so einfach, wie du es dir vorstellst, Lucie. Sie … würden es nicht verstehen.«

»Heißt das also, du kommst nicht hierher? Wir müssen weiterhin getrennt voneinander sein?« Sie kniff die Lippen zusammen, doch die Tränen liefen einfach ihre Wangen hinunter.

»Nicht gleich. Aber es ist auf jeden Fall mein Plan, sobald ich selbst darüber entscheiden kann. Ich werde wohl das Studium erst einmal in Berlin aufnehmen, aber so lange nebenher arbeiten, um so viel Geld wie möglich zu verdienen, dann bin ich unabhängig von der Gunst meiner Eltern, auch wenn sie unsere Beziehung ablehnen.«

Auf einen Schlag fühlte sich Lucie unglaublich schlapp. Diese Eröffnung saugte alle Kraft aus ihrem Inneren. Hätte Paul sie nicht an der Hand gehalten, wäre sie einfach zusammengeklappt wie eine rostige Schere. Ihr Traum von einer echten Beziehung mit Paul, bei der sie sich täglich sehen und Zeit miteinander verbringen konnten, war mit einem Mal zerplatzt wie eine Seifenblase.

KAPITEL 26

Kurt ging mit ausladenden Schritten zurück in sein Büro. Die Vorlesung war außerordentlich gut verlaufen. Ein paar wirklich kluge Nachfragen waren gekommen, die ihm zeigten, dass er es schaffte, die Studenten zum Nachdenken zu bringen. Das war es, was ihm wichtig war. Sie brauchten nicht noch mehr Jasager und Abnicker, sondern Menschen, die Dinge kritisch hinterfragten. Genauso wollte er auch Eva erziehen. Aber bis dahin dauerte es wohl noch etwas. Er genoss die Zeit mit ihr mehr, als er es sich je hätte vorstellen können. Es war so wohltuend, zu sehen, dass sie ihn mittlerweile erkannte und wie sie lächelnd die Ärmchen nach ihm ausstreckte, wenn er nach Hause kam. Er war ihr wichtig und das zeigte sie ihm und das war noch viel schöner als jeder berufliche Erfolg, den er sich vorstellen konnte. Trotzdem musste er darüber nachdenken, wie es weitergehen sollte. Sie konnten nicht ewig im Haus seiner Eltern wohnen bleiben, sondern er brauchte auf absehbare Zeit wieder mehr Eigenständigkeit. Aber wie sollte das gehen, mit Kleinkind und ohne Frau? Denn schließlich musste er doch in die Universität und Geld verdienen und irgendwer zumindest in dieser Zeit auf Eva aufpassen.

Als er sich seinem Büro näherte, merkte er, wie seine Schritte deutlich langsamer wurden. Und er wusste auch genau, woran das lag: Er versuchte, das Zusammentreffen mit Fräulein Wyss hinauszuzögern. In der letzten Zeit überschlug sie sich fast bei dem Versuch, sich um ihn zu kümmern. Ja, sie bemutterte ihn nahezu und er hatte langsam, aber sicher, das Gefühl, dabei erdrückt zu werden. Ständig lief sie um ihn herum, machte ihm schöne Augen und zupfte imaginäre Fussel von seinem Jackett, während sie eine Tasse mit dampfend heißem Tee vor ihm auf den Tisch stellte und fragte, was sie noch für ihn tun könne. Er erwischte sich mehr und mehr dabei, in die Bibliothek zu flüchten, anstatt im Büro zu arbeiten. Doch jetzt musste er erst einmal seine Vorlesungsunterlagen zurückbringen und ein paar Dinge aus dem Büro holen und so wäre es unvermeidlich, Fräulein Wyss über den Weg zu laufen. Er straffte die Schultern, atmete tief ein und lief langsam weiter.

»Da ist er ja. Unser Herr Professor! Wie schön! Ich habe Ihnen einen ganz frischen Tee gemacht. Hier, bitte schön!«, rief sie so euphorisch, dass ihre lockende Stimme durch den stillen Gang schallte.

»Das ist sehr nett von Ihnen, Fräulein Wyss. Im Moment möchte ich aber gar keinen Tee«, sagte er, während er sich an ihr vorbeidrückte und den Ordner auf den Schreibtisch legte.

»Soll ich mich darum kümmern? Mache ich sofort.« Ihr sonst so blasses Gesicht glänzte vor Eifer.

»Ich gehe dann mal in die Bibliothek.«

»Schon wieder? Sie sind ja kaum mehr hier!«, sagte sie enttäuscht. »Halt nein, warten Sie: Sie haben eine Einladung zum *dies academicus*. Man munkelt, dass es durchaus sein könnte, dass Sie eine Auszeichnung erhalten.« Sie strahlte ihn an.

»Ich? Das ist ja lachhaft. Ich habe in diesem Semester mehr Ausfälle zu verantworten als jeder andere.«

Sie schüttelte vehement den Kopf. »In Anbetracht der Umstände hat doch jeder Verständnis dafür«, flötete sie. »Sie sollen angeben, mit wem Sie kommen.«

»Sagen Sie das Ganze ab. Ich habe weder Zeit, noch bin ich in der Stimmung, an so einem Zirkus teilzunehmen.«

»Das geht nicht. Jeder Professor geht dort hin. Wenn es daran liegt, dass Sie nicht wissen, wen Sie mitnehmen wollen: Ich wäre mehr als gerne bereit, Sie zu begleiten.« Sie zwinkerte ihm zu.

»Das … ist nicht nötig, vielen Dank!«, stammelte er.

»Oh!« Sie erblasste schlagartig. »Es gibt also eine andere, die Sie …«

»Nein, nein!« Kurt hob abwehrend die Hände. »Ich habe doch gesagt, dass ich kein Interesse an der Teilnahme habe. Ich muss mich um meine Tochter kümmern.«

Fräulein Wyss atmete sichtlich erleichtert auf. »Das ist noch eine ganze Weile hin. Erst Ende April im nächsten Jahr. Bis dahin finden Sie sicher jemanden, der auf Ihre Tochter aufpasst. Außerdem glaube ich kaum, dass Ihre Kollegen Verständnis dafür hätten, wenn Sie wegen Ihrer Tochter absagten«, insistierte sie.

»Und warum nicht? Ich bin doch bereits den ganzen Tag weg von ihr. Irgendwann muss sie mich doch sehen.«

»Sie sollten vielleicht besser eine andere Regelung finden. Man redet schon darüber.«

»Worüber? Dass ich mich um mein Kind kümmere?« Kurt schmunzelte. Das war doch zu abwegig.

Zu seiner Verwunderung nickte Fräulein Wyss. »Genau. Sie sind schließlich ein Mann. Es schadet Ihrem Ruf in der Universität, wenn Sie verstehen, was ich meine«, raunte sie ihm konspirativ zu.

Das Blut rauschte in seinen Ohren. Er glaubte, sich verhört zu haben. Bei Großmutter und dem Dekan hatte er ja noch ein gewisses Verständnis für derart altmodische Ansichten gehabt, aber Fräulein Wyss war eine junge Frau.

»Was soll das heißen? Bin ich etwa ein schlechter Mann, weil ich mich um mein Kind kümmere, das schon ohne seine Mutter leben muss?«, fuhr er auf. Es scherte ihn nicht mehr, dass die Bürotür offenstand und man seine laute Stimme wahrscheinlich den ganzen Flur hinunter hören konnte.

Fräulein Wyss bedachte ihn mit einem nervösen Blick und sah dann zur Tür. »Ich meine es doch nicht böse. Aber vielleicht wäre es besser, wenn Sie sich eine neue Partnerin suchen, die sich um die Kleine kümmern kann. Oder Sie geben sie in gute Hände, wo gut für sie gesorgt wird. Dann sind solche Veranstaltungen auch kein Problem mehr.«

Kurt sah sie fassungslos an, während er die Lippen zusammenkniff, um seine Empörung nicht laut herauszubrüllen.

»Ich danke Ihnen für Ihre Besorgnis, Fräulein Wyss, aber das kommt überhaupt nicht infrage. Ich beabsichtige keinesfalls, jemals wieder zu heiraten und ich werde meine Tochter auf gar keinen Fall weggeben, was auch immer die Leute darüber denken«, sagte er mühsam beherrscht. Dann schnappte er sich Papier und Stift von seinem Schreibtisch und ging zur Tür.

»Sagen Sie alle Abendveranstaltungen ab, Fräulein Wyss. Ich ändere meine Meinung nicht, auch wenn es erst in drei Jahren ist.« Und damit schlüpfte er hinaus. Auf dem Gang atmete er erleichtert auf. So konnte es nicht weitergehen. Inzwischen hatte er schon fast Furcht davor, sein Büro zu betreten. Er musste die Universitätsleitung darum bitten, ihm eine neue Sekretärin zuzuweisen, bevor hier alles noch mehr eskalierte. Offenbar hatte Fräulein Wyss es darauf abgesehen, Ursulas Nachfolge anzutreten. Ihre Forderung, Eva wegzugeben, war schlichtweg absurd. Nur weil er ein Mann war, sollte er also nicht in der Lage sein, sich um ein Kind zu kümmern? So ein Unsinn! Und trotzdem wusste er, dass Fräulein Wyss nur die Einstellung wiedergegeben hatte, die generell in der Gesellschaft herrschte. Doch das war ihm egal. Er würde sich über solche engstirnigen Ansichten hinwegsetzen. Eva war sein Kind. Wahrscheinlich würde er nie wieder eine Frau in sein Leben lassen. Außer Eva natürlich, aber wer konnte diesen niedlichen Fratz schon abweisen, vor allem, weil sie mehr und mehr Ursula glich. Ach, Ursula, dachte er. Sie fehlte ihm so entsetzlich!

***

Obwohl Lucie glückselig darüber war, Paul endlich wiederzusehen, knabberte auch das schlechte Gewissen stärker an ihr als zuvor. Sie musste etwas ändern, so viel stand fest, aber die Frage war, wie sie das anstellen sollte, ohne komplett das Gesicht zu verlieren.

Es gab ein großes Hallo, als sie mit Paul nach Hause kam, denn anscheinend wussten fast alle in der Familie Bescheid, dass er käme. Er hatte Mutter von der Praxis aus angerufen und sie hatten gemeinsam alles in die Wege geleitet. Da die Gästezimmer durch Kurt und Eva belegt waren, hatte sie das Gartenhäuschen ausgeräumt.

»Ich habe gar nichts davon mitbekommen, dass du hier gewerkelt hast«, rief Lucie überrascht.

Mutter lächelte. Man sah ihr den Stolz über das Geschaffte an. Vor allem, als sie die ganze Familie samt Paul und auch Milli, die nachsehen kam, was für ein Tumult da plötzlich im Garten herrschte, zum Häuschen führte und die Tür öffnete, strahlte ihr Gesicht.

»Und das hast du alles allein gemacht?«, fragte Kurt erstaunt.

Mutter winkte ab. »Alma hat mir mit den Vorhängen und der Überdecke geholfen. Ich wollte gerne, dass beides zusammenpasst, und sie kann wundervoll mit der Nähmaschine umgehen. Aber sonst war das mein Werk, ja. Es ist doch schade, so ein Kleinod als Abstellkammer zu missbrauchen, wenn man daraus etwas Schöneres machen kann.«

»Und das ist dir wirklich gelungen. Man bekommt direkt Lust, hier einzuziehen«, sagte Vater anerkennend.

Er hatte recht: Das Häuschen wirkte sehr gemütlich und behaglich und bot überraschend viel Platz. Es gab dort ein Bett, einen Sessel, sogar einen Tisch mit zwei Stühlen.

»Fehlen nur noch ein kleines Bad und eine Toilette, aber das war in der kurzen Zeit leider nicht zu schaffen«, entschuldigte sich Mutter bei Paul.

Der hob abwehrend die Hände. »Das ist wirklich mehr, als ich erwartet hätte. Ein kleines Haus nur für mich. Es ist bezaubernd.«

Lucie sah ihn verliebt an. Immer fand er die richtigen Worte. In den Monaten, in denen sie sich nicht gesehen hatte, war er richtig erwachsen geworden. Er hatte sich weiterentwickelt, während sie in ihrem Gespinst aus Lügen gefangen war, nur um gut da zu stehen. Und dafür hatte sie Paul verletzt. So wollte sie nicht sein! Doch wie sollte sie sich daraus befreien, ohne jeden, mit dem sie hier jemals zu tun gehabt hatte, vor den Kopf zu stoßen? Das war eine schwierige Frage und eine haarige Angelegenheit, deren Antwort sie noch nicht kannte. Aber vielleicht konnte ihr Paul helfen. Er wirkte auf einmal so weltgewandt, so eloquent und hatte sogar für ihre Beziehung etwas aufgegeben, was einen großen Raum in seinem Leben eingenommen hatte und was ihm sehr wichtig gewesen war.

Die anderen verabschiedeten sich peu à peu und sie blieb allein mit Paul zurück. Mutter hatte sie daran erinnert, dass um sieben Uhr zu Abend gegessen würde, dann war auch sie gegangen.

Als alle weg waren, ließ Paul sich erschöpft aufs Bett fallen.

»Es ist eine erstaunlich weite Reise von Berlin nach Zürich«, sagte er mit müder Stimme und schloss die Augen.

Lucie setzte sich in den Sessel und zog die Beine unter den Po. Sie musste nachdenken. Im Moment wirbelten alle Gedanken und Gefühle haltlos durch ihren Kopf. »Es tut mir wirklich schrecklich leid mit vorhin«, sagte sie leise. Sie war entschlossen, den Kummer über Pauls Studienort zunächst einmal zu verdrängen. Jetzt war er hier und sie wollte die Zeit mit ihm so sehr genießen, wie es eben ging.

Paul öffnete die Augen und setzte sich auf. »Das weiß ich doch. Vergiss es. Es ist Geschichte. Jeder macht hin und wieder etwas falsch. Ich doch auch. Und so schlimm war es gar nicht. Ich habe es überlebt.«

Lucie sah ihn an und schüttelte langsam den Kopf. »Wenn du wüsstest … Da steckt eine lange Schlange von Unwahrheiten dahinter, mit denen ich versucht habe, mir hier ein bequemeres Leben aufzubauen. Ich habe mich verstellt, habe mein wahres Ich versteckt. Ich habe sogar Gott und der Welt erzählt, dass ich Katholikin wäre. Ich weiß gar nicht mehr, wer ich wirklich bin, nach all diesen Geschichten!« Sie schlug die Hand vor die Augen. Auf einmal kam ihr alles völlig trostlos vor. Gab es überhaupt irgendeine Möglichkeit, zurück zur Wahrheit und damit zu sich selbst zu finden? Und welchen Wert hatte sie denn als Mensch, wenn sie in der Lage war, anderen so etwas anzutun? Das Ganze war erschreckend ausgeartet und sie lebte in der ständigen Angst, dass irgendwie die Wahrheit herauskommen und sie in Bausch und Bogen von der Schule fliegen würde. Dann wäre sie wieder allein. Genauso wie in Berlin.

»Hey, nicht weinen. Wir finden bestimmt eine Lösung.« Paul war aufgestanden und hatte sich neben sie gekniet. Er schlang die Arme um sie.

Das machte alles nur noch schlimmer. Sie hatte seine Liebe und Nachsicht nicht verdient. Sie war ein schlechter Mensch. Lucie schluchzte laut auf und ließ ihrem Kummer dann freien Lauf.

»Lucie, Schatz, wein doch nicht.« Paul hatte einen Arm von ihr gelöst und tupfte jetzt ein wenig unbeholfen die Tränen von ihrem Gesicht.

Sie kniff die Augen zusammen und schüttelte den Kopf. »Du hast ja keine Ahnung, Paul. Du hättest die Hitlerjugend meinetwegen nicht aufgeben dürfen. Dieser riesige Schritt ist vertane Liebesmüh für jemanden wie mich.«

»Sag so etwas nicht. Das ist doch Unsinn!« Seine Stimme klang ärgerlich. »Pass auf, wir machen es jetzt so: Du trocknest deine Tränen und dann erzählst du mir alles. Gemeinsam finden wir einen Ausweg aus dem, was dich belastet.«

Lucie öffnete langsam die zusammengekniffenen Augen und blinzelte Paul an. »Meinst du wirklich?«, fragte sie verzagt.

»Bisher haben wir es gemeinsam geschafft, noch jede Klippe zu umschiffen, oder nicht? Wir sind noch immer ein Paar, trotz aller Hindernisse, die uns in den Weg gelegt wurden. Und wir haben eine gemeinsame Zukunft vor uns. Da ist es doch mehr recht als billig, dass wir zusammen dafür kämpfen, damit es jedem von uns gut geht, meinst du nicht.«

Lucie nickte, den Blick noch immer von Tränen verhangen. Sie hatte ganz vergessen, wie schön es mit Paul war, wie gut er ihr tat und wie innig, hoffnungsfroh und sehnsuchtsvoll man sich gleichzeitig mit ihm fühlen konnte.

Zum ersten Mal hatte sie das Gefühl, mit allen Problemen hier nicht völlig allein zu sein. Sie ließ sich auf den Boden sinken und schlang die Arme um ihn. Fast hätten sie sich verloren. Aber nun würde sie ihn nicht mehr loslassen. Nie mehr! Paul war ihre Zukunft und sie wollte ihn und sich selbst nicht mehr verstecken.

***

»Welchen Plan hast du mit dem Gartenhaus?« Daniel sah sie durchdringend an.

Hannah zupfte sich eine Fluse von der Bluse und starrte angestrengt auf das Muster ihres Rocks. »Warum? Was meinst du? Paul brauchte doch einen Ort, an dem er schlafen kann, wenn er zu Besuch ist. Und da Kurt eines der Zimmer belegt und das andere Eva …«

»Wir wissen beide, dass du nicht für Pauls kurzen Besuch so einen Aufwand gemacht hast. Du führst irgendetwas im Schilde, Hannah, das sehe ich dir an der Nasenspitze an. Ich weiß nur noch nicht, was es ist.« Er kniff die Augen zu einem schmalen Spalt zusammen und musterte sie aufmerksam.

»Das ist eine irrsinnige, völlig aus der Luft gegriffene Vermutung«, sagte Hannah forsch. »Außerdem kannst du nicht wissen, wie oft Paul in Zukunft zu Besuch kommt, wenn erst mal alles wieder eingerenkt ist zwischen den beiden.«

»Und deswegen hast du dir gedacht, dass es eine gute Idee ist, die zwei allein in einem Häuschen zu lassen, in dem jederzeit sonst was passieren kann?« Seine Stimme hatte einen drängenden Klang.

»Du meinst doch nicht … die beiden würden doch nicht …« An so eine Möglichkeit hatte sie gar nicht gedacht.

Daniel zuckte mit den Schultern. »Sie wären nicht die ersten. Ich bin mir nicht sicher, dass die Idee, die zwei dort unbeaufsichtigt allein zu lassen, wirklich brillant ist.«

»Nun, du hast wahrscheinlich recht. Aber was sollen wir jetzt tun?«

»Hingehen und sie herüberholen. Und ihnen mitteilen, dass dort immer nur einer allein Zutritt hat, nicht beide zusammen«, schlug Daniel vor.

»Aber sollten wir nicht ein wenig mehr Vertrauen zu unserer Tochter haben?«

»Du kannst Lucie vertrauen, wie du willst, doch es sind junge Leute. Sag mir nicht, dass der Gedanke so abwegig ist.« Daniel nahm seine Pfeife, klopfte sie aus und untersuchte, ob sie sauber war.

»Ich werde sofort rübergehen«, sagte Hannah entschlossen und drehte sich so schnell um, dass ihr Rock wehte.

»Wie praktisch, nicht wahr? So bist du um das Gespräch über die Nutzung des Gartenhauses herumgekommen. Aber glaub nicht, dass ich mich so leicht abschütteln lasse.« Und damit wandte er sich seinem Berg an Akten zu, die er wieder mit nach Hause gebracht hatte.

Hannah schlüpfte zur Terrassentür hinaus und wäre fast über Milli gefallen, die es sich direkt davor in der Sonne gemütlich gemacht hatte.

Natürlich hatte Daniel recht gehabt: Sie war sehr froh, dass sie der Diskussion um das Gartenhäuschen zunächst mal entkommen war. Immerhin blieb ihr dadurch mehr Zeit, sich eine wasserfeste Legende auszudenken.

***

Mit herabhängenden Armen ging Lucie neben Mutter zurück zum Haus. Wenn sie nicht in eben diesem Moment zurückgekommen wäre, um sie zu holen, wusste sie nicht, was noch passiert wäre. Sie war so voller Freude gewesen, Paul endlich wieder bei sich zu haben, ihn riechen und berühren zu können, und andererseits so erfüllt von den Fehlern, die sie in der letzten Zeit gemacht hatte, dass sie fast

Dinge getan hätte, zu denen sie eigentlich noch gar nicht bereit war. Erst hatten sie sich nur in den Armen gelegen und miteinander geredet. Doch dann hatten ihre und seine Finger wie von allein den Weg gesucht. Als Mutter geklopft hatte, hatten sie bereits nebeneinander auf dem Bett gelegen, Paul mit aufgeknöpftem Hemd, und sich gegenseitig gestreichelt. Wie ein Blitz war Lucie aufgefahren und hatte im selben Augenblick realisiert, was sie da gerade taten. Sie hatte sich auf einen Schlag fürchterlich kraftlos gefühlt. Es war nicht auszudenken, was hätte passieren können. Sie wäre ein gefallenes Mädchen gewesen. Aber war es nicht häufig so im Leben? Ein Fehler zog den anderen nach sich.

Mutter hatte stumm die Hand ausgestreckt, damit sie mit ihr kam. Es brauchte keine Worte. Lucie wusste auch so, dass sie ein schwacher Mensch war. Sie war eine Lügnerin und ein Flittchen. Schlimmer noch: Sie war niemand mehr, auf den man sich verlassen konnte.

Mutter hielt ihr mit vielsagendem Blick die Terrassentür auf und nickte ihr auffordernd zu.

Jetzt würde ihr gleich ein Donnerwetter drohen, das wusste Lucie. Aber sie hatte es verdient. Mehr noch: Sie sehnte sich fast ein bisschen danach, um dadurch einen winzigen Teil der Schuld, die sie auf sich geladen hatte, zu sühnen.

Mutter führte sie schweigend, aber mit unheilvollem Gesichtsausdruck ins Wohnzimmer, in dem Vater bereits saß. Er hob den Kopf von dem vor ihm liegenden Aktenberg und sah Mutter mit amüsiertem Blick an.

»Sag bloß, ich hatte recht.« Er grinste.

»Als wenn das jetzt relevant wäre!«, wies Mutter ihn zurecht. »Es ist wirklich erschreckend …«, begann sie, während Lucie mit hängenden Schultern dastand und angestrengt das Muster des Teppichs musterte. Dass sie jetzt auch noch Vater von der ganzen Sache erzählen musste … Es war so schon peinlich genug.

Doch bevor Mutter fortfahren konnte, flog die Wohnzimmertür auf.

Lucie riss den Kopf herum und starrte auf den Eindringling.

Es war Ariel, der mit hochrotem Gesicht und entschlossen hochgerecktem Kinn ins Zimmer trat.

»Ariel, ist etwas passiert?«, fragte Mutter und eilte ihm mit besorgtem Gesichtsausdruck hastig entgegen.

»Es ist vorbei. Ich gehe nach Amerika. Es war ein Fehler, mich vom Glauben abzuwenden. Ich werde Rabbi.«

Lucie runzelte die Stirn und blickte nervös von einem zum anderen. Die Eltern sahen ähnlich überrascht aus, wie sie sich fühlte. Niemand sagte einen Ton.

»Aber warum? Ich dachte, es läuft alles so gut mit dem Studium?«, fragte Lucie schließlich.

Ariel sah sie an. In seinem Blick hing Schmerz.

»Es ist besser so. Manchmal muss man Fehler korrigieren, bevor es zu spät ist«, sagte er mit gepresster Stimme.

»Hängt das mit deinem Besuch beim Spezialisten zusammen?«, fragte Mutter mit seltsam tonloser Stimme. Aus ihrem Gesicht war sämtliche Farbe gewichen.

Ariel hatte auf Mutters Anraten einen Facharzt aufgesucht, weil er noch immer Probleme mit seinem verletzten Bein hatte, die Mutter sich nicht erklären konnte.

»Es ist die richtige Entscheidung«, antwortete Ariel mit mechanisch klingender Stimme.

»Was hat er zu dir gesagt, Ariel?«, fragte Vater jetzt sehr leise. Er war aufgestanden und kam langsam näher.

Lucie spürte, wie es in ihm brodelte. Er biss die Zähne aufeinander und hob das Kinn, wahrscheinlich, um seiner Entschlossenheit Ausdruck zu verleihen.

»Er hat gesagt, dass ich immer hinken werde. Aber das hat rein gar nichts mit meiner Entscheidung zu tun. Versucht nicht, mich umzustimmen. Ich bin fest entschlossen: Ich gehe nach New York und besuche dort eine Jeshiva.«

Stille breitete sich im Raum aus. Lucie spürte, wie ihr kalt wurde. Sie wollte ihren Bruder nicht verlieren. Obwohl er in der letzten Zeit kaum zu Hause und auch sie mit Schule und Sport sehr beschäftigt gewesen war, so war er doch ein überaus wichtiger Teil ihres Lebens. Sie sah ihn an. Aus seinen Augen war auf einen Schlag jeglicher Glanz gewichen.

Sie sprang auf und umarmte ihn stürmisch. »Das mit deinem Bein tut mir so leid für dich. So unsagbar leid«, stotterte sie. Und dann kamen die Tränen.

***

Als Ariel und Lucie den Raum verlassen hatten, atmete Hannah tief ein. Es kam ihr so vor, als hätte sie die ganze Zeit seit Ariels Mitteilung die Luft angehalten.

Sie fühlte sich wie erstarrt. Sein Bein blieb steif, obwohl sie damals alles in ihrer Macht Stehende getan hatte, um die Wunde, so gut es ging, zu versorgen. Doch offensichtlich war es nicht genug gewesen. Er würde sein ganzes Leben das Andenken an diesen unglückseligen Tag mit sich herumschleppen. Im wahrsten Sinne des Wortes. Noch schlimmer aber war, dass er sie verlassen wollte. Die Tatsache, dass er diesen Entschluss gefällt hatte, direkt nachdem er von seiner bleibenden Beeinträchtigung erfahren hatte, legte die Vermutung nahe, dass es da einen Zusammenhang gab. Schließlich hatte er sich doch so gut in das Jurastudium eingefunden und seit sehr langer Zeit nicht mehr den Wunsch geäußert, sich stärker seinem Glauben widmen zu wollen. Und dann auch noch in Amerika. Ihr Gefühl sagte ihr, dass er nicht lange darüber nachgedacht hatte, sondern es eine Reaktion auf die niederschmetternde Diagnose war. Er war in der letzten Zeit noch nicht mal mehr in die Synagoge gekommen, sondern hatte lieber über seinen Büchern gesessen und Paragrafen und Auslegungen auswendig gelernt. Wahrscheinlich würde sie ihn nie wiedersehen. Und all das nur wegen eines Fehlers. Wegen einer Übersprunghandlung, in der er sich hatte wehren wollen, übers Ziel hinausgeschossen war und nicht über die Konsequenzen nachgedacht hatte. Hätte sie ihn damals doch ins Krankenhaus bringen müssen und nicht in ihrer übersteigerten Hybris denken sollen, dass sie es allein hinbekommen würde, seine schlimmen Wunden zu verarzten? Vielleicht. Aber nun war es zu spät für solche Gedanken. Jetzt wollte er weg. Für immer.

Hannah spürte, wie der Kummer sie wie eine klebrige, dicke Schicht umhüllte und ihr den Atem abdrückte. Es fühlte sich an, als fiele sie in ein dunkles Loch, immer tiefer und tiefer und es nahm kein Ende.

Sie musste zu ihm gehen, versuchen, ihn davon zu überzeugen, dass es falsch war, überstürzt Entscheidungen zu treffen, die sein ganzes Leben veränderten. Dass es besser war, darüber zu schlafen und das Ganze mit einer gewissen Distanz zu betrachten, anstatt alles wegzuwerfen, als wäre es nichts mehr wert. Sie dachte mit Wehmut daran, wie glücklich sie bis eben gewesen war, weil seit Kurts Umzug die ganze Familie wieder beisammen wohnte. Hätte sie geahnt, dass es nur für einen so kurzen Zeitraum sein würde, hätte sie diese kostbaren Momente noch mehr genossen und versucht, sie festzuhalten. Natürlich war ihr bewusst, dass zumindest ihre beiden Jungen mittlerweile erwachsen waren und sie früher oder später ihre eigenen Wege gingen. Aber musste es denn gleich Amerika sein? Ob auch noch eine unglückliche Liebe oder eine andere Enttäuschung dahintersteckte?

Ihr wurde schwummerig. Sie tastete blind nach einem Halt, fand keinen und merkte, wie alles um sie herum auf einmal schwarz wurde. Und dann fiel sie und fiel.

Kapitel 27

Kurt hatte das Gefühl, in ein Irrenhaus zurückzukehren. Paul war aus Berlin angekommen und alle benahmen sich komisch. Er hatte den Freund seiner kleinen Schwester noch nicht kennengelernt, aber von dem geplanten Überraschungsbesuch gewusst. Allerdings konnte er sich kaum vorstellen, dass das Erscheinen des jungen Mannes eine solche Unruhe hervorrufen würde, in der sich jedes einzelne Familienmitglied plötzlich so merkwürdig verhielt.

Er war heute später aus der Uni gekommen, um sicherzugehen, dass er Fräulein Wyss nicht mehr begegnete, wenn er aus der Bibliothek zurück ins Büro käme, um Mantel und Hut zu holen. Er musste eine Lösung finden, wie er ihre übermäßige Anhänglichkeit abwehren konnte, ohne sie allzu sehr zu dabei zu verletzen. Sie war eine patente Frau, sehr nett und fürsorglich, aber sie könnte niemals Ursulas Stelle einnehmen, so sehr sie es sich auch vielleicht wünschen mochte.

Doch dass auch zu Hause eine so seltsame Atmosphäre herrschen würde, darauf war er nicht vorbereitet gewesen. Mutter war sogar zusammengeklappt und erst kurz vor seiner Rückkehr wieder aufgewacht, wie Vater ihm knapp mitgeteilt hatte. Was sie allerdings so derartig aus der Balance gebracht hatte, hatte er noch nicht in Erfahrung bringen können. Aber er würde es herausfinden. Zuerst jedoch wollte er nach Eva sehen. Die Kleine lag in ihrem Bettchen, hatte den Daumen in den Mund gesteckt und schlief friedlich. Wenigstens eine, die sich bei all der Aufregung nicht aus der Ruhe bringen ließ. Leise zog er die ihre Zimmertür wieder zu, stellte seine Tasche in seinem Zimmer ab und verharrte einen Augenblick. Das seltsame Verhalten der anderen beunruhigte ihn und er spürte, wie sehr er sich auf einmal nach einem Schluck aus seiner Weinbrandflasche sehnte. Er würde ihm Ruhe geben und die ganze Aufregung abmildern, bis es nicht mehr zu spüren war. Eine angenehme Taubheit, die ihn alles vergessen ließe.

Kurt straffte sich und schüttelte über den unfassbaren Gedanken den Kopf. So weit würde er es keinesfalls kommen lassen, das hatte er sich geschworen. Er war es Eva und Ursula schuldig. Und dem Rest seiner gerade kopflosen Familie ebenfalls. Entschlossen ging er in den Flur und klopfte an Lucies Tür. Er wollte sich die Antworten zusammensuchen, die er brauchte, und seine Schwester sollte die Erste sein, die er befragte.

Und wenn hier alles wieder in ruhigen Bahnen lief, würde er über eine Lösung in der Wyss-Sache nachdenken. Irgendetwas fiele ihm schon ein.

»Ja?«

Lucies Stimme klang abweisend. Fast genervt. Kurt drückte die Klinke herunter und schob die Tür auf. »Kannst du mir sagen, was hier los ist? Warum schauen alle so furchtbar miesepetrig aus der Wäsche? Ist Paul nicht gekommen?«

Das Gesicht seiner kleinen Schwester lief knallrot an. »Doch, ist er. Du wusstest also auch davon, dass er kommt?« Sie saß auf dem Bett und gab vor, mit der Katze zu spielen, während sie ihn aus den Augenwinkeln beobachtete.

»Jeder hier wusste Bescheid. Außer du natürlich. Also: Sagst du mir jetzt, was passiert ist? Oder soll ich deinen kleinen Prinzen fragen?«

Lucie riss den Kopf hoch und kräuselte wütend die Augenbrauen. »Lass ja Paul in Ruhe, hörst du? Er schläft. Er ist erschöpft von der weiten Fahrt. Du wirst ihn beim Abendessen schon noch kennenlernen.«

»Wenn es überhaupt ein gemeinsames Abendessen heute geben wird. Mama ist vorhin zusammengeklappt. Hast du das nicht mitbekommen?«

Lucie riss die Augen auf und schüttelte mit bestürztem Blick den Kopf. »Keine Spur. Ich bin hochgegangen, nachdem …« Sie stockte.

»Nachdem was?«, half Kurt ihr ungeduldig weiter.

Lucie zuckte mit den Schultern. »Ariel hat erfahren, dass er immer hinken wird, offenbar den Kopf verloren und daraufhin beschlossen, das Jurastudium abzubrechen und nach New York zu gehen, um dort Rabbi zu werden.«

»Was?« Kurt sah seine kleine Schwester erschrocken an. Das war ja alles noch schlimmer, als er es sich vorgestellt hatte. »Aber was ist dann mit uns?«, fragte er leise.

»Was soll damit sein? Er lebt sein Leben, wir unseres.«

»Die Familie ist wichtiger, als du denkst, Lucie. Ich weiß nicht, was ich ohne euch getan hätte.«

Lucie lächelte ihn an. »Ich bin ja auch noch da. Aber wenn es Ariel glücklicher macht, wegzugehen, können wir uns ihm nicht in den Weg stellen.«

»Es sei denn, er läuft einfach nur vor seinen Problemen fort, anstatt sich mit ihnen auseinanderzusetzen«, gab Kurt zu bedenken.

»Und wenn es so wäre? Was willst du dagegen tun?« Sie sah ihn mit hängenden Schultern an. Alles an ihr drückte Mutlosigkeit aus.

»Ich werde mit ihm reden«, sagte Kurt entschlossen. »So, jetzt aber zu dir: Was ist mit dir und deinem Freund los? Erzähl mir nicht, dass da nichts ist. Ich habe gemerkt, wie du jeden Mittwoch nach eurem Telefonat geheult hast.«

Lucie öffnete überrascht den Mund, schloss ihn dann jedoch wieder und beschäftigte sich eingehend mit der Quaste, die an ihrem Kissen hing.

»Es war ein wenig schwierig, aber jetzt ist alles wieder in Ordnung.«

Ihre Worte kamen stockend, doch das fiel wahrscheinlich nur jemandem auf, der sie gut kannte. Kurt ging zu ihr und setzte sich neben Lucie aufs Bett. »Hey, Kleine, egal, was alle sagen: Hör auf dein Bauchgefühl. Lass dich zu nichts überreden, was du nicht willst, hörst du?«

Lucie hob den Kopf und sah ihn an. Tränen glitzerten in ihren Augenwinkeln.

»Woher … woher weißt du …«, stotterte sie.

»Du bist meine kleine Schwester. Wenn dich jemand kennt, dann ich.«

Sie seufzte, legte den Kopf an seine Schulter. »Ach, Kurt, warum ist alles so schwierig? Ich habe Mist gebaut und keine Ahnung, wie ich aus der Sache wieder herauskomme. Ich will es in Ordnung bringen, aber ich habe Angst vor den Konsequenzen.«

Kurt bemerkte, wie sich sämtliche Muskeln in seinem Körper kampfbereit anspannten.

»Du hast doch nicht … Du warst doch nicht mit ihm im Bett, oder?«

Lucie riss den Kopf hoch und sah ihn errötend an.

»Nein, nein. Nur fast …, aber das würde ich nicht mehr machen, sei unbesorgt. Nein, ich habe nicht genug nachgedacht und etwas erzählt, was gelogen ist, und jetzt habe ich keine Ahnung, wie ich aus der ganzen Sache herauskommen soll.«

»Hast du Mama und Papa angelogen?«

»Nicht direkt. Ich habe Ihnen nichts davon erzählt. Wenn sie gefragt hätten, hätte ich es ihnen gesagt. Es ist … nur eine Sache mit meinen Freundinnen«, ergänzte sie schnell den Satz.

Es war offensichtlich, dass sie nicht die Wahrheit sagte, doch Kurt wollte nicht weiter in sie dringen. Es war schon genug geschehen heute Abend.

Er stand auf. »Sag ihnen die Wahrheit. Einen anderen Weg gibt es nicht, wenn du dir selbst treu bleiben willst. Lügen haben noch niemanden auf den richtigen Pfad geführt.«

Lucie blinzelte ihn nervös an. Tränen hingen an ihren langen Wimpern und wirkten wie Tautropfen an Grashalmen und Blättern am frühen Morgen. Sie sah so hübsch aus. Ob sie sich dessen überhaupt bewusst war?

»Aber ich fürchte, es wird ihnen nicht gefallen. Sie werden enttäuscht von mir sein«, sagte sie zögerlich.

»Bring es in Ordnung. Entschuldige dich dafür, dass du ihnen keinen reinen Wein eingeschenkt hast, und erkläre, wie es wirklich ist. Mama und Papa werden dir verzeihen. Das tun sie immer. Und zu deinen Freundinnen: Wenn sie echte Freundinnen sind, bleiben sie. Wenn nicht, musst du eben damit leben, dass du einen Fehler gemacht hast, der Konsequenzen nach sich zieht. Höre auf jemanden, der das vor Kurzem schmerzhaft am eigenen Leibe erfahren hat.«

Wieder seufzte Lucie, dann nickte sie langsam. »Ich habe nicht bedacht, wie viele weitere Lügen das alles nach sich zieht und wie viele Leute ich damit verletzen würde. Danke, Kurt! Ich glaube, es war an der Zeit für mich, genau das zu hören. Wenn es nur nicht so kompliziert wäre, alles wieder in Ordnung und die Wahrheit ans Licht zu bringen.«

»Du selbst zu sein, mit all deinen Stärken und Schwächen, deinen Fehlern und Talenten, ohne dich zu verstellen, um es anderen recht zu machen, ist das größte Geschenk, dass du dir selbst machen kannst. Wir alle machen Fehler. Es ist nur dämlich, nicht alles dafür zu tun, sie wieder gut zu machen.«

»Ich verspreche hiermit hoch und heilig, dass ich nie wieder lügen werde.«

Kurt lächelte. »Na, das ist doch schon mal ein guter Anfang!«

***

Zum Glück hatten sich alle bis zum Abendessen wieder so weit gefangen, dass man gemeinsam an einem Tisch sitzen und essen konnte. Es war komisch, dass Paul nun neben ihr saß, und Lucie spürte die verstohlenen Blicke sämtlicher Familienmitglieder auf sich gerichtet. Paul hatte sich nach seinem Schläfchen erholt, und schien all den Ärger um den unglücklichen Empfang vergessen zu haben. Er lachte und scherzte mit Kurt, redete mit Ariel und Vater und reichte Mutter alles zu, bevor sie danach verlangen konnte. Kurzum er benahm sich so formvollendet, dass sie sich spätestens jetzt noch einmal in ihn verliebt hätte, wäre das nicht schon vor einer ganzen Weile passiert. Sie wollte ihn durch ihre unüberlegte Art nicht mehr verletzen, sondern war fest entschlossen, ab sofort bedingungslos zu ihm zu stehen, koste es, was es wolle.

Nach dem Essen schlenderten sie Hand in Hand durch den Garten und genossen das letzte Leuchten des Sonnenuntergangs.

»Ich habe dich schrecklich vermisst«, sagte Lucie und schmiegte sich an seinen muskulösen Oberarm.

»Du hast mir auch gefehlt. Es hat sich alles ganz schön verändert in Berlin, seit du weg bist.«

»Erzählst du mir davon? Aber lass uns erst darüber sprechen, ob die Entscheidung, aus der Hitlerjugend auszutreten, wirklich so ein kluger Schachzug war. Schadet es dir nicht, wenn du nicht mehr Teil des Ganzen bist? Also zumindest, solange du noch in Berlin bist. Und was sagen deine Eltern dazu? Denen war das doch so wichtig!«

»Irgendwann ist es an der Zeit, seine eigenen Entscheidungen zu treffen. Ich kann es einfach nicht mehr ertragen, wie dort über die Juden hergezogen wird. Dafür bedeutest du mir zu viel. Verstehst du das nicht?«

Lucie schüttelte unwillig den Kopf. »Ich will nicht, dass du meinetwegen Probleme bekommst.«

»Wofür würde sich so etwas denn sonst lohnen? Glaubst du etwa nicht an uns und unsere Zukunft? Wie würden wir wohl gemeinsam leben können, wenn in meinem Unterbewusstsein ständig die Saat, die jetzt gelegt wird, gären würde? Ich will nicht, dass irgendetwas zwischen uns steht. Siehst du das etwa anders?«

»Nein!«, rief Lucie. »Wie kannst du so etwas überhaupt denken?«

»Ich weiß, dass es momentan nicht so einfach ist. Jeder lebt sein Leben. Hunderte von Kilometern voneinander entfernt. Natürlich ist das kompliziert. Wir können nicht mehr täglich miteinander reden. Wir sehen uns nur selten. Aber ich bin überzeugt, dass wir es trotzdem schaffen können. Wenn wir es wirklich wollen.« Beim letzten Satz wurde seine Stimme leiser. Sie waren beim Gartenhäuschen angekommen. Und Paul zog sie auf die Bank, die davor stand.

Lucie atmete tief ein. Sie würde es nicht wieder so weit kommen lassen wie vorhin, aber sie spürte, dass dieser Moment hier gerade sehr wichtig war für den Fortgang ihrer Liebe.

»Ich will es«, sagte sie leise. »Ich will es wirklich. Es ist nur … ich glaube nicht immer daran, dass ich stark genug dafür bin.« Als die Worte heraus waren, hätte sie sie am liebsten zurückgenommen. Obwohl das Licht immer mehr nachließ, erkannte sie, wie er erbleichte.

»Was soll das heißen, Lucie?«

»Ich wollte nur sagen: Ich habe Angst, dass ich alles kaputtmache, was mir wichtig ist. Und ich fürchte mich unsagbar davor, dass ich es auch mit uns so mache. Du hast doch gesehen, wie dämlich ich mich bei unserem Wiedersehen benommen habe. Was, wenn ich dich noch mehr verletze und du es deshalb nicht mehr ertragen kannst, mit mir zusammen zu sein? Ich weiß nicht, was ich dann tun würde!« Sie biss sich auf die Unterlippe.

Paul sah sie einen Augenblick an. Dann legte er seine Hand auf ihre und sagte sanft: »In guten wie in schlechten Tagen. Jeder macht Fehler, das habe ich dir doch schon gesagt. Ich mache ständig welche. Und trotzdem sind wir noch zusammen. Wir müssen nur beide daran glauben und täglich dafür kämpfen. Ich persönlich bin dazu mehr als bereit. Meinst du, ich hätte sonst bei der HJ aufgehört? Sobald ich volljährig bin, will ich zu dir kommen. Dann bin ich unabhängig von einer Einwilligung meiner Eltern und schließlich gibt es hier hervorragende Unis. Ich habe gerade vorhin mit deinem Bruder darüber geredet.« Er streichelte ihren Handrücken.

Lucie sog erleichtert die Luft ein. »Du weißt aber schon, dass Kurt berufsbedingt ein wenig voreingenommen ist?«, fragte sie und drückte sich an Pauls warmen Körper. Sofort war da wieder dieses Gefühl der Geborgenheit, das sie hier in Zürich so schmerzlich vermisst hatte.

Paul lachte auf. »Das habe ich mir schon gedacht. Trotzdem gefällt mir die Idee.«

»Mir auch. Sogar sehr. Ich hätte mir nur gewünscht, dass du gleich kommst und wir nicht erst noch auf deine Volljährigkeit warten müssen«, sagte Lucie und wandte ihm das Gesicht zu. Paul strich ihr liebevoll eine vorwitzige

Strähne von der Wange. Und dann küssten sie sich. Lang und ausgiebig und ganz ohne jeden Zweifel. Es war ein Bekenntnis, das spürte Lucie. Ein Bekenntnis für die Ewigkeit.

***

Kurt bedeutete Ariel, ihm nach oben zu folgen, als das Abendessen beendet war.

»Was ist?«, fragte Ariel ein wenig unwirsch. »Wenn du jetzt der Nächste bist, der mir ins Gewissen reden und mich davon abhalten will …«

»Habe ich nicht vor, mach dir keine Sorgen! Unterhalten wir uns einen Moment bei dir?«

Ariel ging voran und öffnete die Tür zu seinem Zimmer. »Bitte!« Er lud Kurt mit einer Kopfbewegung zum Eintreten ein. Das Zimmer war sehr aufgeräumt. Sogar auf Ariels Schreibtisch schien alles akkurat genau dort zu sein, wo es hingehörte. Ganz anders als bei Kurt. Seit Eva in sein Leben getreten war, war es mit der Ordnung vorbei. Es fehlte ihm einfach die Zeit. Was immer er tat, es musste schnell gehen, damit er auch nur den Hauch einer Chance hatte, alles zu schaffen.

»Geht es dir gut?«, fragte Kurt, während er auf der Bettkante Platz nahm.

Ariel ließ sich in den Stuhl vor seinem Schreibtisch fallen und zog die Augenbrauen hoch. »Was denkst du wohl? Wie würdest du auf eine so niederschmetternde Nachricht reagieren?«

Kurt sah ihn nachdenklich an. »Ich fürchte, ich bin da kein leuchtendes Beispiel. In der letzten Zeit waren meine Problemlösungsmechanismen verbesserungswürdig.« Er grinste schief.

Auf Ariels ernstes Gesicht schlich sich ein Lächeln. »So meinte ich das nicht. Es sollte keine Kritik an dir sein.«

»So habe ich das auch nicht aufgefasst. Ich frage mich nur, was dich dazu treibt, hier alles hinzuwerfen und weggehen zu wollen. Ist es, weil es dein Traum ist, Rabbi zu werden?«

Ariel kniff die Lippen zusammen. Dann nickte er fahrig. »Ja, sicher. Ich habe doch schon immer gesagt, dass ich Gefallen daran finden würde. Erinnerst du dich?«

»Das tue ich. Allerdings frage ich mich, warum du dafür gleich nach Amerika gehen willst. Das ginge doch auch hier. Gibt es einen besonderen Grund dafür?«

Ariel, der bisher sehr aufrecht gesessen hatte, sah ihn an. Sein Gesicht umwölkte sich zusehends und auf einmal sank er in sich zusammen, als hätte jemand alle Luft aus ihm herausgelassen. Er zuckte mit den Schultern.

»Ich wollte einfach weg von allem«, sagte er sehr leise. »Die ständigen mitleidigen Blicke von allen, Mamas nervöses Schuldbewusstsein, als ob sie etwas dafürkönnte, dass es mir so geht. Ich bin mir unsicher, ob Jura wirklich das Richtige für mich ist. Du und Papa seid doch schon so gut darin. Wo ist mein Platz? Wäre es nicht besser, ich finde meinen eigenen Weg? Abseits von der Juristerei? Vielleicht bin ich für etwas ganz anderes bestimmt. Manchmal habe ich das Gefühl, dass ich hier ersticke. Alles, was ich mache, ist nur ein Abklatsch dessen, was du bereits gemacht hast. Ich weiß gar nicht mehr, wer ich bin, seit …«

»Das habe ich mir schon gedacht«, murmelte Kurt. Er stand auf und legte Ariel die Hand auf die Schulter. »Ich würde dich nur bitten, nichts zu überstürzen. Wirf nicht alles von jetzt auf gleich weg und lauf davon, weil du den Eindruck hast, mit der Situation überfordert zu sein. Vielleicht gibt es noch eine andere Möglichkeit. Gib mir ein bisschen Zeit, darüber nachzudenken.«

Ariel hob den Kopf und sah ihn an. In seinen Augen glitzerten Tränen. Offensichtlich dachte er über Kurts Vorschlag nach. Dann nickte er langsam. »In Ordnung«, sagte er leise.

»Kopf hoch. Auch mit einem Hinkebein kann das Leben erfüllt und glücklich sein«, ermunterte ihn Kurt.

Ariel biss sich auf die Unterlippe, bis sie ganz weiß wurde, aber er sagte nichts mehr.

Kurt nickte ihm noch einmal zu und ging dann zur Tür. Er hatte das Gefühl, dass es besser war, Ariel jetzt erst einmal die Gelegenheit zu geben, in Ruhe über alles nachzudenken.

KAPITEL 28

Am nächsten Morgen fühlte Hannah sich schon wieder besser. Sie hatte nach den Aufregungen des letzten Tages überraschend gut geschlafen. Daniel hatte sich liebevoll um sie gekümmert und ihr noch einen warmen Tee mit Honig ans Bett gebracht, sodass sie kurz nach dem Abendessen bereits friedlich geschlummert hatte.

Doch beim Aufwachen war da eine diffuse Unruhe. Das Wissen darum, dass da etwas war. Etwas Großes, Bedrohliches. Sie konnte nur nicht greifen, was es war. Eine Minute später wusste sie es wieder und der Schmerz über Ariels Entschluss war noch genauso kraftvoll wie am Abend zuvor. Sie musste mit ihm reden. Sofort. Sie schwang die Beine über die Bettkante und sah aus dem Fenster. Daniel hatte den Vorhang bereits zurückgezogen. Für ihre Verhältnisse war sie spät aufgewacht, doch trotzdem war sie noch früh genug dran, um Eva aus dem Bettchen zu holen, zu wickeln und zu füttern, damit Kurt das vor der Uni nicht machen musste. Er kümmerte sich ohnehin schon unglaublich hingebungsvoll um die Kleine. Es wirkte fast, als steckte er seine ganze Energie, die ihm neben der Arbeit an der Uni und dem Kommentarschreiben noch blieb, in die Versorgung des Kindes. Sie hätte ihm gewünscht, dass er mehr Zeit für unbeschwerte Momente hätte. Immer wieder bot sie ihm an, Eva ins Bett zu bringen oder auf sie aufzupassen, damit er abends einmal ausginge, doch Kurt wollte davon nichts hören. Jetzt, wo er dem Alkohol abgeschworen hatte, stürzte er sich in die Arbeit, um die Trauer zu vergessen. Auch nicht sonderlich gesund, aber sicher besser als die Flucht in den Alkohol.

Hannah hoffte, dass sich das irgendwann regulieren würde. Er brauchte Zeit, um über all das hinwegzukommen und sich anderen Menschen gegenüber wieder zu öffnen. Doch eines Tages würde er so weit sein, daran glaubte sie ganz fest. Bis dahin wollte sie ihn unterstützen, soweit es in ihrer Macht stand.

Als sie zwanzig Minuten später mit Eva auf dem Arm herunterkam, lagen zwei Briefe für sie neben ihrem Frühstücksgedeck. Wer hatte sie hereingeholt? Daniel? Wie meist in den letzten Monaten war er schon vor dem Frühstück weg. Die Arbeit als Versicherungsadvokat verlangte ihm viel ab. Es wurde Zeit, dass er ein wenig Urlaub bekam, doch daran war im Moment nicht zu denken. Er hatte seit ihrer Ankunft durchgearbeitet. Aber wo hätten sie auch hingehen sollen? Die Villa am Meer kam fürs Erste nicht mehr infrage. Immerhin hatten sie an einigen Wochenenden Ausflüge in die Umgebung unternommen und Hannah stockte immer noch der Atem, wenn sie an die erhabenen Berge dachte, die sie erklommen hatten.

Eva griff nach dem Besteck und Hannah ließ ihr den Löffel. Sie thronte zufrieden auf ihrem Schoß und probierte hingebungsvoll, sich den Löffel in den Mund zu stecken.

Hannah riss den ersten Umschlag auf. Er war ohne Briefmarke direkt eingeworfen worden und stammte von Frau Teitelbaum aus der Synagoge, die ihr den Anstoß dazu gegeben hatte, das Gartenhäuschen auszuräumen und für Besucher herzurichten, und kündigte ihr den ersten Gast für diesen Abend an. Hannah trommelte nervös mit den Fingerknöcheln auf die Tischplatte. Wie sollte sie das hinbekommen? Im Moment war Paul dort einquartiert. Allerdings gefiel ihr dieses Arrangement auch nicht sonderlich gut, denn das bedeutete, dass immer jemand ein Auge auf Lucie und ihn haben musste, damit es nicht wieder zu einer solchen Situation käme wie gestern.

Und außerdem war die andere Sache zu wichtig, um gleich jetzt zu Beginn einen Rückzieher zu machen. Nein, es musste eine andere Lösung geben. Sie würde Kurt bitten, für die paar Tage, die Paul da war, mit in Evas Zimmer zu schlafen, sodass Paul dann in sein Zimmer und der erwartete Besucher wie geplant ins Gartenhäuschen ziehen konnte.

Ja, das würde gehen. Sie brauchte nur eine gute Geschichte, um ihrer Familie den Umzug verkaufen zu können. Sie wollte sich gleich nach dem Frühstück darum kümmern.

Eva hatte es inzwischen geschafft, sich den Löffel richtig herum in den Mund zu stecken, und kaute hingebungsvoll und kräftig sabbernd darauf herum. Sie schien schon wieder zu zahnen, das arme Ding.

Jetzt war Hannah nur noch gespannt, was in dem anderen Brief stand. Es war kein Absender vermerkt, doch den Marken nach kam er aus Deutschland. Die Schrift war Hannah unbekannt. Wieder drückte sie den Finger in den schmalen Schlitz und riss den Umschlag ungeduldig auf. Sie überflog die Zeilen. Es waren gar nicht viele. Aber was drinstand, ließ sie überrascht nach Luft schnappen. Mit so etwas hatte sie nicht gerechnet. Nie im Leben. Wie würde Mutter die Neuigkeit aufnehmen? Und was bedeutete das für ihre Familie? Sie musste sich alles in Ruhe durch den Kopf gehen lassen, bevor sie mit irgendjemanden darüber sprach. Aber erst einmal musste sie ihre Fassung wiedergewinnen.

Und das war bei dieser brisanten Neuigkeit gar nicht so einfach.

***

Als Lucie aus der Schule kam, ging sie direkt in den Garten zu Paul. Doch zu ihrem großen Erstaunen war er nicht mehr im Gartenhäuschen. Stattdessen war Mutter gerade dabei, den Teppich vor der Tür auszuschütteln. Lucie fuhr der Schrecken in alle Glieder. Er war doch nicht schon wieder weg? Sie hatten kaum Zeit gehabt, sich auszusprechen.

»Wo ist Paul?«, fragte sie nervös.

»Im Haus.«

»Aber warum …? Was machst du? Ich denke, Paul soll hier wohnen, solange er da ist.«

»Das war zunächst der Plan. Aber die Dinge ändern sich manchmal. Ich habe ihn in Kurts Zimmer einquartiert. Da hat er es viel gemütlicher und ihr könnt euch einfacher sehen.«

Lucie errötete. »Doch nicht, weil du uns nicht vertraust, oder? Ich verspreche dir, es war ein Ausrutscher. So etwas wird nicht mehr passieren, bevor wir nicht …« Sie stockte. Eigentlich hatte sie sagen wollen, *bevor wir nicht verheiratet sind*, doch das erschien ihr plötzlich zu groß. Im Grunde war das immer ihr Traum gewesen, aber würde es wirklich dazu kommen? Sie biss sich auf die Unterlippe.

Da spürte sie Mutters Hand auf der Wange.

»Selbstverständlich nicht, Lucie. Ich weiß, dass das ein Ausrutscher war. Ich dachte nur einfach, es wäre netter, wenn er sich nicht so abgeschoben fühlen würde, sondern mit im Haus wäre. Daher wohnt Paul so lange in Kurts Zimmer. Das wird schon gehen für die paar Tage.«

Lucie spürte, wie ihr ein riesiger Stein vom Herzen fiel. Sie wollte keinesfalls als so ein Mädchen angesehen werden.

»Dann gehe ich mal nach ihm sehen«, sagte sie und wandte sich dem Haus zu.

»Ich komme gleich nach!«, rief Mutter und rumpelte mit irgendetwas herum.

Was auch immer Mutter mit dem Gartenhäuschen vorhatte, es war nicht so wichtig, wie dass sie Paul endlich fand.

Sie hatte schon so viel geplant, was sie ihm alles zeigen wollte.

Vorhin hatte sie sogar Dorli und Innegrit gebeten, Herrn Meyer Bescheid zu geben, dass sie für die Woche, die Paul zu Besuch war, nicht zum Training kommen könne.

»Warum denn das? Du lässt doch sonst nie eine Trainingseinheit ausfallen!«, hatte Innegrit mit großen Augen gefragt.

»Ach, lass sie doch. Sie wird schon ihre Gründe haben«, sagte Dorli ein wenig zu eifrig.

Lucie sah sie einen Augenblick mit gerunzelter Stirn an, um ihr zu signalisieren, dass ihr das durchaus aufgefallen war. »Ihr wisst doch, dass wir Besuch haben. Ich habe versprochen, Paul ein wenig von der Stadt zu zeigen.«

»Aber warum musst du das jeden Tag machen? Kann nicht einer deiner Brüder das auch mal übernehmen, damit du nicht völlig beim Training fehlst?«, hatte Innegrit gefragt.

Lucie presste die Nägel in den Handballen. Da war sie, die Chance, den Freundinnen endlich reinen Wein einzuschenken, so wie Kurt es ihr geraten hatte. Sie müsste ihnen erzählen, wer Paul wirklich war, dass er nur ihretwegen gekommen war und sie eigentlich Jüdin. Sie öffnete den Mund und schloss ihn wieder. Dann sagte sie leise: »Sonst hat keiner Zeit. Nächste Woche bin ich wieder dabei, sagt das bitte Herrn Meyer, ja?«

»Ja, sicher. Wo geht ihr hin? Auf den Rigi? Zum See?«, fragte Innegrit.

»Hmm«, gab Lucie abwesend zurück. Sie hätte sich in die Nase beißen mögen. Warum hatte sie es nicht über sich gebracht, den Freundinnen die Wahrheit zu sagen?

Doch die Antwort lag auf der Hand: Sie sorgte sich darum, wie die beiden reagieren würden. Das hier war nicht der richtige Moment. Sie wollte nach Hause zu Paul und sich nicht lange erklären müssen, was eine Offenbarung zwingend zur Folge haben würde.

»Er sieht recht gut aus, dein Vetter!«, sagte Dorli mit blitzenden Augen.

Lucie warf ihr einen misstrauischen Blick zu, dann sagte sie leichthin. »Das liegt in der Familie.«

»Werden wir deinen Vetter denn auch noch einmal zu Gesicht bekommen? Du könntest ihn doch einfach zum Training mitbringen.« Ein listiger Zug umspielte ihre Lippen.

»Wir werden sehen. Erst einmal zeige ich ihm mehr von Zürich«, hatte Lucie bestimmt gesagt. Dorlis seltsames Verhalten hatte sie beunruhigt.

Doch jetzt lag all das eine gute Stunde hinter ihr und sie wollte endlich Paul wiedersehen.

Er saß im Wohnzimmer und las konzentriert in einem dicken Buch.

Lucie spürte, wie ihr warm ums Herz wurde. Dorli hatte recht: Paul sah wirklich gut aus. Aber er war auch noch klug und gebildet. Ein echter Traumprinz.

»Da bist du ja. Ich habe dich schon gesucht!«, rief sie und schlang stürmisch die Arme um ihn, nachdem sie ihre Büchertasche einfach auf den Boden hatte fallen lassen.

»Deine Mutter bat mich, ins Haus umzuziehen. Und obwohl das Gartenhäuschen ganz kuschelig war, habe ich mich nicht sonderlich gewehrt. Denn schließlich kann ich dich so noch häufiger sehen.« Er legte das Buch neben sich auf das Sofa und erwiderte ihre Umarmung.

Es war so gut, seine Wärme zu spüren und seine Muskeln und … Sie sollte sich wirklich zusammennehmen, schalt sie sich innerlich und löste sich abrupt aus seiner Umarmung.

Paul sah sie ein wenig überrascht an, sagte aber nichts. Sie setzte sich neben ihn auf das Sofa und fragte: »Und was hast du heute sonst noch gemacht außer Umziehen?«

»Dies und das. Deine Mutter brauchte Hilfe, um ein paar Dinge ins Häuschen zu schaffen. Ich habe etwas gelesen und mich mit eurer Köchin unterhalten. Meine Güte, dieses Schwyzerdütsch ist ja gar nicht leicht zu verstehen.«

Lucie lachte. »Da hast du recht. Ich habe mich inzwischen schon etwas daran gewöhnt, aber ich erinnere mich, dass es mir vorkam, als würden sie hier eine andere Sprache sprechen, als wir hergekommen sind.«

»Und? Hast du heute noch etwas vor? Gehen wir zum Sport? Ich würde gerne mal sehen, wie ihr so trainiert.«

Lucie winkte ab. »Heute nicht. Ich will dir erst mal ein bisschen von der Stadt zeigen.«

»Das hört sich auch gut an. Aber vorher solltest du noch einen Happen essen. Margarete hat leckere belegte Brote gemacht, kann ich dir sagen!« Seine Augen blitzten.

Lucie musste lächeln. So viel Begeisterung war ansteckend, selbst wenn sie nur den Broten galt.

»Dann los. Wenn wir noch ein paar Dinge sehen wollen, bevor die Sonne untergeht, müssen wir uns beeilen.«

Sie sprang auf und griff nach ihrer Schultasche, dann folgte sie Paul in die Küche.

Es stimmte: Margarete machte aus einfachen Stullen etwas Besonderes, denn sie hatte sie mit eingelegten Gurken und süßen, ebenfalls selbst eingelegten Zwiebelscheiben belegt. Besonders gut aber schmeckten sie, weil Paul dicht neben ihr saß, sodass Lucie sein Bein an ihrem spürte. Er erzählte mit seiner angenehm tiefen Stimme wie er heute beim Spazierengehen einen Mann, der ihm etwas auf

Schwyzerdütsch hatte erzählen wollen, partout nicht verstanden hatte. Sie lachten darüber und Lucies Herz hüpfte, weil sie die Nähe zu ihm so unsagbar glücklich machte.

Doch gerade, als sie hochgehen wollten, um sich für ihren Ausflug umzukleiden, klingelte es an der Tür. Überrascht drehte sie sich um. Wer konnte das um diese Zeit sein? Vielleicht Alma, die manchmal nachmittags zu Besuch kam? Dann wäre es am besten, Mutter würde direkt die Tür öffnen, doch sie war immer noch im Garten beschäftigt.

Paul, der vor ihr ging, war stehen geblieben und sah sie mit hochgezogenen Brauen an. »Willst du nicht aufmachen?«

Lucie zuckte mit den Achseln: »Aber wir wollen doch gleich weg. Wahrscheinlich ist es sowieso Alma und die guckt von allein im Garten, wenn niemand aufmacht.« Trotzdem drehte sie sich um und lief zur Tür. Paul folgte ihr langsam. Es war ein gutes Gefühl, ihn in der Nähe zu haben. Er würde einen Herrn Biermann schnell in die Flucht schlagen. Sie lächelte zufrieden und öffnete die Tür. Ihr Lächeln gefror.

Dorli und Innegrit standen dort. Und hinter ihnen ragte die stattliche Gestalt von Trainer Meyer auf.

Am liebsten hätte Lucie die Tür wieder zugeschlagen, doch das wäre mehr als unhöflich gewesen.

»Was tut … ich meine … was machen Sie denn hier?«, stotterte sie fassungslos. Herr Meyer war noch nie zu ihr nach Hause gekommen und die Freundinnen auch nicht. Und Paul stand direkt hinter ihr und hatte besitzergreifend die Hand auf ihre Schultern gelegt.

»Ich habe gehört, dass du das Training die ganze Woche lang schwänzen willst, und ich bin gekommen, um dir ins Gewissen zu reden. Eine Woche Trainingsausfall ist eine Menge, Lucie! Wir machen nicht umsonst auch in den Ferien weiter«, sagte Herr Meyer in strengem Tonfall.

Wie hatte er das so schnell erfahren? Dorli und Innegrit mussten wie der Blitz zu ihm geeilt sein und ihm brühwarm davon erzählt haben. Nein, wahrscheinlich nicht Innegrit. Das erklärte auch, warum Dorli so schnell zugestimmt hatte, Herrn Meyer über Lucies Fernbleiben zu informieren. Es war ihr schon immer ein Dorn im Auge gewesen, dass Lucie sich zu einem von Herrn Meyers Lieblingen gemausert hatte, während Dorli sich alle Mühe gab, aufzufallen, indem sie vor ihm herumstolzierte wie eine aufgeplusterte Henne.

»Ich dachte, heute ist kein Training«, schaltete sich jetzt ungünstigerweise auch Paul ein. »Ich hatte dich doch vorhin gefragt.«

Lucie spürte, wie ihr der Schweiß ausbrach. »Ich hatte … ich wollte es diese Woche ausfallen lassen, um Zeit für dich zu haben«, erklärte sie stammelnd. Meine Güte, wie peinlich konnte die ganze Situation noch werden?

»Ich möchte wirklich davon abraten, Lucie. Eine Woche Trainingsausfall kann dich enorm zurückwerfen«, sagte Herr Meyer.

Lucie warf den Freundinnen einen hilfesuchenden Blick zu, doch Dorli grinste lediglich übers ganze Gesicht. Innegrit räusperte sich, hob dann jedoch nur entschuldigend die Schultern. Offenbar war ihr nichts eingefallen, womit sie Lucie hätte aus der Patsche helfen können.

Plötzlich ertönte hinter ihnen eine Stimme: »Lucie, sei nicht so unhöflich, bitte deine Besucher doch herein.« Mutter stand mit einem Mal im Flur und winkte den dreien, einzutreten.

Lucie wurde abwechselnd heiß und kalt. Das Ganze lief völlig aus dem Ruder. Eigentlich wollte sie gerade mit Paul unterwegs sein, um ihm Zürich zu zeigen. Was, wenn jemand der drei erwähnte, dass sie Paul für ihren Vetter hielten? Mutter wäre sicher nicht begeistert zu erfahren, dass sie gelogen hatte.

Dann fiel ihr die Menora ein, die gut sichtbar auf dem Fensterbrett stand und laut und deutlich verkündete: Das hier ist ein jüdischer Haushalt!

Sie drehte sich um und lief ins Wohnzimmer voraus, als hätte sie irgendein ekliges Viech mit beharrten Beinen gebissen. Hinter ihr ertönten erstaunte Rufe, doch sie achtete nicht darauf. Keinesfalls konnte sie riskieren, dass Herr Meyer oder die Freundinnen, so auf ihr dunkles Geheimnis gestoßen wurden. Sie schnappte sich die Menora und lief mit ihr ins Esszimmer, wo sie sie schwer atmend unter den Tisch schob. Es war ihr bewusst, dass ihr Verhalten auf Außenstehende sehr seltsam wirken musste, doch das war ihr lieber, als alles auf einen Schlag zu verlieren. Sie war noch nicht so weit. Vielleicht würde sie eines Tages die Kraft haben, Kurts Ratschlag zu befolgen. Doch jetzt musste sie erst einmal sehen, wie sie es schaffte, sich aus dieser unangenehmen Situation herauszuwinden. Dämliche Dorli! Sie war es, die ihr das Ganze eingebrockt hatte!

***

Als es geklingelt hatte, war Hannah gerade auf dem Weg zum Gartenhäuschen gewesen. Der Besuch von Lucies Trainer und ihren Freundinnen hatte sie überrascht, weniger hingegen, dass Lucie sich entschlossen hatte, für die Dauer von Pauls Besuch, sämtliche Trainingseinheiten abzusagen, denn es war offensichtlich, wie glücklich sie war, endlich wieder Zeit mit ihrem Freund verbringen zu können. Doch natürlich waren auch Herrn Meyers Einwände verständlich gewesen und man hatte sich schließlich darauf geeinigt, dass Lucie nur drei Trainingstermine ausfallen lassen und zu den anderen kommen würde - mit Paul im Schlepptau.

Damit waren alle einverstanden gewesen und so Herr Meyer und die beiden Mädchen nach einer Erfrischung und ein paar von Margaretes Broten zufrieden wieder abgezogen.

Seltsam war nur, dass alle drei, sowohl Lucies Freundinnen als auch ihr Trainer, Paul wiederholt als Lucies Vetter tituliert hatten. Natürlich war das nicht an Hannah vorbeigegangen und, kaum waren sie aus dem Haus, stellte sie Lucie zur Rede. Sie lief knallrot an und stotterte herum, dass es ein Missverständnis sei und es ihr leidtue. Hannah nickte, doch ihr Bauchgefühl sagte ihr, dass da etwas nicht stimmte. Allerdings war das hier nicht der richtige Zeitpunkt, um genauer nachzubohren. Paul blieb nur eine Woche und sie hätten später noch ausreichend Zeit, darüber zu reden. Und vielleicht würde sich Lucie ja auch von allein öffnen, wenn sich alles ein wenig beruhigt hatte. Also machten sich Lucie und Paul mit einiger Verspätung auf den Weg, die Stadt zu erkunden.

Natürlich war es Hannah ebenfalls aufgefallen, dass die Menora plötzlich von der Fensterbank verschwunden war. Sie war groß und zog für gewöhnlich sämtliche Blicke auf sich. Hannah hatte nicht lange herumrätseln müssen, wer es gewesen war, der sie beiseitegeschafft hatte. Und es bedrückte sie, dass Lucie nicht dazu stehen konnte, wer und was sie war. Denn ob sie es wollten oder nicht: Der Glaube prägte ihr Leben. Wäre es anders, wären sie noch immer in Berlin. Doch es war so einiges geschehen, eben weil sie Juden waren. Und eins davon würde jetzt ihren Sohn über den Ozean davontreiben, auch wenn sie weiterhin betete, dass es anders kommen möge. Hannah starrte auf ihre in ihrem Schoß zusammengelegten Hände. Allein der Gedanke schmerzte.

Aber sie hatte jetzt keine Zeit für Trübsal. Die Einrichtung des Häuschens war so gut wie abgeschlossen. Sie wollte noch eine Waschschüssel und einen Krug suchen und ein paar Lebensmittel hinstellen, falls ihr Gast hungrig war.

Frau Teitelbaum hatte angekündigt, dass ihr erster Besucher möglicherweise verletzt sein könnte, und deswegen wollte sie auch noch ihre Arzttasche bereithalten, um so zügig wie möglich helfen zu können. Denn es war natürlich nicht gewollt, dass man andere Ärzte zu Hilfe zog oder gar in ein Krankenhaus ging, denn das lenkte unnötige Aufmerksamkeit auf ihre Gäste und das war unter den gegebenen Umständen selbstverständlich um jeden Preis zu vermeiden.

Nein, darum würde sie sich allein kümmern. Und insgeheim freute sie sich darauf, endlich wieder ihre medizinischen Kenntnisse zu nutzen. Der Drang dazu war immer da gewesen und inzwischen hatte sie das Gefühl, dass es nichts brachte, zu warten, dass die Zweifel von allein verschwanden, sondern es darauf hinauslaufen würde, es einfach tun zu müssen. Sie musste durch die Unsicherheit hindurcharbeiten, um irgendwann wieder die alte Selbstsicherheit zu erringen.

Aber vorher wollte sie noch nach Eva sehen, die sich mittlerweile bei Margarete in der Küche sehr wohl fühlte, wenn alle anderen beschäftigt waren. Sie lag dort in einem Körbchen oder auf einer Decke und beobachtete alles sehr genau. Es erinnerte Hannah unweigerlich daran, wie ihre eigenen Kinder auch ständig in der Küche gewesen waren und von Alma beaufsichtigt worden waren. Sie lächelte. Es waren schöne Erinnerungen.

Wenn sie die Besucher in Empfang genommen, verarztet und eingewiesen hatte, musste sie unbedingt zu Alma, um nach ihr und Wilhelm zu sehen und ihr von den Neuigkeiten zu erzählen, die sie heute Morgen brieflich erfahren hatte. Niemand wusste bisher davon, denn das Ganze bereitete ihr immer noch Kopfzerbrechen. Doch zunächst einmal galt es, alles hier vorzubereiten. Entschlossen erhob sie sich und strich sich den Rock glatt. Es tat gut, sich nach so langer Zeit wirklich wieder gebraucht zu fühlen und zumindest zu einem Teil wieder die Kontrolle über das eigene Leben zu übernehmen. Wenn sie es schaffte, diese Stimmen in ihr zum Verstummen zu bringen, die ihr zuflüsterten, wie viele Fehler sie gemacht hatte, könnte sie endlich wieder als Ärztin arbeiten. Sie betete darum, dass es lieber früher als später der Fall wäre.

Kapitel 29

Kurt bemerkte, dass er sich heute besonders viel Zeit ließ, nach der Arbeit in der Bibliothek seine Papiere zusammenzulegen und zurück in sein Büro zu gehen. Noch immer stand er da und blätterte in seinen Unterlagen herum. Die Vorlesungszeit war vorbei. Jetzt galt es, die neuen Veranstaltungen vorzubereiten. Kurt wollte alles besonders gut machen, um seine Ausfälle im letzten Semester vergessen zu machen. Aber wem wollte er hier etwas vorspielen? Sich selbst? Er kannte jedes Wort darin auswendig, hatte er sie doch notiert und gerade fast, ohne einen Blick hineinzuwerfen, eine ganze Vorlesung darüber gehalten. Er zögerte lediglich seine Rückkehr in sein Büro heraus, weil er es vermeiden wollte, Fräulein Wyss zu begegnen.

Ihr sehnsuchtsvoller Blick, ihr Übereifer, ihm behilflich zu sein, und ihre etwas tollpatschigen Versuche, in seiner Nähe zu bleiben, gingen ihm auf die Nerven und machten ihn nervös.

Doch trotz aller Grübeleien hatte er noch keinen Weg gefunden, ihr so freundlich und vorsichtig wie möglich mitzuteilen, dass er kein Interesse an einer privaten Beziehung zu ihr hatte, auch wenn er sie als Sekretärin durchaus schätzen mochte.

Er wollte sie keinesfalls vor den Kopf stoßen, denn sie wirkte so bedürftig und liebesuchend, dass er sie nicht unnötig verletzen wollte. Aber so ging es auch nicht weiter.

Kurt seufzte und setzte sich in die erste Reihe der Holzbänke. Wenn er ehrlich war, würde er am liebsten auf eine Sekretärin verzichten und allein vor sich hinwurschteln, anstatt immer darauf angewiesen zu sein, mit einer anderen Person so eng zusammen zu arbeiten, sodass es zu derartigen Situationen überhaupt kommen konnte. Doch das war in seiner Position nicht möglich. Jemand musste den Umgang mit den Studenten und anderen Fragestellern handhaben, während er sich Lehre und Forschung widmete. Er wusste, dass er sich anderen gegenüber wieder mehr öffnen musste und zumindest zu den regelmäßigen Treffen mit den Professorenkollegen gehen sollte, doch er fühlte sich noch nicht bereit dazu. Mit ihrer aufgeregten Art erinnerte Fräulein Wyss ihn an ein Hündchen, das sich fast überschlug vor Freude über sein Herrchen, und das war ihm viel zu viel. Es war so ganz anders als mit Ursula, die immer eine feine Zurückhaltung an den Tag gelegt hatte und dabei trotzdem herzlich und zuvorkommend gewesen war.

Ach, es wäre alles so viel einfacher, wenn Ursula noch lebte. Doch sie lag unter der Erde und er war hier allein mit seinen Problemen.

Was war nur aus ihm geworden? Ein Jammerlappen. Ihm fehlte sogar der Mumm, Grenzen zu ziehen, um sich an seinem Arbeitsplatz nicht unwohl zu fühlen. Doch das würde ab sofort ein Ende haben. Entschlossen sprang er auf. Er würde mit Fräulein Wyss Tacheles reden. Und er musste es endlich anpacken, das Häuschen wieder in Ordnung zu bringen. Er konnte nicht für immer mit Eva bei seinen Eltern bleiben, auch wenn er seit damals keinen Fuß in das Haus gesetzt hatte. Es hingen einfach zu schlimme Erinnerungen daran. Doch dort hatte Eva ein Kinderzimmer, das ihr ihre

Mutter so liebevoll eingerichtet hatte, anstatt sich wie momentan im Haus seiner Eltern ein Zimmer mit ihrem Vater teilen zu müssen.

Er war erwachsen und es war an der Zeit, dass er sein Leben wieder selbst in die Hand nahm. Für sich und für Eva. Blieb nur die Frage, wie er die Betreuung von Eva regeln sollte, doch diesen Berg würde er erklimmen, wenn er vor ihm stand. Erst einmal musste er sich ernsthaft mit Fräulein Wyss unterhalten und ihr den Zahn ziehen, dass sie in Zukunft ein Paar werden könnten, auch wenn das für beide Seiten ein schmerzhaftes Unterfangen zu werden drohte.

Doch als er an seinem Büro ankam, steckte Fräulein Wyss schon hektisch den Kopf aus der Tür, bevor er überhaupt dazu kam, etwas zu sagen.

»Herr Professor, haben Sie etwa gestern den Termin mit dem Dekan und den anderen Professoren vergessen? Traudel, seine Schreibkraft, hat es mir gesagt: Er tobt förmlich und gibt Ihnen die Schuld daran, dass man nicht zu einem Entschluss kommen konnte. Er meinte, wenn Sie nicht bereit sind, endlich die Erziehung Ihrer Tochter in andere Hände zu geben, sehe er hier keine Zukunft für Sie.«

Kurt schlug sich mit der flachen Hand vor die Stirn. Die Versammlung gestern Abend. Richtig! Die hatte er bei dem ganzen Trubel völlig vergessen. Trotzdem wurmten ihn die Anschuldigungen.

»Das ist doch Unsinn. Ja, ich habe es vergessen. Aber damit hat meine Tochter nichts zu tun. Nur weil ich ein Mann bin, bedeutet doch nicht, dass ich mich nicht um ein Kind kümmern kann.«

»Vielleicht sollten Sie ihm das besser nicht so sagen«, schlug Fräulein Wyss vor. »Könnten Sie womöglich einen Platz irgendwo auf dem Land für Ihre Tochter finden? Zumindest für eine Weile, bis sich alles wieder etwas beruhigt hat und Sie vielleicht eine Frau gefunden haben, die bereit ist …« Sie schlug die Augen nieder. Ihre Wangen erröteten.

»Das kommt gar nicht infrage. Ich werde mich bei dem Dekan für mein Versäumnis entschuldigen und ansonsten bleibt alles so, wie es ist. Punkt. Aus. Ende.«

Fräulein Wyss hob den Blick und rollte mit den Augen. »Aber sagen Sie nachher nicht, ich hätte Sie nicht gewarnt …«, verkündete sie in unheilvollem Ton.

***

Hannah hatte den jungen Mann, der in einem großen dunklen Auto gebracht worden war, entgegengenommen und ins Gartenhäuschen geführt. Er war wie angekündigt verletzt und seine Wunden ähnelten denen, die Ariel damals gehabt hatte, erschreckend.

Als sie sein Bein freigelegt hatte, holte sie tief Luft. Der junge Mann, dessen Namen sie nicht kannte, und dem die braunen Haarfransen ins erschöpfte Gesicht fielen, stützte sich erschrocken auf.

»Ist es so schlimm?«, flüsterte er mit rauer Stimme.

Hannah schüttelte schnell den Kopf und lächelte ihn an. »Das werden wir schon hinbekommen. Bleiben Sie einfach ruhig liegen und konzentrieren Sie sich auf Ihre Atmung. Wie soll ich Sie eigentlich nennen?«, fragte sie, während sie damit begann, die Wunden zu säubern.

Auf dem Gesicht des jungen Mannes standen Schweißtropfen. Er schien starke Schmerzen zu haben.

»Wenn es zu schlimm schmerzt, sagen Sie Bescheid. Ich kann Ihnen jederzeit etwas gegen die Schmerzen spritzen.«

Er schüttelte den Kopf. Seine Lippen erschienen fast weiß, so fest presste er sie aufeinander. »Es geht schon. Marco. Nennen Sie mich Marco.«

»Marco? Ist das Ihr richtiger Name?«

»Es ist zu unser beider Sicherheit besser, wenn wir nicht unsere wahren Namen kennen. Nein, eigentlich heiße ich ganz anders. Ich finde nur, Marco hat einen schönen Klang. Ich kannte mal einen Mann aus Italien, der so hieß, und der Name ist mir immer im Gedächtnis geblieben.«

Hannah war inzwischen dabei, die erste Wunde zu nähen. Es schien Marco abzulenken, wenn sie mit ihm sprach, deswegen fuhr sie fort. »Sie haben für Ihr Alter schon viel erlebt, Marco, oder?«

Ein Lächeln zuckte über das schmerzverzerrte Gesicht des jungen Mannes.

»Das kann man wahrscheinlich so sagen. Wie soll ich Sie überhaupt ansprechen? Haben Sie auch einen Namen, der Ihnen schon immer gefiel?«

Während Hannah gerade den Faden sorgsam festzog, musste sie unwillkürlich lächeln. »Ich habe noch nie mit jemandem darüber gesprochen, aber mir hat immer der Name Rebekka sehr gut gefallen.«

Marco sah sie an. Ein Lächeln zuckte in seinen Mundwinkeln.

»Rebekka gefällt mir. Sehr sogar.«

»Dann hätten wir das ja geklärt. Und jetzt schön stillhalten, damit ich nicht daneben pike. Ich fürchte, Sie brauchen eine neue Hose, wenn ich mit Ihnen fertig bin.«

»Solange es kein neues Bein ist, bin ich zufrieden.«

Die Erinnerung an Ariels enttäuschte Augen nach dem Urteil des Spezialisten zuckte in ihr auf. Hoffentlich würde es ihr wenigstens gelingen, Marcos Bein zu retten, wenn das bei ihrem eigenen Sohn schon nicht geklappt hatte. Obwohl sie Marco kaum kannte, würde sie alles dafür geben. Es war ein wirklich gutes Gefühl, wieder die Kontrolle über ihre Ängste zurückzuerlangen und jemandem medizinisch helfen zu können. Endlich war sie wieder in ihrem Element. Und dann auch noch für einen so guten Zweck!

***

Lucie hatte sich bei Paul eingehängt und sie liefen langsam die Straße zum Haus der Friedländers hinab. Es war ein langer Tag gewesen und sie hatten viel gesehen. Paul hatte über die hohen Berge gestaunt, sich über die pittoresken Häuser gefreut und war insgesamt sehr positiv gegenüber Zürich eingestellt. Lucie erfüllte das Ganze mit einer seltsamen Art von Besitzerstolz, als wäre sie persönlich für die Schönheit der Stadt zuständig. Sie hatte den Ausflug nicht so genießen können, wie sie es sich gewünscht hätte, denn sie hatte die ganze Zeit darauf geachtet, sich nicht allzu vertraut mit Paul zu zeigen. Wenn er versuchte, einen Arm um ihre Taille zu legen oder nach ihrer Hand zu greifen, entwand sie sich ihm kurze Zeit später wieder unter irgendeinen Vorwand. All das geschah in der Furcht, jemandem über den Weg zu laufen, den sie kannte, und dann in Erklärungsnot zu kommen, was ihre Beziehung zu Paul anging. Sie wollte um jeden Preis vermeiden, ihn wieder als ihren Vetter vorstellen zu müssen, was ihn das letzte Mal völlig zurecht so heftig verletzt hatte. Andererseits war sie auch noch nicht bereit, dazu zu stehen, dass er ihr Freund war, denn das hätte auf einen Schlag alles zerstört, woran sie so lange gearbeitet hatte.

Sie wusste, dass sie einen Weg finden musste, zurück zur Wahrheit und ihrem jüdischen Glauben, doch das sollte keinesfalls so hopplahopp und ohne Vorbereitung passieren. Sie war einfach noch nicht bereit, ins kalte Wasser zu springen.

Natürlich hatte sie bemerkt, dass Paul sie mit der Zeit irritiert angeblickt hatte, wenn sie sich aus seinen Berührungen befreit hatte, doch dann hatte sie einen unverfänglichen Scherz gemacht oder ihn auf eine Sehenswürdigkeit hingewiesen und danach war es auch wieder gegangen.

Jetzt aber waren sie fast zu Hause und dort würde alles deutlich entspannter sein, denn hier brauchte sie ihre Zuneigung zu Paul nicht zu verstecken.

In dem Moment, in dem sie zur Haustür hereinkamen, betrat Mutter das Haus durch die Terrassentür. Seltsam, was hatte sie um diese Zeit noch im Garten zu tun gehabt?

Doch Lucie kam nicht weiter dazu, diesen Gedanken zu verfolgen, denn Paul fragte sie mit angesäuerter Stimme: »Können wir uns jetzt entspannen? Die Gefahr von Beobachtern besteht hier nicht, oder? Lass es mich wissen, wenn ich hier auch so tun soll, als wären wir uns gerade nur über den Weg gelaufen, ohne uns zu kennen.«

Überrascht drehte sie sich zu ihm um und sah in seine verärgerten Züge. »Es ist dir also aufgefallen«, stellte sie zerknirscht fest.

»Wie hätte es mir nicht auffallen sollen? Da hätte ich ja Augen und Ohren verbunden haben müssen.«

»Es ist nur …«, begann Lucie zu erklären, doch Paul unterbrach sie brüsk. »Ja, ja, ich weiß. Keiner soll wissen, dass ich dein Freund bin, damit deine Tarnung als gute Katholikin gewahrt bleibt und die Schwestern dich nicht rundmachen. Für dich mache ich im Moment diesen ganzen Zinnober mit. Aber lass dir eines gesagt sein, Lucie: Lange halte ich den Zirkus nicht mehr aus!«

Lucie sah ihn mit gerunzelter Stirn an. Sie wusste ja, dass er recht hatte. Aber es war einfach noch nicht an der Zeit, Farbe zu bekennen, das spürte sie. Oder war das der Preis, den sie für ihre Liebe zahlen musste?

»Verzeih mir!«, sagte sie sanft. »Ich will dich auf keinen Fall verletzen.«

Paul sah sie an, ohne etwas zu sagen. Dann zuckte er mit den Schultern. »Pass nur auf, dass du nicht zu viele Leute vor den Kopf stößt in deinem Wunsch, es jedem recht zu machen, Lucie! Nicht jeder ist bereit, so viel einzustecken um deinetwillen wie ich.«

»Ich weiß … und es tut mir wirklich leid.«

»Wenn wir eine gemeinsame Zukunft haben wollen, müssen wir überlegen, welchen Preis jeder von uns bereit ist, dafür zu zahlen. Ich habe meine Entscheidung getroffen und bin aus der HJ ausgetreten. Wann bist du so weit, dich entweder für oder gegen mich zu entscheiden?«

»Aber das habe ich doch bereits!«

»Ach ja? Und dann gibst du mich als deinen Vetter aus?« Er sah sie fragend an.

»Du hast doch keine Ahnung, was es bedeutet, hier zu leben. Alles ist ganz anders als in Berlin.«

»Wenn ich hierher komme, um für immer bei dir zu sein, möchte ich aber nicht als dein Verwandter gelten, das wird schon schwierig genug, den Leuten, denen wir bereits begegnet sind, das wieder auszureden. Und überhaupt: Bist du bereit, auch etwas für mich aufzugeben, wenn ich dich darum bitte?«

»Natürlich! Für dich würde ich alles tun, sogar auf den Mount Everest steigen. Aber was soll das sein? Ich bin in keinem Deutschenhasser-Verein.«

»Das nicht. Aber mir ist auch nicht wohl bei dem Gedanken, dass du ständig dafür trainierst, um wieder nach Berlin zu kommen. Selbst wenn das erst in vier Jahren ist. Wenn alles so einfach wäre, hättet ihr gar nicht weggehen müssen. Du hast keine Ahnung, was für ein gefährliches Pflaster Berlin inzwischen geworden ist. Ich will nicht, dass du dort freiwillig hinfährst und dich unnötig in Gefahr bringst. Und überhaupt: Seit wann bist du eigentlich so versessen aufs Laufen und Springen? Du wirkst gar nicht mehr so wie meine Lucie.«

»Willst du etwa, dass ich meinen Sport aufgebe?« Die Worte kamen schärfer heraus als beabsichtigt.

»Nicht unbedingt. Aber ich würde mir wünschen, dass du mehr Maß hältst. Reicht es nicht, einmal in der Woche zu trainieren? Diese fixe Idee von Olympia schlag dir besser aus dem Kopf.«

Lucie zuckte mit den Schultern. »Ohne den Sport stünde ich jetzt nicht da, wo ich bin. Weißt du, wie hart es war, in einer neuen Stadt, einem ganz anderen Land neu anfangen zu müssen? Niemanden zu kennen und vor allem weit weg von dir zu sein? Ohne den Sport wäre ich wahrscheinlich schwermütig geworden.«

»Und ich bin sehr froh, dass das nicht geschehen ist. Trotzdem denke ich, dass du es mittlerweile übertreibst.«

Sie sah ihn nachdenklich an. Stimmte das? Ja, sie kniete sich sehr hinein und opferte einen Großteil ihrer Freizeit für das Training, aber inzwischen konnte sie sich kaum vorstellen, das nicht zu tun. Ihre Freundinnen waren dort und sie liebte es, sich völlig zu verausgaben. Ja, sie hatte sich verändert. Und sie wünschte sich, dass Paul das einfach akzeptieren könnte.

KAPITEL 30

Nachdem Hannah Marco ärztlich versorgt hatte, war sie eine Weile später mit einem Korb mit ausreichend Essen und Getränken für die nächsten Tage zurückgekommen, doch er schlief tief und fest. Sie hatte den Korb leise abgestellt und war wieder hinausgeschlichen, um ihn nicht zu stören. Er musste sehr erschöpft sein.

Endlich hatte sie einen Augenblick Zeit, um nach Alma und Wilhelm zu sehen. Sie wusste nicht warum, aber sie hatte das dringende Gefühl, dass es besser war, den Besuch nicht hinauszuschieben.

Auf ihr Klopfen antwortete niemand, doch sie fand Alma im Garten. Sie saß auf der Bank und starrte mit leerem Blick vor sich hin. »Er ist tot«, sagte sie mit flacher Stimme. Trotzdem war sie erstaunlich ruhig und gefasst, in Anbetracht dessen, was gerade geschehen war, fand Hannah. Sie nahm sie in den Arm und drückte sie fest an sich, dann weinten sie beide gemeinsam und schließlich erzählte Alma ihr von Wilhelms letzten Stunden.

Hannah hielt Alma noch immer in ihren Armen, zusammen trauerten sie um einen Menschen, der Almas Leben mit Glück erfüllt hatte und viel zu früh von der Erde gerufen worden war – um einen herzensguten und

hingebungsvollen Mann, dem das Wohlergehen Almas stets wichtiger gewesen war als sein eigenes.
Obwohl es langsam immer kühler wurde, saßen sie dicht beieinander auf der Bank und schwelgten in Erinnerungen an den Toten. Schließlich aber fragte Hannah: »Wollen wir mal hineingehen? Ich helfe dir, alles zu regeln. Oder möchtest du heute lieber bei uns schlafen? Es ist zwar recht voll, aber für dich finden wir immer ein Plätzchen.«

Alma sah sie mit vom vielen Weinen rotgeränderten Augen an. Dann sagte sie: »Das ist wahrscheinlich gar keine schlechte Idee. Wilhelms Leichnam wird erst morgen abgeholt und Günther übernachtet bei einem Schulfreund. Ich habe Angst davor, allein zu sein.«

»Das verstehe ich. Lass uns ein paar Sachen für dich zusammenpacken, uns von Wilhelm verabschieden und dann nach Hause gehen. Es ist inzwischen recht frisch geworden«, sagte Hannah und rieb sich die klammen Hände.

»Lässt du mir noch ein paar Minuten mit Wilhelm, bevor du nachkommst?«

»Aber natürlich. Ganz wie du willst. Rufst du mich dann? Ich bleibe einfach hier sitzen und mache mir ein paar warme Gedanken.«

»Ich bin gleich so weit«, versicherte Alma und stand auf. Ihre sonst so energischen Schritte wirkten ungewohnt kraftlos und unentschlossen, als sie langsam in Richtung Gartentor ging.

Hannah schloss für einen Moment die Augen. Es war alles ein bisschen viel heute. Sie würde nachher noch einmal nach Marco sehen, doch das hatte Zeit. Sie wollte sicherstellen, dass es ihm gut ging und er alles hatte, was er brauchte.

Hannah war so in Gedanken versunken, dass sie gar nicht gehört hatte, wie das Gartentor aufging, doch auf einmal tippte sie jemand auf die Schulter. Sie erschrak fürchterlich und riss die Augen auf. Eine Gestalt stand vor ihr, allerdings

war es mittlerweile so dunkel, dass sie nicht erkennen konnte, wer es war. Hatte Alma sie nicht rufen wollen, wenn sie so weit war? Oder war sie vielleicht eingeschlafen und hatte ihre Rufe überhört?
Doch es war nicht Alma, die vor ihr stand. Das erkannte sie jetzt, als der Eindringling zu sprechen begann. Es war eine weibliche Stimme, aber älter. Die unheimliche Hedel! Es war passend, dass sie in diesem Dämmerlicht auftauchte und sie bis in Mark erschreckt hatte.

»Frau Doktor müssen nicht ängstlich sein«, sagte sie. Ihre Stimme klang flach und irgendwie schaurig.

»Sie haben mich erschreckt, Hedel. Ich war in Gedanken.« Hannah erhob sich. Wenn sie saß, fühlte sie sich noch ausgelieferter.

»Seine Zeit war gekommen«, sagte Hedel düster.

»Wessen Zeit? Ach, Sie meinen Wilhelm?«

Hedel nickte. »Als noch nicht einmal mehr das Eisenkraut bei ihm anschlug, da wusste ich, dass sein Ende nahe ist.«

Hannah spürte Ärger in sich aufwallen. Ärger über diese unbelehrbare Frau, die es nicht hatte lassen können, ihr in Wilhelms Behandlung zu funken.

»Wie hätte denn bitte Eisenkraut den Krebs vertreiben können? Das ist doch Unsinn, Hedel, das wissen Sie selbst.«

»Die Kräuter können viel mehr als eure Quacksalbermedizin. Sie weinen jetzt um ihn, dabei war ihm nicht mehr zu helfen.«

»Das weiß ich auch. Trotzdem kann ich doch um den Verlust eines lieben Menschen trauern.«

»Dem jungen Mann wird es auch bald besser gehen«, sagte Hedel und zog das Tuch, das sie über Kopf und Schulter trug, enger um sich.

Hannah fröstelte. »Von wem reden Sie?« Wieder wallte Wut in ihr auf. Sie hasste diese kryptischen Andeutungen, die Hedel ständig absonderte.

»Der in Ihrem Gartenhaus.«

Hannah erstarrte. »Was? Woher wissen Sie von Marco? Sie waren doch nicht dort? Das ist Privatbesitz!« Oder sprach sie vielleicht von Paul, der die letzte Nacht da verbracht hatte?

»Ich habe ihm etwas Spitzwegerich auf die Wunden geträufelt. Er schlief wie ein Engel.«

Also doch Marco. »Sie haben die Verbände geöffnet? Wie kommen Sie dazu? Wie ich schon sagte: Das ist Privatbesitz. Dort haben Sie nichts verloren. Halten Sie sich bitte aus unserem Garten und Haus fern, haben Sie verstanden?« Hannah spürte, wie sie eine Gänsehaut bekam. Wenn diese Furcht einflößende Frau einfach auf ihr Grundstück spazierte und sich an ihren Patienten vergriff, war sie vielleicht auch schon in ihrem Haus gewesen?

»Und noch eins: Lassen Sie Marco in Ruhe. Ich kümmere mich um ihn. Ist das klar? Das nächste Mal hole ich die Polizei.«

»Tun Sie das nur. Ich bin sicher, die sind sehr daran interessiert, wen Sie da bei sich beherbergen, nicht wahr?«, sagte die alte Frau und drehte sich ungerührt um. Unbeirrt lief sie zurück zum Gartentor und auf die Straße.

Hannah kniff die Lippen zusammen. So ging das nicht. Der Frau mussten Grenzen gesetzt werden. Sie würde jetzt Alma holen und dann so schnell wie möglich von hier verschwinden, bevor Hedel ihr noch einmal über den Weg lief.

***

Es ließ Hannah keine Ruhe. Nachdem sie Alma ins Haus gebracht und alle anderen von Wilhelms Tod berichtet und davon in Kenntnis gesetzt hatte, dass sie vorerst bei ihnen wohnen würde, ging sie noch einmal in den Garten, um nach

Marco zu sehen. Sie wollte sicherstellen, dass Hedels Einmischung keinen irreparablen Schaden angerichtet hatte, und konnte sicher sein, dass sich Daniel und die anderen gut um Alma kümmern würden. Als sie zum Häuschen kam, war alles dunkel. Marco schien noch immer zu schlafen. Leise drückte sie die Klinke herunter und öffnete die Tür. Gerade im letzten Moment, bevor der Regen einsetzte, der schon den ganzen Spätnachmittag dräuend am Himmel gehangen hatte. Die Tropfen klatschten laut aufs Dach, während Hannah nach der Lampe tastete. Es war eine alte Karbidlampe, die eigentlich genau hier stand. Da, das war sie. Das Licht leuchtete auf und hüllte die Hütte in ein erschreckend helles Licht. Hastig beeilte sich Hannah, einen überzähligen Bettbezug vor das Fenster zu hängen.

Marco schlief. Sein Gesicht wirkte erhitzt. Wahrscheinlich fieberte er. Wenn Hedel nur nichts Schlimmes angerichtet hatte!

Hannah legte sanft die Hand auf seine Stirn. Hoffentlich hatte sich die Wunde nicht entzündet. Dann wäre die Wahrscheinlichkeit, dass er das Ganze weitgehend komplikationslos überstand, gering. Sie schlug die Bettdecke zurück und legte die Hand auf sein Bein. Es war nicht heißer als der Rest seines Körpers. Hannah senkte die Nase darüber und schnupperte. Bis auf den eindringlichen Geruch nach Kräutern roch sie nichts. Es schien also nicht zu eitern. Sie wollte vermeiden, ihn zu wecken, deshalb verzichtete sie darauf, den Verband zu lösen, um die Wunde genauer zu inspizieren. Das konnte sie auch morgen noch machen.

Der Schlaf würde ihn stärken. Sorgsam deckte sie ihn wieder zu. Sie wollte nachher erneut nach ihm sehen. Vielleicht war er dann wach. Aber jetzt musste sie sich erst einmal um Alma, Mutter und ihre anderen Schäfchen kümmern.

KAPITEL 31

Nach einigen Nächten, in der das Haus so voll gewesen war, dass Lucie sich das Zimmer mit Alma hatte teilen müssen, war Paul abgefahren. Sie hatten sich in diesen Tagen nicht ausgesprochen. Seine Forderung stand noch immer dräuend und bedrohlich im Raum. Lucie hatte sich an ihn geklammert, als wäre es das letzte Mal, dass sie ihn sah. Sie wollte ihn nicht gehen lassen. Es tat so weh, als würde sie sich unablässig ein Pflaster von der Haut reißen. Ihr einziger Trost war, dass sie spätestens mit seiner Volljährigkeit endgültig zusammen bleiben könnten. Er wollte neben dem Studium in Berlin arbeiten, um sich, wenn es so weit war, eine Fortführung seiner Studien in der Schweiz auch ohne die finanzielle Unterstützung seiner Eltern leisten zu können, sollten sie ihrer Beziehung dann immer noch kritisch gegenüberstehen. Wenn er erst in Zürich war, würde hoffentlich alles einfacher. Weniger Missverständnisse, weniger Empfindlichkeiten aufgrund der Unsicherheiten, die zwangsweise entstanden, weil man den Partner so selten sah. Aber zunächst mal musste sie sich darüber klar werden, wie sie mit den Unwahrheiten über ihre Religionszugehörigkeit umging. Sie wollte reinen Tisch machen. Egal, wie es mit Paul weiterginge. Wenn sie allerdings zusammenblieben, war es unwahrscheinlich, dass Paul es noch einmal tolerieren würde, wenn sie ihn irgendwo als ihren Vetter vorstellte oder sich distanziert verhielt, um nicht irgendeinen Verdacht zu erwecken.

Seit dem Eklat, als sie das Training für eine Woche hatte sausen lassen wollen und Paul sie einmal begleitet hatte, hatte sich die Stimmung dort irgendwie verändert und auch in der Schule hatte sie ab und an Probleme, sich zu konzentrieren. Es war, als wäre mit Pauls Rückkehr nach Berlin ein Teil ihrer Seele mit ihm gegangen, obwohl sie immer noch irritiert war, dass er solche Forderungen an sie stellte. Sie schaffte es nicht, mit vollem Herzen bei allem zu sein, so wie sie es vorher gewesen war, weil ihr seine Worte noch immer in den Ohren klangen und sie Tag und Nacht darüber nachsann, wie sie damit umgehen sollte. Ihre bisher hervorragenden Noten verschlechterten sich, wenn auch nur minimal, doch es versetzte Lucie in Alarmbereitschaft nach den Erlebnissen in Berlin. Sie wollte keinesfalls wieder an den Punkt kommen, wo ihre Noten insgesamt so schlecht wurden, dass die Versetzung gefährdet wäre, auch wenn es in Berlin nicht an ihren Leistungen, sondern an den allgemeinen Umständen gelegen hatte.

Sie versuchte, mehr zu lernen, doch das war manchmal schwer, seit Alma und Günther auch noch bei ihnen wohnten. Irgendjemand lärmte ständig im Haus. Natürlich sollte es kein Dauerzustand sein, aber Alma fühlte sich nach Wilhelms Tod nicht sicher in ihrem Häuschen und auch Kurt und Eva waren noch immer da.

Das alles führte dazu, dass Lucie Druck empfand, und zwar so stark, dass sie sich im Moment nicht in der Lage fühlte, auch noch die Sache mit der Wahrheit anzugehen. Sie würde es machen. Aber nicht sofort.

Doch ihr Gewissen drückte sie trotzdem und jedes Mal, wenn sie bei der Morgenandacht zwischen Dorli und Innegrit in der Kirche saß und Choräle sang oder sich hinkniete, um zu beten, flüsterte ihr eine mahnende Stimme in ihrem Innern zu, dass es jetzt aber wirklich an der Zeit wäre, zur Wahrheit zu stehen.

In wenigen Tagen begannen die Sommerferien, die hier vier Wochen dauerten, und ihr Leben fühlte sich an, als wäre sie irgendwie festgefahren. Alles wirkte zäh und ein wenig trübe. Trotzdem ging sie brav weiterhin zum Training und schaffte es sogar, ihre Zeiten noch ein bisschen zu verbessern.

Am Abend, als sich alle versammelt hatten, um gemeinsam zu essen, platzte Mutter plötzlich heraus: »Ich muss euch etwas sagen.«

Ihre Stimme hatte einen unheilvollen Klang und alle blickten sie überrascht an.

»Ist etwas passiert?«, fragte Vater und legte die Streichhölzer, die er eben aufgenommen hatte, wieder ab.

Mutter wiegte den Kopf hin und her. »Ja und nein. Es ist nicht besorgniserregend, zumindest denke ich das, aber ich glaube, es ist an der Zeit, euch davon zu erzählen. Die Nachricht hat mich schon vor einer Weile erreicht, aber nie war der richtige Moment, sie mit euch zu teilen, denn hier war immer Trubel in irgendeiner Form.«

»Hast du etwa eine Stelle in einer Praxis bekommen?«, fragte Alma und nickte ihr lächelnd zu.

Mutter schüttelte abwehrend den Kopf. »Dafür hätte ich mich ja erst einmal bewerben müssen, das habe ich aber gar nicht. Ich habe auch so genug zu tun.«

Lucie sah, wie Vater die Augenbraue hochzog, während er zu ihr hinübersah, doch er schwieg.

»Dann geht es vielleicht um die wechselnden Personen, zwei waren es mindestens, die du in unser Gartenhäuschen schleust und die überraschenderweise anschließend über

Nacht wieder verschwinden?«, fragte Kurt mit kämpferisch erhobenem Kinn.

»Jetzt seid doch alle mal still und lasst sie erzählen«, warf Ariel ein.

»Danke, Ariel!«, sagte Mutter.

Ihr Gesicht hatte inzwischen eine dunkelrosa Farbe angenommen. Man sah ihr an, dass die Einwürfe der anderen sie nicht gerade erfreut hatten. Lucie griff nach der zwischen den vielen Beinen umherstreifenden Milli und zog sie zu sich auf den Schoß. Zu ihrer großen Überraschung schien die sonst so freiheitsliebende Katze damit zufrieden zu sein, denn sie rollte sich auf ihrem Schoß zusammen und ließ sich streicheln und liebkosen.

»Ich habe einen Brief bekommen. Schon vor einigen Wochen«, fuhr Mutter fort.

Und plötzlich waren alle still und sahen gespannt zu ihr hinüber.

»Er ist von der ehemaligen Geliebten meines Bruders Jakob.«

»Was möchte sie? Doch nicht etwa Geld für ihre Sucht, oder?«, knurrte Vater, während er begann, seine Pfeife auszuklopfen.

»Nun, ich kann nicht ausschließen, dass sie an einer Geldzahlung interessiert ist. Allerdings war das nicht der eigentliche Grund ihres Schreibens. Sie hat mir mitgeteilt, dass sie Mutter ist.«

»Schön und gut. Und was hat das mit uns zu tun?«, fragte Kurt jetzt ungeduldig.

Mutter kniff die Lippen zusammen, dann sagte sie: »Sie schreibt, dass Jakob der Vater wäre.«

»Aber Onkel Jakob ist doch schon eine ganze Weile tot«, warf Lucie überrascht ein.

»Das Kind ist auch nicht gerade erst geboren, sondern bereits im letzten Jahr zur Welt gekommen.«

»Oh!«

»Das ist ja mal eine Überraschung.«

»Wir haben also einen kleinen Vetter!«

Erstaunte Stimmen erfüllten den Raum. Milli schien es jetzt zu reichen, denn sie erhob sich schnurrend und sprang von Lucies Schoß. Lucie sah ihr hinterher und fing Almas Blick auf. Sie wirkte angespannt, fast verkrampft und blickte mit starrer Miene auf den Boden. Es sah nicht so aus, als würde sie sich über die Neuigkeit sonderlich freuen.

***

Hannah war erleichtert, dass es endlich raus war. Viel zu lange hatte sie dieses Geheimnis allein mit sich herumgetragen, ohne auch nur die leiseste Ahnung zu haben, was sie tun sollte. Jetzt aber, wo sie es mit ihrer Familie geteilt hatte, fühlte sie sich deutlich erleichtert. Nun konnte sie mit frischer Kraft an die noch verbleibenden Aufgaben gehen. Es war bereits ein neuer Gast angekündigt, der wahrscheinlich in den frühen Morgenstunden eintreffen würde. Das Häuschen war dafür noch nicht wieder bereitgemacht, nachdem der letzte Besucher, ebenfalls mitten in der Nacht, um möglichst wenig Aufsehen zu erregen, abgereist war. Sie hoffte, dass die Sache mit dem Gartenhäuschen, die Kurt angesprochen hatte, dadurch vergessen war. Sie wollte ihre Familie über die Nutzung nicht anlügen, allerdings war es auch nicht klug, sie einzuweihen, um das Risiko für sie möglichst niedrig zu halten.

»Wo wir hier gerade so gemütlich beisammensitzen, hätte ich auch noch eine Frage«, sagte Ariel plötzlich.

Überrascht wandte Hannah sich ihm zu. Ihr Zweitgeborener sah sie mit erhobenen Brauen aufmerksam an. Er wirkte, wie der geborene Jurist. Man merkte ihm an, dass er einer Sache auf der Spur war und nicht eher Ruhe gäbe, bevor er sie gelöst hätte.

»Ich möchte das Thema mit dem Gartenhäuschen noch einmal aufgreifen. Heute Nacht bin ich wieder davon aufgewacht, dass jemand mit einer Taschenlampe durch den Garten schlich, und es war nicht das erste Mal. Ich habe mich gefragt, ob dort Diebesgut versteckt wird. Oder dient es vielleicht als Umschlagplatz? Dann dachte ich, dass das aber kaum direkt unter den Augen eines Familienmitgliedes geschehen würde. Denn was auch immer sich dort abspielt, findet offensichtlich mit der Billigung eines von uns statt und ich habe auch schon jemanden im Verdacht. Kannst du uns mehr darüber erzählen, Mutter?«

Bisher hatte er von einem zum anderen gesehen, während er sprach, jetzt aber wandte er sich Hannah zu. Sie spürte, wie sie errötete. Sie fühlte sich ertappt, wie ein kleines Mädchen beim Stibitzen eines Bonbons.

»Zur näheren Erläuterung: Dadurch, dass mein Zimmer zum Garten hinausgeht, ist es mir nicht entgangen, dich häufiger dabei zu beobachten, wie du zum Gartenhäuschen gegangen und dort ein Weilchen geblieben bist, bevor du wieder herauskamst. Ein paarmal sind mir auch gefüllte Körbe aufgefallen, die du dorthin geschleppt hast, und ich habe mich gefragt, was sie wohl enthalten. Essen vielleicht? Für jemanden, den du dort versteckst?«

Es fühlte sich an, als stünde sie vor Gericht. Ariel legte klar die Fakten dar und das Schlimme dabei war, dass er recht hatte. Doch die Einzige, der sie es erzählt hatte, war Alma. Hannah hatte es der Familie bewusst verschwiegen, um sie nicht zu Mitwissern zu machen und womöglich in Gefahr zu bringen. Alma wusste es nur, weil sie keine Geheimnisse vor ihr hatte. Doch jetzt waren aller Augen fragend auf sie gerichtet und sie hatten es verdient, endlich eine Antwort zu bekommen. Doch noch immer scheute Hannah davor zurück, ihnen zu viel zu erzählen. Je weniger sie wussten, desto sicherer waren sie im Fall der Fälle. Sie allein hatte diese Entscheidung getroffen und war bereit, die Konsequenzen zu tragen, aber sie wollte keinesfalls, dass die anderen Familienmitglieder deshalb leiden mussten. Trotzdem würde sie nicht darum herumkommen, sie zumindest zum Teil einzuweihen. Sie musste nur sorgfältig abwägen, was sie sagte. Milli strich ihr um die Beine und sah mit zuckenden Schnurrbarthaaren zu ihr auf, als wollte sie sagen: Nun mach schon.

Hannah blickte Alma an, in der Hoffnung, dass sie ihr irgendwie aus der Bredouille helfen könnte, doch die Freundin hielt den Kopf gesenkt und schien mit den Gedanken ganz woanders zu sein.

»Hast du uns etwas zu sagen, Hannah?«, fragte Daniel mit erhobenen Brauen.

Hannah presste die Lippen zusammen, dann holte sie tief Luft und sagte langsam: »Ich trage ein Geheimnis mit mir herum, von dem ich euch zu eurem eigenen Schutz nicht alles mitteilen will.«

Sie sah, wie Lucie überrascht die Augen aufriss und andere hielten gespannt die Luft an.

»Es ist nichts Schlimmes, das müsst ihr mir glauben. Doch es dient einem höheren Ziel, dass … meiner Mitwirkung bedarf. Lasst es mich so formulieren. Ich biete Menschen, die dessen bedürfen, für kurze Zeit ein Obdach und medizinische Versorgung. Aber ich würde selbstverständlich nichts tun, womit ich einen von euch gefährden würde.«

»Nur dich selbst? Ich dachte, du hättest nach deinen Erfahrungen mit dem Gefängnis genug.« Daniels Stimme klang kühl.

Seine Stirn war gerunzelt und er hatte sogar seine Pfeife ablegt. Das war ein ernstes Zeichen. Er tat das nur, wenn er ernstlich erregt war. »Ich musste es tun. Versteht das doch.

Ich schade niemandem damit. Außerdem habe ich geschworen, Kranken zu helfen. Seht es als Teil meines Berufs.«

»Apropos Beruf«, schaltete sich jetzt Kurt ein. »Wie kommt es eigentlich, dass du noch nicht wieder eine eigene Praxis hast oder irgendwo angestellt bist? Wir sind doch schon eine ganze Weile hier und auf Eva musst du auch nicht mehr aufpassen, seit Alma sich so viel um sie kümmert.«

Da war sie wieder, die Frage, die Hannah so fürchtete und für die sie jedes Mal Ausflüchte gesucht hatte, wenn Daniel oder Alma sie gestellt hatten. Jetzt aber fragte sie eines ihrer Kinder und das war irgendwie ein anderes Kaliber. Sie hatte das Gefühl, aufrichtig sein zu müssen, denn dazu hatte sie auch ihre Kinder immer angehalten, obwohl Lucie in der Glaubensfrage ein wenig vom Weg abgekommen war. Doch gerade deshalb war es wichtig, dass Hannah ihr ein Vorbild war.

»Ich habe Angst«, sagte sie. Es war das erste Mal, dass sie es aussprach, und es machte sie verwundbar, das spürte sie. Doch es war richtig. Wenn sie weiter nur auswich, würde sich nie etwas ändern.

»Warum? Du bist doch eine hervorragende Ärztin«, fragte Kurt erstaunt.

»Ach ja? Wenn ich das wäre, hätte ich es vielleicht geschafft, Ursula zu retten. Dann wäre ich nicht wegen Falschbehandlung im Gefängnis gelandet oder es wäre mir möglicherweise gelungen, Wilhelm länger am Leben zu halten.« Sie rief die Worte laut heraus. Sie war erhitzt und zitterte, doch es war an der Zeit, alles, was sie belastete, endlich auszusprechen.

»Hannah, du bist Ärztin, nicht Gott«, sagte Daniel. »Du kannst Menschen nicht vor dem Tod bewahren, aber ihnen helfen, weniger Schmerzen zu spüren oder andere Dinge zu ändern. Aber du kannst nicht dem Schicksal ins Handwerk pfuschen, verstehst du? Wenn die Lebensuhr eines Menschen abgelaufen ist, stirbt er. So ist es und so wird es bleiben. Egal, was du auch tust, um das zu verhindern. Doch als Ärztin hast du die Chance, denen zu helfen, die behandelbare Probleme haben.«

Hannah starrte ihn mit feuchten Augen an. Hatte er recht? Hatte sie sich die letzten Monate umsonst verrückt gemacht? War es gar unnötig, an sich und ihren Fähigkeiten zu zweifeln?

»Aber Faust …«, flüsterte sie.

»Faust hat dir die Schuld am Tod seines Sohnes gegeben, weil er damit nicht klarkam. Er brauchte einen Sündenbock. Du weißt selbst, dass der Kleine dem Tod geweiht war. Niemand hätte ihn retten können.«

»Ja, das ist wahr«, sagte sie langsam.

»Du trägst keine Schuld an Ursulas Tod, Mama. Ich habe gesehen, wie du um ihr Leben gekämpft hast«, sagte Kurt jetzt.

Tränen schossen in Hannahs Augen.

»Wenn du nicht gewesen wärest, wäre es Wilhelm viel schlechter ergangen. Er betonte immer, wie dankbar er sei, dass du dich so gut um ihn kümmerst«, erklärte Alma.

Hannah biss sich auf die Lippen. Sie wollte nicht vor der ganzen Familie in Tränen ausbrechen, doch es fühlte sich an, als käme die Last auf ihren Schultern so langsam ins Wanken, auch wenn sie nicht vollends überzeugt war. »Ich danke euch. Ihr wisst gar nicht, wie gut es mir tut, mit euch darüber zu reden.«

»Aber du versprichst uns, dass du dich mit dieser Gartenhaus-Sache nicht in unnötige Gefahr begibst?«, fragte Ariel nun.

Hannah blinzelte zu ihm hinüber. Konnte sie ihm das aus vollem Herzen zusichern? Sie zögerte. »Ich kann es nicht ausschließen. Ist es euch lieber, wenn ich damit aufhöre?«

»Sagst du uns, was das für Leute sind, die du da beherbergst?«, fragte Daniel.

Sie warf Alma einen Blick zu. Sie hatte die Stirn in Falten gelegt und zuckte mit den Schultern.

Hannah hob entschlossen den Kopf und sagte dann: »Ich versorge verletzte Widerstandskämpfer und schleuse sie weiter.«

»Oh!«, entfuhr es Ariel. Die anderen schwiegen. Doch an dem Glänzen ihrer Augen konnte sie erkennen, dass sie ihr Tun für richtig hielten.

»Oh, aber warum dann diese Heimlichkeit? Hier in der Schweiz sind sie doch sicher«, warf Daniel ein.

Hannah schüttelte entschieden den Kopf. »Ich wünschte, es wäre so, aber es kam leider bereits häufiger dazu, wie mir im Vorfeld berichtet wurde, dass der eine oder andere Widerstandskämpfer von den Nazis verschleppt worden ist. Ich will nichts riskieren, wisst ihr?«

Alle nickten. Lucies Augen waren erschrocken aufgerissen.

»Keine Angst. Niemand in Deutschland weiß von unserem kleinen Versteck. Es wird schon alles gut gehen!«, sagte Hannah sanft und nickte ihrer Jüngsten aufmunternd zu.

Kapitel 32

August 1932

Kurt fuhr sich müde durch die Haare und sah auf die Uhr. Es war viel zu spät, um noch zu arbeiten, doch er kam nicht zur Ruhe. Er hatte sich in ein vertragsrechtliches Problem verbissen und glaubte, dass er endlich die Antwort gefunden haben könnte. Er hatte schon in der Uni, die ihm auch in der vorlesungsfreien Zeit offen stand, ein paar Bücher zu dem Thema gewälzt und später noch einen dicken Wälzer mit nach Hause genommen, um weiterzulesen, nachdem er Eva nach dem Abendessen zu Bett gebracht hatte. Sie war in der letzten Zeit deutlich aufmerksamer als noch vor einigen Wochen, saugte alles um sich herum auf und war dadurch schwerer zur Ruhe zu bringen. Dass Lucie, die zur Zeit Ferien hatte, ständig da war, mit ihr spielte, sie kitzelte und zum Lachen brachte, ließ sie nur umso mehr nach ständiger Ablenkung verlangen. Er war heilfroh, dass sich Alma so liebevoll um die Kleine kümmerte, wenn er bei der Arbeit war. Noch immer wohnte Alma mit Günther bei ihnen. Sie schien sich nicht überwinden zu können, zurück in das nach Wilhelms Tod so leere Haus zu gehen, doch sie sah jeden Tag nach ihrem Garten. Kurt konnte sie gut verstehen, denn schließlich sträubte auch er sich innerlich dagegen, mit Eva zurück in sein Häuschen zu ziehen, wo alles noch von Ursula eingerichtet worden war und ihm jeden Moment schmerzlich vor Augen führte, sie nicht mehr an seiner Seite zu haben. Allerdings bedeutete das, dass Kurt sich weiterhin ein Zimmer mit Eva teilen musste und daher für die abendlichen Arbeitsstunden ins Esszimmer auswich, um Eva nicht zu stören, doch das tat er gern, wenn es allen dadurch gut ging. Allerdings brauchte er über kurz oder lang eine Lösung, denn dass das keine Regelung für die nächsten Jahre war, lag auf der Hand.

Vor einigen Tagen hatte er deswegen nach der Uni einen Abstecher in sein eigenes Haus gemacht, um nach dem Rechten zu sehen und zu gucken, ob es vielleicht inzwischen leichter geworden war, dort zu sein und die Erinnerung an Ursula, die ihm aus jeder Ecke entgegendrängte, und den damit verbundenen Schmerz, zu ertragen.

Doch es war nicht besser geworden. Keinen Deut. Stattdessen hatte er das Gefühl gehabt, dass sich mit jedem Schritt, den er dem Häuschen nähergekommen war, ein schwerer Stein auf seine Brust gesenkt und immer stärker gedrückt hatte, bis er schließlich geglaubt hatte, zu ersticken. Er hatte es nur ein paar Minuten im Haus ausgehalten, war von Zimmer zu Zimmer gelaufen und überall hatte es sich so angefühlt, als wäre Ursula noch da. Der Schmerz um ihren Verlust war kaum auszuhalten gewesen und er hatte Hals über Kopf die Flucht ergriffen.

Die Leere und Einsamkeit, die ihn auf dem Rückweg gemartert hatten, waren qualvoll gewesen. Doch als er dort durch die Haustür getreten war und all der Trubel ihn eingehüllt, Eva verlangend die kleinen Ärmchen nach ihm ausgestreckt, er sie hochgenommen und an sich gedrückt hatte, da hatte sich der Stein langsam Stück für Stück gehoben und er das Gefühl gehabt, nach und nach wieder atmen zu können und ein Teil eines Ganzen zu sein. Er fragte sich, was Ursula ihm raten würde, wo er mit Eva wohnen sollte, doch er fand keine Antwort.

Stattdessen vergrub er sich noch tiefer in die Arbeit, und wenn die Sehnsucht nach Ursula übermächtig wurde, widmete er sich besonders kniffeligen juristischen Fragestellungen. Und diese hier schien Potenzial zu haben. Bevor er allerdings zu euphorisch wurde, wollte er Vaters Meinung als Jurist dazu hören.

Inzwischen war alles im Haus dunkel. Die meisten Lichter waren gelöscht, denn es war spät. Doch er war sich fast sicher, dass er Vater noch über seine Akten gebeugt in seinem Arbeitszimmer finden würde.

Er tappte durchs Dunkel, weil er kein Licht machen wollte, um niemanden zu stören, und stieß sich das Bein schmerzhaft an einer Kommode, von der er vergessen hatte, dass sie dort stand. Er fluchte leise und rieb sich das Schienbein. Das würde morgen früh einen schönen blauen Fleck ergeben.

Hinten, im Wohnzimmer, glomm noch Licht. Er hatte sich nicht getäuscht: Vater saß da und blätterte in einer Akte herum, während seine Pfeife qualmte und alles in einen feinen Dunst hüllte. Kurt blieb für einen Moment stehen und beobachtete Vater. Er hatte sich verändert, in den Monaten, die sie nun schon hier waren. Silberne Strähnen durchzogen sein dichtes Haar und die eine oder andere Falte hatte sich in seine Stirn gegraben. Doch er war wieder etwas ausgeglichener und fuhr nicht mehr so häufig aus der Haut, wenn irgendetwas schief lief. Er schien allmählich an die Arbeitsbelastung gewöhnt zu haben. So wie Kurt sich daran gewöhnen würde, ohne Ursula zu sein. Jeden Tag würde es einen Hauch leichter werden. Zumindest hoffte er das. Und irgendwann wäre er auch bereit, wieder zurück in das Häuschen zu gehen und Eva ein eigenes Heim zu geben.

Doch jetzt wollte er Vater erst einmal um seine Meinung zu seinem juristischen Kommentar fragen.

***

Fast wären sie zu spät zum Training gekommen. Lucie hatte die Bahn verpasst, weil sie schon wieder Milli gesucht hatte, die mal wieder nicht aufgetaucht war, aber Dorli und Innegrit hatten als treue Freundinnen auf sie gewartet. Und so rannten sie eine Minute vor Trainingsbeginn mit hängenden Zungen in die Kabine. Immer, wenn sie zum Sport ging, hatte sie ein schlechtes Gewissen wegen Paul. Doch was hatte er davon, wenn sie zu Hause blieb und Trübsal blies, anstatt sich den Kopf beim Training freizulaufen? Immerhin hatte sie Ferien und musste sich ja irgendwie beschäftigen. Seit seiner Abfahrt hatten sie das Thema Sport gemieden, wie auch viele andere Dinge, weil es einfach zu schmerzhaft war, die wenige gemeinsame Telefonzeit mit solchen Themen zu vergeuden. Das hatte aber zur Folge, dass sie sich häufig nur über Banalitäten austauschten und einen Eiertanz aufführten, um den anderen nicht zu verletzen und die Beziehung zu schützen. Doch im Moment war das der sicherere Weg.

Als sie mit noch immer roten Köpfen vom gehetzten Rennen, um es wenigstens halbwegs pünktlich zu schaffen, auf den Platz huschten, lag Trainer Meyers Stirn in Falten und er sah sie kopfschüttelnd an.

»Ihr seid zu spät. Das gibt eine Verwarnung.«

»Verzeihung. Es war meine Schuld. Ich …«

»Völlig unerheblich, warum es so ist. Fakt ist, ihr kommt schon total erledigt hier an. Das geht nicht. So ist kein gutes Training möglich. Wie wollt ihr euch verbessern? Wie wollt ihr die Olympianorm erfüllen, wenn ihr das Training nicht ernst nehmt?« Inzwischen wussten alle von Trainer Meyers Plänen für Olympia. Er hatte mehreren davon erzählt und natürlich hatte sich das in Windeseile verbreitet. Jede war erpicht darauf, zu denen zu gehören, die mitgenommen werden würden.

»Wir nehmen es ernst. Es war nur ein Versehen«, sagte Lucie. Dorli brach neben ihr in lautes Schluchzen aus. Offenbar konnte sie es nicht ertragen, von Herrn Meyer kritisiert zu werden.

»Und gerade heute, wo es so aufregende Neuigkeiten gibt«, sagte Herr Meyer, nahm seine Trillerpfeife in den Mund und stieß einen grellen Pfiff aus, damit auch die anderen, die bereits fleißig zum Aufwärmen um den Platz trabten, aufmerksam wurden und herüberkamen.

Er ignorierte Dorlis lautstarkes Weinen und würdigte sie auch keines Blickes mehr, bis alle da waren.

»Es gibt etwas, worüber wir reden müssen, Mädchen!« Herr Meyer sprach laut, wohl, um Dorli zu übertönen, die er jetzt doch irritiert ansah. Ihr Gesicht war rot angelaufen und sie schien sich mehr und mehr in ihren Kummer hineinzusteigern, denn ihre Schluchzer schwollen an. So hatte Lucie sie noch nie erlebt. Sie ging hinüber zu Dorli und legte ihr die Hand auf die Schulter, doch das schien ihren Gram nur anzufachen, sodass sie die Hand schnell wieder wegzog.

»Dorli, geh doch für einen Moment in die Kabine, bis du dich beruhigt hast. Wir müssen hier etwas Wichtiges besprechen«, sagte Herr Meyer schließlich.

Dorlis Mundwinkel senkten sich, während Tränen aus ihren Augen schossen, doch nach kurzem Zögern befolgte sie seine Anweisung. Mit jedem Schritt, den sie sich entfernte, wurde auch ihr Schluchzen leiser und verhallte in den Tiefen der Umkleide.

»Soll ich ihr hinterhergehen und nachsehen, ob ich etwas für sie tun kann?«, fragte Innegrit.

Doch Herr Meyer schüttelte den Kopf. »Ich will etwas mit euch besprechen. Wir haben die Möglichkeit bekommen, ein wenig Höhentraining zum Ende der Ferien zu machen. Ich habe einen Bauernhof oben in den Bergen ausfindig gemacht. Es gibt da natürlich keine Laufbahnen, Sprunggruben oder ähnliches, aber es ist eine einmalige Gelegenheit, an eurer Kondition zu arbeiten. Wir fahren dort hinauf und machen Sport. Vier Tage lang. Schon nächste Woche geht es los.« Die Augen von Herrn Meyer blitzten. Auch die Gesichter der anderen sahen erfreut aus. Lucie war offenbar die Einzige, die nicht über die Nachricht begeistert war. An sich war der Gedanke reizvoll, doch dummerweise hatte Herr Meyer just das Wochenende ausgesucht, an dem das große Fest stattfinden sollte, das Mutter schon eine ganze Weile plante. Es war dafür gedacht, mit den Kollegen, Nachbarn und Gemeindemitgliedern eine unbeschwerte Zeit zu verbringen, soweit das während einer Weltwirtschaftskrise und den antisemitischen Unruhen im Deutschen Reich überhaupt möglich war. Und das war zu Lucies Kummer direkt an dem Wochenende, an dem es ins Trainingslager gehen sollte. Eine ungünstige Fügung, denn die sportlichen Erfolge waren Lucie inzwischen wirklich wichtig. Nicht so wichtig, wie Paul oder ihre Familie, die sie natürlich nicht vor den Kopf stoßen wollte. Aber was zunächst nur eine Möglichkeit gewesen war, schnell Anschluss in der neuen Heimat zu finden, hatte sich erst zu einem Ventil für ihre überkochenden Emotionen entwickelt und später zu einer richtigen Leidenschaft. Die Möglichkeiten, die sich ihr durch eine Olympiateilnahme bieten würden, waren so verführerisch, dass sie eigentlich nicht darauf verzichten wollte. Allerdings war da immer noch die Familie – und das Fest.

Doch hatte sie wirklich eine Wahl? Sie wollte als Vertreterin der Schweiz zu den Olympischen Spielen nach Berlin und dafür musste sie alles tun, was sie konnte. Wenn sie nicht mitfuhr, würde ihr Traum vielleicht schneller zerplatzen als eine reife Johannisbeere auf der Zunge.

Lucie wurde davon abgelenkt, dass Dorli mit vom Heulen aufgequollenem Gesicht und derangierter Frisur wieder aus der Kabine auftauchte und immer noch vor sich hin schniefend langsam näherkam.

Die Arme! Sie tat Lucie leid, auch wenn sie nicht verstand, dass sie sich das Ganze dermaßen zu Herzen nahm. Sie und Innegrit waren ebenfalls getadelt worden, doch hatten sie das völlig anders aufgenommen als Dorli, die in ihrer Verzweiflung fast davongeschwommen war.

Herr Meyer sah mit ein wenig genervtem Blick hinüber zu Dorli, dann wandte er sich ihnen wieder zu. Er sah Lucie an und nickte ihr zu. »Sechs von euch können mitfahren. Mehr Platz ist nicht. Ich suche natürlich die aus, die von ihren Leistungen her am vielversprechendsten sind und die größten Chancen haben, sich für Olympia zu qualifizieren. Also strengt euch an.«

Er nahm seine Pfeife in den Mund und pfiff zum Zeichen, dass sie mit dem Aufwärmen fortfahren sollten. Alle stoben auseinander, erfüllt von dem Wunsch, zu den sechs Auserwählten zu gehören und Herrn Meyer zu beweisen, dessen würdig zu sein. Auch Lucie stürmte los, warf aber in der Kurve der Bahn noch einen Blick zurück.

Dorli war als Einzige zurückgeblieben. Sie schien sich mit Herrn Meyer zu unterhalten und sie stand unschicklich dicht vor ihm. Seltsam, was war da los? Vertraute sie ihm an, warum sie vorhin die Nerven verloren hatte, oder worüber mochten sie reden?

Lucie schüttelte beim Laufen den Kopf. Es war egal. Jetzt zählte nur, es zu schaffen, dass Herr Meyer sie mit auf diesen Bauernhof nahm. Das würde auch ihre Familie verstehen … Hoffentlich!

***

Eva lag gemütlich im Kinderwagen und war gerade dabei, wegzudämmern. Kurt hatte recht mit seiner Beobachtung: In der letzten Zeit war es deutlich schwieriger geworden, sie zur Ruhe zu bringen, damit sie einschlief. Doch ein guter Trick war immer, sie einfach in ihren Kinderwagen zu packen und herumzufahren. Früher oder später schlief sie so immer ein. Auch heute hatte Hannah zu dem Kniff gegriffen. Eva hatte keinen Mittagsschlaf gemacht und war jetzt nach dem Abendessen quengelig. Kurt hatte sie auf dem Arm gewiegt, um sie zu beruhigen, hatte ihr vorgelesen und ihr vorgesungen, doch es war einfach nicht möglich gewesen, sie dazu zu bringen, endlich die Augen zu schließen. Also hatte Hannah sie nach einer sehr langen dreiviertel Stunde in den Wagen gesetzt und damit begonnen, sie herumzuschieben. Zuerst hatte Eva geweint und weiter gequakt, doch jetzt, eine gute halbe Stunde später, fielen ihre Äuglein langsam zu.

Noch immer war Hannah aufgewühlt, weil wieder ein Brief von der Mutter von Jakobs Kind gekommen war. Sie wurde nun konkreter. Sie wollte Geld. Doch unverändert rumorten Zweifel in Hannahs Brust. Woher sollten sie wissen, dass sie die Wahrheit sagte und der Kleine wirklich Jakobs Sohn war? Er selbst hatte sich zu seinen Lebzeiten nie dazu geäußert und wenn man die Lebensumstände seiner Mutter zur Zeit seiner Zeugung berücksichtigte, war es doch durchaus vorstellbar, dass auch ein anderer als Vater infrage käme. Aber, selbst wenn, wäre es dann nicht mehr recht als billig, die junge Frau zu unterstützen? Im Grunde gefiel Hannah der Gedanke, Tante zu sein und am liebsten hätte sie sich einfach in die Bahn gesetzt und die beiden besucht. Ihr Bauchgefühl hätte ihr dann schon den richtigen Weg gewiesen. Das war unter den gegebenen Umständen allerdings zu umständlich und mit unnötigen Gefahren behaftet. Sie wollte nachher noch einmal mit Daniel darüber reden, wie sie sich verhalten sollten. Vielleicht konnten sie die beiden ja einmal nach Zürich einladen?

Hannah schob den Wagen gedankenverloren durch die ruhiger werdenden Straßen. Die meisten Leute waren inzwischen zu Hause oder zumindest auf dem Weg dorthin und die Sonne schickte sich an, unterzugehen. Doch noch war genug Licht, dass Hannah sich sicher fühlte. Sie hatte sich dieses Sicherheitsgefühl nach ihrer Ankunft hier wieder mühsam erarbeiten müssen, denn nach ihrer Festnahme in Berlin bei Nacht und Nebel, hatte ihr Unterbewusstsein Übles mit der Dunkelheit verknüpft. Sie hatte ihre Ausflüge in der Dämmerung Tag für Tag weiter ausdehnen und sich dazu zwingen müssen, es allein draußen auszuhalten. Inzwischen war sie so weit, dass sie nur noch ein leises Unbehagen überkam, wenn die Dunkelheit aufzog. Um genau daran noch weiter zu arbeiten, hatte sie sich auch angeboten, mit Eva spazieren zu gehen. Kurt hatte sich sofort erboten, sie zu begleiten und Daniel auch, doch Hannah hatte abgelehnt. Es war eine gute Möglichkeit, weiter an der eigenen Unsicherheit zu arbeiten.

Wie es wohl ihren Schützlingen aus dem Gartenhäuschen weiter ergangen war? Zu gerne hätte sie von ihnen gehört, gewusst, ob sie Fuß gefasst hatten in ihrem neuen Leben, aber wahrscheinlich würde sie nie davon erfahren, denn sie kannte weder ihre wahren Namen, noch wusste sie, wo sie hingegangen waren, nachdem sie ihre Laube verlassen hatten.

Sie schlenderte durch die Straßen, dachte an Ariel, der zumindest das Thema Amerika im Moment ruhen ließ, und daran, wie viel gefestigter Kurt inzwischen wirkte, und dass sie sich weiterhin Sorgen um Daniel machte, dessen Arbeitsbelastung noch immer nicht abgenommen hatte. Sie war völlig in Gedanken versunken, während sie leise vor sich hin summte, um Eva endgültig in den Schlaf zu lullen. Deswegen hatte sie den Mann auch gar nicht beachtet, der eben aus einem Hauseingang trat und prüfend in den Himmel schaute. Sie ging an ihm vorbei und blickte mit einem erleichterten Lächeln auf Eva. Endlich war sie eingeschlafen. Sie sah so niedlich aus. Ein Ebenbild ihrer Mutter und Kurts gleichzeitig.

»Hannah? Hannah Friedländer?«, hörte sie plötzlich eine Stimme. Irritiert blickte sie sich um. Es war der Mann, der eben noch nach den Wolken geguckt hatte. Er lüpfte den Hut. In der Dämmerung konnte sie nicht erkennen, wer es war. Sie sah nur, dass er einen gut sitzenden Mantel trug, der wahrscheinlich teuer gewesen war, doch sein Gesicht lag im Schatten.

»Erkennst du mich nicht mehr? Ich bin es. Fritz. Fritz Gerlach. Das ist ja eine Freude, dich zu treffen.«

»Fritz! Was machst du denn in Zürich?«, fragte Hannah verdattert. Den alten Studienfreund und zwischendurch Feind so mir nichts, dir nichts auf einer Straße in Zürich zu treffen, war mehr als überraschend.

»Ich bin auf der Durchreise und habe einen alten Freund und Kollegen besucht. Nun sag bloß: Das ist doch nicht dein Kind, oder?«

»Nein!« Hannah lachte. Dieser Gedanke war bei aller Überraschung zu ulkig. »Das ist Eva, meine Enkeltochter. Sie ist das Kind von Kurt.«

»Sieh an, der kleine Kurt ist inzwischen selbst Vater. Wie die Zeit vergeht. Hast du einen Augenblick Zeit? Es ist so schön, dich wiederzusehen. Du hast dich kaum verändert. Wie machst du das bloß? Wir alle bekommen eine Falte nach der nächsten und du siehst aus, als würdest du von Tag zu Tag jünger werden.«

Es gab Hannah einen Stich, ihn wiederzusehen. Sie beide verband eine wechselvolle Geschichte. Doch zuletzt hatten sie sich gut verstanden.

»Du alter Charmeur. Dort hinten am Wasser sind ein paar Bänke. Wollen wir dorthin? Ich kann nirgendwo hin, wo es laut ist, denn der Zweck meines Spazierganges ist es, Eva zum Schlafen zu bringen.« Sie deutete in die Richtung, aus der sie gerade gekommen war.

»Das ist dir offenbar hervorragend gelungen. Wie alles. Unglaublich, dass du schon eine Enkeltochter hast. Es kommt mir vor wie gestern, dass ich dir bei der Geburt von Kurt geholfen habe. Wie geht es ihm?«

Hannah kniff für den Bruchteil einer Sekunde die Lippen aufeinander. Es war ein heikles Thema, das er da anschnitt.

»Jeden Tag besser. Seine Frau ist im Kindbett verstorben.«

»Das tut mir leid!«, sagte Gerlach und legte eine Hand auf Hannahs Arm. Die Geste fühlte sich vertraut an. Wie früher, als sie zusammen studiert hatten und er sich in sie verliebt hatte … Aber das war Geschichte. Inzwischen waren sie beide gestandene Leute mit ihren eigenen Leben.

»Bist du verheiratet, Fritz? Wir haben lange nichts mehr voneinander gehört.«

Sie waren am Ufer angekommen und er ließ ihr beim Hinsetzen galant den Vortritt.

»Nach wie vor nur mit meiner Arbeit.«

Er lachte, doch Hannah bemerkte den kummervollen Zug um seine Augen.

»Erzähl, wie ergeht es euch hier in Zürich? Wo arbeitest du?«

Wieder biss sich Hannah auf die Lippen. In diesem Gespräch standen ihr deutlich zu viele Fettnäpfchen herum. »Ich arbeite nicht«, sagte sie knapp.

»Warum denn? Hast du noch nichts gefunden? Weißt du was? Komm doch gleich mit! Ich frage meinen Freund nach einer Stelle für dich. Ich bin mir sicher, wenn ich ihm von deinen Fähigkeiten vorschwärme, wird er dich mit Kusshand einstellen.« Er schickte sich an, sich zu erheben.

Hannah drückte ihm auf den Unterarm, damit er sitzen blieb. »Vielen Dank, aber das möchte ich gar nicht.«

»Warum? Du hast sogar gearbeitet, als du gerade dein erstes Kind zur Welt gebracht hast. Ich kann mir dich überhaupt nicht beim Müßiggang vorstellen. Bist du etwa dabei, endlich deinen alten Traum von der Eröffnung deines eigenen Krankenhauses wahr zu machen?«

Hannah sprang auf. Das war ihr alles zu viel. Sie hatte keine Antworten auf seine Fragen. Sie wusste all diese Dinge ja selbst nicht. Sofort war da wieder das Bild, wie Ursula in all ihrem Blut lag, ohne sich zu rühren, und dann, wie die beiden Polizisten sie abführten.

»Entschuldige bitte, ich habe es eilig. Man erwartet mich!«, murmelte sie und lief los. Sie musste an sich halten, um nicht mit dem Wagen loszurennen.

Sie sah sich nicht nach Gerlach um. Wenn sie es getan hätte, hätte sie sich mit Dingen auseinandersetzen müssen, für die sie nicht bereit war. Noch nicht. Und außerdem war es mittlerweile beinahe dunkel. Es war unverantwortlich, mit einem Kleinkind um diese Zeit allein unterwegs zu sein. Hannah stolperte. Fast wäre sie gefallen. Und jetzt rannte sie, was das Zeug hielt.

»Hannah!«

Sie hörte schnelle Schritte hinter sich. Gerlach folgte ihr. Es war unwürdig, wie sie vor ihm und der Wahrheit davonlief, aber sie wusste keine andere Möglichkeit, um ihre wunde Seele zu schützen.

»Hannah, nun bleib doch endlich stehen. Wieso läufst du denn davon?«

Sie rannte schneller. Da spürte sie, wie sie jemand am Ellbogen fasste und sie jäh zum Anhalten brachte. Sie klammerte sich am Kinderwagen fest.

»Was ist denn los?« Gerlachs Gesicht war dicht vor ihrem. »Habe ich etwas Falsches gesagt? Dann tut es mir leid! Ich will dir nicht wehtun. Im Gegenteil.«

Sein Atem streifte ihre Wange. Da kamen die Tränen. Das alles war zu viel für sie. Es war dunkel und die alten Verletzungen, die sie so mühevoll verdrängt hatte, drückten kraftvoll an die Oberfläche ihres Bewusstseins.

»Ich kann nicht mehr als Ärztin arbeiten«, schluchzte sie.

»Aber warum denn? Du bist eine der besten, wenn nicht sogar die beste Ärztin, die ich kenne«, sagte er sanft.

»Ja, ja, das sagen alle, doch das ist Unsinn: Ich habe es nicht geschafft, meine Schwiegertochter zu retten und … Faust und … die Sache damals, als ich eingeschlafen bin und du mich entdeckt und zurechtgewiesen hast.«

»Bei aller Liebe, Hannah, aber das hört sich für mich nach einer Menge Unsinn an. Du weißt genau wie ich, dass wir nicht jeden retten können. Auch wenn wir unser Bestes tun, sind unsere Möglichkeiten begrenzt. Doch wenn du deine medizinischen Fähigkeiten für dich behältst, sterben wahrscheinlich Menschen, denen du vielleicht hättest helfen können.«

Hannah bebte noch immer, stockte jedoch. »So habe ich das noch nie betrachtet«, quetschte sie mühsam hervor. Die Tränen versiegten. Es fühlte sich an, als hätte jemand eine Binde von ihren Augen genommen und sie könnte mit einem Mal wieder sehen.

»Das dachte ich mir schon. Wo ist die alte Hannah? Die, die so viel Tatkraft hat, dass sie im Notfall sogar eine Operation auf dem Küchenboden ausführt und sich in einem leeren Zimmer eine eigene Praxis eingerichtet hat? Dieses zögerliche, verzagte Wesen kenne ich gar nicht.«

Seine Augen blickten sie zärtlich an. Früher hätten bei Hannah in einer solchen Situation die Alarmglocken geläutet, doch jetzt fühlte sie sich mit einem Mal verstanden. Natürlich hatte auch ihre Familie Ähnliches gesagt, um sie aufzuheitern, aber bei Fritz war es etwas anderes, denn er war selbst Arzt. Sogar ein sehr anerkannter. Wenn sie auf jemandes Meinung etwas geben konnte, dann auf die von ihm.

»Ich weiß auch nicht. Der Gefängnisaufenthalt. Diese Hilflosigkeit, dann unsere Flucht. All das hat mich zutiefst verunsichert. Alle Energie, Zuversicht und Tatkraft waren auf einen Schlag verschwunden.«

»Sind sie denn jetzt wieder da?«

Hannah zuckte die Achseln. »Ich weiß nicht genau. Kann das denn so schnell gehen? Zumindest habe ich das Gefühl, dass es nicht ausgeschlossen ist, im Leben anderer etwas Gutes zu bewirken. Das hatte ich schon eine Ewigkeit nicht mehr.«

»Das freut mich.«

Sie schwiegen und sahen dicht nebeneinanderstehend in die Dunkelheit über das Wasser. Jeder hing seinen Gedanken nach.

»Wie spät ist es eigentlich? Die anderen werden denken, uns ist etwas passiert«, schrak Hannah nach einer Weile auf.

»Nach neun. Wo wohnt ihr? Ich bringe euch nach Hause.«

»Das brauchst du nicht. Wo musst du denn hin?«

»Mein Zug ist jetzt weg. Ich werde mir wohl irgendwo ein Hotelzimmer nehmen und dann in der Frühe weiterfahren.«

»Du kannst bei uns wohnen.« Noch bevor sie den Satz zu Ende gesprochen hatte, kamen Hannah Bedenken, ob das eine kluge Idee war. Ihr Haus war voll bis unter die Decke. Wenn Fritz die Nacht bei ihnen verbringen wollte, müsste wieder jemand sein Zimmer räumen und woanders schlafen. Trotzdem war sie Gerlach so dankbar für seine Worte und das, was sie bei ihr bewirkt hatten, dass sie ihn nicht einfach so davon schicken wollte. Es fühlte sich wirklich so an, als würden sich die verkrusteten Glaubenssätze, die sie sich, seit sie hier waren, wieder und wieder vorgebetet hatte, Stück für Stück auflösen.

Doch bevor sie noch weiter darüber nachdenken konnte, wen sie bitten konnte, die Nacht in einem anderen Zimmer zu verbringen, sagte Gerlach dankenswerterweise: »Das ist sehr lieb, aber ich will euch keine Umstände machen. Ein anderes Mal gerne. Doch ich bestehe darauf, euch beide gesund und munter zu Hause abzuliefern, bevor ich mich auf die Suche nach einem Hotel mache.«

»Vielen Dank, das weiß ich wirklich zu schätzen«, sagte Hannah und setzte sich langsam in Bewegung.

»Das sind sogar zwei Fliegen mit einer Klappe: Wir können noch ein Weilchen schwätzen, bis wir bei euch sind und ich kann Daniel und deine Kinder sehen. Ich bin mir sicher, dass sie sich in den Jahren ganz schön verändert haben.«

»Da kannst du Gift drauf nehmen«, sagte Hannah. Alles fühlte sich auf einmal so viel leichter an als zuvor. Es wirkte fast, als hätte es Fritz Gerlach endlich geschafft, die steinerne Blockade in ihrem Herzen zu zertrümmern.

***

Vater hatte sich zuversichtlich gezeigt, dass der Kniff, den Kurt sich für seinen Kommentar erdacht hatte, vielversprechend war. Er hatte ihn mit Stolz im Blick angesehen und ihm bestätigend zugenickt.

»Respekt, Kurt. Du denkst um die Ecke und scheust nicht vor kreativen Lösungen zurück. Das sind Eigenschaften, die nicht jedermann an den Tag legt und die Großes von dir erwarten lassen.«

Mittlerweile hatte er sich lächelnd eine Pfeife angesteckt. Dann aber griff er plötzlich nach einer weiteren Pfeife und hielt sie Kurt entgegen. »Möchtest du?«

Kurt schüttelte den Kopf. »Der Geruch würde Eva irritieren. Ich schlafe doch mit ihr in einem Zimmer«, erinnerte er Vater.

»Daran habe ich nicht gedacht. Das muss sich ändern. Ist doch kein Zustand für die Ewigkeit.«

»Es macht mir wirklich nichts aus!«, beeilte sich Kurt, zu versichern. Er hatte plötzlich die Befürchtung, dass Vater ihm durch die Blume hatte sagen wollen, es wäre Zeit, auszuziehen. Er war noch nicht so weit.

»Wie lange Alma wohl noch bleibt?«, sinnierte Vater, während er einen tiefen Luftzug aus der Pfeife nahm.

»Sie fühlt sich allein zu Hause unwohl. Günther ist noch zu klein, um eine Sicherheit für sie darzustellen«, erklärte Kurt.

»Die Arme! Warum muss gerade ihr das Schicksal so viel aufbürden?« Vater starrte nachdenklich auf die Tapete. »Aber wir können unseren vorgesehenen Pfad nicht ändern. Wir können nur versuchen, allen Anforderungen, die das Leben uns stellt, offen zu begegnen.«

Kurt nickte. Almas Schicksal machte ihn betroffen, wahrscheinlich umso mehr, als es Parallelen zu seinem hatte.

»Wo wir gerade beisammen sitzen: Ich bewege schon seit einiger Zeit eine Sache in meinem Kopf hin und her, die ich mit euch besprechen will.«

»Worum geht es? Hoffentlich nichts Schlimmes? Ich bin nicht sicher, wie ich auf eine neue Hiobsbotschaft reagieren würde«, sagte Kurt besorgt über den ernsten Tonfall Vaters.

»Nein, nichts dergleichen. Ich habe über die Versicherung eine interessante Stiftung kennengelernt, die Krankenhäuser betreibt. Da habe ich an Mama und ihren großen Traum denken müssen. Wusstest du, dass sie seit jeher davon geträumt hat, eine eigene Klinik zu haben? Und vielleicht würde ihr das auch helfen, aus ihrer jetzigen Situation … ich meine …« Vaters Wangen färbten sich rot.

»Das ist eine hervorragende Idee! Ich erinnere mich, wie Mutter früher, in Tübingen, häufiger davon sprach.« Kurt spürte Aufregung in sich aufwallen.

Ein Lächeln huschte über Vaters Gesicht.

»Ich war auch ganz gefangen von dem Gedanken. Wir sollten das aber juristisch überprüfen. Wie sehen die Bedingungen aus? Welche Verpflichtungen entstünden für uns? Wie sieht es finanziell aus?«

»Ich könnte alles mit Ariel zusammen überprüfen.«

Jetzt strahlte Vater auf. »Das wäre fantastisch. Wir sollten auch ihn und Lucie nach ihrer Meinung fragen.«

»Tun wir das gleich morgen. Je schneller es geht, desto früher ist Mama wieder die alte!«

»Ja, das würde ich ihr auch wünschen. Dann müssen wir uns nur noch nach einem geeigneten Objekt in der Gegend umsehen«, sagte Vater.

»Ich frage mal Alma. Die kennt doch Gott und die Welt und es wäre vielleicht eine schöne Ablenkung für sie«, sagte Kurt.

»Aber noch kein Wort zu Mutter. Es soll eine Überraschung für sie sein!«

»Natürlich. Wenn du das wünscht.«

»Ich möchte einfach nicht, dass sie das womöglich torpediert. Du weißt, dass sie an ihren Fähigkeiten als Ärztin zweifelt, seit …«

»Das wäre doch ein schöner Nebeneffekt, wenn dieses Problem dadurch ebenfalls gelöst würde«, sagte Kurt.

Vater lächelte. »Gerade deshalb gefällt mir die Idee ja auch besonders gut.«

***

Das Gespräch am Vorabend hatte Kurt Aufwind gegeben. Er hatte auf einmal das Gefühl, alles schaffen zu können. Nun war es an der Zeit, das Problem Fräulein Wyss anzugehen. Sie war nett, aber er musste ihr deutlich machen, dass er im Moment nicht beabsichtigte, eine neue Beziehung einzugehen. Er wollte für Eva da sein und in Ruhe um Ursula und ihre vergangene große Liebe trauern. Und er musste lernen, sich selbst wieder zu lieben. All das war durch Ursulas überraschenden Tod ins Wanken gekommen und musste erst wieder ins Lot gebracht werden, bevor er daran denken konnte, erneut eine Frau in sein Leben zu lassen.

Trotzdem nahm er sich vor, nun mehr unter Leute gehen. Das Leben ging weiter und er wollte die Phase hinter sich lassen, in der er sich vor der Welt verkroch.

Die Tür zu seinem Büro stand offen. Heute Abend war die große Feier seiner Eltern und er wollte, bevor er wieder nach Hause ging, reinen Tisch gemacht haben.

Doch Fräulein Wyss´ Schreibtisch war leer. Nervös sah er sich um. Jetzt hatte er sich darauf eingestellt, mit ihr zu reden, nun wollte er es auch endlich hinter sich bringen.

»Professor Friedländer!«, tönte es plötzlich unter dem Schreibtisch hervor.

Kurt drehte sich um. Der Kopf der Sekretärin reckte sich mit zerzausten Haaren über die Tischplatte.

»Was machen Sie denn dort unten?«, fragte er verblüfft.

»Mir ist ein Blatt heruntergefallen und ich dachte, bei der Gelegenheit könnte ich gleich ein paar Spinnweben entfernen. Sie glauben gar nicht, wie viel …« Sie erhob sich und klopfte sich den Staub von ihrem Rock.

»Fräulein Wyss, bevor Sie weiterreden, lassen Sie uns eine Sache klären.«

»Ja, Herr Professor?« Ihre Wangen wurden von einer feinen Röte überzogen und sie blinzelte ihn erwartungsvoll an.

»Es ist … also ich wollte Ihnen sagen, dass sie sich keine Hoffnungen machen sollten, dass das mit uns … also … », druckste er herum.

»Oh«, hauchte sie und ließ sich auf ihren Stuhl plumpsen. Alle Farbe war mit einem Mal aus ihrem Gesicht gewichen. Sie sah so blass aus, als würde sie jeden Augenblick umkippen.

»Es ist keinesfalls so, dass ich sie nicht mag. Sie sind sehr nett und sympathisch. Ich bin nur noch nicht bereit für eine neue Beziehung. Verstehen Sie?«

»Ach so«, sagte sie und die Farbe kehrte auf ihre Wangen zurück. »Dann liegt es also nicht an mir? Sie interessieren sich also im Moment für gar keine Frau? Weil Sie noch nicht über den Tod ihrer Ehefrau hinweg sind? Da bin ich aber erleichtert.« Sie lächelte ihn an.

»Ach so?«, fragte er irritiert.

»Nein, so meine ich das nicht. Ich freue mich keineswegs darüber, dass Sie noch trauern. Es ist nur … meine Mutter sagt mir ständig, ich wäre zu unattraktiv, um einen Mann abzukriegen. Und ich sollte mich ranhalten, sonst wären alle guten Exemplare weg vom Markt. Aber wenn Sie jetzt sagen, dass Sie gerade gar keine Beziehung möchten, heißt das ja, dass es nicht an mir liegt und nicht alle Hoffnung vergebens ist.«

»Das ist es nicht. Bestimmt nicht. Sie sind ein feiner Mensch. Und ich bin überzeugt, eines Tages wird Ihnen der Richtige über den Weg laufen. Es ist nur so, dass ich es nicht bin.«

»Das haben Sie nett gesagt!« Sie lächelte. »Auch wenn wir beide wissen, dass das nicht unbedingt stimmt. Aber es ist schön, auch einmal etwas Nettes zu hören.«

»Dann wäre das also geklärt?«, fragte er.

»Ist es«, bestätigte sie. »Aber das heißt nicht, dass ich weiter alle Veranstaltungen, zu denen Sie eingeladen werden, absagen muss? Bei aller Trauer ist es wichtig, auch wieder unter Leute zu gehen.«

»Ich verspreche hiermit feierlich, mehr Anfragen anzunehmen. Gab es eigentlich in der letzten Zeit wichtige Neuigkeiten von den anderen Sekretärinnen? Ich habe den Eindruck, dass ich den Anschluss an alle Uni-Klatschgeschichten verloren habe.«

Fräulein Wyss grinste. »Das ist nicht meine Schuld. Sie sind immer vor mir weggerannt, als hätte ich einen ansteckenden Ausschlag oder so etwas.«

»Es tut mir leid. Ich hätte viel früher den Mund aufmachen müssen.«

»Macht ja nichts. Wir müssen alle noch lernen.« Wieder grinste sie.

Kurt musste unwillkürlich mitlächeln.

KAPITEL 33

Hannah war mit dem Gefühl neuer Energie aufgewacht. Das überraschende Gespräch gestern mit Fritz Gerlach hatte ihr Mut gegeben. Sie fühlte sich so beschwingt wie schon lange nicht und war entschlossen, sich endlich auf Stellensuche zu begeben, sobald das große Fest über die Bühne war. Sie hatte noch so viel zu tun. Es hatten sich zahlreiche Gäste angesagt. Überraschenderweise hatten auch Ursulas Eltern, die Adlers, ihr Kommen angekündigt. Sie hatten es damals nicht geschafft, so kurzfristig zur Beerdigung von Ursula und ihrem ungeborenen Kind aus Deutschland anzureisen. Und Ursulas Mutter ging es erst jetzt, lange nach Ursulas Tod, wieder gut genug, um in die Schweiz zu reisen und sich am Grab von ihrer Tochter zu verabschieden. Hannah hatte es nicht übers Herz gebracht, ihnen zu sagen, dass der gewählte Zeitpunkt direkt auf die geplante Feier falle. Sie würden ohnehin im Hotel wohnen und drei Gäste mehr oder weniger machten auch keinen Unterschied angesichts der großen Zahl an Eingeladenen. Fast alle Leute aus der Synagoge wollten kommen, viele Nachbarn und Daniels Kollegen. Es war gar nicht lange her, dass sie beide nach Hamburg gereist waren, um die Adlers vor der Hochzeit ihrer Kinder kennenzulernen.

Und jetzt? Ursula war tot, hatte ihnen aber ihr entzückendes winziges Ebenbild hinterlassen, dass gut gelaunt durch die Welt krabbelte und eine Menge Unfug anstellte. Ein Leben ohne die kleine Eva konnte sich mittlerweile niemand im Haus mehr vorstellen. Sie war einfach ein Sonnenschein, der eine Menge Freude ins Haus brachte. Und Alma kümmerte sich genauso hingebungsvoll um sie, wie sie es für ihre Kinder getan hatte. Hannah war dankbar, dass Kurt eine so enge Bindung zu der Kleinen hatte aufbauen können und es geschafft hatte, vom Alkohol wegzukommen. Ohne Eva wäre ihm das sicher schwerer gefallen. Sie breitete ein reinweißes, frisch gestärktes Tischtuch auf einem der Tische aus und platzierte eine Vase darauf.

Es war schade, dass sie Jakobs Sohn nun doch nicht so schnell kennenlernen würde, wie sie es sich gewünscht hätte. Sie hatte mit Daniel darüber geredet und gleich darauf einen Brief geschrieben, in dem sie Mutter und Sohn nach Zürich einlud. Doch kurz darauf war auch schon die Ablehnung eingetrudelt. Im Moment bestünde kein Interesse an einem Treffen, aber man bräuchte Geld. Nach einigen Diskussionen waren Hannah und Daniel übereingekommen, die beiden mit einem monatlichen Zuschuss zu unterstützen. Wenn sich die Lage im Deutschen Reich etwas entspannt hätte, würde Hannah nach München reisen und ihnen selbst einen Besuch abstatten. Bis dahin wollte sie aber, dass es ihnen gut ging.

Sie blieb einen Augenblick stehen und starrte auf die Blumen. Sie waren so farbenfroh und strahlten eine nachhaltige Fröhlichkeit aus. Und auch sie würde wieder fröhlich und belastbarer werden. Zumindest war sie auf einem guten Weg dahin. Sie würde es schaffen, wieder vollauf an sich selbst und ihre Fähigkeiten zu glauben und sich nicht weiter in der Vergangenheit verlieren. Sie wollte an sich arbeiten, genauso wie sie es mit dem abendlichen Spazieren getan hatte. Kleine Schritte, einer nach dem anderen, die sie zu ihrem Ziel führten. Am liebsten hätte sie Fritz Gerlach dazu überredet, noch einen Tag länger zu bleiben und Gast auf der Feier zu sein. Sie war sich sicher, dass sich alle Familienmitglieder darüber gefreut hätten und sie besonders. Er würde immer eine ganz eigene Stellung in ihrem Leben haben.

Doch Fritz hatte abgewinkt. »Ich würde gerne, Hannah, wirklich, aber ich muss zurück in die Klinik. Du glaubst nicht, was alles drunter und drüber geht, wenn der Chef eine Weile weg ist. Und es stehen einige wichtige Operationen an, für die ich ausgeruht sein muss. So gerne ich auch dableiben wollte: Es geht leider nicht!«

Doch immerhin hatte er unter großem Hallo Daniel begrüßt und natürlich auch Kurt und Ariel. Seit dem Abend damals hatte Ariel nichts mehr zu seinen Amerikaplänen gesagt und Hannah scheute davor zurück, ihn darauf anzusprechen. So lange er hier war, wollte sie jeden Moment mit ihm genießen. Lucie war im Trainingslager. Sie war so besessen davon, alles aus sich herauszuholen, dass sich Hannah schon Sorgen zu machen begann, ob das noch gesund war. Aber sie verstand ihre Jüngste: Paul war wieder weit weg und es war eine Möglichkeit, sich abzulenken. Eine ziemlich erfolgreiche, wie es aussah.

Hannah löste den Blick von dem Blumenstrauß. So viel Zeit blieb nicht mehr. Sie musste sich beeilen. Denn schließlich war Margarete in der Küche beschäftigt und Alma ging ihr zu Hand und beaufsichtigte dabei auch noch Eva. Sie tat all das mit einer großen Leichtigkeit und Selbstverständlichkeit. Und Hannah wollte sich ein Beispiel an ihr nehmen. Sie war fest entschlossen, ihr Leben, ihre Gefühle und Gedanken wieder in den Griff zu bekommen. Hier stand der Tisch gut. Daniel hatte mit den beiden Jungs zusammen sämtliche Tische des Hauses ins Esszimmer gebracht und ein paar auch ins Wohnzimmer gestellt.

Hannah bedeckte einen weiteren Tisch mit einem Tischtuch und stellte eine kleinere Ausgabe des schönen Straußes vom Haupttisch darauf. Sie ging zum nächsten Tisch und zog und zerrte an ihn, um ihn in die richtige Position zu bewegen. Doch er war viel zu schwer. Sie fragte sich, wie die Männer es geschafft hatten, dieses Monstrum hierher zu bringen. So stark sie auch an dem Ding herumzerrte, er rührte sich kein Stück.

»Alma?«, rief sie in Richtung Küche. »Hast du einen Moment? Ich bekomme dieses Trumm nicht allein bewegt.«

»Ich bin gleich da. Ich muss nur erst die Suppe abseihen.«

»Hetz dich nicht. Wir brauchen jetzt keine Unfälle«, gab Hannah zurück.

Sie ließ sich auf einen Stuhl fallen. Eine kurze Pause tat gut. Sie hörte schlurfende Schritte den Flur herabkommen. Einen Augenblick später stand eine kleine, gebeugte Gestalt in der Tür und blinzelte sie unter ihrem schwarzen Kopftuch neugierig an.

»Hedel, was machen Sie denn hier?«, fragte Hannah überrascht und sprang auf. Hatte sich die alte Frau etwa wieder unbemerkt ins Haus geschlichen?

»Alma benötigte ein paar Kräuter für den Braten. Ich habe sie ihr gebracht«, sagte die alte Frau. »Was muss verschoben werden? Ich kann helfen!«

Hannah blickte sie ungläubig an. »Das kann ich mir kaum vorstellen. Es ist dieser schwere Tisch. Er muss hinüber in die Ecke …« Sie verstummte.

Hedel fackelte nicht lange und schob den Tisch mit einem kräftigen Stoß an den richtigen Fleck. Allein. Ohne, dass Hannah mit angepackt hätte.

»Noch einer? Wo soll der hier hin?«, fragte Hedel und deutete mit dem Kinn auf einen weiteren Tisch, der in der Ecke stand.

Hannah sah sie mit aufgerissenem Mund an. »Wie haben Sie das gemacht? Ich habe es selbst probiert und den Tisch kaum auch nur einen Zentimeter verschoben. Sie sind doch viel älter als ich.«

»Sie müssen die richtige Kräutermixtur für Ihre körperliche Verfassung haben. Das verleiht ungeahnte Kräfte. Ich brühe mir je nach Tagesform täglich meine neue persönliche Mischung auf, benutze verschiedene Tinkturen und trinke mehrere Tassen Tee am Tag. Das hält frisch. Im Kopf und im Körper.«

»Das sehe ich. Es ist verblüffend«, sagte Hannah noch immer staunend.

Milli kam ins Zimmer und schoss direkt auf Hedel los. Hannah wollte sie schon verscheuchen, in der Sorge, dass sie aus irgendeinem unerfindlichen Grund, der nur in ihrem kleinen Katzenhirn existierte, Hedel angreifen wolle. Doch kaum hatte die Katze sie erreicht, schmiegte sie sich laut schnurrend an die Beine der alten Frau.

Hedel beugte sich lächelnd hinunter und kraulte sie. »Na, meine Kleine, schön, dich wieder zu sehen. Hast du mich gestern versetzt, hm?«

»Sie kennen Milli?«, fragte Hannah.

»Milli? Ich nenne sie Dora. Wie meine verstorbene Tochter.«

»Sie sind ihr also schon einmal begegnet? Ihr Umgang miteinander wirkt sehr vertraut.«

»Das möchte ich meinen. Dora ist jeden Tag bei mir. Manchmal bleibt sie auch über Nacht. Ich hebe immer etwas Leckeres für sie auf. Sie weiß es sehr zu schätzen.«

»Das glaube ich. Wir haben Milli schon verschiedene Male vermisst, weil sie sonst immer regelmäßig nach ihren

Rundgängen nach Hause kam. Meine Tochter hat schon mehrere Suchaktionen gestartet.«

»Das ist nicht nötig. Dora geht es gut. Sie hat ein schönes Plätzchen, direkt neben dem Ofen. Dort fühlt sie sich wohl.«

»Sieh an«, sagte Hannah. »Das wird Lucie sicher brennend interessieren.« Sie räusperte sich. »Woran ist Ihre Tochter gestorben?«

»Wenn ich das wüsste.« Kummer senkte sich über den Blick der alten Frau. »Nicht nur Dora ist gestorben, auch mein Mann und alle meine Kinder. Es war ein plötzliches Fieber. Ich habe Wadenwickel gemacht, Ärzte zusammengetrommelt. Doch niemand konnte ihnen helfen. Alle bis auf eine sind innerhalb weniger Tage elendiglich krepiert und haben mich zurückgelassen. Seitdem habe ich mir geschworen, keinem Arzt mehr zu vertrauen und mich allein auf die Kraft der Kräuter zu verlassen.«

»Und Sie finden für jeden die richtige Kräutermischung, die er braucht? Wie machen Sie das? Untersuchen Sie die Person?«

»Ich sehe sie mir an. Ich sehe ihre Augen, ihre Zunge. Ich sehe ihre Haltung und dann weiß ich es einfach. Ich kann es nicht erklären.«

»Das hört sich interessant an«, sagte Hannah langsam. »Welche Kräuter würden Sie mir zum Beispiel geben?«

Hedel legte den Kopf in den Nacken und sah sie nachdenklich an. »Heißt das, Sie wollen eine Mischung von mir? Ich dachte, Kräuter sind Quatsch und ich soll mich von Ihnen fernhalten?«

»Ich habe wohl in meinem Ärger etwas überreagiert. Aber nur zu: Ich gebe Ihnen die Chance, mir zu beweisen, dass an Ihren Kräutern mehr dran ist, als ich glaube.«

Die Augen der alten Frau verengten sich zu schmalen Schlitzen. »Das ist überaus gnädig von Ihnen, aber ich brauche Ihre Anerkennung nicht. Viele Menschen schwören auf meine Kräuter.«

Hannah hob besänftigend die Hand. »Ich habe mich wohl falsch ausgedrückt. Verzeihen Sie mir. Würden Sie so freundlich sein, eine Mischung für mich anzufertigen? Ich würde sie gerne ausprobieren.«

»Hmm«, brummte Hedel. »Das ist etwas anderes. Warum sagen Sie das nicht gleich so? Meinetwegen. Warum nicht. Ich habe nichts zu verbergen. Kommen Sie nachher bei mir vorbei. Ich mixe Ihnen dann etwas zusammen.«

Hannah nickte ihr zu. »Vielen Dank. Das ist sehr freundlich, nachdem ich so misstrauisch Ihnen gegenüber war.«

»Da sind Sie nicht die Erste. Die Leute sind immer vorsichtig gegenüber dem, was sie nicht kennen. Aber ich brauche niemanden. Nur Dora, nicht wahr, mein Schätzchen? Nachher bekommst du wieder etwas Schönes!«

Hannah biss sich auf die Lippen. Sie wollte Hedel nicht darauf hinweisen, dass Milli eigentlich Lucies Katze war, denn wem schadete dieses Arrangement schon? Milli schien zwischen ihnen hin und her zu pendeln und schenkte der einsamen alten Frau etwas Nähe und Wärme. Lucie war mit Schule und Sport so beschäftigt, dass sie nicht sonderlich dadurch beeinträchtigt war, weil Milli ein weiteres Heim gefunden hatte. Solange sie immer wieder zurückkam …

»So, jetzt muss ich aber weiter machen. Vielen Dank, für Ihre Hilfe, Hedel. Ich würde dann morgen vorbeikommen. Heute schaffe ich es nicht mehr.« Sie deutete auf die vorbereiteten Tische.

»Schon recht. Komm, Dora, wir gehen.«

»Kommen Sie gut nach Hause. Tschüss, Milli, lass dich bald wieder blicken.«

Und damit gingen die beiden. Die Katze war dicht neben der alten Kräuterfrau, als sie aus dem Wohnzimmer schlurfte.

Und warum auch immer, aber irgendwie sah dieses Bild stimmig aus.

***

Eigentlich hätte Lucie glücklich sein müssen. Sie hatte es unter die ersten sechs geschafft und war jetzt mit Dorli und vier anderen auf dem hoch gelegenen Bauernhof, um zu trainieren. Zu ihrem Bedauern war Innegrit nicht ausgewählt worden, dabei zeigte sie vor allem im Weitsprung sehr gute Ergebnisse. Doch Trainer Meyer hatte sich scheinbar vor allem auf die Läuferinnen konzentriert, denn ausnahmslos die Mädchen mit den besten Zeiten waren ausgewählt worden.

Dummerweise hatte just zum Zeitpunkt der Abfahrt ihre monatliche Blutung eingesetzt und jetzt litt sie unter heftigen Krämpfen, weshalb sie sich bereits mehrfach hatte übergeben müssen. Aber es war die perfekte Strafe. Denn sie bereute es mehr, als sie im Vorhinein geahnt hatte, dass sie bei der Feier nicht zugegen war. Zwar hatte ihr niemand aus der Familie Vorwürfe gemacht, doch sie hatte Mutters traurige Miene gesehen. Vater hatte sich abgewandt und sich eine Pfeife angezündet. Durch ihre Entscheidung hatte sie Menschen verletzt, die ihr nahestanden und wichtig waren und das tat ihr leid. Außerdem würde es bestimmt ein fulminantes Ereignis werden. Es wurden viele Gäste erwartet, opulenter Blumenschmuck war bestellt worden und die leckersten Gerichte geplant. Sie aber lag hier, in dem unbequemen, unvertrauten Bett und drückte sich ein Kissen auf den Unterleib, während die anderen Dehnungsübungen machten und die ersten Rundläufe absolvierten. Es war zum Mäusemelken! Wäre sie doch gleich zu Hause geblieben, dann hätte sie in ihrem eigenen Bett liegen können und sich nicht in einen abgeschubberten Metalleimer übergeben müssen, der aussah, als hätte er bereits harte Zeiten durchlebt.

Sie hörte die Kommandos von Trainer Meyer sogar durch das geschlossene Fenster. Seine Stimme war laut und tragend. Lucie starrte an die Decke. Die alten, dunklen Balken sahen aus, als wären sie schon seit Jahrhunderten dort. Sie teilte ihr Zimmer mit Dorli und Käthe und hatte sich in der vergangenen Nacht eine ganze Weile schlaflos und von Krämpfen erfüllt herumgewälzt, während die beiden anderen Mädchen längst geschlafen hatten. Sie schloss die Augen. Am liebsten würde sie jetzt schlafen und zu Hause wieder aufwachen, um die Freude über die Feier mit der ganzen Familie zu teilen. Doch diese Gedanken brachten sie nicht weiter. Es war stickig hier drinnen. Sie brauchte frische Luft.

Sie schwang die Füße aus dem Bett und blieb auf der Bettkante sitzen. Ihr war ein wenig schwindelig und sie musste schon wieder würgen, obwohl nichts mehr in ihrem Magen sein konnte. Doch nach einigen Minuten wurde es besser und sie erhob sich langsam. Als sie zum Fenster lief, um es zu öffnen und ein wenig von der frischen Bergluft ins Zimmer zu lassen, hatte sie das Gefühl, als wäre sie eben von einem Schiff gestiegen, so sehr schwankte sie.

Die Stimme von Herrn Meyer war verstummt. Wahrscheinlich rannte die ganze Gruppe gerade einen Berg hinauf, während sie hier in diesem stickigen Zimmer war und sich leidtat.

Lucie öffnete das Fenster und lehnte sich weit hinaus, dann atmete sie mit geschlossenen Augen tief ein. Schon besser! Der Duft nach frischem Heu hing in der Luft, weil der Bauer samt Knechten, Mägden mit Kopftüchern und Kindern auf der Wiese arbeitete. Mit langen Rechen harkten sie die getrockneten Halme zusammen und schichten sie zu großen Haufen. Im Hintergrund war das Plätschern des Bächleins zu hören, das ganz in der Nähe dahin floss. Ein paar Kuhglocken läuteten weit entfernt und die Sonne schien verheißungsvoll auf ihr Gesicht.

Sie hoffte, beim Nachmittagstraining wieder dabei sein zu können. Aber vorher musste sie es schaffen, etwas zu essen, ohne dass es gleich wieder hochkam. Wie schön wäre es, wenn Paul jetzt hier wäre! Er fehlte ihr so. Sobald sie wieder zu Hause war, wollte sie ihn anrufen. Sie würde Schwester Ida bitten, rüberzugehen und ihn ans Telefon zu holen. Ja, das war ein Plan.

Sie atmete noch einmal ein, dann öffnete sie die Augen. Doch den Bruchteil einer Sekunde später kniff sie sie wieder zusammen. Sie hoffte, dass das, was sie gesehen hatte, verschwunden wäre, wenn sie sie wieder aufmachen würde. Zögernd hob sie Lider erneut. Es hatte nicht funktioniert. Noch immer sah sie das gleiche Bild wie eben. Trainer Meyer lehnte dort an den großen Holzschuppen. Doch er war nicht allein. Dorli stand eng an ihn geschmiegt da, während er den Arm um sie gelegt hatte, und beide waren in einen innigen Kuss versunken. Was taten die denn da? Der Mann war verheiratet und bestimmt fünfzehn oder zwanzig Jahre älter als Dorli!

Lucie wurde übel. Jetzt aber aus einem anderen Grund.

Was sollte sie tun? Das, was dort unten geschah, war nicht rechtens. Dorli war noch keine siebzehn Jahre alt und Trainer Meyer hatte eine so nette Familie. Ob sie einfach so tat, als hätte sie nichts gesehen? Aber das ging doch nicht! Warum machte Dorli so etwas? Sie wusste doch auch von seiner Frau und seinen Kindern. Oder ob er sie dazu zwang? Wenn das rauskäme, wäre natürlich klar, wen man an den Pranger stellte: Dorli, weil sie ihn vermeintlich verführt hatte. So war es doch immer! Sie würde hochkant von der Schule fliegen und aus der Sportgruppe sowieso.

Lucie biss sich auf die Unterlippe. Was sollte sie nur tun? Egal, was, es würde jemandem Schaden zufügen! Entweder zerstörte es die Familie von Trainer Meyer oder Dorli litte.

Lucie lehnte sich an die Wand neben dem Fenster. Sie durften sie auf keinen Fall bemerken. Nicht, bevor sie sich nicht darüber im Klaren war, wie sie reagieren sollte. Warum nur war Innegrit nicht hier? Sie wusste fast immer, was zu tun war. Zunächst einmal musste sie mit Dorli reden. Allein. Lucie wollte herausbekommen, ob er sie dazu gegen ihren Willen gezwungen hatte. Gemeinsam mit Dorli fände sie vielleicht eine Lösung, bei der es keine Verlierer gäbe. Auch wenn das schwer vorstellbar war.

Am besten, sie ging jetzt gleich hinunter und versuchte, sie abzufangen, wenn sie ins Haus kam, bevor Dorli sich noch zu ganz anderen Dingen hinreißen ließ.

Gebeugt lief Lucie rückwärts ein paar Schritte vom Fenster weg, damit die beiden Turteltauben dort unten sie nicht sahen. Das Fenster musste offen bleiben, um kein Aufsehen zu erregen.

Die Stufen knarrten unter ihren Füßen. Sie hatte keine Ahnung, wo sie auf Dorli warten sollte. Eigentlich hatte sie zunächst gedacht, sie einfach direkt hinter der Tür abzufangen, doch das wäre ungünstig, wenn nicht Dorli, sondern Trainer Meyer, oder womöglich beide zusammen ins Haus kämen. Bei dem Gedanken schüttelte es Lucie. Sie würde in den Frühstücksraum gehen und die Tür ein Stück offen lassen, um alles genau überblicken zu können und sich Dorli zu schnappen, sobald sie das Haus beträte.

Sie öffnete die Tür zu dem Saal, in dem sie alle Mahlzeiten einnahmen, und hätte sie im nächsten Moment am liebsten wieder zugezogen. Denn entgegen ihrer Annahme war das Zimmer nicht leer, sondern eine Frau saß an einem der Tische und schrieb etwas in ein Büchlein. Lucie hoffte, dass sie sich einfach ruhig an einen der Tische neben der Tür setzen und die Haustür im Auge behalten könnte, während sie beide unbehelligt voneinander ihren Beschäftigungen nachgingen.

Doch die Frau nickte Lucie strahlend zu und bedeutete ihr, sich mit an ihren Tisch zu setzen. Das passte Lucie eigentlich so gar nicht, schließlich hatte sie von dort keinen Blick auf die Eingangstür und musste sich so lediglich auf ihr Gehör verlassen, um Dorli nicht zu verpassen. Aber es wäre unhöflich gewesen, die Aufforderung der Dame abzuweisen. Und so setzte sie sich zögerlich auf den Stuhl.

»Guten Morgen, guten Morgen! Wie schön, endlich einen Menschen zu sehen! Ich musste ganz allein frühstücken, weil ich so spät dran war, dabei hatte ich mich wirklich gefreut, ein paar weitere Gäste zu sehen. Ach, Verzeihung, ich habe mich noch gar nicht vorgestellt: Mein Name ist Erna Schwarze.«

Lucie nickte ihr zu. »Ich bin Lucie Friedländer. Wir sind hier, um zu trainieren.«

Die Frau klatschte entzückt in die Hände. »Das hört sich aufregend an. Was trainieren sie denn? Bergklettern?«

»Nein!« Lucie lachte auf. »Wir sind eine Leichtathletik-Gruppe aus Zürich.«

»Zürich? Eine sehr schöne Stadt, wie ich finde! Ich war nur kurz da. Eigentlich bin ich aus Tübingen.«

Bei der Erwähnung des Namens ihrer geliebten Heimatstadt wurde es Lucie warm ums Herz.

»Oh wie schön!«, rief sie aus. »Ich liebe Tübingen! Ich habe dort meine Kindheit verbracht.«

»Was für ein unglaublicher Zufall! Dann müssten wir uns doch schon einmal über den Weg gelaufen sein. Wie sagten Sie, war Ihr Name?«

»Friedländer. Lucie Friedländer.«

»Friedländer? Sind Sie etwa verwandt mit Hannah Friedländer, dieser fantastischen Ärztin, die mich und meine ganze Familie so wundervoll versorgt hat, bevor sie bedauerlicherweise nach Berlin gezogen ist? Sagten Sie nicht, sie kämen aus Zürich?«

»Das tue ich auch. Aber wir sind vor einiger Zeit nach Zürich gezogen.«

Erna Schwarze schlug entzückt die Hände zusammen. »Das ist doch unglaublich, wie klein die Welt manchmal ist, nicht wahr? Da muss ich erst in die Schweizer Berge fahren, um Frau Doktor Friedländers Tochter zu treffen! Kaum zu fassen, wie das Schicksal so spielt. Warum sind Sie so schnell wieder von Berlin weggezogen? Ich dachte, Ihr Vater wollte dort die Fabrik Ihres Großvaters übernehmen?«

»Hat er auch. Allerdings ist es da zunehmend ungemütlich geworden. Wir sind quasi geflohen.«

»Die Judenfeindlichkeit? Das tut mir leid. Es ist wirklich schrecklich, wie das um sich greift. Als wäre es schick, kräftig über Juden herzuziehen. Praktiziert Ihre Mutter in Zürich? Vielleicht kann ich sie einmal aufsuchen. Mein Knie zwickt in letzter Zeit so und es hat noch niemand die Ursache dafür finden können.«

»Derzeit nicht«, sagte Lucie. Sie wollte eigentlich noch mehr erklären, doch im selben Moment hörte sie, wie die Tür ging. Sie musste sich von Frau Schwarze verabschieden, ohne dass es unhöflich wirkte. Aber falls es Dorli war, musste sie sie unbedingt im Flur abfangen und zur Rede stellen, bevor sie womöglich noch im Zimmer von Trainer Meyer verschwand.

Lucie stand auf und schwankte ein bisschen, sodass sie sich am Tisch festhalten musste.

Frau Schwarze griff erschrocken nach ihrer Hand. »Liebes, ist Ihnen etwas? Sie sehen auf einmal so blass aus.«

»Es ist nichts. Ich muss nur für einen Augenblick an die Luft. Wenn Sie mich bitte entschuldigen würden?«

»Aber natürlich. Wenn Sie meine Hilfe brauchen, zögern Sie nicht, zu rufen. Und versprechen Sie mir unbedingt, Ihre liebe Frau Mutter von einer alten Verehrerin zu grüßen.«

Lucie nickte der redseligen Frau fahrig zu und lief hinaus. Sie musste sich konzentrieren, um einen Fuß vor den anderen zu setzen, so sehr schwankte der Boden unter ihr. Wie sollte sie es so schaffen, auf schmalen Bergwegen zu laufen?

Sie hörte, wie jemand die Holztreppe emporstieg. Ob es Dorli war?

Lucie hatte das Treppenhaus erreicht und blickte nach oben. Sie konnte gerade noch Dorlis Schuhe erkennen, bevor sie aus ihrem Blickfeld verschwanden.

»Dorli!«, rief sie. »Dorli, hier bin ich.« Sie schickte sich an, Dorli hinterher zu steigen, obwohl sie es besser gefunden hätte, an einem stillen Ort außerhalb des Hauses mit ihr zu reden, denn hier wusste man nie, wem man plötzlich begegnete.

Dorlis Schuhe erschienen wieder, gefolgt von ihrem Körper.

»Lucie! Warum schreist du denn so herum? Geht es dir besser?« Ihre Haare waren zerzaust und ihre Augen glänzten.

»Können wir reden? Ungestört?«

Dorli runzelte die Stirn. »Worüber? Ich habe nichts zu verheimlichen!«

»Bist du dir da vollkommen sicher?« Lucie sah sie eindringlich an. Sie wollte nicht hier im Treppenhaus auf Dorlis Verfehlungen zu sprechen kommen, doch es erschien ihr dringend nötig, ein ernstes Wort mit ihr zu reden, vor allem, da ihr jegliches Schuldbewusstsein zu fehlen schien.

»Absolut!«, sagte Dorli entschieden. Ihre Augen blitzten Lucie kampfeslustig an.

»Dann willst du also sagen, dass es völlig in Ordnung ist, dich mit Trainer Meyer einzulassen, Dorli? Er ist verheiratet und hat zwei Kinder«, zischte Lucie, erbost über so viel Ignoranz.

Dorlis Augen verengten sich zu schmalen Schlitzen. »Und wenn schon!« Sie zuckte mit den Achseln. »Was ist denn schon dabei? Ein paar Küsse und ein wenig Fummeln.«

Lucie sah sie perplex an. Niemals hätte sie eine so kaltschnäuzige Antwort erwartet. Hatte sie sich etwa in Dorli so getäuscht?

»Aber Dorli, du animierst ihn zum Ehebruch. Was würde der Pfarrer bei der Beichte dazu sagen, wenn er davon erfährt. Oder die Schwestern? Du setzt deine gesamte Zukunft aufs Spiel.«

»Ach, und du? Bestimmt schwindelst du dich bei der Beichte auch einfach durch. Und überhaupt: Was denkst denn du? Wenn ich es nicht wäre, würde er mit irgendeiner anderen rummachen. Glaubst du, ich hätte ihn lange überreden müssen? Und außerdem hat er mir versprochen, dass er seine Familie verlassen wird, um mich zu heiraten. Komm mir also nicht mit den Schwestern oder der Beichte, Lucie. Es ist wirkliche Liebe bei uns.«

Lucie sah ihre Freundin fassungslos an. Was faselte sie da? Glaubte sie etwa tatsächlich an das, was sie da von sich gab? Doch bevor sie dazu kam, Dorli weiter ins Kreuzverhör zu nehmen, hörte sie hinter sich eine Stimme:

»Seit wann beichten Juden denn? Das wusste ich ja noch gar nicht.«

Lucie riss die Augen auf und fuhr erschrocken herum. Frau Schwarze stand da und sah sie mit geneigtem Kopf fragend an.

Lucie blinzelte. Sie hatte keine Ahnung, was sie sagen sollte. Ihr Blick ging zwischen Dorli und Frau Schwarze hin und her. Vielleicht hatte Dorli nicht genau verstanden, was Frau Schwarze gesagt hatte?

Doch das Gesicht der Freundin verzog sich zu einem schadenfrohen Grinsen. »Sieh an: Das Fräulein Sauberfrau hat also auch ein Geheimnis!«, höhnte sie. »Wag es ja nicht, mir weiter Vorschriften darüber machen zu wollen, wie ich mein Leben führe, hörst du?« Und damit wandte sie sich abrupt um und stapfte mit entschlossenem Schritt wieder die Treppe empor.

Warum nur hatte sie nicht vorher den Mut aufgebracht, ihren Freundinnen und der Welt die Wahrheit zu erzählen? Jetzt würde Dorli, aufgeregt wie sie war, es überall herumtrompeten und alles wäre wieder so wie damals in Berlin. Das altvertraute Gefühl der Einsamkeit kroch in ihr hoch. Ach, wäre sie doch einfach zu Hause geblieben. Dann wäre all das hier nicht passiert.

Ihr schönes Leben in Zürich hatte ein abruptes Ende gefunden. Und Lucie wusste, dass sie das ganz allein sich selbst zuzuschreiben hatte.

KAPITEL 34

Mutter hatte Wohn- und Esszimmer wirklich wundervoll hergerichtet. Es sah aus wie in Clärchens Ballhaus, gemütlich, aber mondän. Die Gäste wären begeistert, da war sich Kurt sicher. Und auch auf Evas Reaktion freute er sich. Die Kleine war bestimmt angetan von den vielen Lichtern und den üppigen Blumengebinden. Heute lernte sie zum ersten Mal ihre Familie mütterlicherseits kennen. Es würde seltsam werden, dieses erste Zusammentreffen nach Ursulas Tod. Ob sie ihm Vorwürfe machen würden? Er war darauf gefasst. Denn schließlich hatte er das ja selbst getan. Doch Eva lockerte bestimmt die Stimmung auf, da war er sich sicher. Sie war so bezaubernd, dass sie auch die vereistesten Herzen gewann.

Immerhin hatten sie vereinbart, sich noch vor Beginn der Feier an der Tramhaltestelle zu treffen. Kurt hatte versprochen, sie mit Eva abzuholen, damit sie eine Chance hatten, ihre Enkelin in Ruhe kennenzulernen. Zu Kurts Überraschung wollten sie auch Marie, Ursulas Schwester, mitbringen. Sie war ein Backfisch gewesen, als er sie das letzte Mal bei seiner und Ursulas Hochzeit gesehen hatte. Damals hatte sie Ursula verblüffend ähnlich gesehen, fast wie

Zwillingsschwestern – nur eine ein paar Jährchen jünger. Inzwischen musste sie erwachsen sein.

Er hatte Eva ein besonders niedliches Kleidchen angezogen. Es war ihm wichtig, dass ihre Großeltern auch sofort erkannten, was für ein Schatz sie war, und wie glücklich sie sein konnten, diesen Teil von Ursula weiter in ihrem Leben zu haben, so wie er es selbst war.

Eva brüllte aus vollem Halse, als er sie in den Kinderwagen zu legen versuchte, doch er hatte jetzt nicht die Zeit, sie zu beruhigen. Sie war gefüttert und frisch gewickelt und er musste sich beeilen. Die Adlers würden gleich ankommen und er wollte keinesfalls zu spät erscheinen. Als er Eva endlich in ihrer Karre verstaut hatte, standen ihm bereits Schweißperlen auf der Stirn. Im Laufschritt machte er sich auf den Weg, während Eva laut vor sich hin quakte und die Blicke sämtlicher Passanten auf sie lenkte.

Just, als die Tram zum Stehen kam, erreichte Kurt mit Eva die Haltestelle.

Familie Adler stieg als Letzte aus, sodass er noch Luft holen konnte, bevor sie da waren. Er strich sich unauffällig mit dem Handrücken über die Stirn und wartete geduldig, während Eva müde blinzelte. Gleich fielen ihr die Augen zu.

Fast hätte er Frau Adler nicht wiedererkannt. Sie war merklich gealtert, seit er sie zum letzten Mal gesehen hatte. Offenbar setzte ihr Ursulas Tod stark zu. Ihr Mann hatte eine strenge Miene aufgesetzt, als er aus der Bahn stieg, doch kaum sah er Eva, hellten sich seine Züge auf. Als Allerletzte verließ Marie den Waggon und ihr Anblick versetzte Kurt einen Stich. Er hielt die Luft an, während sein Blick an Ursulas Ebenbild hing. Es war kaum vorstellbar, aber Marie hatte sich in den Jahren zu einer fast exakten Kopie ihrer älteren Schwester entwickelt.

Kurt achtete nicht darauf, wie Frau Adler Eva aus dem Kinderwagen hob und an sich drückte, und nahm nur entfernt wahr, wie Herr Adler sein Töchterlein unterm Kinn kitzelte, bis sie aufjuchzte vor Lachen. Er hielt Marie die Hand hin, um ihr beim Aussteigen behilflich zu sein. Die Sehnsucht nach Ursula flammte in seinem Inneren lichterloh auf. Es war unheimlich. Fast wirkte es, als wäre Ursula auferstanden und zu ihm zurückgekehrt. Er fühlte sich gleichzeitig zu Marie hingezogen und von dieser Empfindung abgestoßen. Es war nicht Ursula. Das wusste er. Aber der Gedanke, dass seine geliebte Frau wieder da wäre und er endlich nicht mehr allein mit Eva, war einfach zu verführerisch.

»Guten Abend, Kurt. Schön dich zu sehen!«

Maries Stimme holte ihn aus seinen Tagträumen zurück in die Wirklichkeit. Sie klang ganz anders als Ursulas. Die Hoffnung, dass alles gut wäre, war zerstoben. Ursula war tot. Er war Witwer mit Kind. Das war die Realität.

»Du … du hast dich verändert«, stammelte er.

»Haben wir das nicht alle? Seit eurer Hochzeit damals ist viel passiert. Ich bin so gut wie verlobt.«

»Wie schön! Das freut mich für euch.« Das stimmte. Er freute sich wirklich. Er wollte Marie nicht, sondern Ursula, und für ein paar Sekunden hatte es sich so angefühlt, als wäre sie zurück. Weil er es glauben wollte. Zu gern.

Er wandte sich seinem Schwiegervater zu und reichte ihm die Hand. »Herr Adler, schön, Sie wiederzusehen«, sagte er.

»Kurt.« Herr Adler nickte ihm förmlich zu. »Es ist viel passiert seit dem letzten Mal.«

»Wohl wahr! Das ist es wirklich. Ich sehe, Sie haben schon Bekanntschaft mit Eva gemacht? Eva, das sind deine Oma und dein Opa aus Hamburg. Und hier ist deine Tante Marie.«

»Sie ist entzückend, Kurt!« Frau Adlers Augen strahlten, während sie ihre Wange gegen Evas Gesichtchen drückte.

»Ein großer Quell der Freude. Sie erinnert mich täglich mehr an Ursula«, sagte er.

Frau Adler schlug die Augen nieder. »Ja«, sagte sie knapp und reichte ihm die Kleine.

Verwundert nahm Kurt Eva entgegen, glättete ihren Rock und schickte sich an, sie zurück in den Kinderwagen zu setzen. Doch natürlich wehrte sich Eva dagegen, jetzt, wo sie endlich wieder in Freiheit war. Sie wand sich in seinen Armen und schrie Zeter und Mordio.

»Na, na«, sagte Herr Adler betroffen.

»Sie schätzt den Kinderwagen nicht mehr sonderlich«, keuchte Kurt, während er mit der sich sträubenden Eva kämpfte.

»Warum denn? Ich würde alles dafür geben, wieder gefahren zu werden«, schaltete sich jetzt Marie ein. Sie lächelte Eva an und nahm sie Kurt aus dem Arm. Eva, der die Tante noch immer eine Unbekannte war, gab die Gegenwehr schlagartig auf und ließ sich anstandslos in den Wagen setzen.

Kurt seufzte. »Du kleiner Satansbraten!«, knurrte er.

»Na, na.« Dieses Mal war es Frau Adler, die ihn mit betroffener Miene ansah.

»Ich denke, es ist an der Zeit, loszugehen. Wie weit ist es bis zum Haus deiner Eltern, Kurt?«, mischte sich jetzt Herr Adler ein.

»Nicht weit. Ungefähr zehn Minuten die Straße hinunter.«

»Dann sollten wir aufbrechen«, sagte Marie munter.

Frau Adler hatte sich abgewandt und wischte sich immer wieder mit dem Taschentuch über die Wangen.

Ja, es sah aus, als wäre er nicht der Einzige, der die Tatsache, dass Ursula nicht mehr unter ihnen weilte, schwer nahm.

Die beiden Frauen schoben den Kinderwagen und redeten auf Eva ein, während Herr Adler mit ihm voranlief.

»Kurt, wir sind gekommen, um das Kind abzuholen«, sagte Herr Adler, ohne ihn anzusehen.

Kurts Kopf fuhr herum. »Wie? Wie kommen Sie denn auf so etwas?«

Herr Adler legte eine Hand auf Kurts Unterarm. »Reg dich doch nicht auf. Wir hätten uns schon viel früher darum kümmern sollen, aber meine Frau hat den Tod von Ursula so schwergenommen und …«

Jetzt hatten sie das Friedländersche Anwesen erreicht und Kurt schaffte es, sich unauffällig von der Hand seines Schwiegervaters zu befreien, während er die Tür aufschloss.

Ganz selbstverständlich nahm er unter den Blicken seiner Schwiegerfamilie Eva aus dem Wagen und schälte sie aus ihrem Jäckchen.

Dann setzte er sie auf den Boden und sie krabbelte los.

»Sie ist ganz bezaubernd«, rief Frau Adler, während Kurt ihr den Mantel abnahm.

Marie stimmte ihr zu: »Ein richtiges kleines Schätzchen!«

Kurt sagte nichts dazu. Er knabberte noch immer an dem, was Herr Adler eben gesagt hatte.

Warum nahm er seine Worte so schwer? War das nicht die Lösung für seine Probleme? Dem Dekan und allen anderen in der Universität war es ein Dorn im Auge, dass er sich ganz allein, nur mithilfe seiner Familie, um Eva kümmerte, und würde sie es nicht vielleicht wirklich besser in Hamburg haben? Frau Adler hatte schon Ursula und Marie zu verantwortungsvollen, höflichen und liebenswerten jungen Frauen erzogen. Es war anzunehmen, dass ihr das auch mit Eva gelänge, während es unklar war, wie erfolgreich er bei der Erziehung seiner Tochter wäre.

Nachdem Mutter und Vater und alle anderen Familienmitglieder die Adlers höflich begrüßt hatten, führte Kurt sie in den Salon. Noch waren keine anderen Gäste da, doch jeden Moment würden die ersten eintreffen.

Er sah sich nach Eva um, die es sich unter dem großen Tisch bequem gemacht hatte, und sorgte dann dafür, dass sie alle ein Getränk bekamen.

Frau Adler legte ihm die Hand auf den Arm, wie es vorhin ihr Mann bereits getan hatte.

»Habt ihr schon geredet? Wir haben eine ganze Weile darüber debattiert und sind zu dem Schluss gekommen, dass es das Beste ist, wenn wir Eva mitnehmen. Wir können ihr ein echtes Heim bei uns bieten. Anders als hier, wo ihr im Haus deiner Eltern wohnt und die Kleine keine feste Bezugsperson hat. Sei doch ehrlich, Kurt, es ist nicht leicht für dich, oder? Hier wird sie mal von diesem und mal von jenem versorgt.«

Kurt presste die Lippen aufeinander und schwieg.

Gleich schaltete sich Marie ein: »Du solltest mal das Kinderzimmer sehen, das Mama für Eva eingerichtet hat. Ein richtiger Mädchentraum.«

»Natürlich würden wir dir und deinen Eltern jederzeit gestatten, zu Besuch zu kommen, wenn du deine Tochter sehen möchtest«, beeilte sich Frau Adler, hinzuzufügen.

Kurt schluckte trocken. Diese vermeintlich großzügige Nachricht versetzte ihm einen Stich. Natürlich würde er seine Tochter jederzeit sehen können, wenn er das Bedürfnis hatte. Er war ihr Vater. Allerdings war Hamburg nicht um die Ecke und auch die Adlers und Eva waren Juden. Das Deutsche Reich war ein unsicheres Pflaster für jeden von ihnen. Deswegen hatten sich Ursula und er ja auch entschlossen, mit nach Zürich auszuwandern. Wäre es da nicht verantwortungslos, wenn er seine kleine Tochter dorthin zurückschickte?

»Das musst du doch einsehen, Kurt, es ist die beste Lösung für alle. Eva hat endlich ein richtiges Zuhause und du kannst dich wieder mit ganzer Kraft deiner Karriere widmen und mit der Zeit eine neue Familie gründen, ohne durch das

Kind aus einer vorherigen Beziehung belastet zu sein«, sagte Herr Adler, während seine Frau und seine Tochter unisono zustimmend nickten.

»Wir versprechen dir, dass sie es gut bei uns haben wird«, ergänzte Frau Adler, während sie Eva, die inzwischen lieb und andächtig wie ein kleines Engelchen auf ihrem Schoß thronte, den Rücken streichelte.

Kurt sah sie an. Eva schien sich wohl bei ihnen zu fühlen. Hier war sie: Die einfache Lösung für sein Dilemma. Eva wäre sehr gut versorgt und er könnte wieder mit voller Kraft in seinem Beruf durchstarten. Er würde keine Sitzungen mehr versäumen, alle Veranstaltungen besuchen können und müsste sich nicht mehr den Kopf darüber zerbrechen, wie es Eva ging und ob sie gut versorgt war.

»Wir fahren in ein paar Tagen wieder ab und würden sie gleich mitnehmen. Du müsstest nur deine Zustimmung geben«, ließ ihn Marie leise wissen.

Kurt sah erst sie an und dann Eva. Sie kicherte, als Frau Adler ihr mit den Fingerspitzen über das Ärmchen fuhr. Er spürte plötzlich Wut in sich aufwallen. Warum nur traute ihm niemand zu, Eva gut versorgen zu können? Weil er ein Mann war, sollte er nicht in der Lage sein, eine innige Bindung zu seinem Kind aufbauen und ihr ein schönes Zuhause bieten zu können? Zu der Wut gesellte sich jetzt auch noch Angst. Er fürchtete sich davor, sein einziges Bindeglied zu Ursula zu verlieren. Seinen Schatz. Eva war sein Ein und Alles. Er wollte keine neue Familie. Er wollte die alte Familie. Am liebsten mit Ursula an seiner Seite, doch das war unmöglich. Allerdings würde er Eva nie hergeben, wenn er es vermeiden konnte. Sie war seine Tochter und sie bedeutete ihm die Welt, jetzt, wo ihre Mutter tot war.

Ohne weitere Vorwarnung sprang er auf, nahm die verblüffte Eva von Frau Adlers Schoß, murmelte etwas davon, dass die Kleine jetzt ins Bett müsse, und eilte mit ihr aus dem Zimmer. Natürlich wehrte sich Eva, die von all den Emotionen, die ihn bewegten, nichts wusste und schon gar keine Lust hatte, auf die spaßige Unterhaltung zu verzichten und ins Bett zu müssen. Sie brüllte ihren Protest aus vollem Hals hinaus. Sämtliche Blicke wandten sich ihnen zu, doch Kurt ging mit entschlossenen Schritten in Richtung Flur.

Marie folgte ihm auf den Fuß. Sie heftete sich an seine Fersen und redete auf ihn ein, während Eva schrie und versuchte, sich aus seinen Armen zu winden. Marie war sehr erpicht darauf, ihn davon zu überzeugen, dass der Vorschlag ihrer Eltern das Richtige sei. Doch seine Nerven waren am Ende. Er wollte nichts mehr von all dem hören. Er hatte alle Informationen, die er brauchte und jetzt war es an ihm, eine Entscheidung zu treffen. Er allein hatte die Last, einen gravierenden Entschluss über den Fortgang seines und Evas Leben zu treffen.

Als sie endlich am Fuß der Treppe angelangt waren, gab er Marie unwirsch zu verstehen, dass die Unterhaltung hiermit beendet sei und Eva nun Ruhe brauche.

Sie zog einen Flunsch, widersprach ihm jedoch nicht, sondern blieb am Fuß der Treppe stehen und sah ihnen nach.

***

Endlich war Eva eingeschlafen. Es hatte deutlich länger gedauert als sonst, denn die Kleine merkte, dass etwas mit ihm nicht stimmte. Er saß stumm da und starrte ins Dunkel. Dieser Gedanke, von seiner Tochter getrennt zu sein, die ihm so sehr ans Herz gewachsen war, bereitete ihm geradezu körperliche Beschwerden. Sie hatten Deutschland nicht ohne Grund verlassen und natürlich war auch Eva als Kind jüdischer Eltern Jüdin. Aber vielleicht war auch das Schlimmste überstanden und die Atmosphäre in Deutschland wieder entspannter und offener gegenüber Juden. Und selbstverständlich war er sich auch der Vorteile bewusst, die ein solches Arrangement mit sich brachte. Er hatte das Bedürfnis, zu laufen, den Kopf freizubekommen und den Körper so lange zu bewegen, bis er die ängstlichen Gedanken nicht mehr spürte. Doch er hatte Skrupel, Eva allein zu lassen, in der Furcht, dass die Adlers sie in einer Nacht- und Nebelaktion heimlich aus ihrem Bettchen stehlen und mit sich nach Hamburg nähmen, ohne seine Zustimmung. Aber das war Unsinn. Sie hatten versucht, ihn von der Idee zu überzeugen. Er hatte sich bisher nicht dazu geäußert. Sie würden es wahrscheinlich weiter versuchen, aber sie waren keine Leute, die eine Straftat begingen, um ihren Willen durchzusetzen.

Er stand auf, strich Eva noch einmal über die Wange und griff dann nach seinem Hut und dem Mantel, die wegen der vielen Gäste und ihrer Garderobe, ausnahmsweise hier oben untergebracht waren. Er würde sich seine Sorgen und seine Angst von der Seele laufen, damit er wieder klar denken konnte und sich nicht weiter in ihnen verhedderte.

Leise stieg er die Treppen hinunter und lugte in den Flur. Keinesfalls wollte er jetzt noch einmal den Adlers über den Weg laufen, bevor er sich nicht entschieden hatte. Der Flur war frei. Fröhliche Stimmen tönten aus Wohn- und Esszimmer. Die meisten Gäste waren wohl mittlerweile gekommen. Kurt war nicht in der Stimmung, zu feiern. Er öffnete die Tür und schlüpfte hinaus. Kühle Luft umfing ihn, während er mit großen Schritten loslief. Weg. Nur weg. Er hatte keine Ahnung, wo es hinging. Er wollte nur diesen Gefühlen entfliehen.

Eine halbe Stunde später fand er sich vor dem Häuschen wieder, in dem er so glückliche Stunden mit Ursula in Erwartung ihrer Zwillinge verbracht hatte und in dem sie so qualvoll gestorben war. Er hatte nicht hierher zurückkommen wollen. Die Erinnerungen an Ursulas letzte Stunden waren noch zu stark, als dass er es gut ertragen konnte, doch die Worte von Herrn Adler hatten ihn hierhergetrieben. Eva hatte ein Kinderzimmer. Es war liebevoll von ihrer Mutter für sie eingerichtet worden und stand nur leer, weil er nicht die Stärke besaß, es hier auszuhalten. Doch es war an der Zeit, sich zu überwinden. Für Eva. Sie brauchte ein stabiles Heim. Bei ihm. Es war an der Zeit, wieder einen eigenen Haushalt zu haben mit geregelten Betreuungspersonen. Langsam drehte er den Schlüssel. Er hatte Angst. Aber er würde es schaffen. Für Eva. Er trat in den Flur und knipste das Licht an, während er sich mit dem Rücken an die Tür lehnte, um alle Eindrücke langsam aufzunehmen und zu verarbeiten. Er wusste, dass es wehtun würde. Doch er hatte keine Wahl, wenn er Eva behalten wollte.

Sofort waren da wieder die alten Bilder. Hier hatte Ursula gestanden und ihm von einer lustigen Begegnung beim Lebensmittelhändler erzählt. Zögerlich stieß er sich von der Tür ab und ging weiter. Dort hatte Ursula Rühreier gemacht und sie hatten laut über irgendeine Begebenheit gelacht, die er in der Uni erlebt hatte. Er hatte das Schlafzimmer erreicht und stieß die Tür auf. Ein seltsamer Geruch hing in der Luft. Jemand hatte aufgeräumt. Doch vor seinem inneren Auge sah alles noch genauso aus, wie damals, als sie gestorben war. Er schaffte es nicht. Er war einfach nicht stark genug. Er konnte nicht hier wohnen. Und das bedeutete, dass er Eva verlieren würde. Wenn die Adlers vor Gericht zögen und argumentierten, er sei nicht in der Lage, seiner Tochter ein angemessenes Heim zu bieten, gäbe ihnen jeder Richter recht. Wieder einmal stand er am Abgrund und hatte keine Kraft mehr, zu kämpfen. Er spürte, wie die Tränen über sein Gesicht rannen. Kurt schlug die Tür zum Schlafzimmer zu. Warum nur war er hierher gegangen? Er hätte ahnen können, dass er noch nicht so weit war.

Mit wackeligen Schritten lief er in die Küche. Er brauchte einen Schluck Wasser. Ganz hinten im Gläserschrank stand die Flasche Branntwein. Eigentlich hatte er sie aufbewahren wollen als stetiges Mahnmal, nie wieder schwach zu werden. Plötzlich aber hatte er das dringende Bedürfnis nach einem Schluck. Für diese starke Sehnsucht nach Erlösung fand er kein anderes Ventil. Er presste die Flasche an die Brust und lief zurück ins Wohnzimmer. Er ließ sich auf die Couch fallen und starrte die Branntweinflasche an. Sie war Dämon und Verführerin zugleich, versprach Vergessen und Betäubung. Seine Hände tasteten nach ihr, als gehörten sie jemand anderem. Er wollte sie öffnen und nur daran riechen. Mehr nicht. Das genügte schon! Hm, dieser himmlische Duft. Dieses Versprechen, das von ihrem Inhalt ausging. Er würde nur am Flaschenhals lecken. Nur für einen Augenblick den Geschmack in sich aufnehmen. Wahrscheinlich reichte das schon, um ihm Erleichterung zu verschaffen. Er streckte die Zunge aus und leckte vorsichtig am Rand der Öffnung, dann setzte er die Flasche an die Lippen und nahm einen Schluck. Nur einen, das schadete sicher nicht. Er senkte sie zurück in den Schoß und starrte vor sich hin. Dann aber setzte er den Flaschenhals wieder an die Lippen und trank in gierigen Schlucken, bis sie schließlich leer war.

Kapitel 35

Lucie saß allein, abseits von den anderen und hing ihren Gedanken nach. Dieses Trainingslager war ein einziger Reinfall gewesen und sie bereute es fürchterlich, überhaupt mitgefahren zu sein. Der Zug, der sie zurück nach Zürich brachte, ruckelte rhythmisch über die Schienen und immer wieder trafen sie die scheelen Blicke der anderen. Natürlich hatte Dorli allen brühwarm von ihrer Entdeckung erzählt und es hatte grausame Konsequenzen. Lucie wurde von allen geschnitten. Der Einzige, der hin und wieder mit ihr redete, war Trainer Meyer, doch seit sie ihn beim Herumknutschen mit Dorli ertappt hatte, war all ihr Vertrauen in ihn dahin. Schlimmer noch: Auch ihr sportlicher Ehrgeiz war auf einen Schlag verpufft. Es war, als hätte jemand einen Spiegel enthüllt, der jahrelang verhangen gewesen war, und Lucie war gezwungen, der finsteren Wahrheit entgegenzustarren und sie irgendwie auszuhalten. Paul hatte recht gehabt. Und sie war ein Trottel gewesen, ihm wegen seiner Worte so lange zu zürnen. Denn natürlich war ihr inzwischen ebenfalls klar, dass es ein Fehler gewesen war, all diese Lügen über ihren Glauben überhaupt nur in die Welt zu setzen. Es war eine Dummheit gewesen, für die sie nun bitter bezahlte. Aber sie hatte es verdient. Das wusste sie. Und sie konnte es verstehen, dass alle wütend auf sie waren und sie ausgrenzten. Wahrscheinlich hätte sie es genauso gemacht, wäre sie an deren Stelle gewesen. Und trotzdem tat es weh. Sehr sogar. Und es erinnerte sie schmerzlich daran, wie es damals in Berlin gewesen war. Das Schlimmste aber war: Sie hatte ihre Familie verletzt und vor den Kopf gestoßen. Sie hatte das Fest verpasst, das Mutter so wichtig war, weil ihr ihre eigenen Ziele so viel wichtiger gewesen waren.

Es war Zeit, aufzustehen und sie selbst zu sein. Niemand anders, von der sie glaubte, dass sie den anderen gefallen würde. Sie musste dazu stehen, Mist gebaut zu haben, und sich entschuldigen. Sie hatte sich entschieden. Für die Liebe zu Paul und zu sich selbst. Dorli hatte sie bereits verloren. Wenn Innegrit genauso dachte wie sie, wäre sie wieder völlig isoliert, denn die drei hatten wie die Musketiere eine Einheit in der Klasse gebildet, und sie konnte sich kaum vorstellen, dass sich andere nach all dem, was sie sich geleistet hatte, mit ihr anfreunden wollten. Doch was geschehen war, war geschehen. Sie konnte ihre Entscheidungen der Vergangenheit nicht rückgängig machen, auch wenn sie das gern getan hätte. Jetzt war es an der Zeit, vorwärtszugehen. Die Phase, in der sie sich als Katholikin ausgegeben hatte, um nicht aufzufallen, war definitiv vorbei. Sie bereute es, dass sie nicht vorher den Mumm gehabt hatte, die Wahrheit ans Licht zu bringen. Stattdessen musste erst unverhofft eine Frau Schwarze auftauchen, um sie zurück in die Sonne zu stoßen. Es war Zeit, aus den Schatten der Vergangenheit zu treten.

Die Frage war nur: Wie konnte sie es schaffen, das Steuer wieder herumzureißen und das Vertrauen der anderen wiederzuerlangen? Wahrscheinlich nur, indem sie den letzten Mauern ihres Lügengebildes einen Schubs gab und sie mit Karacho umfliegen ließ, um dann ganz nackt dazustehen und sich nicht mehr zu verstellen. Sie war, wie sie war. Fehlerhaft, temperamentvoll, jüdisch und besessen von der Ägyptologie.

Sie war keine Sportskanone. Zumindest nicht im Grunde ihres Herzens. Sie hatte vorgegeben, eine zu sein, und ihrem Körper alles abverlangt, um mitzuhalten. Es hatte geklappt, doch das war nicht sie. Es erfüllte sie nicht. Es war nicht ihr Traum, zu Olympia zu fahren. Sie hatte es nur geglaubt, weil sie dieses Phantomleben lebte, in dem sie vorgab, jemand anders zu sein, und mit der Zeit hatte sie selbst daran geglaubt. Doch damit war jetzt Schluss. Sie würde das Ganze beenden und wieder sie selbst sein. Sofort!

Entschlossen stand sie auf und lief mit dem Zug mitschwankend hinüber zu ihrem Trainer. Er saß ganz offen neben Dorli. Sie hielten Händchen und Dorli lachte laut über seine Witze.

»Herr Meyer, kann ich Sie kurz unter vier Augen sprechen?«

Mit gerunzelter Stirn wandte er sich ihr zu. »Hat das nicht Zeit, bis wir angekommen sind?«

Lucie schüttelte den Kopf. »Nein. Hat es nicht.«

»Dann sag es mir hier. Ich habe vor Dorli nichts zu verstecken.«

»Ich höre mit dem Sport auf.« Lucie sah ihm in die Augen.

Herr Meyer setzte sich auf und löste seine Hand aus Dorlis.

»Was? Warum denn? Deine Zeiten sind fantastisch. Ich bin sicher, du schaffst es, dich zu qualifizieren.«

»Möglich. Aber es ist nicht mein Traum. Vielen Dank für all Ihre Mühe. Ich wünsche Ihnen noch alles Gute.« Sie nickte vielsagend in Richtung Dorli und wandte sich um.

»Lucie, bleib stehen. Wir sind noch nicht fertig miteinander. Das ist doch eine Überreaktion von dir. Wahrscheinlich bist du nur eifersüchtig wegen Dorli. Aber man kann über alles reden!«

»Das ist nicht nötig. Ich wünsche Ihnen alles Gute und viel Erfolg bei Olympia. Und richten Sie Ihrer Frau und Ihren Töchtern bitte viele Grüße von mir aus.«

»Was soll denn das, Lucie? Lass diese eifersüchtigen Sticheleien!«, rief Dorli erbost mit knallrotem Kopf.

»Meine Wünsche sind ehrlich gemeint. Ich hoffe, dass sich die ganze Angelegenheit irgendwie zur Zufriedenheit aller regelt. Aber mein Entschluss ist unabhängig davon und steht fest. Sobald wir in Zürich angekommen sind, bin ich kein Teil der Gruppe mehr.« Sie straffte die Schultern und lief zurück zu ihrem Platz. Es fühlte sich gut an. Sie wusste, dass sie den ersten Schritt zurück zu ihrem wahren Selbst getan hatte. Es war an der Zeit, sich ihr Leben zurückzuholen und mit der Selbstverleugnung aufzuhören. Die Verstellung und die Lügen gehörten ab sofort der Vergangenheit an. Doch natürlich war es noch ein langer Weg, bis die Scherben, die ihr Tun bewirkt hatte, alle aufgelesen waren. Aber sie war bereit, sich dem endlich zu stellen.

***

Kurt erwachte in einer gewaltigen Unordnung. Er hatte nur eine schwache Erinnerung an den gestrigen Abend. Sein Blick fiel auf die Glasscherben inmitten zerschlagener Möbel und alles Furchtbare, das gestern passiert war, war auf einen Schlag wieder da.

Eva! Sie wollten sie ihm wegnehmen. Und er hatte nichts Besseres zu tun gehabt, als wegzulaufen, sich volllaufen zu lassen und offenbar auch die ganze Wohnungseinrichtung kurz und klein zu schlagen.

Er fasste sich an den dröhnenden Kopf. Wie hatte er nur so dämlich sein können? Anstatt für sich eine klare Entscheidung zu treffen, hatte er nichts anderes gemacht, als ihnen Munition zu liefern für ihren Kampf um seine Tochter. Was war er doch für ein Hornochse!

Zwischen den zerschlagenen Stühlen und Tischchen waren dunkelrote, fast bräunliche Flecken zu sehen. Was war das? Blut? Erschrocken sah Kurt an sich herunter. Da, an seiner Hand klebte Blut. Er musste mit aller Kraft zugeschlagen haben, ohne darauf zu achten, dass er sich dabei verletzte. Wie hatte er nur so die Kontrolle verlieren können? Immer noch sickerte Blut aus einer Wunde an der Seite seiner rechten Hand.

Übelkeit wallte in ihm auf. Es sah aus, als müsste das Ganze genäht werden.

Er musste zu Eva. Nach ihr sehen. Sicherstellen, dass es ihr gut ging und sie dort war, wo sie hingehörte. Doch stattdessen ließ er sich an der Wand hinuntergleiten, bis er zusammengekauert auf dem Boden hockte, den Kopf auf die Knie legte und sich selbst verachtete.

Kapitel 36

Lucie stieg aus dem Zug aus und sah sich um. Sie war froh, endlich wieder daheim in Zürich zu sein. Sie brauchte ein wenig Abstand und Ruhe.

Die anderen verabschiedeten sich mit einem kurzen Nicken von ihr. Trainer Meyer tat noch nicht einmal dieses. Nachdem er verstanden hatte, dass ihre Entscheidung, mit dem Sport aufzuhören, unumstößlich war, ignorierte er sie konsequent. Lucie war das nur recht. Sie hatte ihren Entschluss getroffen und nichts, was der Trainer ihr hätte sagen können, hätte sie umgestimmt. Sie wusste, dass es ihn besonders wurmte, dass sie aufhörte, weil seine Frau Fragen stellen würde. Umso besser. Sie musste von dem Betrug ihres Mannes erfahren. Um selbst eine Entscheidung treffen zu können. Natürlich war es wenig realistisch, dass sie irgendetwas an ihrer Situation ändern konnte. Eine Scheidung mit zwei kleinen Kindern war kaum durchführbar. Wovon sollte sie leben? Sie würde am Rande der Gesellschaft stehen und geächtet werden. Frauen, die sich von ihren Ehemännern trennten, wurden verurteilt, auch wenn sie nur die Konsequenzen aus dem schändlichen Verhalten des Mannes zogen. Es tat ihr leid für Frau Meyer, deren Sanftheit und Hingabe zu ihrem Mann und ihrer Familie sie immer bewundert hatte. Doch so war es. Die Frauen waren immer die, die Konsequenzen zu tragen hatten. Auch wenn sie völlig schuldlos an der jeweiligen Situation waren.

Inzwischen waren alle fort und Lucie stand noch immer wartend auf dem Bahnsteig. Eigentlich war verabredet gewesen, dass Kurt sie auf dem Rückweg von der Uni abholen und nach Hause begleiten würde, doch er kam nicht. So sehr Lucie sich auch reckte und umsah, kein Kurt.

Nachdenklich lief sie zum Ausgang. Vielleicht wartete er dort auf sie? Aber nirgends war eine Spur von Kurt zu entdecken.

Na schön, dann würde sie eben allein nach Hause fahren. Schließlich war sie hier so viel mehr allein unterwegs, als es in Berlin der Fall gewesen war. Dadurch kannte sie die Stadt mittlerweile gut genug.

Trotzdem wäre es hilfreich gewesen, jemanden zu haben, der ihr mit der schweren Tasche helfen könnte. Und sobald sie zu Hause war, wollte sie mit Paul telefonieren, ihm sagen, wie sehr sie ihn vermisste und wie viel er ihr bedeutete. Das war ihr während dieses missglückten Trainingslagers wie Schuppen von den Augen gefallen. Paul war ihre Zukunft. Und sie freute sich, an seiner Seite die Welt zu entdecken, wenn es endlich so weit war. Doch zunächst einmal musste sie natürlich die Schule beenden.

Sie lief zur Tramhaltestelle. Mit der Tasche erschien ihr der Weg deutlich weiter als sonst und sie keuchte unter dem Gewicht ihres Gepäcks. Hätte sie doch bloß weniger mitgenommen. Aber dafür war es jetzt zu spät. Sie musste … Da spürte sie, wie jemand nach der Tasche griff. Sie wollte losschreien, auf den Angreifer einprügeln und sich ihre Tasche zurückerobern, als sie bemerkte, dass es Ariel gewesen war, der ihr die Last abgenommen hatte.

»Ariel! Hast du mich erschreckt! Warum sagst du denn keinen Ton?«

Ariels Gesicht war ernst. »Entschuldige«, murmelte er nur. Dann deutete er auf die Tram, die jeden Moment losfahren würde. »Wir müssen uns beeilen.«

Lucie zögerte nicht lange. Sie folgte seiner Anweisung und sprang in die Bahn. Mit einem erstaunlich behänden Satz dafür, dass er immer noch hinkte, kam Ariel hinterher.

Kaum war er drinnen, fuhr die Tram auch schon los.

»Geschafft.« Lucie lächelte ihn an und ließ sich dann auf einen Sitz fallen. Ariel folgte ihr langsamer und setzte sich neben sie.

»Es tut mir leid, dass ich die Feier versäumt habe. War es schön? Ich bin persönlich sehr sauer auf mich …«

»Kurt ist verletzt«, unterbrach Ariel sie.

Lucie riss die Augen auf und schlug die Hand vor den Mund. »Was? Warum? Was ist denn passiert?«

Ariel schüttelte den Kopf. »Kann ich dir nicht genau sagen. Er ist von der Feier verschwunden und Vater hat ihn heute Morgen in seinem alten Haus gefunden. Offenbar hat er dort ziemlich gewütet. Er hat eine Gehirnerschütterung und mehrere Wunden.«

»Hat er wieder getrunken?«, fragte Lucie leise.

Er zuckte mit den Schultern. »Die Antwort können wir uns wohl beide denken. Aber ich habe keine Beweise dafür. Im Zweifel für den Angeklagten.«

»Oh, Mist«, flüsterte Lucie betroffen. »Warum hat er das getan? Alles lief doch so gut in letzter Zeit. Oder nicht? Jedenfalls kam es mir so vor.«

»Das wüssten wir auch gerne. Er hat gestern Abend eine Auseinandersetzung mit den Adlers gehabt. Es ging um Eva. Offenbar wollen sie sie mit nach Hamburg nehmen.«

»O je, kein Wunder, dass er sich darüber aufregt. Eva ist sein Augenstern. Sie können sie doch nicht einfach so mit sich nehmen, schließlich ist Eva Kurts Tochter. Es scheint ja hoch hergegangen zu sein gestern.«

»Ansonsten war es wirklich ein sehr schönes Fest. Mama und Alma haben sich sehr viel Mühe gegeben. Aber natürlich mache ich mir Sorgen um Kurt … und Eva. Das Ganze hat ihn so aus der Bahn geworfen, dass er sich selbst verletzt hat. Das wirft nicht gerade das beste Licht auf ihn.«

»Ich hoffe so, dass alles gut ausgeht«, sagte Lucie leise.

»Das tun wir alle.«

Als sie endlich zu Hause ankamen, fiel Lucie sofort die ungewöhnliche Stille auf. Sonst waren immer irgendwo Stimmen zu hören oder Evas lustiges Quietschen, wenn sie sich über irgendetwas freute, was häufig der Fall war. Heute aber war alles ruhig. Sie sah Ariel fragend an, doch er beachtete sie gar nicht. Er hatte ihre Tasche abgestellt und Lucies Blick fiel auf einen Brief, der auf der Anrichte lag und Pauls Handschrift trug. Trotz aller Bedrückung machte ihr Herz einen freudigen Sprung. Eigentlich hatte sie ihn sofort nach ihrer Rückkehr anrufen wollen, doch jetzt würde sie erst einmal lesen, was er ihr schrieb. Sie machte sich Sorgen um Paul. Unablässig. Vor allem, seitdem er die Hitlerjugend aufgegeben hatte. Wer wusste schon, ob er ihr wirklich alles erzählte, was er dadurch erleben musste und wie ihn seine Eltern behandelten. Sie wünschte sich sehnsüchtig, dass er endlich volljährig wäre und hierher, zu ihr käme, so wie er es bei seinem letzten Besuch geplant hatte. Wenn er in Zürich studierte, könnten sie sich viel häufiger sehen. Und er wäre aus den Fängen der Nazis, die mehr und mehr die Gewalt in Deutschland an sich rissen.

Doch bevor sie sich in ihr Zimmer zurückziehen konnte, um zu lesen, was er ihr schrieb, musste sie erfahren, wie es Kurt ging. Und ob seine Unpässlichkeit die veränderte Atmosphäre im Haus bewirkt hatte. Dunkle Erinnerungen kamen in ihr hoch. An damals, als es Ariel so schlecht ging nach dieser furchtbaren Schlägerei in Berlin.

Aber so schlimm würde es um Kurt doch hoffentlich nicht stehen, oder doch?

Sie griff nach Pauls Brief und schob ihn in ihre Rocktasche. Dann folgte sie Ariel, der bereits im Wohnzimmer verschwunden war.

Mutter saß dort dicht neben Kurt, der lang ausgestreckt auf dem Sofa lag und die Augen geschlossen hatte. Er hatte eine dicke Beule auf der Stirn und seine Hände waren verbunden. Mutter sah auf und ein Lächeln huschte über ihr Gesicht, in dem Lucie die gleiche Angst erkennen konnte wie damals nach dem Angriff auf Ariel.

Mutter stand auf und drückte Lucie kurz an sich. Dann setzte sie sich wieder dicht neben Kurt.

»Wie geht es ihm?«, fragte Lucie leise und deutete mit dem Kinn auf ihren apathisch da liegenden Bruder.

»Besser, denke ich. Er scheint mit voller Wucht mit dem Kopf gegen etwas gestoßen zu sein und hat sich eine heftige Gehirnerschütterung zugezogen. Das ist das größte Problem. Und natürlich …« Sie zögerte.

»Der Alkohol. Du kannst es ruhig laut aussprechen. Ich weiß selbst, dass es ein Riesenfehler gewesen ist«, ertönte plötzlich Kurts Stimme.

Er sprach leise und stockend, so als täte ihm etwas weh, aber Lucie war trotzdem erleichtert, ihn zu hören. Diese gespenstische Stille hatte sie beunruhigt. Sie setzte sich wie Ariel in einen der Sessel, achtete jedoch darauf, dass Pauls Brief nicht geknittert wurde.

»Wo sind Papa und Alma?«

»Alma besucht mit Eva ihren Garten und Papa müsste auch bald da sein. Er ist sicher schon auf dem Rückweg von der Arbeit. Hast du Hunger? Margarete hat dir bestimmt etwas zurückgelegt.«

Lucie winkte ab. »Ich kann aufs Abendessen warten.«

Auf einmal spürte sie, wie etwas um ihre Beine strich. Milli! An die hatte sie bei dem ganzen Chaos noch gar nicht gedacht. »Milli! Bist du endlich wieder da? Ich wüsste zu gerne, wo du dich immer rumtreibst, du Abenteuerin!«

Sie nahm die Katze hoch und legte sie auf ihren Schoß. Sofort rollte sich Milli zusammen und begann laut zu schnurren.

»Das Rätsel hat sich offenbart. Milli hat sich ein zweites Zuhause gesucht und heißt dort Dora. Sie tanzt gleichzeitig auf zwei Hochzeiten«, sagte Mutter und der Hauch eines Lächelns überzog ihr trauriges Gesicht.

»So etwas tust du, Milli? Reichen wir dir nicht mehr? Wo ist sie denn immer? Ich habe doch alle Häuser in der Nachbarschaft abgeklappert und nach ihr gefragt.«

»Aber du warst nicht in den Häusern, die noch hinter Almas liegen, oder?«, fragte Mutter mit blitzenden Augen.

Lucie schüttelte den Kopf.

»Siehst du! Sie ist bei Hedel, der Kräuterfrau, und lässt sich dort verwöhnen. Dann kommt sie wieder für ein paar Tage zu uns, bevor sie zurück wechselt. Es ist ein ausgeklügeltes System, das die Kleine da entwickelt hat.«

Lucie sah kopfschüttelnd auf Milli herunter. Es war ein wundervolles Gefühl, das Gewicht und die Wärme ihrer zusammengerollten Katze auf ihrem Schoß zu spüren. Und auch wenn ihr erster Impuls gewesen war, sie einzusperren, damit sie bei ihr blieb und nicht mehr abhaute, dachte sie sich jetzt, dass es besser wäre, die Zeit zu genießen, in der Milli freiwillig zu ihr kam, und der alten Kräuterfrau die übrige Zeit mit ihr zu gönnen. Wenn zwei Parteien dadurch glücklich waren, die Katze in ihrem Leben zu haben, war doch allen geholfen. Sie legte ihre Hand auf das warme Fell und kraulte Milli, die wohlig schnurrte. Es war schön, zu wissen, dass ihr Kätzchen sich mittlerweile in der neuen

Heimat offenbar so wohl fühlte, dass sie auch noch anderen Menschen ein Stückchen Glück schenken konnte.

***

Kurt lag auf der Couch und sein Kopf hämmerte. Noch immer fühlte er Widerwillen, wenn er daran dachte, was er getan hatte. Warum nur war er so schwach gewesen und hatte dem Drang nachgegeben, die Flasche überhaupt anzusehen? Wenn er hätte zurückgehen können zu dem Zeitpunkt, wo er von der Feier abgehauen war, hätte er sofort den Flascheninhalt weggekippt, als er ins Haus gekommen war. Doch das waren müßige Gedanken. Er hatte es nicht getan, sondern einen der größten Fehler seines Lebens getätigt und jetzt lag er hier und musste die Konsequenzen tragen. Wenn es nur nicht dazu führte, dass die Adlers ihm Eva wegnahmen, war ihm alles recht.

Er war schwach, auch wenn er sich gerne etwas anderes eingeredet hätte. Er spürte, wie sein Körper schwer auf dem Sofa lag und sein Kopf sich anfühlte, als wäre er abgetrennt von ihm.

Er hörte den Schlüssel in der Tür und eine Minute später stand Vater im Zimmer. Kurt hatte nicht die Kraft, die Augen ganz zu öffnen und ihn zu begrüßen, doch Vater kam zu ihm und legte ihm die Hand auf die Schulter.

»Geht es langsam besser?«, fragte er leise.

Kurt hatte eine dunkle Erinnerung daran, wie ihn der Vater gefunden und nach Hause gebracht hatte. Er war ihm dankbar, weil er nichts zu dem Chaos gesagt hatte, in das Kurt das Haus verwandelt hatte. Und auch sonst war kein Wort des Vorwurfs über seine Lippen gekommen.

Vorsichtig hob Kurt die Schulter, um ihm zu signalisieren, dass er es nicht wusste. Es war egal. Er hatte verdient, wie es ihm jetzt ging, und er wollte gar nicht, dass sein Leiden endete, bevor er nicht ausreichend gebüßt hatte. Er war ein schlechter Mensch.

Wieder klappte die Tür. Das musste Alma sein. Mit Eva. Für sie wollte er endlich aufstehen und seiner Tochter den Anblick eines jammervollen Waschlappens ersparen, der noch nicht einmal die Disziplin besaß, beim geringsten Gegenwind einer Flasche mit Alkohol aus dem Weg zu gehen. Vorsichtig stützte er sich auf die Ellbogen. Stöhnend sank er zurück, schloss die Augen. Die Schmerzen in seinem Kopf waren einfach zu stark.

Er spürte Mutters Hand auf seinem Brustkorb, die ihn sanft zurückdrückte.

»Das ist zu früh, Kurt. Bleib liegen, bis sich der Kopf ein wenig beruhigt hat.«

»Aber Eva …«, widersprach er mit aufgesprungenen, schmerzenden Lippen.

»Um Eva kümmern wir uns schon. Das ist in Ordnung.«

Er nickte, bereute das jedoch gleich. Mühsam öffnete er wieder die Lider. Obwohl die Lampen abgedeckt waren, stach das Licht empfindlich in seinen Augen. Doch das scherte ihn nicht, denn gerade kam Alma mit seiner kleinen Tochter auf dem Arm auf ihn zu. Sie streckte die Ärmchen nach ihm aus. Die Schmerzen waren ihm egal. Er richtete sich auf, setzte sich hin und nahm sie in den Arm. Eva kuschelte sich an ihn.

Wie hatte er nur so blöd sein können, das hier zu gefährden? Seine kleine Tochter war das Wichtigste auf der Welt für ihn und er würde mit jeder Faser seines Körpers um sie kämpfen, das schwor er sich, während Tränen über seine Wange liefen. Tränen der Scham, der Reue und der Angst. Er durfte Eva nicht verlieren. Um keinen Preis. Seine Entscheidung war getroffen. Alle Schwierigkeiten der Welt würden ihn nicht davon abhalten, seine Tochter bei sich zu behalten.

»Wir werden alles dafür tun, dass sie bei dir bleibt«, hörte er Ariel sagen.

Kurt kniff die Lippen zusammen, um nicht laut aufzuschluchzen.

»Eva bleibt bei dir. Das ist gar keine Frage«, stimmte Vater zu.

Er spürte Mutters Hand bekräftigend auf seinen Arm drücken.

»Wir sind für euch da, Kurt. Für dich und Eva«, bestätigte Lucie.

»Das ist doch auch Humbug, was diese Leute wollen. Man kann ein glückliches Kind nicht einfach aus einer Familie reißen«, sagte Alma entschieden.

»Sie sagen, dass sie keine festen Bezugspersonen und zu wenig Freiraum hat und sie ihr bereits ein Kinderzimmer eingerichtet haben und sie es bei ihnen viel besser hätte«, flüsterte Kurt schmerzerfüllt.

»Papperlapapp! Eva gehört zu uns, genauso wie du es tust. Und wir Friedländers halten zusammen. Wir wollen, dass es euch beiden gut geht«, sagte Mutter.

Alle sahen ihn an. Doch in niemandes Blick war die Abscheu zu sehen, die er sich selbst gegenüber nach dem gestrigen Abend empfand, sondern reine Liebe. Wieder kamen ihm die Tränen. Er hatte nicht gewusst, wie sehr sich alle um ihn sorgten. Nach Ursulas Tod hatte er sich so einsam und alleingelassen gefühlt und darüber ganz vergessen, dass da noch immer Menschen waren, denen er etwas bedeutete. Er war nicht allein. Sie würden ihm dabei helfen, um Eva zu kämpfen. Und diese Erkenntnis erfüllte ihn mit so viel Glückseligkeit und Leichtigkeit, wie lange nichts mehr auf der Welt.

***

Der Familienrat wegen des Ansinnens der Adlers, Eva mit sich nach Hamburg zu nehmen, hatte gute zwei Stunden getagt und sie hatten einige Ideen und Strategien entwickelt, um die Gefahr abzuwenden. Gleich danach war das Abendessen fertig gewesen und so kam Lucie erst spät dazu, sich in ihr Zimmer zurückzuziehen und endlich Pauls Brief zu öffnen. In Anbetracht der Neuigkeiten und aller anderen Dinge, die besprochen und geklärt werden mussten, hatte Lucie das Schreiben zwischenzeitlich fast vergessen.

Jetzt aber riss sie den Umschlag auf und ließ sich erwartungsvoll bäuchlings auf ihr Bett fallen, um alles in sich aufzusaugen, was ihr Paul zu sagen hatte. Vielleicht würde er ihr endlich mitteilen, wann genau er nach Zürich käme? Oder er wollte ihr sagen, dass seine Eltern sie nun mit offenen Armen in der Familie willkommen hießen, nachdem sie sich so lange mit Händen und Füßen dagegen gewehrt hatten? Was auch immer es war, Lucie war voller Vorfreude auf das, was sie erwartete. Paul schrieb:

Meine liebste Lucie,
ich habe lange mit mir gerungen, wie ich das, was ich dir jetzt zu schreiben habe, am besten mitteilen sollte. Doch je mehr ich darüber nachgedacht habe, desto schwerer wurde es, die richtigen Worte zu finden. Du weißt ja, dass ich, um unsere Beziehung zu schützen, aus der Hitlerjugend ausgetreten bin. Dieses Gerede über das schlechte Blut und die gemeine Gesinnung aller Juden erschien mir ungünstig, um mir eine unvoreingenommene Haltung dir und deiner Familie gegenüber zu bewahren. Erstaunlicherweise ist es mir eine ganze Weile gelungen, es vor meinen Eltern zu verheimlichen, dass ich nicht mehr Teil dieser Wahnsinnigen bin, die das gesamte Land systematisch mit Hass überziehen.
Nun aber kam alles heraus und das Ergebnis ist dramatisch. Leider haben es ein paar windige Typen, vom gleichen Kaliber wie unser ungeliebter Nachbar Beike, es geschafft, ihnen einzureden, dass ich nur

aufgrund deines negativen Einflusses so verblendet bin, die grunddeutschen Werte mit den Füßen zu treten und damit mein Leben zu verbauen.
Ich habe alles versucht: Ich habe auf sie eingeredet, ihnen versichert, dass das alles nicht wahr ist, dass ich schon einen Plan habe, unbehelligt von solchen Typen zu sein, indem ich für das Studium in die Schweiz gehe. Doch davon wollen sie nichts wissen. Mein Vater hat mir mitgeteilt, dass ich nicht mehr ihr Sohn wäre, wenn ich wie ein feiger Hund aus meinem Land fliehen würde, und vor allem würde er mir jeglichen Kontakt zu dir verbieten. Das stellt uns natürlich vor gewisse Probleme, denn sie verfolgen jetzt jeden meiner Schritte, damit ich partout Abstand von dir halte und in ihren Worten wieder zu mir komme. Ohne deinen schädlichen Einfluss sozusagen. Unsere Telefonate lassen sich so natürlich nicht fortsetzen. Ich habe diesen Brief einem vertrauenswürdigen Freund gegeben, mit der Bitte, ihn für mich an dich zu schicken. Solltest du mir zurückschreiben wollen, wäre es vielleicht am besten, den Brief an ihn zu schicken, sodass er ihn mir zukommen lassen kann. Du musst mir glauben, wenn ich dir versichere, dass ich am Boden zerstört bin. Ich liebe dich von ganzem Herzen und würde alles tun, um mit dir zusammen zu sein. Im Moment habe ich nur keine Ahnung, wie das möglich sein soll.

Verzweifelte Grüße von deinem dich liebenden Paul

Nachdem Lucie den Brief zweimal gelesen hatte, ließ sie das Blatt sinken und starrte mit leerem Blick vor sich hin. Das alles wirkte so unwirklich, so hanebüchen, nach allem, was sie bereits als Paar hatten durchmachen müssen. Sie verstand Paul. Völlig mit seinen Eltern zu brechen, war eine Sache, die sie nicht von ihm verlangen konnte. Aber sie konnte auch nicht hier sitzen und mitansehen, wie ihre Beziehung durch die Entscheidungen anderer torpediert wurde. Dafür liebte sie Paul viel zu sehr.

Entschlossen stand sie auf. Sie musste mit den Eltern reden. Einen Plan entwickeln und für ihre große Liebe kämpfen. Sie würde nach Berlin fahren und versuchen, mit Pauls Eltern zu sprechen. Eine andere Möglichkeit gab es nicht.

Mit energischen Schritten lief sie die Treppe hinunter. Es tat ihr leid, dass sie die Eltern nun auch noch mit ihren Problemen belasten musste, wo die Sache mit Kurt noch im Raum stand und Ariel plante, in die Vereinigten Staaten auszuwandern, doch sie hatte keine Wahl. Immerhin hatte Ariel bisher die Füße still gehalten, soweit sie wusste. Er ging weiterhin zur Uni und hatte auch noch keine Passage nach Amerika gebucht.

Kurt lag allein im Wohnzimmer auf der Couch und schien zu schlafen. Leise schloss Lucie die Tür wieder und wandte sich dem Esszimmer zu. Doch hier war niemand und auch das Arbeitszimmer war leer. Dann musste sie eben wieder hoch.

Mit schnellen Schritten nahm sie jeweils zwei Stufen auf einmal. Sie hatte keine Zeit zu verlieren. Bevor es zu spät war, musste sie handeln. Die Verzweiflung verlieh ihr eine erstaunliche Energie nach allem, was heute bereits geschehen war.

Sie klopfte an die Schlafzimmertür und wartete gar nicht erst das »Herein« ab. Mutter saß am Schminktisch und bürstete sich die langen Haare. Sie hatte dem Trend widerstanden, sie sich abschneiden zu lassen. Vater hatte gerade den Schlips abgelegt. Offenbar hatte sie die beiden bei einer Unterhaltung gestört.

»Es tut mir leid, dass ich so hereinplatze, aber ich muss etwas Wichtiges mit euch besprechen.«

»Muss das heute noch sein? Wir sind wirklich erschöpft, Lucie!«, sagte Vater und hängte die Krawatte über seinen stummen Diener.

»Das Ganze duldet leider keinen Aufschub. Es geht um Paul.« Lucie schob sich ins Zimmer und schloss die Tür hinter sich.

Vater seufzte, setzte sich dann aber auf die Bettkante.

Mutter legte die Bürste in die Schublade und wandte sich auf ihrem Hocker um. »Ist alles in Ordnung mit ihm?«, fragte sie.

Lucie schüttelte energisch den Kopf. »Gar nichts ist in Ordnung. Gar nichts. Ich muss so schnell wie möglich nach Berlin«, sagte sie.

Abwehr spiegelte sich auf Vaters Gesicht.

Doch Lucie ließ sich davon nicht beirren, sondern erzählte, was Paul ihr geschrieben hatte, und endete mit dem Hinweis, dass es keine andere Möglichkeit gäbe, als nach Berlin zu fahren und Pauls Eltern zu überzeugen, dass sie nicht ein solcher Teufel war, wie sie vermuteten.

»So leid es mir tut, aber das kommt leider überhaupt nicht infrage. Ich lasse nicht zu, dass du dich in eine solche Gefahr begibst.«

»Papa, es geht um meine Zukunft. Paul und ich wollen heiraten.«

»Das ist wirklich schade, aber dann ist er wohl nicht der Richtige für dich. Wie soll eine Ehe funktionieren, wenn seine Eltern dich ablehnen? Das ist doch Unfug. Nein, ausgeschlossen. Ich kann dich nicht nach Berlin lassen.«

Lucie spürte, wie Verzweiflung in ihr aufwallte. »Mama, sag etwas. Du weißt doch, was Paul mir bedeutet!«

»Es tut mir so leid, Lucie! Aber ich fürchte, Papa hat recht. Seit wir das letzte Mal nach Berlin wollten, ist alles noch viel schlimmer dort für Juden geworden. Lass uns gemeinsam nachdenken, welche anderen Wege es gibt, anstatt zurück nach Deutschland zu fahren.«

»Das habe ich bereits. Es gibt keine andere Möglichkeit. Wenn ihr mir diese Reise versagt, besiegelt ihr das Ende unserer Liebe.« Sie schrie die letzten Worte empört heraus.

Vater schüttelte unwillig den Kopf.

Mutter streckte die Hände nach ihr aus. »Ach Schätzchen, es findet sich bestimmt auch ein anderer Weg …«, begann sie sanft.

Doch den Rest ihrer Worte hörte Lucie nicht. Sie war aus dem Zimmer gestürmt und hatte die Tür hinter sich zugeschlagen, dass die Wände wackelten.

KAPITEL 37

Hannah hatte eine unruhige Nacht verbracht. Nachdem Lucie gegangen war, hatte sie noch eine Weile mit Daniel hin und her diskutiert, wie man ihr helfen könnte, ohne ein solches Risiko einzugehen, doch sie waren zu keinem Ergebnis gekommen.

»Und wenn wir sie doch fahren lassen? Es muss ja nicht für lange sein und ich könnte sie begleiten, um ein Auge auf sie zu haben«, hatte Hannah zögerlich vorgeschlagen.

Aber Daniel hatte entschieden den Kopf geschüttelt. »Ich könnte kein Auge zumachen, solange ihr weg seid. Aus Sorge, dass du wieder aus irgendeinem fadenscheinigen Grund inhaftiert wirst oder jemand Lucie etwas zuleide tut. Es kommt doch nicht von irgendwoher, dass die … uns so ablehnen. Wir sind inzwischen schon einige Zeit weg aus dem Deutschen Reich und nach allem, was ich so höre, hat sich das Klima dort noch mehr aufgeheizt. Das ist kein sicheres Pflaster für Juden.«

Hannah hatte mit gesenktem Kopf genickt. Sie wusste, dass er recht hatte, doch sie hätte ihrem Nesthäkchen so gerne geholfen. Sie kannte die Sehnsucht nach etwas, das einem verwehrt war. Und Paul war ein wirklich netter Kerl, den sie sich gut an Lucies Seite vorstellen konnte. Wenn da nur nicht dieses Glaubenshindernis zwischen ihnen stünde.

Nach dem Aufstehen sah Hannah als Erstes nach Kurt. Er schlief noch immer, doch er wirkte deutlich weniger blass als am Vortag, was sie als gutes Zeichen wertete.

Dann öffnete sie leise die Tür zu Evas Zimmer. Die Kleine lag schon mit offenen Augen im Bett und brabbelte vor sich hin. Es wirkte, als führte sie in ein emsiges Gespräch mit ihrer Stoffpuppe, die Alma ihr genäht hatte und die seitdem immer mit im Bett schlief. Unwillkürlich musste Hannah lächeln. Die Kleine war wirklich ein Sonnenschein.

»Na, Evalein, bist du schon hungrig? Willst du mit Oma einen Spaziergang nach dem Frühstück machen?«

Die Äuglein ihrer Enkelin blinzelten sie freudig an. Sie streckte ihre Ärmchen nach Hannah aus und ließ sich widerstandslos hochnehmen, die Puppe natürlich fest an sich geklammert.

Schnell machte Hannah das Kind fertig und ging mit ihr auf dem Arm die Treppe hinunter. Im Esszimmer stand schon alles bereit. Margarete hatte Eier gekocht und Brot geröstet. Hannah setzte Eva auf ihren Schoß und gab ihr ein winziges Stückchen von ihrem Brot.

Sie schaffte es, sich einen Tee einzugießen und nebenbei zu essen, während sie Eva mit ihrer Milchflasche und kleinen Brotkrumen fütterte. Dann putzte sie Eva ab und warf erneut einen Blick ins Wohnzimmer, in dem Kurt noch immer schlief. Es wäre fatal, wenn das nicht nur ein einmaliger Ausrutscher gewesen wäre. Sie hatten es dieses Mal geschafft, dass niemand außerhalb der Familie davon erfuhr, aber wenn Kurt wieder an der Flasche hängen sollte, wäre es kaum vermeidbar, Eva von ihm fernzuhalten. Sie hatte einen Entschluss gefasst, auch wenn er medizinisch gesehen vielleicht etwas unorthodox war, aber sie wollte nichts unversucht lassen, um ihm zu helfen. Zwar fühlte es sich an, als würde sie zu Kreuze kriechen, verriet sie doch ihre eigenen alten Überzeugungen, aber für das Wohlergehen ihres Kindes erschien ihr dieser Preis gerechtfertigt.

So, Eva war angezogen. Jetzt konnten sie losgehen. Hannah musste ein bisschen schlucken, lag ihr der anstehende Besuch doch schwer im Magen.

Hannah reckte das Kinn und lief mit entschlossenen Schritten, den Kinderwagen vor sich herschiebend, die Straße hinunter.

Mit wehmütigem Blick passierte sie Almas Haus. Wie traurig es jetzt wirkte, so unbelebt und leer, seit Wilhelm tot war und Alma und Günther bei ihnen wohnten.

Am Ende der Straße hatte sie ihr Ziel erreicht. Das kleine Häuschen mit dem tief hängenden Dach machte einen gemütlichen Eindruck, wenn sie ehrlich war. Überall hingen Kräuterbündel an langen Fäden herum und es gab sauber abgesteckte Beete, in denen Kräuter in ordentlichen Reihen wuchsen.

Sie war bisher nur einmal hier gewesen und das Haus betreten hatte sie auch noch nicht. Heute würde sie es vielleicht tun.

Hannah hob Eva aus dem Wagen und lief zur Haustür. Sie schluckte trocken und klopfte, während sie Eva eng an sich drückte.

Hannah hörte schlurfende Schritte, dann öffnete sich die Tür. Die alte Hedel stand dort und blinzelte sie an.

»Sieh mal an, die Frau Doktor. Ich habe Ihnen Ihre Kräuter vor die Tür gestellt. Haben Sie sie nicht gesehen?«

»Habe ich. Vielen Dank. Ich mache mir gleich nachher einen Tee. Jetzt aber habe ich ein anderes Anliegen.«

Hannah senkte ihren Blick. Irgendetwas drückte sich an ihr Bein.

»Milli! Bist du schon wieder ausgebüxt?«

»Dora und ich haben gerade gemeinsam gefrühstückt«, erklärte Hedel in strengem Ton.

»Das ist schön. Eva und ich auch.«

»Sie wollen also nicht die Katze holen?«

»Nein. Ich brauche Hilfe für meinen Sohn.«

»Von mir?« Hedel sah sie überrascht an. Mit dieser Wendung hatte sie offenbar nicht gerechnet.

»Ja, er ist in einer Situation, in der die Schulmedizin kein wirksames Mittel bereithält, er aber ein wenig Unterstützung gebrauchen könnte.«

Die Alte musterte sie mit zusammengekniffenen Augen, dann nickte sie. »Kommen Sie herein.«

***

Kurt hatte fast den ganzen Tag verschlafen. Immer wieder war er hochgeschreckt aus seinen düsteren Träumen und hatte voll Schrecken festgestellt, dass sie alle ausnahmslos die Realität widerspiegelten. Zwischendurch war Mutter gekommen und hatte ihm bitter schmeckenden Tee eingeflößt und seine Hände neu verbunden. Evchen war auch ein paarmal da gewesen und hatte mit ihm spielen wollen, doch er war zu müde gewesen, um sich darauf einzulassen.

Er wurde erst jetzt so richtig wach, als Vater von der Arbeit zurückkam. Er kam zu ihm und setzte sich neben ihn auf das Sofa.

»Wie geht es dir? Was macht der Kopf?«, fragte er leise.

»Deutlich besser als gestern. Aber ich fühle mich noch schwach und ziemlich wackelig.«

»Nun, zumindest geht es dann in die richtige Richtung«, sagte Vater und drückte lächelnd Kurts Knie, bevor er sich erhob und es sich in einem der Sessel gemütlich machte.

»Es stört dich doch nicht, wenn ich einen Moment hierbleibe?«, fragte er und tastete nach der Pfeife in seinem

Sakko. Dann warf er Kurt einen Blick zu und steckte sie wieder ein.

Kurt schüttelte den Kopf. »Ich freue mich, nicht immer allein zu sein.«

»Erinnerst du dich noch, wie wir vor deiner Hochzeit durch den Hafen gelaufen sind?«, fragte Vater mit wehmütigem Lächeln auf dem Gesicht.

»Natürlich erinnere ich mich. Die ganze Welt schien zuckrig süß zu sein und versprach, ein magisches Leben voller Glück. Aber dann starb Ursula.«

»Du wirktest damals so vital, so zuversichtlich. Nichts schien dir etwas anhaben zu können, noch nicht einmal die Aussicht, völlig allein einen ganzen juristischen Kommentar schreiben zu müssen.«

»Und sieh mich jetzt an: Ein gebrochener Mann, der eine Menge Mist gebaut hat und euch alle mit hineinreißt.«

»Rede doch nicht so. Jedem passieren dann und wann Fehler. Wichtig ist, dass man wieder aufsteht, wenn man fällt, und man aus seinen Fehlern lernt und sie nicht wiederholt.«

»Ich weiß, dass ich versagt habe. Ich hätte diese Flasche niemals in die Hand nehmen dürfen.«

»Du hast nicht versagt. Du hast einen Moment der Schwäche erlebt, nachdem du der Furcht ins Auge geblickt hast, dass dir dein Kind weggenommen werden soll. Ich glaube, da wäre jeder verständige Mensch durchgedreht.«

»Wirklich?« Kurt schluckte, doch der Kloß, der sich in seinem Hals gebildet hatte, wollte nicht verschwinden.

»Absolut. Wie könnte ich dich jemals für einen Versager halten? Du hast schon so viel in deinem jungen Leben erreicht und erlebt, das soll dir erst einmal einer nachmachen. Und die Sache mit Ursulas Eltern kannst du bestimmt auch noch aus der Welt zu schaffen. Du bist ein guter Vater. Außerordentlich engagiert und hingebungsvoll. Diesem Fakt können selbst sie sich nicht verschließen.«

»Ich denke nicht, dass sie geahnt haben, was ihre Worte auslösen würden. Sie sind keine bösen Menschen. Wahrscheinlich haben sie wirklich Evas und mein Wohl im Auge gehabt«, sagte Kurt nachdenklich.

»Und sind dabei unwissentlich übers Ziel hinausgeschossen. So etwas passiert. Ich glaube, wenn du ruhig mit ihnen redest und ihnen erklärst, was du über die Sache denkst, werden sie nachgeben.«

»Aber nur, wenn ich Eva ein wirkliches Heim bieten könnte. Deswegen bin ich doch dorthin. Ich wollte sehen, ob ich es aushalten könnte, wieder da zu leben.«

»Und du hast gemerkt, dass das nicht dein Weg ist. Also musst du über eine andere Lösung nachdenken. Hast du schon einmal mit Alma geredet?« Erneut nahm Vater die Pfeife aus der Tasche, sah sie ein wenig betrübt an und steckte sie wieder ein.

»Worüber?«, fragte Kurt erstaunt.

»Darüber, dass auch sie davor zurückscheut, zurück in ihr Haus zu gehen, in dem ihr Mann gestorben ist. Vielleicht könntet ihr über einen Tausch oder eine anderweitige Regelung nachdenken.«

Langsam setzte Kurt sich auf. »Das ist gar keine schlechte Idee.«

»Das freut mich. Bist du in der Lage, jetzt noch mehr Jubelrufe zu ertragen?«

»Wenn sie ähnlich gemäßigt sind, wie meine: Sicher doch!«

»Das kann ich nicht versprechen, aber ich dachte, es würde dich vielleicht aufheitern, dabei zu sein. Warte einen Augenblick.« Er stand auf und ging zur Tür. »Lucie!«, rief er die Treppe hoch.

»Was ist?« Die Stimme seiner kleinen Schwester klang missgelaunt durch den Flur.

»Kommst du mal bitte einen Augenblick herunter?« Vater schmunzelte. »Ich prophezeie dir, dass sich ihre Stimmung gleich schlagartig bessern wird«, sagte er leise zu Kurt.

Kurz darauf kam seine kleine Schwester ins Zimmer.

»Was gibts?«, fragte sie mit betont gelangweilter Stimme.

»Ich habe mich gefragt, ob es dir am Wochenende passen würde, da könnte ich es nämlich einrichten, dich zu begleiten?«, fragte Vater mit verschmitztem Grinsen.

»Wohin? Ich gehe nicht mehr zum Sport. Das wisst ihr.«

»Nicht zum Sportplatz. Zum Bahnhof und von dort nach Berlin. Du hast doch gesagt, dass es so dringend ist. Und deinem Glück möchte ich bei aller Vorsicht nicht im Wege stehen. Ich habe Respekt vor deiner Entschlossenheit, also habe ich heute in meiner Mittagspause zwei Bahntickets für uns geholt und …«

Der Rest des Satzes wurde davon erstickt, dass Lucie ihn mit strahlendem Gesicht ansprang und umarmte. Jubelnd klammerte sie sich mit Armen und Beinen an ihm fest, dass er fast umgefallen wäre. »Danke, Papa, du bist der Beste. Danke, danke, danke! Ich wusste doch, dass du kein Herz aus Stein hast.«

Kurt sah Vaters strahlendes Gesicht, während er ihre Umarmung erwiderte. Es stimmte: Die überschäumend gute Stimmung seiner kleinen Schwester färbte definitiv auf Kurt ab und ließ Hoffnung in ihm aufkeimen. Vielleicht gab es auch in seinem Leben noch eine positive Wendung.

***

Eine gute halbe Stunde später saßen alle, sogar Kurt, mit deutlich freudigeren Mienen als am Vortag um den Esstisch. Hannah hätte es lieber gesehen, wenn Kurt noch liegen geblieben wäre und sich geschont hätte, aber er bestand darauf, als Teil der Familie mit am Tisch zu sitzen. Da

Hannah noch zu verblüfft war über Daniels Meinungswandel hinsichtlich Lucies Berlin-Fahrt, hatte sie zähneknirschend zugestimmt.

Doch zu ihrer Überraschung wirkte Kurt wesentlich frischer und deutlich weniger blass. Lag das daran, dass Daniel mit ihm geredet hatte? Möglich war es. Es war ihr schwer gefallen, ihren sonst so positiven Sohn erneut niedergeschlagen zu sehen. Und sie war wütend auf die Adlers, die mit ihrem wahrscheinlich sogar gut gemeinten Vorschlag wieder eine solche Unruhe in sein Leben gebracht hatten. Oder lag es an den kräftigenden Kräutern von Hedel, obwohl Hannah das immer noch ein wenig wie Hokuspokus vorkam? Aber sie hatte sich vorgenommen, aufgeschlossener zu sein, dabei trotzdem kritisch prüfend zu bleiben.

Als sich alle aufgetan hatten und auch Eva versorgt war, die stolz auf dem Schoß ihres Vaters thronte und mit gebieterischen Bewegungen dies und das forderte, räusperte sich Daniel und sagte: »Während ihr esst, habe ich noch eine Neuigkeit für euch, die besonders dich interessieren wird, Hannah!« Seine Augen leuchteten freudig.

Hannah sah ihn überrascht, aber auch ein wenig irritiert an. Im Moment war ihr Bedürfnis nach überraschenden Neuigkeiten eigentlich befriedigt. Es war so viel los, gab eine Menge offener Baustellen, weshalb sie nicht in der Stimmung war für eine weitere.

Sie nahm eine Gabel voll Kartoffel und nickte Daniel lächelnd zu. Er wirkte so aufgeregt über seine Nachrichten, dass sie ihm nicht die Freude verderben wollte.

Da bemerkte sie, wie auch alle anderen Familienmitglieder - bis auf Eva - sie grinsend ansahen.

»Moment mal!«, rief sie. »Weiß hier bereits jeder, was da im Busch ist, außer mir? Habt ihr etwa einen Komplott geschmiedet?«

»Es ist eine Sache, an der viele von uns in der einen oder anderen Form beteiligt waren, daher ist es unerlässlich, dass alle eingeweiht sind«, sagte Ariel lächelnd.

Hannah zog die Augenbrauen hoch. »Dann spannt mich nicht länger auf die Folter: Raus damit!«

»Hast du eine Ahnung, was es sein könnte? Ich gebe dir einen Tipp: Es hat etwas mit einem Traum zu tun, den du bereits lange hegst.« Er schmunzelte.

So gut gelaunt hatte sie ihren Mann schon eine Weile nicht mehr gesehen. Hannah schüttelte den Kopf. Jetzt musste auch sie grinsen. Daniels Freude und die verheißungsvoll lächelnden Gesichter der anderen färbten einfach auf sie ab.

»Ich - nein, besser gesagt, Alma - hat ein Gebäude gefunden. Eine Stiftung hat einen nicht unerheblichen Betrag zur Verfügung gestellt. Alles muss umgebaut und neu eingerichtet werden.« Er strahlte übers ganze Gesicht.

»Aber wozu brauche ich denn ein Haus? Wir haben doch schon eines. Und ich fühle mich hier sehr wohl.«

»Es ist ja auch nicht zum Wohnen. Dafür wäre es ein bisschen groß. Es ist eine ehemalige Schule, die leer steht. Aber jetzt bekommt es einen ganz anderen Zweck. Halt dich fest, Hannah! Du kannst endlich deine eigene Klinik eröffnen. So, wie du es dir immer gewünscht hast. Ist das nicht wunderbar?«

Hannah, wären fast die Kartoffeln im Hals stecken geblieben.

»Ein Krankenhaus? Aber … wie… wieso das denn?«, stotterte sie, um Fassung ringend.

»Na, davon hast du doch immer gesprochen: Dein eigenes Krankenhaus. Und du bist die Leiterin. Allerdings ist zuvor noch einiges zu tun: Es ist viel umzubauen und zu renovieren, aber das werden wir auch noch hinbekommen. Du übernimmst die Bauaufsicht und leitest die Handwerker an, damit alles so wird, wie du es dir vorgestellt hast. Dein Traum wird wahr!«

Hannah hatte es endlich geschafft, den in ihrem Mund immer größer werdenden Brocken herunterzuschlucken, und starrte ihn mit offenem Mund an. »Aber ich … das kann ich doch gar nicht …«

»Selbstverständlich kannst du das. Du bist eine hervorragende Ärztin und jetzt hast du endlich die Chance, den Patienten in einem völlig anderen Umfang zu helfen als bisher.« Daniel strahlte noch immer.

»Aber die ganze Verantwortung … ich habe doch gar keine Erfahrung in der Leitung einer Klinik.«

»Bisher hast du alles geschafft, was du dir vorgenommen hast. Was ist denn los, Hannah? Wir dachten alle, du würdest auf dem Tisch tanzen vor Freude über diese Chance«, fragte Alma mit gerunzelter Stirn.

Hannah sah sie an. Dann wanderte ihr Blick weiter. Alle starrten sie erwartungsvoll an. Sie schienen tatsächlich zu glauben, dass sie sich freuen würde. Sie wollte sie nicht enttäuschen. Mühsam quälte sie sich ein Lächeln aufs Gesicht. »Das ist … wirklich unglaublich lieb von euch und es wird sicher eine ganz tolle Sache«, brachte sie stockend hervor.

»Na also! Wir wussten doch, dass dich diese Idee glücklich machen würde. Deswegen habe ich auch heute den Kaufvertrag unterschrieben und einen Architekten angeheuert. Mit ihm kannst du alles besprechen. Es kann bereits übermorgen losgehen«, sagte Daniel mit zufriedenem Grinsen.

Hannah war der Appetit vergangen. Sie musste an sich halten, um nicht plötzlich vom Tisch aufzuspringen und ihre Furcht hinauszuschreien. Übermorgen schon! Sie fühlte sich völlig überfordert von dem Gedanken, all das zu stemmen. Sie bemerkte Almas Blick auf sich und zwang sich, sie anzulächeln. Es war fatal: Am liebsten hätte sie sich in ihr Bett verkrochen und die Decke über den Kopf gezogen, aber sie saß hier und musste sich bemühen, Begeisterung vorzutäuschen.

KAPITEL 38

Lucies Knie zitterten, als sie zum ersten Mal nach dem Trainingslager wieder zur Schule ging. Das Wetter hatte sich ihrer Stimmung angepasst und es goss in Strömen. Mutter war so froh, weil Lucie den Leistungssport aufgeben wollte, dass sie ihr wahrscheinlich sogar erlaubt hätte, ein paar Tage zu Hause zu bleiben.

»Es hat mich die ganze Zeit gewundert, denn vorher hast du nie eine so große Begeisterung für Sport gezeigt, aber ich wollte dir auch nicht im Wege stehen«, hatte sie gesagt, als sie Lucie voller Erleichterung in die Arme geschlossen hatte.

»Ja, das hat Paul auch gesagt«, hatte Lucie ihr zugestimmt. »Ich wollte wohl so sehr dazugehören, dass ich sogar selbst geglaubt habe, sportbegeistert zu sein.«

Bei der Gelegenheit hatte Lucie ihren Eltern auch endlich die ganze Geschichte mit ihrem falschen Glauben gebeichtet.

Es war ihr schwergefallen, denn sie wusste, dass sie Mutter und Vater damit verletzte. Natürlich waren sie nicht ungeheuer gläubig, aber dass die eigene Tochter sich auf derartig blöde Weise von der Religion lossagte, mit der sie aufgewachsen war, tat ihnen mit Sicherheit weh.

Doch auch in dieser Hinsicht reagierten ihre Eltern besonnen.

»Nun, du wirst durch die Unwahrheit sicherlich schon mehrere Momente erlebt haben, in denen du mit den unliebsamen Konsequenzen deiner Lügen konfrontiert wurdest, nicht wahr?« Vater sah sie forschend an.

Lucie nickte beklommen. »Und ich würde es nie wieder tun«, versicherte sie leise.

»Dann hast du also daraus gelernt?«, fragte Mutter.

»Mehr als mir zwischenzeitlich lieb war«, bestätigte Lucie.

»Mehr kann man als Eltern nicht erhoffen. Geh los und bring das in Ordnung. Entschuldige dich, erkläre deine Beweggründe und hoffe auf die Vergebung derjenigen, die du durch deine Unbedachtsamkeit verletzt hast«, sagte er bedächtig.

Lucie war losgestürmt und hatte erst ihn und dann Mutter umarmt. Als Mutter ihr mit traurigem Lächeln über die Haare gestrichen hatte, hätte sie am liebsten losgeweint. Doch sie hatte die Lippen zusammengekniffen und die aufkommenden Tränen weg geblinzelt. Denn schließlich war sie es, die sie verletzt hatte und nicht umgekehrt.

Heute aber würde sie sich auch den Freundinnen, Klassenkameradinnen und Lehrerinnen gegenüberstellen und ihre Fehler gestehen. Sie war sich sicher, dass Dorli in der Zwischenzeit allen davon erzählt hatte. Schon allein, um von ihrer eigenen Situation mit Trainer Meyer abzulenken. Lucie würde das nicht tun. Sie hatte zwar überlegt, ob sie als Konter von Dorlis Verhältnis zu Trainer Meyer erzählen sollte, denn es war klar, dass darin noch viel mehr Tratschpotenzial steckte als in ihrer eigenen Geschichte. Aber es erschien ihr nicht gerecht gegenüber der Familie von Trainer Meyer, die durch diese Offenbarung als Hintergangene bloßgestellt würde.

Nein, sie wollte aufrecht in die Schule gehen, zu ihren Fehlern stehen und sich bei allen für ihr Fehlverhalten entschuldigen. Und sie wollte die Strafe, die die Schwestern ihr dafür auferlegen würden, ertragen. Dorli musste selbst sehen, wie sie mit der Schuld, die sie auf sich geladen hatte, umging.

Und am Wochenende würde sie nach Berlin fahren, sich bei Paul für ihr blödes Verhalten entschuldigen und bei seinen Eltern um Vergebung dafür bitten, dass sie nicht deren Anforderungen entsprach, aber ihren Sohn trotzdem von ganzem Herzen liebte und ihm niemals etwas Schlechtes zufügen würde. Mehr konnte sie nicht tun. Sie hoffte darauf, dass Paul ihr verzieh, weil sie so bockig auf seine Bitte, den Sport auf ein normales Maß zurückzuschrauben, reagiert hatte, während er für sie auf die so in seinem Leben dominierende Hitlerjugend verzichtet hatte. Sie musste an die Liebe der Ackermanns zu deren Sohn appellieren, denn das war das Einzige, das sie gemeinsam hatten und miteinander teilten. Sie würde versuchen, offen mit ihnen zu sprechen, und hoffte, dass sie sich erweichen ließen und erkannten, dass sie kein so schlechter Mensch war, wie sie annahmen.

Sie sog tief die Luft ein, bevor sie das Klassenzimmer betrat. Die Mädchen saßen auf Tischen und Bänken und schnatterten miteinander, wie sie es immer taten, bis die Schritte der Lehrerin auf dem Flur zu hören waren.

Als Lucie eintrat, wandten sich alle Augen ihr zu. In den Blicken und dem verschämten Grinsen Vereinzelter, war klar erkennbar, dass Dorli ganze Arbeit geleistet hatte.

Ohne zu zögern, lief Lucie nach vorn ans Pult und hob die Hände.

»Ruhe bitte! Könnt ihr mir einen Moment zuhören?« Sie wartete, bis auch die letzte Stimme verstummte, und sagte dann: »Ihr habt sicher alle gehört, was passiert ist. Ich möchte mich aus ganzem Herzen dafür entschuldigen, dass ich gelogen habe. Ich wollte beliebt sein, nicht ausgegrenzt werden, wie ich es in Berlin wurde, und ich habe eine falsche

Entscheidung getroffen. Ich war ein Trottel und es tut mir leid. Verzeiht mir bitte!«

»Wie sollen wir dir trauen? Wer einmal lügt, dem glaubt man nicht, auch wenn er dann die Wahrheit spricht«, rief ausgerechnet Dorli.

Lucie blickte sie an, bis sie den Kopf senkte. Dorli wusste genau, dass sie mindestens ebenso viel Dreck am Stecken hatte wie Lucie selbst.

»Dafür kann ich dir keine Sicherheit anbieten, außer meinem Wort. Es war ein Fehler, den ich einmal im Leben gemacht habe und nie wieder tun werde. Ich war verblendet von dem Wunsch, dazuzugehören, und in meiner Vorstellung, war ich sicherer, wenn ich so täte, als wäre ich Katholikin, anstatt zu mir und meinem wirklichen Glauben zu stehen. Doch aufgrund unserer Religion haben wir unschöne Dinge erleben müssen, die auch dazu geführt haben, dass meine Familie beschlossen hatte, Deutschland den Rücken zu kehren. Ich kann nichts anderes machen, als euch in die Hand zu versprechen, dass ich alles dafür tun werde, wieder ein vertrauenswürdiger Mensch zu sein.«

»Ich finde es stark, dass du dich dort vor der ganzen Klasse hinstellst und bekennst, dass du einen Fehler gemacht hast. Das würde nicht jede tun. Ich kann nicht für die anderen sprechen, aber ich verzeihe dir.« Innegrit war aufgestanden und nickte ihr ernst zu.

Lucie lächelte ihr zu. Zumindest in ihr hatte sie sich nicht getäuscht.

Jetzt erhob sich eine nach der anderen und tat es Innegrit nach, bis sich schließlich alle zu ihr bekannt hatten - bis auf Dorli. Lucie wurde es ganz warm ums Herz.

»Danke, ich danke euch sehr für euer Vertrauen und ich werde alles Menschenmögliche tun, es nicht zu enttäuschen«, versprach sie salbungsvoll. Just in dem Moment waren die quietschenden Schritte von Schwester Clarita auf dem Linoleum zu hören.

Lucie schaffte es gerade noch rechtzeitig, vom Pult herunter zu ihrem Platz zu huschen und neben dem Tisch Aufstellung zu nehmen, bevor die Schwester das Klassenzimmer betrat. Sie wurde von lächelnden Blicken begleitet. Nur Dorli starrte angestrengt auf den Boden vor ihren Füßen und vermied es, sie anzusehen. Nun gut, dann war es eben so. Sie konnte es Dorli nicht verübeln, dass sie ihr Friedensangebot ausschlug. Lucie hatte Schuld auf sich geladen und um Abbitte gebeten. Jede musste selbst wissen, ob sie dieser Bitte nachkam oder nicht. Wenn Dorli Krieg wollte, würde Lucie versuchen, sie zu entwaffnen und hoffen, dass es keine Verwundeten dabei gab. Mehr stand nicht in ihrer Macht, denn sie würde keinesfalls andere ankreiden, das hatte sie sich geschworen.

***

Kurt war dankbar, dass die Kopfschmerzen inzwischen fast weg waren. Auch seine verletzten Hände heilten gut und er fühlte sich deutlich kräftiger. Der gestrige Abend mit den vielen Überraschungen im Familienkreis hatte ihm neuen Aufwind gegeben. Eva war auf seinem Schoß eingeschlafen. Sie in der Nähe zu haben, sie zu riechen und Ursulas Lächeln in ihrem Gesichtchen zu sehen, gaben ihm so viel Kraft, wie nichts anderes. Sein Leben hatte einen Sinn mit diesem kleinen Wesen, für das er sorgen konnte. Deswegen hatte ihm das vertrackte Angebot der Familie Adler auch so dermaßen den Boden unter den Füßen weggezogen.

Heute wollte er mit Alma darüber sprechen, ob ein Haustausch, wie Vater ihn vorgeschlagen hatte, für sie infrage käme, denn er wollte etwas in der Hand haben, bevor er Ursulas Eltern aufsuchte, um mit ihnen zu reden.

Der Erste, der am Morgen nach ihm sehen kam, war Günther. Das Kindergesicht voll mit Sommersprossen sah ihn besorgt durch den Türspalt an.

»Günther, komm herein«, rief Kurt ihm zu.

»Ich wollte dich nicht wecken.« Günther schlüpfte hinein und schloss die Tür sorgsam wieder.

»Keine Sorge. Ich bin schon eine Weile wach und denke nach.«

»Wie geht es dir heute Morgen?«

»Gut. Na ja, sagen wir: Besser.«

»Das ist schön. Kann ich dir irgendetwas bringen? Einen Tee, Brot oder Wasser?«

»Das ist wirklich lieb von dir, Günther. War das deine Idee oder hat Alma dich geschickt?«

»Nein! Es war meine. Das habe ich bei Papa auch immer so gemacht, als es ihm schlecht ging und er nicht mehr allein aufstehen konnte.«

»Einen Tee könnte ich jetzt wirklich gut gebrauchen. Und weißt du zufällig, ob deine Mutter schon wach ist? Ich würde gerne etwas mit ihr besprechen!«

Günther war schon dienstbereit an der Tür. »Ich sehe mal nach. Soll ich sie zu dir schicken, wenn sie auf ist?«

»Nur, wenn sie Zeit hat. Es hat keine Eile. Es ist eher ein langfristiges Projekt, wenn du es so nennen willst.«

Günther nickte ihm zu und huschte schon wieder zur Tür hinaus.

Zwei Minuten später hörte Kurt hektische Schritte den Flur heruntereilen, dann klopfte es energisch an der Tür und Alma steckte den Kopf herein.

»Was ist denn los, Kurt? Geht es dir nicht gut? Brauchst du etwas? Günther hat gesagt, dass ich zu dir kommen soll.« Ihre Haare waren noch nicht aufgesteckt wie sonst, sondern hingen in langen geflochtenen Zöpfen hinunter und ihr Atem ging schwer. Sie schien sich wirklich sehr beeilt zu haben.

»Das hat doch keine solche Eile. Ich will etwas mit dir besprechen, aber das können wir auch problemlos im Laufe des Tages erledigen.«

Alma schloss für einen Augenblick erleichtert die Augen und atmete hörbar aus. »Dann ist ja gut. Ich dachte schon, es geht dir schlechter und du hast dich übergeben oder so etwas. Worüber möchtest du reden? Jetzt bin ich ja hier.«

»Du kannst dich aber auch gerne erst fertig anziehen …«

»Ja, ja, das mache ich schon noch. Im Moment bin ich erst mal zu neugierig, was dir auf der Seele brennt. Und ziere dich nicht zu lange, denn Eva müsste gleich aufwachen und danach verlangen, dass man sich um sie kümmert.«

»Ja, deswegen wollte ich auch mit dir sprechen. Du weißt ja, was Ursulas Eltern wollen, was ich aber verhindern möchte. Allerdings haben sie in einer Sache recht: Eva braucht ein richtiges Heim mit festen Bezugspersonen.«

»Und deswegen bist du zum Haus gegangen. Ja, das ist mir natürlich alles bewusst.«

»Gestern hat Vater einen Vorschlag gemacht, der mir nicht dumm erscheint: Was hältst du davon, wenn du mit Günther in mein Haus ziehst und ich mit Eva in eures?«

Alma zog die Stirn in Falten. »Und was soll das bringen? Wie willst du dich allein um Eva kümmern und dabei arbeiten gehen? Wer kümmert sich um den Haushalt, wer kocht für euch? Das kann doch so nicht klappen, Kurt!« Alma öffnete einen ihrer Zöpfe und begann, die Haare neu zu flechten.

»Dann muss ich eben jemanden einstellen, der uns hilft. Was soll ich tun? Ich heirate nicht die Erste, die nicht bei drei auf den Bäumen ist, um eine Frau zu haben, die uns versorgt.« Natürlich war ihm dieses Problem durchaus bewusst, aber dass Alma den Finger so schonungslos in die Wunde legte, machte den Druck nicht geringer.

»Ich habe eine viel bessere Idee: Was hältst du davon, wenn wir zusammen in mein Haus ziehen und ich mich um euch kümmere? Dort sind meine Rosen, und wenn wir ein bisschen zusammenrücken, ist ausreichend Platz. Eva kann mit in meinem Zimmer wohnen. Sie ist mir ans Herz gewachsen und du wirst ohnehin immer mein kleiner Liebling bleiben. Dann wären Günther und ich auch nicht so allein.«

Kurt sah sie verblüfft an. »Die Idee ist so gut, dass ich mich frage, warum ich nicht selbst schon darauf gekommen bin. Allerdings fürchte ich, müssten wir wahrscheinlich ein oder zwei Räume anbauen, um ausreichend Platz zu haben und uns nicht zu sehr auf der Pelle zu hocken.«

»Dann machen wir es also so?« Alma sprang auf und schlug entzückt die Hände zusammen.

»Das ist die beste Idee, die ich seit langer Zeit gehört habe. Natürlich machen wir es so. Ich kann mir kaum jemanden vorstellen, der sich besser um Eva kümmern könnte als du, schließlich hast du mich und meine Geschwister auch schon so liebevoll aufgezogen.«

Ein Lächeln verzog Almas Züge. Sie breitete die Arme aus, kniete sich vor das Sofa und zog ihn an sich. »Mein Junge! Ich werde schon dafür sorgen, dass es euch beiden an nichts fehlen wird. Und dass du das letzte Mal zur Flasche gegriffen hast.«

»Darauf kannst du Gift nehmen. Und dass du mir Eva nur nicht so verziehst, wie du es mit uns manchmal getan hast.«

Alma löste sich grinsend aus der Umarmung. »Mein Haus, meine Regeln. Gewöhn dich daran, mein Junge!«

***

Hannah lag in ihrem Bett und starrte die Decke an. Sie hatte den Großteil der Nacht wach gelegen und hin und her überlegt, wie sie Daniel das ganze Krankenhausprojekt ausreden sollte. Sie fühlte sich definitiv überfordert von der Aufgabe, die er für sie vorgesehen hatte. Außerdem war es bei aller Fortschrittlichkeit, was das Frauenstudium hier in der Schweiz anging, noch immer ein gesellschaftliches Tabu, dass eine Frau die Leitung einer Klinik übernahm. Man akzeptierte inzwischen praktizierende Ärztinnen halbwegs, aber die Führung eines ganzen Betriebes, traute man Frauen keinesfalls zu. Das würde neben all der Verantwortung, die damit einherging, ein weiteres Problem darstellen. Doch auf der anderen Seite reizte sie der Gedanke an eine eigene Klinik noch immer. Trotzdem: Sie hatte jetzt so lange nicht praktiziert und ein Rest der Zweifel, die sie die letzten Monate umgetrieben hatten, geisterte nach wie vor durch ihren Kopf. Sie wusste, dass sie keine Wahl hatte. Daniel hatte das Gebäude bereits gekauft.

Wenn sie auch vor dieser wunderbaren Möglichkeit, die ihr ihre Familie dort in den Schoß legte, zurückschreckte, wäre der Zug abgefahren. Wenn sie diese Chance nicht ergriff, würde sie nie mehr als Ärztin arbeiten, das wusste sie. Aber war sie einem solchen Großprojekt wirklich gewachsen?

Daniel lag neben ihr und atmete gleichmäßig. Jetzt jedoch wälzte er sich unruhig hin und her. Gleich würde er erwachen. Hannah kniff die Augen zu. Sie wollte nicht, dass er von ihren Zweifeln erfuhr. Er war so glücklich gewesen über die Idee gestern Abend. So stolz wie ein kleiner Junge über sein erstes Schaukelpferd. Sie wollte ihn nicht mit ihren innerlichen Kämpfen belasten.

Da spürte sie einen zarten Kuss auf der Wange.

»Guten Morgen, mein Schatz! Na, wie lange hast du wach gelegen und gegrübelt?«

Hannah schlug die Augen auf und sah in das sanft lächelnde Gesicht ihres Mannes.

»Aber woher weißt du …?«, fragte sie verblüfft. »Ich habe doch …«, begann sie, stockte dann jedoch.

»So getan, als ob du dich freust?«, ergänzte Daniel ihren Satz.

Hannah seufzte. »Das hast du gemerkt? Ich dachte, ich hätte meine Zweifel gut versteckt.«

»Hannah.« Er legte sanft die Hand auf ihre Wange. »Wir lieben uns. Glaubst du, ich habe ich nicht bemerkt, wie krampfhaft du dich bemühst, nicht in deinem Beruf zu arbeiten? Ich glaube, ich kenne dich inzwischen besser als mich selbst. Natürlich habe ich deine Zweifel gespürt. An dir selbst, an deinen Fähigkeiten, daran, jemals wieder als Ärztin tätig zu werden. Aber das wäre ein Verlust für die Welt. Und ein Gewinn für die Schwäche. Das darfst du nicht zulassen. Du kannst so viel mehr als das, was du dir momentan zutraust. Ich hätte dieses Haus nicht gekauft, wenn ich nicht hundertprozentig davon überzeugt wäre, dass du es schaffst. Mehr als das: Du wirst es fantastisch machen, so wie alles, was du anpackst.«

»Ach, Daniel. Es tut mir so leid. Ich kann mir vorstellen, dass es auch für dich eine Belastung war, Zeuge meiner Kämpfe zu werden. Dabei hast du doch selbst schon genug Sorgen.«

»In guten wie in schlechten Zeiten. Du hast dir so viel Mühe gegeben, deine Probleme zu verschleiern, da wollte ich dich nicht zur Rede stellen. Ich wusste, dass du Zeit brauchst, um all das, was passiert ist, zu verdauen. Aber ich weiß auch, wie stark du bist. Wie viel Feuer in dir brennt. Das ist deine Chance. Du kannst es dir mit dieser Aufgabe selbst beweisen. Du kannst deine eigenen Hürden überwinden und die Vergangenheit ruhen zu lassen.«

Hannah schossen die Tränen in die Augen. »Ach, Daniel! Du glaubst gar nicht, wie sehr ich dich liebe!«

Er lächelte sie an. »Du schaffst das, Hannah. Ich glaube fest an dich. Wer, wenn nicht du, frage ich dich!«

»Ich werde nicht wieder weglaufen. Ich kämpfe und trete durch meine Angst hindurch. Ob das an Hedels Kräuter liegt? Ich fühle mich plötzlich so viel energiegeladener als sonst«, sagte sie eifrig, während sie sich mit dem Handrücken die Tränen von den Wangen wischte.

»Natürlich wirst du das. Auch wenn ich bezweifle, dass das irgendetwas mit den Kräutern zu tun hat. Aber stell dich darauf ein, dass eine Menge Arbeit und viele Entscheidungen auf dich warten. Du hast die Aufsicht und alle Verantwortung. Ich will dich nicht mehr so traurig sehen. Und zur Eröffnung laden wir Fritz Gerlach ein. Was hältst du davon? Er freut sich bestimmt, dir im Notfall mit Rat und Tat zur Seite zu stehen, meinst du nicht?« Daniel lächelte.

»Da hast du recht. Er wird sicher gern helfen. Das wird das beste Krankenhaus weit und breit!«

»So kenne ich meine Hannah! Hand drauf. Und jetzt schleunigst aufgestanden. Die Arbeit ruft. Du solltest noch vor deiner ersten Besprechung mit dem Architekten das Objekt besichtigen und alle Anforderungen aufschreiben. Du bist jetzt Geschäftsfrau, Hannah! Meinen Glückwunsch!«

Sie lächelte ihn dankbar an, dann schmiegte sie sich an ihn. Wie hatte sie glauben können, dass all ihr Zaudern und ihre Probleme unbemerkt geblieben waren? Sie hatte den besten Mann der Welt an ihrer Seite und Alma hatte auch das eine oder andere Mal versucht, ihr einen kleinen Stups zu geben. Jetzt hatten die beiden zusammengewirkt und Hannah einen kräftigen Stoß in die richtige Richtung gegeben. Aber es fühlte sich an, als hätte sie genau das gebraucht!

Kapitel 39

Seinen ersten Ausgang nach dem fatalen Abend machte Kurt zu Almas Haus. Durch die neuen Zukunftsaussichten fühlte er sich so beschwingt, dass er am liebsten gleich Nägeln mit Köpfen machte. Er hatte von Alma den Schlüssel erbeten, um sich einen ersten Eindruck zu verschaffen, wo die noch fehlenden Zimmer angebaut werden könnten und die Maße zu nehmen. Natürlich wollte er die anfallenden Kosten tragen. Wenn es eng würde, würden ihm mit Sicherheit seine Eltern etwas vorstrecken, das er dann abstottern konnte. Die Universität bezahlte ihn gut.

Auch Evas Kinderzimmer, das Ursula so liebevoll für ihr Töchterchen eingerichtet hatte, konnte mitgenommen und in Almas Häuschen wieder aufgebaut werden.

So war alles nicht umsonst gewesen und Ursula wäre auf diese Weise zumindest noch präsent in Evas Leben. Er würde Alma fragen, was sie davon hielt.

Er schloss die Tür zu dem Häuschen auf. Abgestandene Luft waberte ihm entgegen. Man merkte, dass hier seit ein paar Monaten niemand wohnte. Aber das würde sich ja bald ändern. Kurt trat ein, durchquerte mit schnellen Schritten die Küche und öffnete die Fenster. Das gleiche tat er auch noch in allen übrigen Räumen, während er sie fachmännisch unter die Lupe nahm. Ja, er konnte sich sehr gut vorstellen, hier mit Eva, Günther und Alma zu wohnen. Im Grunde war Almas Vorschlag ein Geschenk des Himmels, denn durch dieses Arrangement war jedem von ihnen geholfen. Günther hatte eine männliche Bezugsperson im Haus, Alma fühlte sich nicht mehr so ungeschützt und Eva würde liebevoll von Alma betreut werden, wenn er arbeiten musste. Außerdem hatte er nirgends jemals so gut gegessen wie bei Alma und es würde ihr sicher helfen, wenn er für Miete, Essen und Kinderbetreuung bezahlte. Blieb nur die Frage, was mit seinem Haus geschehen sollte, aber er hatte da schon eine Idee. Doch eines nach dem anderen.

Hier könnte man gut einen Durchbruch machen und problemlos zwei, vielleicht auch drei Räume anfügen. Der Garten war groß und bot ausreichend Platz. Allerdings müssten einige von Almas heiß geliebten Rosenbüschen umgesetzt werden, aber das nähme er selbst in die Hand, damit sie möglichst wenig Schaden davontrugen. Alma würde bestimmen, wo sie stehen sollten.

Kurt stand vor dem offenen Fenster und blickte lächelnd in den Garten. Heute Nachmittag würde er sich mit den Adlers treffen und ihnen für das großzügige Angebot danken, sie aber darauf hinweisen, dass ihr Vorschlag nicht infrage käme. Eva bliebe bei ihm und ein richtiges Zuhause bekäme sie auch.

Auf einmal fühlte er sich so leicht und beschwingt. Es war fast wie früher, als Ursula noch lebte. Er hatte das Gefühl, dass sein Leben sich langsam wieder in die richtigen Bahnen schob. Und das war ein hervorragendes Gefühl.

***

Nach dem Gespräch mit Daniel, das alte, längst verloren geglaubte Energien in ihr geweckt hatte, hatte Hannah sich beeilt, loszukommen. Sie wollte als Erstes das Gebäude inspizieren. Daniel hatte ihr die Adresse und den Schlüssel gegeben, doch die sagte ihr nichts. Sie musste es mit eigenen Augen sehen, um zu begreifen, dass es wirklich wahr war. Dass dieser Traum, den sie so lange gehegt und gepflegt hatte, jetzt endlich Realität wurde.

»Weißt du was? Ich begleite dich«, hatte Alma kurz entschlossen gesagt, als sie ihr beim Frühstück von ihren Plänen erzählt hatte. »Günther ist ohnehin in der Schule und Margarete kommt sehr gut allein klar. Warte, ich mache Eva ausgehfertig und dann ziehen wir mit dem Kinderwagen los.«

Hannah hatte dankbar genickt. Es war so viel schöner, wenn sie diesen großen Moment mit jemandem teilen konnte, der ihr so nah stand.

Zehn Minuten später liefen sie los.

»Es ist gar nicht weit von hier. Eine wirklich ideale Lage, nur dass an dem Haus noch einiges zu tun ist, bis es ein Krankenhaus ist«, erklärte Alma.

»Dafür bin ich ja da. Ich bin schon so gespannt!«, sagte Hannah entschieden.

Als sie schließlich vor dem lang gestreckten Gebäude standen, klopfte Hannahs Herz heftig. Sie spürte die Aufregung in jeder Pore ihres Körpers und bebte vor Anspannung. Doch es war eine andere als die, die sie die ganze letzte Zeit begleitet hatte. Sie glich eher einer Vorfreude.

»Wollen wir hineingehen?«, fragte Alma, während sie auch schon Eva aus dem Kinderwagen hob, und nickte Hannah lächelnd zu.

»Tun wir das. Ich kann es kaum erwarten, mir alles anzusehen. Alma, ich bin so fürchterlich aufgeregt!«, sagte sie und drückte mit beiden Händen Almas Rechte.

»Weil du weißt, dass ein neuer Abschnitt deines Lebens vor dir liegt«, sagte Alma.

»Und es wird ein guter. Das spüre ich.«

»Davon bin ich überzeugt«, bestätigte Alma. »Und jetzt schließ endlich auf. Ich kann es kaum erwarten, was du zu dem Innenleben des Hauses zu sagen hast.«

»Du kennst es also schon?«, fragte Hannah verblüfft.

»Natürlich. Wir waren ein paar Mal hier und haben mit der Familie darüber beraten, ob das Haus für das Vorhaben geeignet ist.«

»Und niemand hat auch nur ein Sterbenswörtchen verlauten lassen!« Hannah schüttelte lachend den Kopf. »Ihr seid mir ein paar Geheimniskrämer.«

»Na, es sollte doch eine Überraschung sein, oder nicht? Und jetzt mach schon. Deine Enkeltochter wird auch unruhig.« Sie deutete mit dem Kinn auf die kleine Eva, die auf ihrem Arm thronte und ungeduldig mit dem Körper ruckte, offenbar gelangweilt davon, dass nichts passierte.

»Du hast völlig recht, Evchen. Da stehen wir hier und schnattern herum, dabei gibt es so viel Aufregendes zu entdecken«, rief Hannah, nahm zwei Stufen auf einmal und steckte endlich den Schlüssel ins Schloss. »Hier muss natürlich eine Rampe hin, damit der Eingang auch mit Rollstühlen erreichbar ist«, sagte sie und drückte gegen die schwere Eichentür.

Sie öffnete sich schwerfällig mit einem lauten Knarren und Hannah starrte neugierig hinein. Alles war dunkel, die Wände mit dicken Holzbalken verkleidet und das Dach schien undicht zu sein, denn an einigen Stellen waren Wasserflecken an den Wänden erkennbar. Doch vor Hannahs inneren Auge sah es bereits ganz anders aus. Hell, sauber und lichtdurchflutet.

Sie spürte, wie warme Tränen über ihr Gesicht rannen. Es waren Tränen der Freude.

Sie wandte sich zu Alma und umarmte sie stürmisch.

»Danke! Ich bin euch allen so dankbar, dass ihr mich aus dieser Höhle geholt habt, in die ich mich viel zu lange verkrochen hatte. Das hier ist himmlisch! Und ich freue mich wie verrückt darauf, daraus das schönste und modernste Krankenhaus weit und breit zu machen.«

Auf dem Rückweg schwatzte Hannah aufgedreht. Sie hatte sich insgeheim schon ausgemalt, was getan werden musste, und teilte jetzt ihre Gedanken mit ihrer Freundin. Alma war eine hervorragende Zuhörerin, denn sie quittierte alles, was Hannah sagte, mit begeistertem Kopfnicken und fand jede Idee atemberaubend.

»Ich freue mich so darauf, alles Wirklichkeit werden zu sehen. Ich bin mir sicher, dass die Patienten in Scharen kommen werden«, rief Alma strahlend.

»Mir ist gerade noch ein Einfall gekommen, wie wir das Krankenhaus zu etwas Besonderem machen können. Gehst du mit Eva schon mal vor? Ich muss noch jemanden aufsuchen und meine Idee mit demjenigen besprechen, bevor der Architekt kommt.«

Alma sah sie überrascht an, nickte aber und sagte: »Es ist sowieso an der Zeit, dass ich Margarete ein wenig zur Hand gehe. Außerdem bin ich gespannt, mit welchen Eindrücken Kurt zurückgekehrt ist.« Sie umarmte sie rasch, während Hannah sich von Eva verabschiedete und Hannah blieb allein.

Sollte sie es wirklich tun und ihrer Intuition folgen? Sie spürte ganz genau, dass es der richtige Weg war, diesen unkonventionellen Pfad zu gehen.

»Na, dann los!«, murmelte sie leise.

Sie straffte den Rücken und lief los, bis sie direkt vor Hedels flachem Häuschen stand.

Ohne weiter darüber nachzudenken, hob sie Hand und pochte gegen die Tür. Wieder ertönten die inzwischen vertrauten schlurfenden Schritte.

»Frau Doktor, sieh einer an! Was bringt Sie zu mir? Brauchen Sie neue Kräuter?«

»Ich habe noch genug, vielen Dank! Aber ich muss sagen: Ich bin überrascht, wie gut ich mich fühle, seit ich sie nehme. Und auch Kurt geht deutlich besser. Danke schön!« Sie hielt der alten Frau die Hand hin.

Die blinzelte erstaunt, griff dann aber danach und schüttelte sie. Ihre Haut war rau, doch es ging eine angenehme Wärme von ihr aus.

»Das ist bestimmt nicht alles, nicht wahr?«, fragte Hedel und winkte ihr, hereinzukommen. »Sie wollen mich etwas fragen«, konstatierte sie.

»Woher … ich bin immer wieder verwundert über Ihre Menschenkenntnis, Hedel!«, sagte Hannah. Sie würde sich nicht mehr von den Ahnungen der alten Frau ins Bockshorn jagen lassen. Stattdessen wollte sie ihre wundervollen Fähigkeiten für ihre Patienten zu nutzen versuchen, wenn Hedel denn mit ihrem Vorschlag einverstanden wäre.

Hedel ging mit schlurfenden Schritten zu dem Bord, auf dem sie ihre Kräuter in unzähligen kleinen Holzboxen aufbewahrte, mischte etwas in einer Schüssel zusammen, mörserte und goss heißes Wasser darüber. Dann hielt sie Hannah die Schüssel hin.

»Hier, trinken Sie, das wird Ihnen helfen.«

»Wobei?«, fragte Hannah verwundert, nahm aber die Schüssel entgegen.

»Bei den ganzen Aufgaben, die jetzt auf Sie warten.«

Hannah sah sie verblüfft an. Wusste Hedel von dem geplanten Krankenhaus? Aber woher? Alma hatte ihr versichert, dass niemand außerhalb der Familie in das

Vorhaben eingeweiht war. Es war nicht wichtig. Sie war wegen etwas anderem da.

»Hedel, ich schätze Ihre Kenntnisse und Fähigkeiten sehr und ich habe mich gefragt, ob Sie sich eine Zusammenarbeit mit mir zum Wohle der Patienten vorstellen könnten.«

Die hellen Augen wurden größer. Alles schien die Kräuterfrau doch nicht zu wissen, denn die Frage überraschte sie augenscheinlich.

Hannah fuhr fort: »Ich denke, dass hervorragende Ergebnisse bei einem Nebeneinander beider Heilmethoden erzielt werden können. Die Schulmedizin an der Seite der Kräuterkunde kann wahrscheinlich mehr Menschen heilen, als es einer der Ansätze allein vermag. Deswegen wollte ich Sie fragen, ob sie bereit wären, Ihr Wissen mit mir zu teilen, um zusammen Patienten in dem Krankenhaus zu behandeln, das ich demnächst eröffnen werde.« Es hörte sich so selbstverständlich an, wie sie von der Klinik sprach. All die Zweifel, die sie so lange Zeit geplagt hatten, waren auf einmal verschwunden.

Hedel sah sie nachdenklich an, sagte aber nichts. Hannah rutschte unruhig auf ihrem Stuhl hin und her.

»Nehmen Sie einen Schluck.« Hedel deutete auf die Schüssel, die in Hannahs Händen vor sich hin dampfte.

Hannah kam ihrer Aufforderung ungeduldig nach. Warum antwortete die alte Frau ihr nicht auf ihre Frage? Hannah hoffte, dass dieser ganz neue Ansatz der Kombination beider Richtungen große Erfolge erzielen könnte und ihr Krankenhaus von Kranken überrannt werden würde, sobald sich das herumspräche.

Nach einer Weile sagte Hedel: »Sie wissen, wie ich zur Schulmedizin stehe.« Ihr Kopf nickte mit ihren Worten mit.

Hannah merkte, wie sie den Atem anhielt, so gespannt war sie auf die Antwort der alten Frau.

»Aber ich habe erkannt, dass es Bereiche gibt, in denen die Kräuterheilkunde an ihre Grenzen stößt, in denen die Schulmedizin dem Kranken vielleicht hätte helfen können. Allerdings nur, wenn es verständige Menschen sind, die sie anwenden und nicht solche Quacksalber, wie die, die meine Familie auf dem Gewissen haben. Ich habe Sie beobachtet, Frau Doktor, und Sie haben das, was man braucht, um Menschen wirklich zu helfen. Sie hören zu, fühlen mit und wollen, dass es den Patienten wirklich besser geht. Die Tatsache, dass Sie bereit sind, Ihre eigenen Überzeugungen über den Haufen zu werfen, weil Sie erkannt haben, dass es Dinge gibt, die über Ihren eigenen Horizont hinausgehen, beweist das. Ich bin bereit, es zu versuchen. Zum Wohle der Patienten. Aber Sie müssen mir den Freiraum geben, die Kräuter so anzuwenden, wie ich es für richtig halte, ohne mir in die Behandlung hineinzureden.«
Hannah spürte, wie ihr warm wurde. Sie wusste, dass hier gerade etwas Wichtiges geschah, etwas, das sie vor einiger Zeit, bevor sie all das durchgemacht hatte, was sie in den letzten Monaten beschäftigt hatte, nicht zugelassen hätte. Aber es war richtig und sie war unglaublich erleichtert über Hedels Zustimmung.

Sie sprang so euphorisch auf, dass ein bisschen von dem Aufguss aus der Schüssel auf ihren Rock spritzte, doch das war ihr egal. Sie lief um den Tisch herum und umarmte die alte Frau. Sie war klein und knochig, aber man spürte die Energie, die von ihr ausging.

»Sie glauben gar nicht, wie froh mich das macht, Hedel! Gemeinsam werden wir die Medizin revolutionieren, das verspreche ich Ihnen.«

»Das wird sich zeigen«, brummte die Alte. »Und jetzt trinken Sie endlich Ihren Tee aus, bevor die ganze Stube schwimmt.«

»Natürlich! Verzeihung. Ich habe mich nur so gefreut über Ihre Zusage, dass es mit mir durchgegangen ist.«

»Vergessen Sie das nicht, denn ich bin sicher, Sie werden das eine oder andere Mal mit meinen Entscheidungen nicht einverstanden sein.«

»Ich bin überzeugt, dass wir uns heiße Diskussionen liefern werden, aber solange es den Patienten dient, ist mir alles recht.« Hannah lächelte ihr zu, dann setzte sie die Schüssel an die Lippen und trank das bitter schmeckende Gebräu in einem Zug aus.

Als sie die Schüssel wieder absetzte, sah sie zum ersten Mal ein kleines Lächeln auf Hedels Lippen. Es erhellte ihr runzeliges Gesicht und machte Hannah glücklich.

***

Mit langsamen Schritten und einem Gefühl der Übelkeit betrat Kurt das Hotel. Er war noch nie hier gewesen und normalerweise hätte er über die noble Inneneinrichtung gestaunt und es genossen, unter den riesigen Kronleuchtern über die dicken Teppiche zu schreiten, die jeden Schritt abfederten. Heute jedoch war er so angespannt, dass er kaum ein Auge für all den Pomp hatte, der ihn umgab.

Herr Adler hatte ihn in den Speiseraum bestellt, wo man gemeinsam den nachmittäglichen Kaffee einnehmen wollte. Insgeheim wünschte Kurt sich, dieses Treffen wäre schon vorbei und er auf dem Weg nach Hause, doch so war es nicht. Die Auseinandersetzung um seine und Ursulas Tochter stand erst noch bevor und der Gedanke, dass er dem Ebenbild Ursulas mit der falschen Stimme wieder gegenübertreten musste, machte das Ganze auch nicht leichter. Er mochte die Adlers, doch er würde sie heute vor den Kopf stoßen müssen, ihnen Grenzen aufzeigen. Im

Beruf machte ihm das keinerlei Probleme, aber wenn es um sein Privatleben ging, war es schwieriger.

Als er den Speisesaal betrat, bemerkte er, wie seine Hände zitterten. Schnell versteckte er sie hinter seinem Rücken. Er wollte jetzt keine Schwäche zeigen, sondern entschlossen und stark wirken. Einfach wie der Richtige, um für Eva zu sorgen. Da passten Zittern und unsicheres Auftreten nicht dazu.

Ganz hinten in der Ecke saßen die Adlers bereits und Marie erhob sich, um ihm zu winken. Er winkte zurück, verschränkte die Hände aber sofort wieder hinter dem Rücken, als er zu ihnen lief.

Ein Kellner nahm ihm Hut und Mantel ab und er begrüßte seine Schwiegereltern und Schwägerin mit fester Stimme.

»Kurt, wie schön, dich zu sehen. Was ist mit deiner Hand und wo ist Eva? Hast du sie nicht mitgebracht?« Frau Adlers Blick wirkte betrübt.

»Die Hand … nur eine kleine Unachtsamkeit. Eva ist zu Hause bei ihrem Kindermädchen geblieben.« Seine Stimme zitterte ein wenig, doch er bemühte sich, entschlossen zu klingen.

»Sie hat ein Kindermädchen? Seit wann? Das lohnt doch nicht, wenn sie in den nächsten Tagen mit uns nach Hamburg geht. Oder kommt das Kindermädchen mit?«, fragte Herr Adler.

Sein Ton war barsch. Aber vielleicht kam es Kurt auch nur so vor, weil es um dieses heikle Thema ging. »Sie bleibt hier. Sie wird nicht nach Hamburg fahren. Zumindest jetzt nicht. Wir werden Sie sicherlich besuchen, wenn sie größer ist, doch ich bin fest entschlossen, mich selbst um ihre Erziehung zu kümmern.«

»Aber wie soll das gehen? Du bist ein Mann und deine Frau ist tot«, schaltete sich jetzt Marie ein.

»Wir ziehen gemeinsam mit ihrem Kindermädchen und deren Sohn in ein Haus. Eva bekommt ihr eigenes Kinderzimmer und es wird ihr an nichts fehlen. Wenn ich arbeite, ist für ihre Betreuung gesorgt und sobald ich wieder da bin, kümmere ich mich um sie. Es ist alles geregelt. Ich danke Ihnen für Ihre Sorge und Ihr großherziges Angebot, sich um Eva kümmern zu wollen, aber ich versichere Ihnen, dass ich durchaus in der Lage und überaus willens bin, das selbst zu übernehmen.«

Während er sprach, hatten sich die Mundwinkel von Frau Adler mehr und mehr abwärts bewegt und jetzt schlug sie sich die Hand vor den Mund und weinte ungeniert.

Herr Adler sah sie einen Augenblick mit gerunzelter Stirn an, dann wandte er sich Kurt wieder zu: »Hast du dir das auch gut überlegt? Du siehst, meine Frau ist mehr als bereit, Ursulas Kind als ihr eigenes aufzunehmen. Der Kleinen würde es an nichts fehlen. Das versichere ich dir.«

»Das weiß ich sehr zu schätzen. Und es stimmt mich sehr froh, zu sehen, dass Eva so willkommen bei Ihnen ist. Ich bin mir sicher, dass sie immer gerne zu Ihnen kommen wird, sobald sie etwas größer ist und sicherlich auch die einen oder anderen Ferien bei Ihnen verbringen wird, aber ich will, dass ihr Zuhause bei mir bleibt. Und ich bin fest entschlossen, ihr die schönste nur mögliche Kindheit zu bieten und so gut für sie zu sorgen, wie es in meiner Macht steht.«

Frau Adler schluchzte auf. Die arme Frau war durch Ursulas Tod völlig verändert. Früher war sie eine heitere, zupackende Frau gewesen, jetzt aber schien sie fest in den Fängen einer Depression zu stecken.

Kurt stand auf und setzte sich neben sie. Er nahm ihre Hand zwischen die seinen und sah ihr fest in die Augen.

»Meine liebe Schwiegermutter, ich verstehe Ihren Kummer. Auch ich trauere noch immer um Ursula und es ist oft eine Gratwanderung, mich nicht in der Trauer zu verlieren. Wenn Eva nicht wäre, würde ich in diesem Kampf viel häufiger unterliegen. Sie ist ein Sonnenschein. Ich verstehe, dass Sie in ihr den Strohhalm gesehen haben, der Ihnen helfen kann, aus dem See der Traurigkeit zu klettern. Das würde sie, zweifellos. Aber sie ist meine Tochter und ein Kind gehört zu seinen Eltern, zumindest zu denen, die es noch gibt. Ich würde sie Ihnen gerne leihen, um Sie zu heilen, doch ich fürchte, das ist nicht der richtige Weg für Sie. Sie müssen einen anderen Halm finden, der Ihnen hilft, sich zurück ins Leben zu hangeln. Und ich bin sicher, dass Sie ihn finden werden, wenn Sie nur fest genug nach ihm suchen.«

Frau Adlers Mund zuckte, dann fiel sie Kurt um den Hals. »Danke«, murmelte sie. »Ich hoffe so sehr darauf, eines Tages wieder Freude spüren zu können.«

»Das werden Sie. Ich bin mir sicher. Und ich weiß, dass Sie fantastische Großeltern und Tante für Eva sein werden. Denn das ist es, als was sie Sie braucht. Sie hat einen Vater und ein Zuhause, aber das Wissen, dass da im hohen Norden auch noch Menschen sind, denen sie etwas bedeutet, sie gar lieben, wird einen besseren Menschen aus ihr machen.«

Frau Adler, die ihren Kopf noch immer an seinem Revers vergraben hatte, nickte schluchzend. Und auch Marie und ihr Vater hatten feuchte Augen.

Herr Adler räusperte sich. »Dann wäre das also geklärt. Du bist jederzeit mit Eva bei uns willkommen, Kurt. Das darfst du nicht vergessen.«

»Das wissen wir sehr zu schätzen und sobald es möglich ist, werden wir Sie besuchen kommen, das verspreche ich.«

Herr Adler nickte mit abwesendem Blick.

»Dürfen wir sie denn noch einmal sehen, bevor wir abfahren?«, fragte Frau Adler.

Ihr Gesicht war aufgequollen und ihr Make-up verschmiert, doch Kurt konnte die Hoffnung erkennen, die in ihm glomm. »Natürlich. Jederzeit. Wollen Sie jetzt gleich … oder morgen?«

»Ich denke, wir verschieben das auf morgen. Dann kann sich jeder von uns wieder fassen und wir können vielleicht noch ein kleines Abschiedsgeschenk für Evachen besorgen«, sagte Marie jetzt.

»Ich freue mich darauf. Und ich danke Ihnen für ihr Verständnis. Ihr Vorschlag hat mir zunächst den Boden unter den Füßen weggerissen, aber er hat auch viele Denkanstöße gegeben und einiges ins Rollen gebracht und dafür danke ich Ihnen.«

Herr Adler stand auf und klopfte Kurt auf die Schulter. »Du bist ein guter Junge, Kurt.«

Frau Adler sah den beiden mit Tränen in den Augen zu und nickte dann. »Ursula war klug, dich zu wählen. Und du wirst ein hervorragender Vater sein, Kurt. Es tut mir leid, wenn wir dir Umstände bereitet haben.«

Kurt winkte ab. »Umstände gehören dazu. Und wenn sie am Ende so viel Gutes hervorbringen, sind sie umso willkommener!«

Und das meinte er wirklich so!

Kapitel 40

Hannah hatte schlecht geschlafen. Erst hatte sie lange gebraucht, um überhaupt zur Ruhe zu kommen, und dann war sie mehrmals in der Nacht aus irgendwelchen dummen Albträumen hochgeschreckt. Seit sie sich entschlossen hatte, mit voller Kraft in den Umbau der früheren Schule zu starten und die alten Bedenken ersatzlos über Bord zu werfen, geschah ihr das ständig. Wahrscheinlich wollten die Zweifel sich nicht kampflos ergeben, sondern zumindest noch in diesen wehrlosen Momenten des Schlafs angreifen. Doch sie war fest entschlossen, ihnen nicht wieder diese Macht über ihr Leben einzuräumen, die sie viel zu lange gehabt hatten. Trotzdem tat sie sich durch den wenigen Schlaf schwer, morgens aus dem Bett zu kommen, und sie bemerkte, dass sie Probleme hatte, Entscheidungen zu treffen. Das lag zum einen sicher am Schlafmangel, zum anderen aber auch an der bloßen Fülle der Dinge, die beschlossen werden mussten.

Sie hatte einen furchtbaren Bammel davor, Fehlentscheidungen zu treffen, die noch mehr Geld kosteten, als das ganze Projekt ohnehin schon verschlang. Die Kosten für den Umbau waren immens und ließen Hannah jedes Mal vor Schreck die Luft anhalten, wenn sie die Zahlen sah. Daniel hatte ihr zwar versichert, dass sie sich keine Sorgen machen müsste, da die Stiftung großzügig kalkuliert hatte, aber sie konnte diese Beunruhigung einfach nicht von sich schieben.

Das Gespräch mit dem Architekten war hervorragend gelaufen und sie hatte den Eindruck, dass er ihre Vision von der hellen, sauberen Atmosphäre, die ihr für ihre Klinik vorschwebte, verstand, obwohl sie im Gegensatz zu den sonst gängigen dunklen, betagten Gebäuden stand, in denen Krankenhäuser oft untergebracht waren. Sein Plan, den er in Windeseile ausgearbeitet hatte, gefiel Hannah und es war fantastisch, zu sehen, wie zügig die Bauarbeiten begonnen hatten. Noch vor Ablauf der Woche waren die ersten Wände herausgerissen und die alten Böden abgespachtelt. Auf der Baustelle herrschte eine ungeheure Energie und Hannah liebte es, dort herumzulaufen, alles zu beaufsichtigen und die Detailplanung auszuarbeiten. Manchmal erschien es ihr, als würde sie träumen.

Wenn es ihr nur nicht so schwerfiele, morgens rechtzeitig aus dem Bett zu kommen. Sie war immer die Erste auf der Baustelle, denn ohne sie konnten die Bauarbeiter nicht mit der Arbeit beginnen, hatte sie doch den Schlüssel für das Haus. Sie waren übereingekommen, dass es besser so wäre, denn so hatte sie die Kontrolle über alles, was auf der Baustelle passierte.

Das war für gewöhnlich auch kein Problem, doch heute war alles anders. Sie schreckte erst gegen acht Uhr hoch. Offenbar war sie vor Erschöpfung wieder eingeschlafen, nachdem sie den Wecker ausgeschaltet hatte.

»Mist!«, entfuhr es ihr, während sie wie eine Furie aus dem Bett sprang. »Mist, Mist, Mist!«

Sie riss sich das Nachthemd vom Körper und schlüpfte in Rock und Bluse, während sie versuchte, sich die Haare zu einem Knoten zu binden.

Mit Haarnadeln im Mund rannte sie die Treppe hinunter. Alma stand mit Eva auf dem Arm da. Offenbar waren sie gerade dabei, irgendwohin aufzubrechen. Das kleine Mädchen streckte die Arme nach ihr aus, doch Hannah schüttelte hektisch den Kopf. Sie steckte die Nadeln wahllos in ihre Mähne und fuhr Alma an: »Warum hat mich eigentlich niemand geweckt? Jetzt werden die Bauarbeiter weg sein.«

Alma sah sie erschrocken an. »Ich wusste gar nicht, dass du noch da bist. In den letzten Tagen warst du immer schon weg, wenn ich mit Eva runter bin.«

Hannah winkte unwirsch ab. Sie hatte jetzt keine Zeit für langwierige Erklärungen. Sie schlüpfte in ihre Schuhe und band sie in Windeseile zu, während sie ihren Mantel von der Garderobe riss und losstürmte. Vielleicht hatte sie Glück und erwischte sie noch.

Sie rannte mit wehenden Haaren, die sich natürlich aus ihrem stümperhaften, eiligen Knoten gelöst hatten, doch das war ihr egal. Es war entscheidend, dass die Bauarbeiten nicht ihretwegen unnötig verzögert wurden. An einem ganzen Tag konnte viel geschafft werden und sie wusste, dass für heute wichtige Dinge geplant waren. Es wäre fatal, wenn die Arbeiten einen Tag stillstanden, zumal morgen bereits Freitag war und da nur einen halben Tag gearbeitet wurde. Die Männer würden entscheidende Schritte nicht schaffen, die vor dem Wochenende passieren mussten, damit Sachen trocknen und am Montag reibungslos weitergemacht werden konnte.

Hannah rannte, so schnell es mit diesen blöden Schnürstiefeln eben ging. Doch als sie in die Straße bog, in der die Baustelle lag, sah sie es schon Weitem: Niemand stand mehr wartend davor. Abrupt blieb sie stehen und beugte sich vor, um trotz des Seitenstechens hechelnd Luft zu holen. Sie hatte es in den Sand gesetzt. Aufgrund ihres Fehlers verzögerten sich die Bauarbeiten und die Kosten stiegen dadurch. Wenn die Böden bis morgen Mittag nicht fertig bearbeitet waren, könnten sie nicht übers Wochenende trocknen, sodass es nicht Anfang nächster Woche weitergehen konnte und sie mehrere wertvolle Arbeitstage verlören. Die natürlich bezahlt werden müssten.

Ihre anfängliche Ahnung war richtig gewesen: Sie war der Aufgabe nicht gewachsen! Mit einer solchen Verantwortung, wie Hannah sie bei dem ganzen Vorhaben trug, konnte man es sich nicht leisten, zu verschlafen. Sie hatte versagt! Ach, es war zum Mäusemelken!

Dieses Zweiglein der Hoffnung, dass alles gut werden würde und sie die Richtige für die Aufgabe war, an dem sie sich nach all den Ermutigungen entlanggehangelt hatte, zerbröselte unter ihren eigenen Füßen.

Mit schweren Schritten ging sie die Straße hinunter, um zu sehen, ob nicht doch noch irgendjemand dort war. Jemand, der sie retten konnte. Aber es herrschte gähnende Leere. Niemand war auch nur in der Nähe der Baustelle zu sehen. Keiner hatte sich hinter dem Haus oder gar einem Stein versteckt und lugte jetzt, wo sie endlich viel zu spät auftauchte, hervor.

Hannah setzte sich auf den Bordstein vor dem Gebäude und verbarg ihr Gesicht in den Händen. Ihr Traum war zerplatzt. Sie hatte ihn an die Wand gefahren.

»Hatte ich es mir doch gedacht«, hörte sie plötzlich eine Stimme.

Sie blickte auf. Ihre Haare waren auf der linken Seite hochgesteckt, auf der rechten fielen sie ihr ungekämmt ins Gesicht.

Alma kam mit Eva im Kinderwagen die Straße herunter und schüttelte missbilligend den Kopf.

»Was sitzt du hier auf dem Boden herum und bläst Trübsal, Hannah?«, fragte sie in strengem Ton, als sie sie erreicht hatte.

»Die Arbeiter sind weg. Ich bin zu spät gekommen. Alles wird sich verzögern.«, sprudelte es aus Hannah heraus.

»So ein Unsinn! Sie sind weg? Dann hol sie zurück. Sie werden ja nicht über alle Berge sein!«

Hannah blinzelte sie an. Alma stand mit in die Seiten gestemmten Händen da und sah sie mit zusammengezogenen Brauen an.

»Aber ich …«, begann Hannah, verstummte dann jedoch. Es stimmte: Warum hockte sie auf den Bürgersteig und weinte um vergebene Chancen, wo noch gar nichts verloren war?

Sie rappelte sich auf und zog sich den Strumpf hoch, der während ihres wilden Laufs aus dem Strumpfband gerutscht war.

»Ich weiß auch nicht, warum mich das gleich so aus der Bahn wirft. Ich hatte das Gefühl, dass sich meine schlimmsten Befürchtungen bewahrheitet haben«, erklärte sie stockend.

Sie musste an Großvater denken. Aus heiterem Himmel war ihr eingefallen, wie er stets entschlossen, aber voller Mitgefühl vorgegangen und immer für seine Patienten da gewesen war.

Und sie? Wollte jetzt, bei dem kleinsten Hindernis, das sich ihr in den Weg stellte, aufgeben? Nein, sie würde darum kämpfen, dass alles so lief, wie es sollte. Genau, wie Großvater es getan hätte.

Sie umarmte Alma stürmisch und strich Eva lächelnd über das Köpfchen, dann rannte sie los.

»Wo willst du denn hin?«, rief Alma ihr irritiert hinterher.

»Zum Bauleiter. Mich für meine Verspätung entschuldigen und ihn bitten, alle wieder zusammen zu trommeln, damit gearbeitet werden kann. Er wohnt auf der anderen Seite der Stadt.«

»Na also!« Almas Stimme klang triumphierend. »Warum nicht gleich so?«

Ja, warum eigentlich nicht? Sie musste aufhören, ständig an sich selbst und ihren Fähigkeiten zu zweifeln und dazu stehen, dass auch sie Fehler machte. Sie war ein Mensch. Fehler gehörten dazu. Wichtig war es, aufzustehen und weiterzumachen. Und genau das würde sie jetzt tun. Sie nähme die Zügel, die ihr für einen Augenblick entglitten waren, wieder in die Hand und brächte die Baustelle wieder zum Laufen. Es wäre doch gelacht, wenn sie es nicht schaffen würden, das Krankenhaus rechtzeitig fertigzustellen, so wahr sie Hannah Friedländer hieß!

Kapitel 41

Endlich war der Freitag da: Heute Nachmittag würden Vater und sie losfahren und morgen früh wären sie, wenn alles gut lief, schon in Berlin. Nur noch ein paar Stunden, bis sie Paul wiedersähe. Es kam Lucie wie eine Unendlichkeit vor, seit er hier gewesen war. Sie hatte ihm nicht geschrieben, dass sie käme. Es erschien ihr zu unsicher. Vor allem fürchtete sie, dass er versuchen würde, sie von dem Besuch abzuhalten, und das wollte sie auf gar keinen Fall riskieren. Außerdem schmerzten ihre Hände noch immer leicht vom Tatzen. Die Schwestern hatten nicht mit Strafmaßnahmen gespart: Erst hatte sie ihre Sünden gestehen müssen, dann war sie in die Ecke gestellt worden und schließlich hatte sie noch Schläge auf die Hände bekommen. Ihr war deutlich gemacht worden, dass sie an der Schule bleiben könne, doch ihr künftig das Abendmahl verwehrt bleibe, wobei sie natürlich dennoch an den Andachten teilnehmen müsse. Wahrscheinlich sahen sie in Lucie ein verlorenes Schäfchen und hofften, sie irgendwann zu bekehren. Lucie konnte die Empörung der Schwestern über ihre Lüge nachvollziehen. Trotzdem hielt sie das nicht davon ab, zu Paul zu fahren. Sie war fest entschlossen, ein ernstes Wort mit seinen Eltern zu reden und konkrete Zukunftspläne mit Paul zu entwerfen.

Kaum war sie aus der Schule gekommen, hatte sie das Nötigste eingepackt. Sie und Vater wären nur am Samstag dort. Am Sonntag ging es schon wieder zurück, damit sie am Montag wieder in der Schule sein konnte. Ihre Ansprache an Pauls Eltern musste also sitzen. Es gab keinen zweiten Versuch. Die ganze Woche schon bewegte sie mögliche Anfänge und Redewendungen in ihrem Kopf hin und her, in der Hoffnung, die optimalen Worte zu finden, die die Ackermanns von ihrer Aufrichtigkeit und Ehrlichkeit überzeugen würden.

Sie konnte es kaum erwarten, bis Vater endlich nach Hause kam. Ob auch er schon gepackt hatte? Nicht, dass sie ihren Zug verpassten. Ihre Nerven flatterten wie Flaggen bei Sturm. Wenn nur alles gut ging, sie den Zug pünktlich erreichten und keine Verspätung hatten.

Sie erwartete Vater an der Tür, nachdem sie mehrmals unruhig durch Garten und Haus getigert war.

Um halb sechs fuhr endlich ein Wagen vor und Vater stieg aus. Sein Gesichtsausdruck wirkte gehetzt und sein Atem ging schwer, obwohl er doch gar nicht selbst hatte fahren müssen.

»Warum kommst du so spät? Wir müssen uns beeilen, sonst verpassen wir noch den Zug!«, rief Lucie ihm ungeduldig entgegen.

»Ich weiß, ich weiß«, sagte er ihr keuchend. »Lucie, wir müssen reden.«

Lucie spürte, wie ihr Herz schneller schlug. »Worüber müssen wir denn jetzt noch reden? Können wir das nicht im Zug später machen?«

Schweißperlen standen auf seiner Stirn, als er die Hand auf ihre Schulter legte und sie ernst ansah. »Es tut mir leid. Wir müssen unsere Reise verschieben. Es ist mir ein dringender Termin dazwischengekommen. Ich muss mich morgen mit einem wichtigen Klienten treffen, der nur am Wochenende in der Stadt ist.«

Schlagartig wurde Lucie heiß und kalt zu gleich. »Das ist doch nicht dein Ernst, oder? Du weißt, was mir diese Reise bedeutet.«

»Das weiß ich. Darum bedauere ich es auch umso mehr. Aber was soll ich machen? Dieses Treffen ist wirklich sehr wichtig. Ich darf es nicht versäumen. Es sind lauter hohe Tiere von der Versicherung da. Alle müssen am Wochenende arbeiten.«

»Aber ich muss Paul sehen und mit seinen Eltern reden. Du hast es versprochen«, schrie Lucie. Ihre Stimme hallte von den umliegenden Häusern zurück. Es war ihr egal. Ihre Empörung war einfach zu groß.

»Lucie, bitte mäßige deinen Ton. Ich habe dir erklärt, warum es nicht geht. Wir holen es nach. Du bist inzwischen erwachsen genug, dass du gelernt haben solltest, mit Enttäuschungen umzugehen.«

Lucie funkelte ihn wütend an. Auf einen Schlag zerstörte er all ihre Hoffnungen, ihre Träume, ihr ganzes Leben und erwartete, dass sie das still hinnahm und einfach so akzeptierte? Nie im Leben!

»Dann fahre ich eben allein!«, sagte sie mit fester Stimme und stapfte entschlossen zur Treppe, um ihre Tasche zu holen.

»Das wirst du schön bleiben lassen, Lucie Friedländer, hörst du? Es ist viel zu gefährlich!« Jetzt erhob auch Vater die Stimme.

»Was ist denn los?« Ariel kam mit erschöpftem Ausdruck auf dem Gesicht an. Er war den ganzen Tag in der Unibibliothek gewesen, um für seine bevorstehenden Prüfungen zu lernen.

Lucie konnte die Tränen nicht mehr zurückhalten. »Vater hat keine Zeit, mich zu begleiten und jetzt lässt er mich noch nicht einmal allein fahren«, schluchzte Lucie.

»Weil es zu gefährlich ist, Lucie«, sagte Vater bestimmt. »Das weißt du genau. Erinnere dich daran, wie sie uns dort behandelt haben. Glaubst du, das ist inzwischen besser geworden?«

»Du willst also nach Berlin?«, fragte Ariel.

»Genau. Zu Paul. Ich muss seine Eltern davon überzeugen, dass ich keine Gefahr für ihn bin und sie uns keine Steine mehr in den Weg legen werden.«

»Hm, gut. Ich werde dich begleiten«, sagte Ariel bestimmt. »Wann müssen wir los?«

»Du?«, fragte Lucie mit aufgerissenen Augen.

»Ja, warum nicht?«, antwortete er und lächelte sie an. »Ich bin zumindest in der Lage, mich für dich einzusetzen, sollte es notwendig werden.«

»Aber … aber ich dachte, du willst nie wieder nach Deutschland«, stotterte sie, während sie einen schnellen Blick auf sein Bein warf.

»Man muss seine inneren Schranken überwinden. Was bringt es, Hass in sich zu tragen? Ich würde mich bestimmt nicht noch einmal mitten ins Gewühl werfen, wenn es nicht zwingend erforderlich wäre, um dich zu beschützen. Das verspreche ich dir!«

Lucie warf sich mit aller Kraft in seine Arme.

»Oh, danke! Du glaubst nicht, was für ein Stein mir gerade vom Herzen fällt. Ist es für dich in Ordnung, wenn Ariel mich begleitet?« Lucie wandte sich Vater zu.

Der sah ebenso überrascht aus, wie sie eben noch.

»Solange du nicht allein bist. Warum nicht? Ihr müsst mir nur versprechen, euch aus allem rauszuhalten, wenn euch jemand dumm kommt.« Er blickte schnell zu Ariel hinüber, dann sah er wieder Lucie an. Sie hatte verstanden.

»Ich verspreche feierlich, mich auf keine Diskussion und schon gar keine körperliche Auseinandersetzung einzulassen, und ich denke, ich spreche da auch für Ariel.«, sagte Lucie und warf einen nervösen Blick auf die Uhr.

»Absolut. Also: Wie viel Zeit habe ich noch? Ich bin wirklich schnell beim Packen!«

»In fünf Minuten müssen wir los«, sagte Lucie. Die Nervosität ließ ihre Stimme beben.

»Dann bis gleich. Packst du uns noch etwas Leckeres ein? Mein Magen ist total leer!«, rief Ariel ihr über die Schulter hinweg zu, während er mit schnellen Schritten hinkend nach oben lief.

»Ich mache das. Hol du deine Sachen, Lucie!«, sagte Vater und ging los in Richtung Küche.

Lucie blieb stehen. »Warte noch kurz. Es tut mir leid, dass ich laut geworden bin. Ich sah plötzlich meine letzten Felle davonschwimmen.«

Vater lächelte und breitete die Arme aus. »Ich verstehe dich doch. Ich habe nur leider keine Wahl, wenn ich meine Stelle nicht verlieren will«, sagte er, während er sie an sich drückte.

»Und dann mache ich dir das Leben noch zusätzlich schwer.«

»Schon vergessen. Versprich mir nur, dass ihr wirklich gut auf euch aufpasst. Ich könnte mir nicht verzeihen, wenn euch etwas zustieße.«

Lucie kreuzte die Finger und hielt sie vor ihr Gesicht. »Versprochen ist versprochen! Glaub mir, Papa, wir werden gesund wiederkommen. Alles wird gut.«

»Ich verlasse mich auf dich, meine Große. Mach den Eltern Feuer unterm Hintern, dass sie dir Paul auf einem Silbertablett hinterherwerfen und schick alle Gerdas zum Osiris, damit sie dir nicht mehr in die Quere kommen kann.«

»Mach ich, Papa!«, sagte sie grinsend.

***

Mit Ach und Krach hatten sie den Zug in der letzten Minute erwischt. Lucie bebte innerlich nach all der Anspannung. Ariel sah sie lächelnd an und legte seine Hand über Lucies.

»Das Schlimmste ist geschafft. Nun müssen wir nur Geduld haben.«

Lucie lächelte ihn an. Sie war ihm so dankbar, dass er in die Bresche gesprungen war und sie begleitete. Unvorstellbar, wenn das ganze Unterfangen geplatzt wäre.

»Was hat Papa denn Leckeres eingepackt? Oder ist es unschicklich, gleich mit dem Essen zu beginnen?«, fragte Ariel grinsend.

»Also mir ist das gleich, ob es sich schickt oder nicht. Ich habe auch Hunger«, sagte Lucie und klappte den Korb auf, aus dem ein verführerischer Geruch aufstieg.

Nach dem Essen ging sie noch einmal ihre Ansprache durch und sah aus dem Fenster. Kurz nach dem Umsteigen in Stuttgart fielen ihr, erschöpft nach all der Aufregung, die Augen zu, während sie durch das Deutsche Reich rumpelten. Die Kontrollen an der Grenze waren erstaunlich problemlos vonstattengegangen, auch wenn Lucie der Schweiß ausgebrochen war, als der Beamte erst sie und dann ihre Papiere gründlich gemustert hatte. Doch dann hatte er sie, ohne eine Miene zu verziehen, zurückgegeben und ihnen sogar noch eine schöne Fahrt gewünscht.

Sie erwachte eine ganze Weile später davon, wie jemand unsanft an ihrer Schulter rüttelte.

»Hey du, Süße, rutsch mal ´n Stückchen, damit ick mir daneben platzieren kann.«

Der nach Alkohol stinkende Atem eines Mannes, den sie noch nie gesehen hatte, traf direkt ihr Gesicht. Instinktiv zuckte Lucie zurück. Sie drehte sich nach Ariel um, der vorher noch dort gesessen hatte, doch sein Platz war leer.

Panik kroch in ihr hoch. Wo war ihr Bruder? Was würde der Kerl mit ihr anstellen? Sie kniff die Augen zu, öffnete sie aber sofort wieder, als sie kratzige Wolle auf ihrer Haut spürte. Das Ärmelende des Wollmantels, den der Mann anhatte, schabte über ihr Gesicht, als er sie tätschelte. Er trug irgendeine deutsche Uniform, die sie nicht kannte.

»Na, na, Kleene, sei mal ´n bisschen lockerer. Macht ja keen Spaß so, wenn de so auf manierlich machst.«

Er versuchte, sich neben sie zu drängen, doch Lucie wich nicht von der Stelle. Die Gedanken schossen durch ihren Kopf, als würden sie Karussell fahren. Was konnte sie nur tun, um diesen aufdringlichen Kerl loszuwerden? Sie konnte keinesfalls dulden, dass er sich neben sie drängte. Und wo steckte bloß Ariel? Ob jemand ihn verschleppt hatte, während Lucie geschlafen hatte? Wo waren sie jetzt? Noch herrschte draußen Dunkelheit.

»Excuse me, Sir, this is my place and my husband sits right beside me«, sagte sie und schob den betrunkenen Mann von sich.

Der rappelte sich jetzt auf und starrte sie mit glasigen Augen an. »Wat haste jesagt, Kleene? Dit hat sich für mich irjentwie schlesisch anjehört.«

Lucie hob das Kinn und bemühte sich, sich ihre innerliche Aufregung nicht anmerken zu lassen. Sie sagte mit fester Stimme: »Let me alone. Go away. My husband will be here every minute.« Am liebsten hätte sie ihm ein paar englische Schimpfwörter an den Kopf geworfen, aber sie hatte Sorge, dass er vielleicht doch Englisch verstehen konnte und sie sich dadurch in noch größere Schwierigkeiten bringen könnte.

»Sprich Deutsch mit mir. Wir sind hier im Deutschen Reich!« Seine Stimme bekam einen wütenden Klang. Sie musste aufpassen, was sie sagte. Sie wollte ihn keinesfalls noch mehr reizen, sie wollte nur, dass er ging.

Deswegen zuckte sie lediglich mit den Schultern und sah ihn so unverständig wie möglich an. »Sorry, I don´t understand you«, sagte sie mit rauer Stimme. Wenn er nicht bald abzog, würde sie die Nerven verlieren. Das spürte sie. Sie starrte krampfhaft an ihm vorbei an die Wand, wollte ihn dabei aber im Auge behalten, sollte er sie in irgendeiner Form angreifen.

»Lassen Sie meine Frau in Ruhe«, donnerte plötzlich eine vertraute Stimme los.

Lucie biss sich auf die Unterlippe, bis sie Blut schmeckte. Ariel! Endlich! Sie hatte sich selten so allein gefühlt wie in den letzten Minuten.

»Wie Frau, wat soll denn dit heißen? Seid ihr beiden etwa n Paar?« Er stockte und sah unsicher von Ariel zu Lucie und zurück. Dann winkte er mit der Hand ab und schwankte weiter den Gang entlang.

Erleichtert pustete Lucie die Luft aus. »Ich wäre fast gestorben vor Angst. Wo warst du?«, flüsterte sie Ariel zu, während sie sich ängstlich nach dem Mann umdrehte.

»Er ist weg. Er sucht sich eine andere, die er belästigen kann. Am liebsten würde ich ihm hinterher und ihm zeigen, was man mit Leuten machen sollte, die unschuldige Mädchen belästigen. Aber ich habe ja blöderweise versprochen, mich rauszuhalten. Ich war nur für einen Moment auf der Toilette. Als ich ging, hast du tief und fest geschlafen.«

»Erzähl bloß nicht Papa davon. Wenn er hört, was in den Zügen so los ist, lässt er mich nie wieder aus dem Haus.«

»Es ist ja alles gut gegangen«, stellte Ariel fest, während er auf seinem Sitz Platz nahm. »Aber ich habe auch nichts dagegen, wenn wir von solchen Westentaschencasanovas für den Rest der Fahrt verschont bleiben. Gut reagiert übrigens, Schwesterchen. Ich weiß nicht, ob ich an deiner Stelle auf die Idee gekommen wäre, so zu tun, als verstünde ich kein Deutsch.«

»Ich weiß auch nicht. Es fiel mir plötzlich ein. Trotzdem habe ich Blut und Wasser geschwitzt, kann ich dir sagen. Vor allem, als er mich im Gesicht getätschelt hat … Brrr, widerlich!« Sie schüttelte sich bei dem Gedanken an die fremde Hand.

»Jetzt bin ich wieder da. Wenn wir zu zweit sind, sind wir sicherer. Solche Kerle trauen sich doch nur an Einzelreisende.«

»Ich hoffe zutiefst, dass du recht hast.«

»Ich offen gestanden auch«, bekannte Ariel. »Ansonsten wird es schwer, mein Versprechen zu halten. Aber zumindest haben wir es nicht mehr so weit. In gut drei Stunden sollten wir in Berlin einrollen. Ich bin schon sehr gespannt, wie es inzwischen aussieht.«

»Ich auch …«, sagte Lucie düster und Erinnerungen drängten empor, während sie die Augen schloss. Nicht alle davon waren angenehm.

Kapitel 42

Sie kamen im Morgengrauen in Berlin an. Übernächtigt liefen sie den Bahnsteig entlang. Lucie musste sich nach der langen Zeit erst wieder zurechtfinden und der Trubel, der sogar um diese Zeit deutlich größer war als in Zürich am helllichten Tag, machte sie nervös.

»Wollen wir einen Wagen nehmen?«, fragte Ariel. Seine Stimme klang angespannt. Offenbar war auch er überrascht, wie viele Leute um diese Zeit auf der Straße waren.

»Ich hasse Autos«, sagte Lucie langsam, während sie sich hektisch umsah. Sie spürte, wie die Angst in ihr hochkroch. »Aber wahrscheinlich ist es am besten, wenn wir das tun.«

»Lucie! Ariel! Hallo, hier drüben!« Verwundert drehte Lucie sich um. Wer rief um diese Zeit ihren Namen? Oder war jemand anderes gemeint? Sie sah eine winkende Hand und dann rief sie voller Freude: »Schwester Ida! Wie schön, Sie zu sehen!« Die großgewachsene Frau mit den leuchtend roten Haaren kam strahlend auf sie zu. »Deine Mutter hat mich angerufen und gesagt, dass ihr kommt. Da habe ich gedacht, es wäre am besten, wenn ich euch direkt am Bahnhof abhole, schließlich hat sich hier sehr vieles verändert.« Sie deutete mit dem Kopf auf die großflächigen Plakate, die verkündeten, dass alle Jungen der Hitlerjugend beitreten sollten und jetzt unbedingt die Nationalsozialisten zu wählen seien. Überall liefen Männer, Mädchen und Jungen in irgendwelchen Uniformen herum.

»Waren wir denn so lange weg?«, fragte Lucie ein wenig verzagt.

»Die Welt steht nicht still«, sagte Schwester Ida achselzuckend. »Aber jetzt schnell. Hier ist es so schrecklich ungemütlich. Ich bin gespannt, ob ihr zu Hause alles wiedererkennt.«

Lucie atmete auf. Sie merkte, wie sie sich entspannte, jetzt, wo die patente Krankenschwester an ihrer Seite war. Dann fiel ihr Blick auf Ariel. Er wirkte noch angespannter als eben schon. Wahrscheinlich erinnerte ihn Schwester Ida an die Zeit, als es ihm so schlecht gegangen war, dass er rund um die Uhr Pflege benötigt hatte.

»Komm«, sagte sie sanft und hielt ihm die Hand hin. Zu ihrer Überraschung griff Ariel danach. Sie spürte, wie er zitterte.

Langsam liefen sie in Richtung Straße.

»Haben Sie denn mittlerweile den Bund fürs Leben geschlossen oder studiert Ihr Verlobter immer noch?«, fragte Lucie die Schwester.

Röte schoss auf Schwester Idas Wangen. Sie senkte verschämt den Kopf, dann sagte sie leise: »Wir sind nicht mehr verlobt. Es … kam etwas dazwischen.« Die letzten Worte waren kaum zu verstehen.

»Etwas dazwischen?«, fragte Lucie irritiert nach.

Schwester Ida zuckte mit den Achseln. Die leichte Röte auf ihren Wangen stand ihr ausgezeichnet. »Doktor Brandt«, murmelte sie und sah Lucie unsicher von der Seite an.

»Sie und Doktor Brandt? Das glaube ich ja nicht!«, entfuhr es Lucie.

Schwester Idas Wangen wurden noch röter, als sie sagte: »Na ja, wenn man viel zusammenarbeitet und sich sympathisch ist, dann ergibt es sich manchmal …« Sie stockte.

Lucie legte ihr den Arm um den Rücken. »Das ist schon in Ordnung. Hauptsache ist doch, dass sie sich lieben.«

Schwester Ida nickte heftig. »Das tun wir. Wirklich.«

»Na, dann ist doch alles prima. Ich bin schon gespannt, Doktor Brandt und die ganze Straße wiederzusehen. Hat Ihnen Mutter gesagt, warum wir hier sind?«, fragte Lucie.

Schwester Ida hatte sie fachmännisch zwischen den Menschentrauben hindurch zu der Tram geführt, die sie zum Haus der Urgroßeltern bringen würde.

»Hat sie. Und ich drücke dir alle Daumen. Die Menschen sind so verbissen geworden und vor allem glauben sie viel Unsinn, wenn er nur laut und häufig genug verkündet wird.«

»Ja, die Beobachtung habe ich auch gemacht«, sagte Lucie. »Aber so sind die Leute eben. Trotzdem hoffe ich, dass gute Argumente noch zählen.«

Schwester Ida nickte. »Aber erst wird gefrühstückt. Ich habe Ernst, also ich meine Doktor Brandt, gebeten, etwas Schönes für uns vorzubereiten.« Wieder errötete sie.

Lucie dachte an den schlaksigen, ein wenig ungelenken Doktor Brandt und fragte sich, wie ein von ihm bereitetes Frühstück wohl aussähe, doch das würden sie ja gleich erleben. Oft steckte mehr in den Menschen, als man ihnen auf den ersten Blick zutraute.

***

Kurt fühlte sich erlöst. Er war am Morgen ohne Kopfschmerzen erwacht und entschlossen, den Umbau von Almas Haus weiter voranzutreiben. Nachdem er von dem Treffen mit Ursulas Familie zurückgekommen war und allen ausgiebig berichtet hatte, hatte er zunächst mit Eva gekuschelt und gespielt und war dann mit Alma die Ideen für den Umbau durchgegangen, die er am Morgen entwickelt hatte. Sie war begeistert von seinen Plänen, bestand aber darauf, die Umsetzung ihrer Rosenbüsche persönlich vorzunehmen.

»Denn niemand kennt sie so gut wie ich«, hatte sie erklärt.

Mutter hatte vorgeschlagen, gleich am Morgen mit ihrem Bauleiter darüber zu reden, ob er sich auch um ihren Anbau kümmern könnte.

Der Gedanke, wieder ein eigenes Reich zu haben und sich nicht immer nach anderen richten zu müssen, sondern eine feste Arbeitsecke zu haben, entfachte regelrechte Glücksgefühle in ihm.

Er wollte gleich heute damit anfangen, alles im Haus freizuräumen, damit die Arbeiter mit dem Durchbruch der Wand beginnen konnten, sobald sie so weit waren.

Alma schloss sich ihm an. Sie wollte mit Eva nachkommen, wenn Günther in der Schule war.

»Eva kann auch gleich mit mir mit«, hatte Kurt angeboten, aber Alma hatte rigoros den Kopf geschüttelt. »Ich bringe sie dann. Sie stört nicht.«

»Mich auch nicht.« Kurt grinste. Er hatte Alma durchschaut.

»Jetzt lass mir doch den Spaß. Ich genieße es einfach, die Kleine um mich zu haben.«

»Du wirst sie bald mehr um dich haben, als dir vielleicht lieb ist.«

»Das wird nicht passieren. Ich werde ihrer nie überdrüssig. Sieh nur, wie süß sie das Mündchen verzieht.«

»Na schön, dann lasse ich sie dir da. Ich gehe schon mal los. Erst mal zur Baustelle, um zu hören, ob der Bauleiter einverstanden ist und wann sie anfangen könnten, und dann rüber zum Haus. Der Schrank muss ausgeräumt und verrückt werden, damit die Wand frei ist.«

»Ich bin in einer dreiviertel Stunde in etwa auch da.«

Kurt nickte und lief los. Es fühlte sich zeitweise so an, als wäre er neugeboren. Ein neuer Lebensabschnitt lag vor ihm und er freute sich darauf. Das Leben ging weiter. Natürlich würde er Ursula nie vergessen und ein Teil von ihm würde sie immer vermissen, aber er tat weder sich noch Eva einen Gefallen, wenn er stehen blieb und versuchte, die Vergangenheit festzuhalten.

Er wusste, dass zum jetzigen Zeitpunkt für ihn nichts so wichtig war wie sein Kind. Er hoffte, eines Tages auf sein Leben zurückblicken und mit Recht behaupten zu können, ein guter Vater gewesen zu sein. Ein so guter Vater, wie er einen hatte.

***

Da es Sonnabend war und sein Kundentermin erst später, hatte Daniel Hannah ausnahmsweise auf die Baustelle begleitet. Heute waren die Bauarbeiter nicht da, aber Hannah hatte sich mit dem Bauleiter verabredet, um noch einige Dinge abzuklären. Unter anderem musste die genaue Aufteilung der Krankenzimmer noch besprochen werden, denn Hannah wollte keine riesigen Säle, sondern kleinere Räume, in denen sich die Kranken nicht so verloren fühlten.

Daniel war mit begeistertem Gesichtsausdruck durch das Gebäude gelaufen und hatte bewundert, wie viel in den wenigen Tagen schon geschafft worden war.

»Ich bin beeindruckt!«, sagte er immer wieder, während er alles inspizierte. »Du scheinst alles gut im Griff zu haben.«

Hannah grinste wie ein Honigkuchenpferd. »Wichtig sind die Leute, mit denen man zusammenarbeitet. Ich könnte keine Wand niederreißen oder den Boden selbst erneuern.«

»Aber du gibst klare Anweisungen, weißt genau, was du willst, und bleibst bei dir. Das ist das Entscheidende.«

»Nun, du hast mir die Möglichkeit gegeben, meinen Traum zu leben. Also wäre ich doch dumm, die Chance nicht zu ergreifen.« Sie lächelte. »Aber du hättest mich mal sehen sollen, als ich verschlafen hatte … ein Griesgram ist nichts dagegen.«

»Niemand hat gesagt, dass der Weg immer geradlinig sein muss, um das Ziel zu erreichen.«

»Wohl wahr!«

Daniel baute sich vor ihr auf und gab ihr einen Kuss auf die Nasenspitze. »Ich bin stolz auf dich, Hannah! Endlich hast du wieder eine Aufgabe, die dich erfüllt.«

»Und dafür werde ich dir ewig dankbar sein«, sagte sie und schmiegte sich an ihn. »Ich wünschte, du hättest auch eine Arbeit, die dich nicht so fordert, dass du auch noch Abend für Abend Akten wälzen musst und ganz vergisst, worum es im Leben wirklich geht!«

Daniel seufzte. »Ja, ich bin mir auch unsicher, ob die Versicherungsbranche und ich jemals warm miteinander werden. Ich fühle mich wie ein Hamster im Rad. Ich laufe und laufe und komme doch nie an. Es ist unbefriedigend.«

»Dann such dir eine andere Aufgabe. Es lohnt sich mit Sicherheit. Was bringt es, sich für eine Arbeit selbst aufzugeben, die man noch nicht einmal aus vollem Herzen liebt?«

Daniel schwieg. Sie hörte sein Herz schlagen, während ihr Kopf weiter an seiner Brust lag.

»Vielleicht ist es wirklich an der Zeit, weiterzuziehen. Ich werde mir eine andere Aufgabe suchen, die mich glücklicher macht und nicht mehr und mehr von mir auffrisst.«

Hannah juchzte auf und umfasste ihn fester. »Das ist die beste Idee, die du jemals hattest.«

Er schob sie von sich und sah sie mit hochgezogenen Brauen an. »Wirklich? Die beste?« Er streckte die Arme aus.

»Na gut: Eine der besten! Zufrieden?« Sie grinste.

»Jawohl. Die beste Idee war immer noch die, dich zu heiraten.«

»Da kann ich dir nur voll und ganz zustimmen!«

***

Nach einem überraschend opulenten und wohlschmeckenden Frühstück, dem Wiedersehen mit der urgroßelterlichen Villa und einem schnellen Bad, war Lucie bereit. Sie hoffte, sowohl Paul als auch seine Eltern anzutreffen.

Ariel hatte angeboten, sie zu begleiten, sich aber im Hintergrund zu halten und nur zu Hilfe zu eilen, falls es vonnöten wäre. Doch Lucie hatte abgewunken.

»Was sollen sie denn schon tun, außer mich in hohem Bogen rauszuwerfen und bei ihrer ablehnenden Haltung mir gegenüber zu bleiben? Ich habe nichts mehr zu verlieren«, hatte sie erklärt.

Ariel hatte sie nachdenklich angesehen, aber nichts weiter gesagt. Allerdings war sich Lucie sicher, dass sowohl Ariel als auch Schwester Ida und Doktor Brandt an den Fenstern hinter den Gardinen hingen und ihr neugierig hinterher starrten.

Sie stakste auf weichen Beinen über die Straße hinüber zum Haus der Ackermanns. Als sie vor der Tür stand, holte sie tief Luft und drückte dann auf den Klingelknopf.

Bereits nach einigen Sekunden wurde die Tür schwungvoll aufgerissen und Paul stand da.

»Hallo Paul!« Sie lächelte ihn an.

»Lucie! Was machst du denn hier?« Er starrte sie mit halb offenem Mund an, als wäre sie ein Gespenst.

»Ich denke, es gibt einiges zu klären. Ich bin gekommen, um mit deinen Eltern über unsere Zukunft zu reden.«

Pauls Gesichtszüge wurden mit einem Mal hart. »Ich glaube, das ist keine gute Idee.«

»Warum? Wenn ich Ihnen beweisen kann, dass ich kein solches Monster bin, wie sie annehmen, würde das ihre Meinung vielleicht ändern.«

»Lucie! Du hast keine Ahnung, was hier inzwischen los ist. Du hättest gar nicht kommen dürfen. Es ist zu gefährlich. Wenn Beike dich sieht und seine Freunde anruft …«

»Ich bleibe nicht lange. Ich kann nur nicht den Gedanken ertragen, uns als Paar kampflos aufzugeben, nur wegen ideologischer Hetze, die nichts, aber auch gar nichts mit der Wirklichkeit zu tun hat.«

Sie konnte in Pauls Gesicht die widerstreitenden Gefühle ablesen. Plötzlich breitete er die Arme aus und zog sie kraftvoll an sich.

»Du glaubst nicht, wie sehr ich dich vermisst habe. Wie furchtbar der Gedanke daran war, dich nie wiederzusehen, und wie quälend die Versuche, nicht an dich zu denken, dich aus meinem Leben zu streichen. Du hast auf meinen letzten Brief nicht geantwortet und alles ist seitdem so schwierig …«

»Paul, wer ist da an der Tür?«, ertönte plötzlich die Stimme seines Vaters aus dem Hintergrund.

Paul sprang von ihr weg, als hätte ihn eine Schlange gebissen. Er kniff die Lippen zusammen. »Ich will nicht, dass du dir zu große Hoffnungen machst. Du wirst sonst bestimmt verletzt werden«, flüsterte er ihr zu. Dann winkte er ihr, ihm zu folgen.

»Wir haben Besuch«, sagte er, als sie ins Wohnzimmer traten, und griff demonstrativ nach Lucies Hand.

Sie verschränkten die Finger ineinander, wie sie es immer taten. Jetzt jedoch spürte Lucie, wie Pauls Hand unruhig zitterte. Sie sah besorgt zu ihm hoch, wandte sich dann aber gleich wieder seinem Vater zu.

»So … haben wir das? Wie kommst du dazu, ungefragt, Judenpack in unser Haus zu bringen?«

Lucie zuckte zusammen, zwang sich aber, weiter zu lächeln. »Guten Tag, Herr Ackermann. Ich komme aus der Schweiz, um mit Ihnen zu reden. Ist Ihre Frau auch zu Hause?«

»Ist sie«, sagte Paul. »Warte, ich hole sie.«

Als Paul in die Küche ging, fühlte sich Lucie mit einem Mal klein und verwundbar. Obwohl sie seine Aufregung spürte, war Paul doch wie immer ihr Fels in der Brandung, der ihr Sicherheit schenkte.

Sein Vater starrte sie an. Er verzog keine Miene.

»Wir haben Sie nicht hergebeten.«

»Das ist richtig. Ich hatte nur den Eindruck, keine andere Wahl zu haben, als hierher zu kommen und mit Ihnen zu reden, nachdem …«

»Und was soll das bringen? Unsere Meinung über Sie steht fest, junges Fräulein.«

»Das ist bedauerlich, denn Sie kennen mich doch gar nicht wirklich. Ich wollte Ihnen die Chance geben, mich kennenzulernen, um vielleicht zu erkennen, dass ich gar kein so schlimmer Mensch bin, sondern Ihren Sohn aufrichtig liebe und nur das Beste für ihn will. Wie Sie!«

Paul kam zurück ins Zimmer und brachte seine Mutter mit. Sie starrte Lucie an. Offenbar hatte sie die letzten Worte gehört, denn Tränen traten in ihre Augen.

»Guten Tag, Frau Ackermann! Ich freue mich sehr, Sie wiederzusehen. Auch wenn ich mir wahrscheinlich andere Umstände für unser Wiedersehen gewünscht hätte.«

»Wollen wir uns nicht setzen?«, fragte Paul bestimmt.

Sein Vater starrte ihn an. Aber er sagte nichts, sondern ließ sich wortlos in den Sessel fallen, aus dem er bei Lucies Eintreten hochgeschreckt war.

»Ich habe Ihnen etwas mitgebracht. Schweizer Schokolade ist weltbekannt.« Lucie hielt Frau Ackermann die Tafel hin, die sie bisher hinter ihrem Rücken verborgen hatte.

Pauls Mutter sagte nichts, aber sie nickte, während sie angestrengt auf das Tischtuch starrte, als Lucie die Schokolade auf den Tisch legte.

»Das ist aber lieb von dir. Vielen Dank! Ihr werdet euch wundern, wie gut die schmeckt. Ich habe sie schon probiert, als ich Lucie in der Schweiz besucht habe«, sagte Paul, sichtlich bemüht, die eisige Stimmung aufzulockern.

Doch seine Eltern reagierten nicht darauf. Seine Mutter hielt weiterhin den Kopf gesenkt und sein Vater starrte Lucie feindselig an.

»Ich weiß nicht, was ich Ihnen sagen soll. Ich habe hundertmal versucht, die richtigen Worte zu finden, doch ich habe keine Ahnung, wie ich es schaffen kann, Sie davon zu überzeugen, dass ich Paul aufrichtig liebe. Ich kann mir ein Leben ohne ihn nicht vorstellen und ich könnte nie etwas tun, was ihm schadet.«

»Dann lassen Sie ihn gehen. Die Verbindung mit Ihnen schadet ihm nur. Er hat als Arier eine glänzende Zukunft vor sich, aber die Beziehung zu Ihnen wirft einen Schatten auf ihn.«

»Das tut mir sehr leid«, sagte Lucie leise und senkte den Blick. Sie fühlte sich auf einmal schrecklich erschöpft und kraftlos. Das hier hatte doch gar keinen Sinn. Sein Vater hatte recht: Egal, wie hehr auch ihre Absichten sein mochten, sie schadete Paul und warf ihn zurück.

Da spürte sie eine Hand auf der ihren. Pauls Mutter hatte den Arm über den Tisch gestreckt und sah sie an.

Lucie blinzelte nervös zu ihr hinüber. Was hatte sie vor? Auch sie hatte Einwände gegen ihre Verbindung, das war Lucie durchaus bewusst.

»Aber was zählt das alles, wenn er seine wahre Liebe dafür gehen lassen muss?«, fragte sie leise zu ihrem Mann gewandt.

»Er wird eine andere finden«, sagte der schroff.

Frau Ackermann zog ihre Hand wieder weg und wandte sich ihrem Mann zu. »Das kannst du nicht mit Sicherheit sagen. Was ist, wenn das Schicksal nun mal Lucie zu seiner Frau bestimmt hat, allen Widerständen zum Trotz? Was ist, wenn sie die Richtige für ihn ist, und die Einzige ist, die ihm wahres Glück bringt?«

»Das ist doch Weibergewäsch!«, winkte Herr Ackermann ab.

»Es stimmt, was Mutti sagt«, mischte sich jetzt Paul in die Unterhaltung. »Wenn ich Lucie nicht an meiner Seite habe, nehme ich auch keine andere zur Frau. Dann wartet ihr umsonst auf Enkel oder auch nur eine Schwiegertochter. Ich habe es euch schon oft gesagt und ich sage es noch einmal: Lucie ist meine große Liebe. Meine Zukunft sehe ich an ihrer Seite und nirgendwo sonst. Wenn ihr uns verbietet, uns weiter zu treffen, uns zu schreiben und Kontakt zu halten, ist das eine furchtbare Quälerei, denn ich vermisse Lucie mit jeder Faser meines Herzens. Jede Sekunde, die sie nicht an meiner Seite ist, ist schmerzhaft, weil ich mich so unglaublich nach ihr sehne.« Er griff nach ihrer anderen Hand und drückte sie fest.

Lucie warf ihm einen dankbaren Blick zu. Egal, wie das Ganze hier ausgehen würde, diese Worte hatten sich für immer und ewig in ihre Seele gebrannt. Dieses absolute Bekenntnis zu ihr, mit allen Ecken und Kanten, die sie hatte, und dem in den Augen vieler falschen Glauben, wärmte ihr Herz und sie würde immer davon zehren.

Stille breitete sich im Zimmer aus. Aller Augen waren auf Herrn Ackermann gerichtet, denn offenbar war er der Einzige, der noch überzeugt werden musste von der Richtigkeit ihrer Beziehung.

Er räusperte sich und schob die Unterlippe vor. Dann besah er angestrengt seine Fingernägel. Mit jeder Sekunde, die verging, verlor Lucie mehr und mehr Zuversicht, dass das ganze Unterfangen ein gutes Ende finden würde. Das Zögern von Pauls Vater verhieß nichts Gutes. Sie presste eine Hand auf ihr Herz, das mit einem Mal so schmerzte, als wäre es dabei, zu zerspringen.

Plötzlich sagte Herr Ackermann leise. »Du liebst sie also wirklich, hm?«

Paul riss überrascht die Augen auf, dann nickte er schnell.

»Mehr als mein eigenes Leben!«

»Das sind große Worte«, brummte Herr Ackermann.

»Es ist die Wahrheit. Ich würde alles für Lucie tun. Alles, auch wenn es mein Leben kosten würde.«

»Sag doch so etwas nicht, Paul«, bat Lucie. Der Gedanke, dass er einmal in eine solche Situation kommen könnte, tat ihr weh.

»Und wie stellt ihr euch das vor? Sie lebt in der Schweiz, du hier!«

»Wie ich es euch schon gesagt habe: Ich plane, in der Schweiz zu studieren. In Zürich gibt es eine hervorragende Universität. Ich habe mich schon darüber informiert.«

Pauls Worte klangen hoffnungsvoll. Lucie dagegen fühlte sich immer noch wie ein Ball, aus dem sämtliche Luft entwichen war.

»Warum bist du dann noch hier? Wenn ich an deiner Stelle wäre und mir ein Mädchen wirklich etwas bedeutet, dann wäre ich schon über alle Berge.« Herr Ackermann warf ihr einen scheuen Blick zu. Offenbar war es ihm unangenehm, ihr in die Augen zu sehen.

»Weil ich euren Segen dafür haben will. Ich brauche eure Zustimmung zu unserer Verbindung. Ich will euch nicht im Streit verlassen, denn euch liebe ich auch.« Pauls Stimme wurde leiser und leiser. Doch sein Vater schien gehört zu haben, was er gesagt hat.

»Den hast du hiermit.«

»Was? Wirklich?« Paul sprang auf wie elektrisiert. »Heißt das, ihr seid mit unserer Beziehung endlich einverstanden?«

»Hörst du schlecht? Ja, das heißt es«, knurrte sein Vater.

Pauls Mutter war aufgesprungen und nahm ihren Sohn in die Arme.

Danach wandte sie sich Lucie zu und sie konnte nicht verhindern, dass ihr Tränen übers Gesicht liefen, während Frau Ackermann sie ebenfalls an sich drückte.

»Ich wünsche euch alles Glück der Welt. Du wirst unseren Sohn froh machen, das weiß ich.«

»Ich werde alles dafür tun«, versprach Lucie.

»Bedeutet das auch, dass ihr mein Studium unterstützt, wenn ich in die Schweiz gehe?«, vergewisserte sich Paul noch völlig verdutzt.

»Das ist ja schließlich unsere Pflicht als Eltern. Aber wir tun das nur unter einer Bedingung«, sagte sein Vater mit grimmigem Gesichtsausdruck.

Lucie hielt die Luft an. Kam jetzt doch noch das dicke Ende?

»Dass ihr uns regelmäßig besuchen kommt. Deine Mutter würde sich ansonsten die Augen ausweinen.«

Danach sah es im Moment zwar gar nicht aus, denn Frau Ackermann blickte strahlend von einem zum anderen. »Ich glaube, es ist Zeit, anzustoßen«, sagte sie entschieden.

»Hast du mal auf die Uhr geguckt? Wir sind gerade erst mit dem Frühstück fertig«, beschwerte sich Herr Ackermann. Doch in seinen Mundwinkeln war der Anflug eines Lächelns zu erkennen. Mehr sah Lucie nicht, denn in dem Augenblick kam Paul zu ihr und drückte ihr einen dicken Kuss mitten auf den Mund.

Als sie einige Zeit später ein wenig angeschickert ganz offen Hand in Hand durch den Park liefen, in dem sie sich zum ersten Mal getroffen hatten, konnten sie ihr Glück noch kaum fassen, auch wenn ihre Handflächen noch immer brannten.

»Du glaubst nicht, wie tief mein Herz in die Hose gerutscht ist, als du plötzlich vor der Tür standest. Ich hätte nie gedacht, dass die ganze Geschichte am Ende gut ausgehen würde.«

»Du unterschätzt meinen Willen. Ich habe Kämpfe mit meinem Vater ausgefochten, um hierher zu kommen. Und ich habe alles daran gesetzt, deine Eltern davon zu überzeugen, dass ich dir nichts Schlechtes will. Es wäre schwer für sie geworden, mich loszuwerden, bevor sie uns nicht ihren Segen gegeben haben.« Sie grinste.

Auch Paul lächelte breit. »Das war mir von Anfang an bewusst. Aber meinen Eltern nicht. Sie kennen dich nicht so gut wie ich.«

»Das werden sie schon noch. Wir haben schließlich noch unser ganzes Leben, um uns besser kennenzulernen, jetzt, wo sie uns keine Steine mehr den Weg legen.«

»Nie hätte ich geglaubt, dass sie einem Studium in der Schweiz zustimmen würden. Du bist der Wahnsinn! Wärst du nicht einfach hergekommen, ich weiß nicht, wie es ausgegangen wäre.«

»Nun, ich bin hier und es ist gut ausgegangen. Jetzt können wir unsere Zukunft planen. Wir müssen überlegen, wann du kommst. Wahrscheinlich kannst du Kurts oder Ariels Zimmer bekommen. Die beiden werden nämlich ausziehen!«

»Das wäre ja fantastisch. Dann könnte ich vielleicht auch Geld sparen, damit wir eines Tages zusammen nach Ägypten reisen können. Ich möchte es dir ermöglichen, die ganzen Pyramiden und Ausgrabungen mit eigenen Augen zu sehen.«

»Oh, Paul, das wäre himmlisch!« Sie strahlte ihn an. »Ach ja: Eine Sache sollte ich dir wohl noch erzählen.«

»Ist jetzt Zeit für die schlechten Nachrichten gekommen?« Er sah sie mit schief gelegtem Kopf und leichter Beunruhigung im Blick fragend an.

»Nein! Im Gegenteil: Ich denke, dass du dich über diese Neuigkeiten eher freuen wirst. Ich habe mit dem Sport aufgehört.«

Paul blieb abrupt stehen und riss vor Überraschung den Mund auf. »Was? Total? Aber warum? Ich meinte doch nur, dass es für dich wahrscheinlich besser wäre, das Ganze etwas zu reduzieren.«

»Du hattest recht. Ich habe versucht, jemand zu sein, der ich gar nicht wirklich bin. Es war Zeit, den falschen Mantel auszuziehen und in meine eigene Kleidung zu schlüpfen.«

Pauls Augen wurden feucht. »O Lucie, du glaubst nicht, wie froh mich diese Neuigkeiten machen.« Er zog sie heftig an sich und drückte ihr einen Kuss auf die Lippen.

Kleine Wolken zogen über den blauen Himmel, Blätter wirbelten zart im Wind, während sie Hand in Hand und mit leichten Herzen ganz selbstverständlich durch den Park schritten, als wäre es schon immer so gewesen.

Kapitel 43

Als am Montagabend die ganze Familie zusammenkam, blickte sich Hannah zufrieden um. Überall, wo sie hinsah, schaute sie in glückliche Gesichter. Und auch sie selbst war von einer Energie erfüllt, wie sie sie schon eine Weile nicht mehr gespürt hatte. Es fühlte sich zum ersten Mal seit ihrer Auswanderung so an, als wäre jedes Familienmitglied endlich richtig angekommen und zufrieden mit seiner Lebenssituation. Mitten auf dem Tisch prangte ein großer Rosenstrauß. Daniel hatte ihn ihr mitgebracht und mit einem Augenzwinkern überreicht.

»Es sind keine Vergissmeinnicht, wie damals. Weißt du noch …?«, hatte er grinsend gefragt. Natürlich wusste sie es noch, wie er ihr den ersten Blumenstrauß ihrer Beziehung geschenkt hatte. Sie war ihm damals versprochen gewesen, ohne selbst davon zu wissen, und hatte sich dagegen gesträubt, weil sie geglaubt hatte, eine Heirat mit ihm würde ihr den Weg in das heiß ersehnte Medizinstudium verstellen. Dass es nicht so gewesen war, sondern ganz anders und neue Pfade eröffnet hatte, hatte sie damals nicht gewusst.

Doch als er jetzt den Blumenstrauß mitgebracht hatte, war viel passiert und sie war sich sehr genau darüber im Klaren, wie wichtig er ihr war und was er alles in ihrem Leben ermöglicht hatte. Angefangen vom Medizinstudium und der Befreiung aus ihrem nicht sonderlich glücklichen Elternhaus, über die Gründung ihrer Familie, der Rückkehr nach Berlin, bis hin zum Bau ihres eigenen Krankenhauses. Er hatte das Glück in ihr Leben gebracht und sie würde ihm auf ewig dafür dankbar sein. Er war ihre große Liebe. Nach wie vor.

Jeder hatte sein Päckchen zu tragen, doch jeder von ihnen hatte sich aus seinem ganz persönlichen Sumpf von Problemen empor gekämpft und sein Leben wieder in die eigene Hand genommen.

»Das waren aufregende Monate, hm? Wer hätte gedacht, was alles hier in der Schweiz passieren würde?«

»Ursula ist tot und Wilhelm auch«, sagte Lucie mit traurigem Blick.

Daniel nickte. »Türen haben sich geschlossen und neue geöffnet. Das Leben hat uns ganz schön herumgewirbelt.«

»Und trotzdem: Wir haben es geschafft, daran nicht zu zerbrechen, sondern irgendwie weiterzumachen.« Hannah lächelte in die Runde. »Und nun seht, wo wir stehen. Ich kann aus vollem Herzen sagen: Ohne eure Unterstützung wäre ich jetzt nicht da, wo ich bin.«

Daniel legte seine Hand auf die ihre. »Das geht uns allen so. Wir haben gelernt, wie wichtig Familie und Freundschaft sind, vor allem in schwierigen Zeiten.«

Jetzt hatten alle feuchte Augen. Kurt würde bald mit Alma, Günther und der kleinen Eva zusammenziehen. Sie würden sich gegenseitig Kraft geben und unterstützen in den Bereichen, die die Stärke des jeweils anderen waren. Ariel würde demnächst seine Prüfungen ablegen und sein Nest in Kurts altem Haus einrichten. Von Amerika hatte er schon eine Weile nicht mehr gesprochen. Paul träfe in Kürze in Zürich ein, um hier zu studieren und Lucie nahe zu sein, und Hannah würde sich nicht wundern, wenn die beiden sich in Bälde verlobten. Doch vorher würde sie die Schule beenden und die Zeit genießen, ohne sich weiter zu verstellen und eine andere sein zu wollen, um Anerkennung zu bekommen. Sie blieb auf der katholischen Schule, denn sie hatte hier Freunde gefunden, auch wenn Dorli wahrscheinlich nicht mehr dazu gehörte. Und Daniel wollte diese Arbeitsstelle, die ihm alles abverlangte und aussaugte wie ein Blutegel, verlassen und sich etwas Neues suchen, das eher seinem Naturell entsprach. Vielleicht würde er auch eine Stelle in der bald Eröffnung feiernden *Zürich-Klinik* übernehmen. Wer wusste das schon? Wichtig war nur, dass es allen gut ging und jeder im Grunde seines Herzens glücklich war und alle, die in der einen oder anderen Form gestrauchelt waren, wieder ihrem eigentlichen Lebensziel entgegenstrebten. Und dass sie aus den Erlebnissen, ob sie gut oder schlecht gewesen waren, gelernt hatten. Und das hatten sie. Da war sich Hannah sicher!

NACHWORT

Das Buch ist zu Ende, aber die Sternbergs leben hoffentlich in deinen Gedanken und deinem Herzen weiter. Mir war es wichtig zu zeigen, dass mit einer gelungenen Flucht nicht alles eitel Sonnenschein war. Die Probleme, die die Menschen dazu gebracht hatten, ihre Zelte in der Heimat abzubrechen, schwelten häufig weiter und erforderten oft viel Kraft und Geduld, um sie zu überwinden, sich neu zu definieren und den eigenen neuen Weg zu finden. Vielen Dank fürs Lesen! Ich hoffe sehr, dass dir »***Was das Herz erträumt***« gefallen hat. Wusstest du, dass es Rezensionen sind, die Bücher verkaufen? Würdest du in Erwägung ziehen, das Buch zu rezensieren? Ich danke dir, das bedeutet mir wirklich viel!

www.amazon.de/dp/B0C6358P3V

Du kannst kaum das nächste Buch erwarten? Melde dich für meinen Newsletter an und ich werde dich auf dem Laufenden halten. Außerdem gibt es für Newsletter-Abonnenten immer wieder exklusive Inhalte wie das Prequel zur Sternberg-Saga, Szenen, die es letztendlich doch nicht ins Buch geschafft haben und andere schöne Dinge.

www.kristinaherzog.de/newsletter/

Kannst du von den Friedländers nicht genug bekommen und kennst noch nicht alle Bücher? Dann solltest du Band 1 der Sternberg-Saga *Was der Morgen verspricht* und Band 2 *Was die Hoffnung bringt* unbedingt lesen.

Hast du Lust, dich mit mir zu vernetzen? Auf Social Media und meiner Homepage gibt es Interessantes über meinen Schreibprozess, neue Bücher, Inspirierendes und vieles mehr und ich würde mich sehr freuen, wenn du Lust hättest, mich dort begleiten und dich mit mir auszutauschen.

www.kristinaherzog.de/
www.facebook.com/kristina.herzog.73
www.instagram.com/kristinaherzogautorin/?hl=de

Interessiert an Spannung und Mord und Totschlag? Dann sind mit Sicherheit auch meine Krimis etwas für dich: Erhältlich sind derzeit *Haremsblut* und *In tödlicher Gesellschaft*.
Ich hoffe, wir lesen uns wieder! Bis ganz bald!

ÜBER DIE AUTORIN

© Robert Recker

Hallo, ich bin Kristina!

Geschichten zu erzählen ist meine Leidenschaft. Ich liebe es, lebensnahe Charaktere zu erschaffen, sie vor Probleme zu stellen und in Abenteuer zu schicken, damit du mit ihnen mitfiebern kannst und das Buch bis spät in die Nacht nicht

aus der Hand legen willst. Genau deshalb habe ich auch die Sternbergs erfunden.
Ich bin in Berlin aufgewachsen, habe in Heidelberg studiert und lebe jetzt wieder mit meinem Mann und meinen inzwischen gar nicht mehr so kleinen Kindern wieder in Berlin. Geschichte war schon immer mein Steckenpferd. Ich liebe es einfach, historische Quellen zu recherchieren, mich in die damalige Zeit hineinzuversetzen und mir vorzustellen, wie das Leben in jenen Tagen wohl wirklich aussah. Es ist spannend, vor welche Herausforderungen die Menschen gestellt wurden und wie sie damit umgingen.

Melde dich für meinen Newsletter an und ich erzähle dir noch mehr über mich und meine Figuren und Romane, halte dich über Neuerscheinungen und Anstehendes auf dem Laufenden, teile Inspirierendes und vieles mehr. Darüber hinaus sende ich dir kostenlos das Prequel zur Sternberg-Saga zu.

www.kristinaherzog.de/newsletter/

In der Zwischenzeit: Lies weiter. Bis bald!